U0585714

中国白话散文百年史

唐小林 ◎ 主编

SPM
南方出版传媒
广东人民出版社
·广州·

图书在版编目（CIP）数据

中国白话散文百年史 / 唐小林主编. —广州：广东人民出版社，
2021.8

ISBN 978-7-218-15223-3

Ⅰ.①中… Ⅱ.①唐… Ⅲ.①散文—文学史—中国—近现代
Ⅳ.①I207.6

中国版本图书馆CIP数据核字（2021）第175576号

ZHONGGUO BAIHUA SANWEN BAINIANSHI

中国白话散文百年史

唐小林 主编

出 版 人：肖风华

责任编辑：钱飞遥
装帧设计：河马设计
责任技编：周星奎 吴彦斌

出版发行：广东人民出版社
地　　址：广州市海珠区新港西路 204 号 2 号楼（邮政编码：510300）
电　　话：（020）85716809（总编室）
传　　真：（020）85716872
网　　址：http://www.gdpph.com
印　　刷：广州市浩诚印刷有限公司
开　　本：787mm×1092mm 1/16
印　　张：20　　字　　数：292 千
版　　次：2021 年 8 月第 1 版
印　　次：2021 年 8 月第 1 次印刷
定　　价：68.00 元

如发现印装质量问题，影响阅读，请与出版社（020-85716849）联系调换。
售书热线：（020）85716826

目　录

绪 论

一

这样的散文史本来是可以不写的。关于这个时间段散文史的叙述有好多种，更何况以中国现当代命名的文学史都有相关的文字，甚至绝大多数似有定论。非要多此一举，且不得不为之，首要的原因，是对"中国""白话散文""百年史"这三个核心概念的不同理解。

为何是"百年史"，而不是"中国现当代史"？不是犯逢五逢十非得纪念一下的老毛病，而是白话散文自诞生以来的这百年，中国发生了三千年未有之大变局，这个变局远未停止，不得不整体观之，将其拆散和拼装为现代、当代，或许更符合现行学科的体制和规范，却可能看不清白话散文这百年来的真正命运。

回到白话散文自发的现场，并不存在整齐划一的一百年。"百年史"作为一个文学史范畴，只能是一个大致的时间段。说它是一个"多元"的也可以：它可以是1915—2015年，也可以是1917—2017年，还可以是1919—2019

年。之所以是"多元"不是"多样",是因为每一个时间段后面,都隐藏着不同的"元语言",而不同的元语言,会装置出不同的文学史风景。本书更倾向于把上限上延,越过1915,前延到1895:一粒种子早就埋下。不经历几场春雨,是难以发芽的;没有春寒料峭的洗礼,如何茁壮?历史或许有多个"引爆点","引线"却可能是长长短短的。这样,本书号称"百年史",上下牵出的是远不止百年的文学史想象。

人是意义的动物,文学是追求意义的,白话散文是通往意义的一条道路。这一百年中国的白话散文,之所以有写史的必要,更深刻的原因在于意义的"源头"发生了变化,或者说产生了位移。传统社会里,现实世界和意义世界并非自在之物,而是置于宇宙、自然和社会的一系列框架之中,离开这个框架,毫无意义可言。在欧洲中世纪,这个框架是一个由上帝主宰的神意世界;在古代中国,却是一个"以自我为中心的家国天下连续体"[1]。镶嵌在这个框架中,人类虽有烦恼,却无意义之忧;虽不自由,也有痛苦,精神心灵秩序却是稳定而安妥的。可历史风云变幻莫测,在传统社会转向现代途中,曾经发生了一场"大脱嵌"的轴心革命[2]。这场革命转换了人类意义的源头,扭转了历史的方向。

这场搅乱世界秩序的"大脱嵌"的轴心革命,在欧洲,早在文艺复兴、宗教改革和启蒙运动时期就已发生,在中国却迟到清末民初,也就是本书即将叙述的白话散文的这一百年。"大脱嵌"在欧洲意味着哲学、科学、艺术、法律、伦理、国家、个人等从神学的框架中脱落出来,走向独立、自律与自由。在中国,则表现为个人挣脱家国天下连续体构筑的铁栅,努力趋赴自由,获得新的感受、经验、认知和表达。

何谓家国天下连续体?即是起源于西周分封制,并在历朝历代中逐步修葺完善、趋于超稳定的"自我—家族—帝国—天下"的意义链条。[3]孟子对

---

[1] 许纪霖:《家国天下:现代中国的个人、国家与世界认同》,上海人民出版社2017年版,第2页。
[2] 参见查尔斯·泰勒:《现代性中的社会想像》,台湾商周出版社2008年版,第87—112页。
[3] 许纪霖:《家国天下:现代中国的个人、国家与世界认同》,上海人民出版社2017年版,第473页。

此有最好的诠释："天下之本在国，国之本在家，家之本在身。"[1]自我与天下处于这个意义链条的两端，意味着"天下"是"自我"意义的最高来源，也是终极源泉。其次是"国家"，再其次是"家族"，意义如此这般地向"天下"渐次攀升，又如此这般地向"自我"滑落。为家族、为帝国、为天下而生而活，既是"自我"意义实现的途径，也是"自我"的全部意义所在，所以郁达夫才说，"从前的人，是为君而存在，为道而存在，为父母而存在的"[2]。"大脱嵌"的轴心革命拉开了人类现代性的序幕，也撞开了中国走向现代性的艰难之门。

"大脱嵌"在欧洲经历了漫长的几个世纪，在中国却浓缩为本书所说的白话散文的这一百年。可以说，没有白话文，在中国就不会有"大脱嵌"这件事，更不会有随后现代性的蓬勃滋长与快速曼衍。"言语本为思想之利器"[3]，某种意义上，语言的界限即是思想的界限，语言的边界就是历史的阈值。白话革文言的命，是"把我们古老的文明，导向现代化之路"[4]。而"白话文和文言文翻了个筋斗"，白话文取代文言文的正宗地位，"也可以说是中国历史的一个分水岭"[5]：文言文总体上终结于家国天下连续体的崩塌，而白话文则开创中国现代性的新纪元。

的确存在这样的逻辑。启蒙是现代性的开端，而白话文则使大规模的启蒙成为可能。启蒙是主体间的交往活动，是启蒙者与被启蒙者之间的思想往还。白话文扫除了文言文设置的阅读障碍，成为连接启蒙者与被启蒙者的桥梁，沟通启蒙者与被启蒙者的媒介，使启蒙主体间的交往与思想互动成为可能。所以白话文的兴起，"是负有任务的，那便是要将旧思想的缺点和新思想的需要'传达'给更多的人，到底'文言'是极少数知识分子所拥有的语言"[6]。

---

[1]　《十三经注疏》下，上海古籍出版社1997年版，第2718页。
[2]　《郁达夫文集》第6卷，花城出版社1982年版，第261页。
[3]　傅斯年：《文学革新申义》，《新青年》第4卷第1号，1918年1月15日。
[4]　唐德刚：《胡适杂忆》，华文出版社1990年版，第26页。
[5]　周策纵：《胡适对中国文化的批判与贡献》，载《胡适与近代中国》，台北时报出版公司1991年版。
[6]　叶维廉：《中国诗学》，三联书店1992年版，第216页。

任何观念转化为现实力量，离开媒介究竟是纸上谈兵。[1]中国的现代性正是开始于"制度性传播媒介的出现与成长"：报纸杂志、新式学校、自由结社等形成"新的社群媒体"[2]，从而聚集起脱掉思想"长衫"的新型知识分子，搭建起史无前例的公共空间，讨论天下事务，传播新的思想，启蒙运动由此展开。也就说，新的媒介制度，在家族、国家、天下之间另辟一个新的空间，这个空间使"士大夫"从家国天下连续体中游离出来，从依附于主流权力的寄居处境中解脱出来，并从乡土中国走向市井都会，在传统社会的边缘处自立门户，开口说话、自由交流、开启民智，使之成为新型"知识分子"，并由此开启不同于以往的新的意义途径。

而白话文，是一切媒介之媒介，是所有媒介之母。胡适说，文学革命的根本主张是"国语的文学，文学的国语"[3]，这"国语"乃是"白话"，它"是我们文化统一的工具、教育统一的工具、政治统一的工具"，我们"说的、写的、学的、用的、宪法、法律一切都是白话"[4]。显然，这"国语"之"国"，已不是传统家国天下连续体中的那个"帝国"，而是现代民族国家。正如"国民文学的主张不过是民族主义思想之意识地发现"[5]在文学上的表现，"国语"的主张，则是民族国家意识在语言上的表现。帝国是王朝更替的结果，现代民族国家则是现代性的产物，是启蒙思想建制化后的政制体式。梁启超的"新民说"是建立在"新文体"基础上的，中国的现代民族国家则是奠基于新语言——白话文。1905年科举制被废除，通过"八股文"的晋升之路被阻断，其时文言文就已寿终正寝。后来的流风遗蹴，不过是苟延残喘。说到底，就是从制度层面卸下武装，文言文的国语地位不复存在了，由白话文取而代之。

---

[1] 参见雷吉斯·德布雷：《普通媒介学教程》，清华大学出版社2014年版。
[2] 参见张灏：《中国近代思想史的转型时代》，《现代中国思想的核心观念》，上海人民出版社2011年版，第3页。
[3] 胡适：《建设的文学革命论》，《胡适文集》第2册，北京大学出版社1998年版，第45页。
[4] 胡适：《白话文的意义》，《胡适文集》第12册，北京大学出版社1998年版，第83页。
[5] 周作人：《答木天》，《语丝》第34期，1925年7月6日。

无论是建立"人国"还是建立"民国"[1]，也无论是高举自由主义的旗帜还是高举民主主义的大旗，都与贵族化的文言文水火不容，只有白话文才能肩此重任。文言文不仅分开了"言"与"文"，也分开了"士"与"民"，不仅分开了"说"与"写"，也分开了权贵与草根。文言文在语言之域形成的尊卑秩序，也内在地建构了王朝的级差序列，这对于现代民族国家而言，既不自由，也不平等，如何体现公义？白话文本来就不受家国天下共同体约束，从中分裂出来，被排除在外，登不了大雅之堂。故白话即是俗语，白话须要明白如话，"白话便是干干净净没有堆砌涂饰的话"[2]，它天生具有草根性、平等性。白话是"民"言，也是"人"言[3]："古文为'老爷'用的，白话是'听差'用的。"[4]文言难懂，"大家不能互相了解，正像一大盘散沙"；白话可以"将自己的思想、感情直白地说出来"，发出真的声音。"只有真的声音，才能感动中国的人和世界的人；必须有了真的声音，才能和世界的人同在世界上生活。"[5]白话文不只是渴望建立自由民主国家的现代中国之语言符号，更是其象征。

散文与白话，对于建构现代民族国家具有大致相同的功能。作为现代文体的散文，并非古已有之，它是舶来品。在西方文体四分中，它与小说、诗歌、戏剧并肩而立。散文之"散"，并非写法上的"形散而神不散"，而是作为体裁的散乱无边，作为范畴的难以归类。散文是除小说、诗歌、戏剧以外的所有文体，是文学领域的"不管部"：不是小说，不是诗歌，又不是戏剧的文学作品都是散文。可以说，散文是散落在小说、诗歌、戏剧边缘的文学体裁的

---

[1] 1907年，鲁迅在《文化偏至论》提出建立"人国"设想："外之既不后于世界之思潮，内之仍弗失固有之血脉，取今复古，别立新宗，人生意义，致之深邃，则国人之自觉至，个性张，沙聚之邦，由是转为人国。人国既建，乃始雄厉无前，屹然独见于天下"（见《鲁迅全集》第1卷，人民文学出版社2005年版，第57页）。孙中山则建立"民国"。

[2] 胡适：《答钱玄同书》，《胡适文集》第2册，北京大学出版社1998年版，第35页。

[3] 傅斯年说："我们对于将来的白话文，只希望它是'人的'文学……就是它的一方一语，一切表词法，一切造作文句的手段，也全是'实获我心'……自然而然达到'人化'的境界"。参见傅斯年《怎样做白话文》，载《中国新文学大系·建设理论集》，上海良友图书印刷公司1935年版，第226页。

[4] 周作人：《中国新文学的源流》，上海书店1988年版，第11页。

[5] 鲁迅：《无声的中国》，《鲁迅全集》第4卷，人民文学出版社2005年版，第15页。

总称。散文之"散乱",看似它的局限,实际是它的优势:它似无小说、诗歌、戏剧的一定之规,可以任意而谈,无所顾忌,仿佛自由的精灵;它似无小说、诗歌、戏剧的虚构之苦、叙述之难、隐喻之累、象征之艰,可以直面现实与内心,仿佛自由言说的媒介;它似无小说、诗歌、戏剧的高贵与高级,乃如白话一般,天然具有烟火气、草根性。写小说的可以不作诗,作诗的可以不写戏,但搞文学的几乎没有不写散文的。在更宽泛的意义上,凡能识文断字、舞文弄墨的,有不写散文的吗?散文比其他三类文体,显然更具自由性、民主性和平等性。

白话与散文联姻,如虎添翼,白话散文对百年的现代性运动功莫大焉。"五四"时期,这一特点就已展露出来,鲁迅说,那时"散文小品的成功,几乎在小说戏曲和诗歌之上"[1]。随后的几年,散文的发展可谓绚烂至极,"有种种的样式,种种的流派,表现着,批评着,解释着人生的各面,迁流曼衍,日新月异:有中国名士风,有外国绅士风,有隐士,有叛徒,在思想上是如此。或描写,或讽刺,或委曲,或缜密,或劲健,或绮丽,或洗练,或流动,或含蓄,在表现上是如此"[2]。白话散文与启蒙、与现代性的相遇相击,激发出耀眼的历史光芒,并在相互的建构中,共同卷入建设现代民族国家的滔滔巨流。正如滥觞于新文学、新文艺、新科学和新宗教的欧洲文艺复兴"促使现代欧洲民族国家之形成"[3]一样,作为新文学之一部分的白话散文,也催生着中国现代民族国家的形成。

二

杂文作为一个独立的文类,是白话散文最早的文体,也是现代散文史的最早发端。综观百年,杂文始终与艰难的启蒙历程相伴相随,犹如一对孪生兄

---

[1] 鲁迅:《小品文的危机》,《鲁迅全集》第4卷,人民文学出版社2005年版,第592页。

[2] 朱自清:《背影》,开明出版社1992年版,序第 v 页。

[3] 胡适:《胡适口述自传》,华东师范大学出版社1993年版,第192页。

弟：启蒙兴则杂文兴，启蒙衰则杂文衰，反之亦然。

杂文由《新青年》杂志的杂感发展而来，在鲁迅那里集大成。1918年4月，《新青年》第4卷4号设立《随感录》栏目，很快掀起杂感旋风。首期刊发的陈独秀、陶孟和、刘半农三人的7篇杂感，几乎涉及这百年启蒙运动的绝大多数内容。它涉及政治，谈国会如何监督政府、限制公权滥用；涉及文化，批评国粹派的保守，思考中国传统文化怎样走向现代；涉及思想与学术，抨击封建与买办体制如何使思想封建化、买办化，以至于糟蹋思想与学术；涉及社会，揭露官匪一家鱼肉百姓；涉及官僚贪腐；甚至涉及新闻界与教育界如何违背常识、盲目崇拜留学生等。不过需要指出的是，这7篇杂感当中只有两篇白话写作。随后，钱玄同、周作人等人加入杂感写作队伍，壮大了声威。1918年9月，《新青年》5卷3号开始发表鲁迅的杂感，一发不可收，杂文最终成为鲁迅思想启蒙最有力的武器，也成就了鲁迅这个伟大的启蒙思想家。

《新青年》引发了杂感的洪流，也开启了白话散文史第一个最具中国特色的传统。这个传统，既是鲁迅传统，也是新文学、新文化的传统。继《新青年》之后，李大钊、陈独秀主持的《每周评论》，李辛白主持的《新生活》，瞿秋白、郑振铎等人主持的《新社会》，以及《民国日报》的《觉悟》副刊等不少报刊，都相继开设了《随感录》或类似的栏目，聚集起新文化、新思想、新文学的先驱们——一大批新青年、新时代的现代知识精英，运用自主理性，向数千年的蒙昧宣战，以建立新的政治秩序和心灵秩序。

"原是萌芽于'文学革命'以至'思想革命'"[1]的杂文，在救亡、革命、新启蒙、新人文等时代浪潮中，不断向偶像、权威、迷信、偏见、谎言、专制、语禁等亮出投战和匕首。抗日民族救亡运动中，无论是在沦陷区，在"孤岛"，在大后方的重庆、昆明、桂林，还是在根据地的延安，杂文在艰难曲折中依然肩负起开启民智、捍卫自由、民主、平等、正义的崇高使命。这期间，《新华日报》《救亡日报》《文艺阵地》《抗战文艺》《野草》月刊等发表了大量的杂文作品；还创办过《鲁迅风》等杂文刊物，出版过"野草丛书"

---

[1]　鲁迅：《小品文的危机》，《鲁迅全集》第4卷，人民文学出版社2005年版，第592页。

等杂文集子；涌现出巴人、柯灵、唐弢、徐懋庸、周木斋、瞿秋白、冯雪峰、聂绀弩、秦似、夏衍、闻一多、朱自清、林默涵、王实味等在当时颇有影响的杂文作家。

中华人民共和国刚成立，黄裳便发出《杂文复兴》的呼声。在"百花时代"，徐懋庸、巴人、钟惦棐、艾青、流沙河等人都发表了相当有分量的杂文作品。在60年代，出现了《燕山夜话》《三家村札记》这样搅动了整整一个时代的杂文著作。20世纪80年代进入思想解放运动与新启蒙时期，《杂文报》从1983年创刊到2014年停刊，坚持了三十余年，它以辛辣的"鲁迅风"革故鼎新、激浊扬清。诗人邵燕祥于80年代初期毅然转向杂文创作，笔耕不辍，出版了20多本杂文随笔集，挑战封建人治、极权和威权。80年代还出现过讽喻性散文，虽不是杂文，却具有杂文的锋芒，如黄秋耘的《历史的哑谜》、梵杨的《试上骊山说祖龙》，守护真理与真相，警示现实。90年代末期，王小波的杂文随笔集《沉默的大多数》特立独行，卓然一家，无疑是杂文的世纪绝响。可以说，杂文传统贯穿中国白话散文百年。

通讯、特写、报告文学，是白话散文的又一重要分支。作为纪实性散文，它们与批判性的杂文不一样，但同样是中国现代民族国家建构不可或缺的文化力量。通讯与报告文学的滥觞，伴随民族国家的兴起，或者说它们本身就是因应民族国家建构之需而出现的一种既具"新闻性"又具"文艺性"的散文体裁。清末民初，体制解纽，朝贡体系分崩离析，一些先知先觉者开始报道西方国家社会情况，如志刚的《初使泰西记》、郭嵩焘的《伦敦与巴黎日记》、王韬的《漫游随录》、梁启超的《新大陆游记及其他》等，其文体已含"报告"因素，内容也"突破古文的义理藩篱，西方新知取代了儒道性理，形成了中国散文史前所未有的精神世界"[1]，不过语言还停留在文言或半文半白阶段。作为白话散文的报告文学的先声，应该是1924年出版的瞿秋白的《饿乡纪程》与《赤都心史》。尽管这两个集子杂感、杂记等多种文体并存，但其中的一些篇什已经具备报告文学的雏形。作为报告文学的发轫之作，它极富象征意

---

[1] 杨汤琛：《晚清域外游记与中国散文的现代性嬗变》，《文学评论》2014年第5期。

味地把中国的民族国家建构指向了俄苏模式。1930年"左联"成立后，报告文学一词正式出现，同年柔石的《一个伟大的印象》发表，记述了"全国苏维埃区域代表大会"的实况，恰好是新的政治力量对俄苏模式的秘密实践。报告文学的出现与现代民族国家建构的最初实践走到一起，绝不是历史的巧合，而是一种文学样式与一个历史阶段达成的某种默契：报告文学这种散文体裁吻合这样的历史阶段，这样的历史也选择了报告文学这种散文体裁，从此，报告文学就与民族国家的命运紧紧相连。媒介学家认为，媒介变动的历史，就是人类社会变迁的历史，报告文学这种新兴媒介的出现，预示了一个新的社会形态的到来。

百年现代性运动的各个时期，通讯、特写、报告文学都发挥着叙述与构造历史的作用。抗日救亡运动中，报告文学是救亡力量的内在组成部分。"九一八事变"后，报告文学迅速兴起。1932年，最早以报告文学之名结集出版的《上海事变与报告文学》，就及时报道了"一·二八"事变中上海军民英勇抗战的事迹。随后，报告文学快速全面介入社会现实，出现了《中国一日》这样规模巨大的报告文学专集，以及夏衍的《包身工》这样优秀的报告文学作品。宋之的的《一九三六年春在太原》、黄钢的《开麦拉之前的汪精卫》、沙汀的《随军散记》、周立波的《战地日记》、丘东平的《第七连》和《我们在那里打了败仗》等则记录了国共两党斗争与战争的历史风云。

1949年以后，随着新的现代民族国家的诞生，报告文学、通讯、特写致力于民族国家认同，尤其是政治认同。抗美援朝时期，两部大型的军事通讯报告文学集《朝鲜通讯报告选》和《志愿军一日》，其规模创历史之最；魏巍的《依依惜别的深情》《谁是最可爱的人》等，也成为那个时代广为传诵的作品。王石和房树民的《为了六十一个阶级兄弟》、甄为民等的《毛主席的好战士——雷锋》、穆青等的《县委书记的榜样——焦裕禄》等报告文学，又以话语特有的力量，塑造"新型"的文学形象，强固着新兴的民族国家这个想象共同体。

70年代末至80年代中后期，报告文学可以说是思想解放运动和新启蒙的历史主角之一。遇罗锦的《一个冬天的童话》、王晨等人的《划破夜幕的陨星》、杨匡满等人的《命运》、张书坤的《正气歌》等，表现出强烈的澄清历史真相、恢复历史理性的自觉。徐迟的《哥德巴赫猜想》、黄钢的《亚洲大陆的新崛起》、黄宗英的《大雁情》、肖复兴的《生当做人杰》等，试图重建知识分子的历史主体地位。程树臻的《励精图治》、钱钢的《唐山大地震》、涵逸的《中国的"小皇帝"》、唐敏的《人工流产》、霍达的《国殇》，以及报告文学中关于"黄色文明"与"蓝色文明"的对话等，则直面当代中国的现实与人生、矛盾与症结、文化与文明，展示中国走向现代民族国家的艰难与困顿。

90年代的"散文热"，特别是大众传媒与网络时代的到来，并未完全消解报告文学的热情，出现了邓贤的《中国知青梦》、马役军的《黄土地，黑土地》等优秀作品。进入21世纪，除长江的《矿难如麻》、梅洁的《西部的倾诉》、周闻道的《国企变法录》等佳作外，报告文学似乎正被梁鸿的《中国在梁庄》《出梁庄记》这样的更加"非虚构写作"所部分替代。尽管"非虚构写作"中依然流淌着中国百年报告文学的血液。

杂文与报告文学作为白话散文的两个重镇，理当写进白话散文百年史，而且值得大书特书。这两个文体及其作品的特点非常鲜明，那就是始终自觉肩负建构现代民族国家的大任，表现出强烈的现实性与介入性，只是各自的方向不同。杂文捍卫启蒙价值，以文化批判与社会批判为武器，致力于个人和国家自主理性的维护与建设，为现代民族国家建构扫除文化障碍，树立人类共同的精神标尺。报告文学以迅疾的姿态，正面反映与回应现代民族国家建构的功绩与问题、焦虑与忧患。

三

文学史是经典史，或者说是经典遴选的历史。对经典的不同理解，会有不同的文学史。白话散文的草根性，并不意味着它的写作更容易，它进入文学史的门更宽。恰恰相反，相比小说诗歌戏剧，它成为经典的难度更大、可能性更小。何况我们是在书写"中国白话散文百年史"，必须要有"中国"和"百年"的眼光。

经典的白话散文，不能仅仅看它当时的社会功能——因为它是艺术文本，不是应用文体——否则就忽略了它的本质特征，而将之等同于法律文书，或者富有感召力的演讲稿。倘若只强调某篇散文在当时所产生的社会影响，就忘记了"中国"这个宽度与"百年"这个长度：只有在这个宽度与长度里能经受考验的白话散文，只有与这个宽度与长度所构成的历史趋向一致的白话散文，才有可能成为经典。也不能只看它的艺术功能，以所谓的"文学性"而无视它的社会作用，因为它是这一"百年中国"经典的白话散文，它必然与这一"百年中国"发生深刻关联。更不能只看它的"个人性"，并不是所有倾听作者内心声音的白话散文都是经典散文，因为人性深处都有"幽暗意识"，而有些"幽暗意识"与"百年中国"的历史走向、共同价值可能背道而驰。

中国百年史视野下的经典白话散文应该具有三个基本要素。首先它是白话语言的经典。也就是说，纯熟的白话、好的语言，是经典白话散文的第一要素。只有纯熟的白话才能"代表这个时代的文明程度和社会状态"[1]；只有好的语言，才能够得上文学的门槛。这些经典白话散文，对于这百年来中国民族语言宝库的丰富与发展，已经和必将做出这样或那样的贡献。

其次它是艺术文本的经典。在语言符号的范围内，艺术文本与其他文本最大的区别在于，它通过语言符号尽可能地去建构一个"可能的世界"。这个世界与我们置身其间的"实在世界"区分开来，即它绝对不是"实在世界"的简单粗糙的纪实性呈现，而是与其拉开距离。这个距离就是审美的距离。不过这里的"审美距离"已经不是布洛的概念，它不是文本以外审美者与审美对象之间的距离，而是文本内部的距离：既是符号与对象之间的距离，也是虚构文本与纪实文本之间的距离。[2]

对白话散文而言，语言符号与对象之间的距离，意味着它不是实在世界

---

[1]　胡适：《答黄觉僧君〈折衷的文学革新论〉》，《胡适文集》第2册，北京大学出版社1998年版，第91页。

[2]　唐小林：《布洛说反了：论审美距离的符号学原理》，《中国人民大学学报》2015年第1期。

的简单摹写与反映；虚构文本与纪实文本之间的距离，又意味着它不会像新闻、历史等应用文体那样如实写来。文本内部审美距离的存在，使艺术文本建构的"可能世界"，内在地具有了对"实在世界"的"概括力"。

在"可能世界"与"实在世界"有所关联的前提下，艺术文本内部存在的审美距离越大，也就是它建构的"可能世界"与"实在世界"之间的距离越大，它的"艺术概括力"也就越大，它的精神深度和思想深度也就越大，反之亦然。在这个意义上，艺术文本的审美距离就是它的艺术概括力，也就是它的意义深度。意义深度越大的艺术文本就越具有生命力，就越具有超越时空的可能，就越具有经典品质。

审美距离的原则，要求作为经典白话散文的艺术文本不能"直陈"其事，"直抒"胸臆，"直白"内心，"直言"道理，"直奔"主题。这些"直"都有可能填塞审美距离，损害艺术概括力。而是必须调动隐喻、象征等各种艺术手段，以"言不尽意"的方式创造"意不尽言"的文本；通过丰富的想象、饱满的细节，推动叙述的展开；叙述出情感，叙述出判断，叙述出价值，叙述出真知、真相与真理。

正因为这样，经典白话散文是最具"阐释性"的文本，也是最考验读者"解释力"的文本。反过来说，正是那些为读者提供了多方面解释的可能性的文本，最终被读者长时段、多样化的阅读和解释的文本，或者说无尽的阅读和解释的文本，才能成为经典。于是，这就回到了常识：所谓经典白话散文，就是一百年来被一直阅读、一直阐释，至今仍意犹未尽的那些散文作品。面对这些作品，读者调动自己全部的感觉、经验、学识、才情，兴趣盎然地游走于艺术文本所营构的"可能世界"与"实在世界"的审美距离之间，无限衍义，不能停歇。

再次它是内蕴的普遍价值的经典。中国白话散文的这一百年是现代性运动的一百年，是启蒙思想艰难建制化的一百年。人的自由与解放、国家的民主与独立、社会的公平与正义，既是人类守护的普遍价值，也是这个现代民族国家这一百年来追求与捍卫的普遍价值。经典白话散文必然是表现这些普遍价值的典范，尽管在不同历史时期、不同时代思潮下，不同作家对普遍价值的表现形式各有千秋，体验的内容和经验的表达各有不同。

白话语言的经典、艺术文本的经典与普遍价值的经典，三者合一，构成中国白话散文百年的经典。必须指出的是，这三者并无固定的标准，总是相对而言。正是在这个意义上，文学史是遴选经典的历史。重点是"遴选"，遴选意味着比较，意味着淘汰。即是说，白话语言的经典、艺术文本的经典、普遍价值的经典，只是在这一百年众多散文作品的比较中作出的判断，并不是来自某个恒常不变的法则。而且，对于相同或不同的作品来说，这三者也并不总是均衡的，可能某些作品某一方面或某两个方面更加突出一些。但这三个方面的因素却是缺一不可的。

四

六个关键词，串联起这部中国白话散文百年史。

这六个关键词是启蒙、救亡、革命、新启蒙、新人文、在场，它们也依次构成这部散文史的六章。这六个关键词既是思想观念，也是思想行为和思想运动，它们在各个不同的时代各有侧重、此消彼长，形成中国白话散文百年史的阶段性特征和总体风貌。

启蒙

启蒙，并不是一个简单的词汇。从1895年到1931年"九一八事变"，启蒙一直是中华民族思想文化的核心。由于中国启蒙所遭遇的特殊历史处境，使启蒙在中国表现出极其复杂的形态。

中国近代以来启蒙的主要思想资源来自西方，而西方启蒙本身就是多种多样的。更为复杂的是，清末民初，当中国向西方"拿来"启蒙的时候，西方启蒙的历史正在没落。一战不仅让整个欧洲饱受战火的创伤，满目疮痍，更让西方世界的精神信心遭受毁灭性的打击，这其中包括对启蒙思想的深刻怀疑、反思与批判。可以说，近代中国思想启蒙的兴奋期一头撞进了西方启蒙的衰退期。

在这时，中国对西方启蒙思想的吸纳与借鉴，就不只是启蒙的普遍价值，同时也有反思启蒙甚至反启蒙的思想成果。吊诡还在于，中国最初的启蒙运动与启蒙的最初实践，如变法、维新、革命，很快惨遭失败，尤其是辛亥革命后的袁世凯称帝、张勋复辟，无疑给新生的启蒙当头一棒。启蒙刚迈开步，便陷入泥潭。

中国启蒙的另一困境，则是由启蒙导师——西方的神、魔两面性所致。启蒙作为西方"文明"的一部分在中国的传播，是与西方"殖民"的恶魔行为纠缠在一起的。在强烈的民族主义情绪下，西方启蒙思想资源的正当性，在早期中国启蒙知识分子那里不得不打折扣。1915年《新青年》创刊，随后十月革命一声炮响，尤其是1919年的五四运动，又使清末民初以来的启蒙，由苏格兰而法兰西，最后向俄苏发生转折。这样，百年中国起始阶段的启蒙，就呈现出复杂多样的状态，有严复的启蒙，也有梁启超的启蒙；有陈独秀的启蒙，也有胡适的启蒙；有张君劢的启蒙，也有杜亚泉的启蒙等。即便是李大钊的启蒙，也有《新青年》创办前后的区别。

表现在白话散文上，就不仅有鲁迅的启蒙，也有朱自清、周作人、郁达夫、林语堂等人的启蒙。以往的文学史，有把启蒙简约化为某个人或某些人的某些启蒙的倾向。本书认为，对于白话散文而言，凡是为了人的自由与解放，为了构建现代民族国家，有挣脱家国天下共同体的欲望与冲动，自主地运用理性，自由地表达自我，就是启蒙意识、启蒙思想、启蒙精神与启蒙行动的体现，不管其作品表现的内容是思想、是政治、是文化、是情感、是趣味，还是来自生命内部的某种神秘的体验。

救亡

救亡，与启蒙一样都是贯穿百年中国的主题。从魏源那代知识分子开始，朝贡体系开始崩毁，华夏帝国世界中心的信念破灭，亡国灭种的忧患、救亡图存的焦虑，就弥漫朝野上下。睁眼看世界，看到的是国家体系中国与国之间地位的不平等，中国的落后与被殖民的处境，使知识分子的民族自尊心受到空前的刺激。

两次鸦片战争、中日甲午战争、八国联军侵华战争，尤其是1931年至1945年的抗日战争，把救亡提到了民族国家生死攸关的位置。并不存在救亡压倒启蒙，可以说，百年中国启蒙与救亡是相伴而生，一体两面。即使20世纪80年代的新启蒙，在蓝、黄文明之争的背后，是浓得化不开的"落后就要挨打"的救亡意识。启蒙本身就是为了救亡，鲁迅先生的"立人"，是为了"立国"，最后"立于天下"。救亡从来就是启蒙的延伸，或者说是启蒙的另一脉。从人的角度，启蒙是个体为获得自主理性，求得人的独立与解放；从国家的角度，启蒙是国家为获得自主理性，求得国家的独立与解放。人的理性与国家的理性、人的自主与国的自主，无疑都是启蒙的题中之义。只不过这时的国家已不是华夏帝国，而是现代民族国家，它以辛亥革命为标志。

1931—1945年间全民族的抗日战争，是发生在现代中国这个民族国家最紧迫的救亡运动。现代民族国家依赖于两个认同，即政治认同和文化认同，救亡也因此表现为政治认同上的救亡和文化认同上的救亡。对于白话散文而言，演讲、通讯、特写、报告文学等政论类、纪实类作品，更偏向于政治认同上的救亡。而另一类作品，看似"与抗战无关"，或者说与抗战没有直接关联，但依然从民族文化的认同上起到了救亡的作用，就像都德的《最后一课》给我们昭示的那样。

现代民族国家，不仅仅靠政治，更靠多元一体的民族文化把人心凝聚一起，把统一维系起来。包括文学在内的文化救亡，虽然具有间接性，但依然是中华民族救亡力量的重要组成部分。而且从长远来看，或许还是更为深刻的一部分，因为它会对未来更加持续地发生影响。正是在这个意义上，沈从文的《湘行散记》、张爱玲的《流言》、何其芳的《画梦录》、梁实秋的《雅舍小品》等散文作品，从顽强地认同民族文化的角度来看，它们仍然在民族救亡这个巨大的时代主题之中，而且今天越来越散发出独特的审美光芒。

革命

革命，是百年中国"思想界最宏大的现象"[1]。革命自古有之，意义歧出，这个术语也被不断挪用与改写，构成中国思想史上的奇观。古代中国，"革命"一词主要指汤武革命、王朝更替、天地变化与彻底变革。1900年前后，除传统含义外，革命的现代意义开始出现，与民族国家建构联系起来，尤其是与新道德的关系重建，一直延续至今。在此意义上，可以说白话散文的百年就是中国革命的百年，只不过本书把它放到1946—1977年来特别叙述。

迄今为止的中西方思想史，无不以政治秩序与精神秩序的考量作为其"思想视野"。事实上，对于有着漫长历史的华夏文明而言，新的现代民族国家的思想进程还有一维在发挥重要功能，那就是"伦理秩序"。"伦理秩序"之所以不能简单地纳入"精神秩序"，是因为它在新的现代民族国家建构中有着独特的作用，它延续着古代中国的"本位论"传统，既不是个人本位，也不是群体本位，而是伦理本位或关系本位。[2]正是以奠基于"关系本位"的伦理秩序为中介，现代民族国家的"政治秩序"才内化为个人的"精神秩序"。新的现代民族国家的政治认同，同时也是文化认同的核心是"灵魂深处的革命"，即经由理智、情感和意志的不断纯洁，自觉提高，达到意识、思想、道德、信仰和行动的高度统一。

这表现在散文创作上，无论是叙事、抒情、议论，也无论是写人、写景、写事，无论是关于现实、历史和未来，总之最后的笔墨都必须回到政治认同上来，以完成灵魂的革命。其实，这也是绝大多数散文创作的出发点：用各种文学手法，来叙述自己走向革命的觉悟过程与心路历程，以动员更多的人启程上路，走向革命。如果说沈从文的《五月卅下十点北平宿舍》、巴金的《奥斯维辛集中营的故事》，还只表现出这种"抉择"的焦虑、艰难和最终走向，那么杨朔的《雪浪花》、秦牧的《土地》和刘白羽的《日出》等作品则是表现这种"灵魂革命"的典型文本。赵丽宏的《笛音缭绕》、余秋雨的《路》等更

---

[1] 金观涛、刘青峰：《观念史研究：中国现代重要政治术语的形成》，香港中文大学2008年版，第357页。

[2] 梁漱溟：《梁漱溟全集》第3卷，山东人民出版社2005年版，第79—95页。

是把这种写作推向极致，有必要在文学史上"立此存照"。当然，也有极为少数的例外，比如十年内乱期间的部分"地下写作"，再比如丰子恺的《缘缘堂续笔》等时代大风圈外的作品，在庸常的世俗生活之中发掘人性的亮光。

新启蒙

本书所讲的新启蒙，指的1978—1989年的思想解放运动与启蒙运动。因此它不只是20世纪80年代中后期那个狭义的"新启蒙"。

这一时期的散文创作，伤痕、苦难叙事成为通用的形式，个人的自由与个性尊严成为普遍的诉求。20世纪80年代中后期，随着"走向未来丛书"的出版和"中国文化书院"的成立，以及"文化：中国与世界"丛书编委会的问世，以"文化变革"为其内容的新一轮启蒙全面启动，以个性主义为核心，也就是以自我解放和自主人格的获得为其核心的启蒙，开始转向以同时赢得个人权利为核心的启蒙，人开始全面觉醒：既要成为个人的自我，又要成为社会的自我。在这一点上，80年代的新启蒙，不仅上承"五四"，又开始超越"五四"。

这一时期，由于启蒙任务的急迫，与实在世界拉开距离的时间太过匆忙，经典白话散文并不多见，巴金的《怀念萧珊》、孙犁的《亡人逸事》、周涛的《巩乃斯的马》、张抗抗的《地下森林断想》、张洁的《拣麦穗》、叶梦的《羞女山》等，可算这一时期的佳作。

新人文

新人文，用以概括20世纪90年代至新世纪的思想特征。这样的概括未必十分准确，在一个表面上已经失去"共名"的时代，任何一个术语都难以承担起囊括转型期历史丰富内涵的重任。

20世纪80年代建立在"态度的同一性"基础上的新启蒙阵营[1]，在告别革命、回归学术、反思启蒙的浪潮中，尤其在接踵而至的商品大潮中迅速瓦

---

[1] 汪晖：《预言与危机：中国现代历史中的"五四"启蒙运动》，《文学评论》1989年第3—4期。

解，剩下的似乎是一片思想与精神的废墟。消费狂潮席卷世纪之交的中国，个人主义向以物欲为目标的唯我主义转向，利己主义盛行，情欲尖叫，个体生命仿佛得到极大的释放：历史好像来了一个轮回，以个体生命的张扬为其特征的人文主义得到复兴？然而，新人文主义的"新"并不表现在这里。1993年发起的"人文精神大讨论"，1997年底拉开序幕的自由主义与新左派为时三年的思想争鸣，以及至今仍未消歇的国家主义、古典主义、民族主义以及历史虚无主义等思潮表明，新人文的"新"真正表现在：如何在市场经济、消费主义的历史条件下，建构新型现代民族国家；如何处理好政治认同与文化认同的关系；如何重建新的政治秩序、精神秩序与伦理秩序。

　　落实到文学，特别是散文，则是"灵魂的呼告"。灵、魂、肉三维，在这一时期最为珍贵和缺失的是"灵"，亦即信仰。作为"魂"的思想，多元多样，呈现出万花筒甚至是碎片般的景观；作为"肉"的情欲，极尽泛滥。在这时，作为"灵"的呼喊应时代之需出场，并在精神的旷野中显得尖锐而宏远。1993年的"人文精神大讨论"究竟"讨论"了什么？仔细研究就会发现，实际讨论的是作为文化、文学的"终极关怀""终极价值"的整体性缺席。这既是近百年来启蒙的后果，也是那个时期对启蒙反思的成果。终极之物，必定与信仰相关，显然，新人文的"新"正在其超出"人文"之处。从康有为倡导立孔教为国教，王国维以艺术代宗教，蔡元培以美育代宗教，梁漱溟以道德代宗教，到宗白华、李泽厚等人以审美代宗教，再到刘小枫重新回到宗教，中国百年思想的现代化进程，就是寻找替代宗教的过程，迄今仍未停止。[1] 于是，在这一时期出现史铁生的《我与地坛》，王小波的《沉默的大多数》《一只特立独行的猪》，张炜的《融入野地》，张承志的《荒芜英雄路》，余秋雨的新旧《道士塔》等散文作品就不足为奇。它们或从历史、或从现实、或从自然、或从社会、或从内心拷问人的灵魂，企图在文化变革中寻求新的替代宗教。

----

　　[1]　唐小林：《看不见的签名：现代汉语诗学与基督教》，中国社会科学出版社2004年版，第29—47页。

在场

在场，还是晚近十年的事情。

新人文面对四大背景，显得力量微弱。一是消费主义文化的兴起并日益占据时代中心，使各种事物，包括思想、文化、文学艺术等都有"为消费""被消费"的倾向。二是虚拟世界的出现，使人们不断往还于线上、线下，或同时处在线上与线下之间，与实在世界的关系，尤其是与周遭世界的关系日渐疏远和大幅弱化，人的脱域化倾向严重，处身性、具身性存在很大的问题。三是语言学转向到此一时期才真正落地中国，符号学中国学派的形成是其标志，写作的语言自指化倾向与消费主义紧密呼应，导致意义的离场，写作的及物性问题越来越尖锐，符号泡沫、符号异化表现突出。四是古典主义或拟古主义思想盛行，国学热、西方古典热、汉服热、古镇热等，把人们的目光从现实带向以往，思想界、文化界、文学界出现现实的空场。凡此种种，导致符号对真实、真相、真理的遮蔽，符号极尽撒谎的功能：一个后真实、后真相、后真理的时代已然到来。

与之相应的是散文的复兴，"散文热"的到来。散文写作的队伍越来越庞大，发表散文的媒体越来越多，作品数量急剧上扬。散文不仅越写越长，题材越来越丰富，各种名头的品种、"流派"也越来越多，诸如文化散文、哲理散文、学者散文、原生态散文、女性散文、小女人散文、新乡土散文、新生代散文、新散文等不一而足。在有人欢呼"散文全面繁荣"的同时，有人则在大声疾呼"救救散文"，认为这个所谓的"大散文"时代，实际陷入了"虚假、虚假、虚假"的泥淖[1]。陈剑晖以学者特有的敏锐，把这一现象归结为"现实性"不足[2]。其实，这只是思想现实在散文、在文学上的体现。

真正有价值的文化，常常立于时代浪潮的对面，在这一时期，传入中国已几十年的现象学得到前所未有的复兴。胡塞尔的意识现象学、舍勒的精神现象学、梅洛-庞蒂的知觉现象学、皮尔斯的实用主义现象学等都不同程度地受

---

[1]　姚振函：《救救散文》，《文论报》，1993年9月11日。

[2]　陈剑晖：《论当代散文创作的现实性问题——兼及当下的一些散文现象》，《文艺评论》2010年第5期。

到重视。不管这些"现象学"之间存在多大的理论分歧，但有一点上却是趋向一致的，那就是"回到事物本身"。在文学界，建立文学与现实，文学与政治、经济、文化等的联系的呼声越来越高，"非虚构写作"从倡议逐渐走向生动的实践，并有形成文学思潮之势。

正是在"回到现场"的思潮鼓荡下，2008年周闻道、周伦佑等18人，在四川眉山发起"在场主义散文"运动。在场主义散文，强调创作主体对当下现实、对人类生存处境的介入，以达到"去蔽、敞亮、本真"的目的。在场主义散文并不限于发起者，也不限于眉山散文作家群，它通过自2010年起连续六届的"在场主义散文奖"，把20世纪90年代以来海内外白话散文写作中被认为具有"在场精神"的作家作品尽可能纳入自己的麾下，壮大自己的声威。还通过线上线下、传统媒体与新兴媒体的融合，开展各种在场主义的散文活动，不断扩大自己的影响。在场主义散文，可以说是一次散文文体的启蒙运动，旨在实现散文的自觉、自主与自由，获取散文的理性与主体性，以回到事物本身，抵达事物的真相，革除"散文热"所带来的虚假的弊端。在场主义散文，也可以看作是对"后启蒙时代"的一次文学反叛。张承志的《无援的思想》、周闻道的《七城书》等，堪称散文"在场"的代表作。

启蒙、救亡、革命、新启蒙、新人文、在场这六个关键词，串联起一部中国白话散文百年史，但显然只能是一部"片面"史。在逻辑上，这六个关键词也并非了了分明，相互排斥。恰恰相反，它们之间有交叉、有重叠、有涵括、有纠缠。贯穿整部散文史的是启蒙价值、现代性思想和现代民族国家建构，是自由、民主、平等与公义等观念。白话散文史允许有多种写法，这只是其中的一种，也许还是最不完善的一种。"片面的深刻"是这部散文史编写的初衷，"片面"是肯定的，"深刻"却只能是一种追求。这种追求不仅表现在这部散文史的立意、构架上，也表现在对具体作品的解读上。也许迄今为止，还没有哪一部白话散文史在经典作品的细读上下如此大的工夫，且好处说好，坏处说坏，力求"不虚美，不隐恶"。至于结果怎样，期待方家赐教。

虽然未来已来，但未来百年白话散文史却不可预期。人工智能、合成生命正把人类推向"后人类"时代，机器人已经开始大规模代替人类写作，而且有些作品所达到的水准也已超过人类。而人类的网络写作却日益碎片化，似乎机器在进步，人类在退步。但无论如何，只要人类还存在，不管这人类是机器还是自然人，或者是"人—机"联合体，表达就不会停止，写作就仍将进行。至于这种写作是散文还是别的文体，就只能交给未来的文学史家去判断了。

第一章

启蒙与人的自由

第一节　思想启蒙与散文运动

百年中国白话散文史的开端，可追溯到清末民初，却与"五四"新文化运动深刻地联系在一起。"五四"新文化运动是一场影响深远的伟大思想启蒙运动，这场运动与西方启蒙运动有着明显的承续关系。西方启蒙运动从文艺复兴开始，前后延续七百年，影响了欧美众多国家。不同的启蒙思想家之间虽然存在各种论争，但启蒙思想的核心——进步与理性，却为大多数人所拥护。西方启蒙运动最重要的目标是运用理性反封建和反教会，并在此基础上寻找、发现、塑造真正的人。

康德将启蒙视为人类脱离自己加之于自身的不成熟状态，从而获得自由的过程。[1] 理性运用只是人获得启蒙的方法，而不是目的。启蒙的真正

---

[1]　参见康德：《历史理性批判文集》，商务印书馆1990年版，第22页。

目的，乃是使人获得自由。西方启蒙运动反封建和反教会的目的，正是为了"人"的发现，也正因为如此，启蒙运动才会被追溯至文艺复兴。而古希腊和古罗马的人文精神则被看作是启蒙运动的最终源头。

"五四"新文化运动的主要观念由西方启蒙思想演变而来。首倡者陈独秀在《敬告青年》中提出的"自主的而非奴隶的""进步的而非保守的""进取的而非退隐的""世界的而非锁国的""实利的而非虚文的""科学的而非想象的"等观点，几乎可以看作是平等、人权、自由和科学等西方启蒙思想的直接移植。[1] 只是囿于当时中国的社会环境，这些启蒙思想并未能像在西方那样发展。

社会环境的差异，使中西方的启蒙运动呈现出很大的不同。即便从1840年鸦片战争中国启蒙运动开始酝酿算起，至今也不过一百多年，其规模和影响自是无法和西方启蒙运动相比。相较于古希腊和古罗马的人文精神，中国传统文化更加重视家国天下，加之，宗教在中国的影响力远不及西方，因而"五四"启蒙更多集中在政治文化方面，即反封建礼教和封建文化。这就让近代中国的启蒙运动从一开始就比西方启蒙来得褊狭。

由于出发点不一样，西方启蒙对传统文化采取了一种调和与扬弃的态度，而"五四"启蒙则选择了与传统文化决裂的姿态。西方启蒙运动倡导古希腊和古罗马的人文精神，而"五四"启蒙则对几千年来的中国传统文化进行了摧枯拉朽式的猛烈攻击。如吴虞就将礼教和人对立起来，指出了二者的不可调和性，"我们中国人，最妙是一面会吃人，一面又能够讲礼教。吃人与礼教本来是极相矛盾的事，然而他们在当时历史上却认为并行不悖的。这真正是奇怪了"[2]。

"五四"启蒙虽未能让中国变成民主国家，却摧毁了几千年来扼杀"人"的文化。一方面让有识之士认识到，从戊戌变法到辛亥革命失败的根本原因不在革命者力量不足，而在于思想没有革新。只有革新文化和思想，才能

---

[1]　《青年杂志》第1卷第1号，陈独秀在《敬告青年》一文中分6个方面阐述了自己的观点，平等、人权、自由、科学、开放等观点体现在这些阐述之中。

[2]　吴虞：《吃人与礼教》，《新青年》第6卷第6号。

实现中国政治制度的变革。就此而言，"五四"启蒙不是政治变革的舆论前奏，而是政治变革之后的文化补课[1]。另一方面，更为重要的是，"五四"启蒙在为政治变革文化补课的背后，即提倡构建以人为本的社会文化制度的基础上，始终把追寻人的自由作为根本任务。尽管这一任务远未完成，但其埋下的种子，在20世纪80年代又重新焕发生机，蓬勃生长。

近年来，也有人对"五四"启蒙的作用提出质疑。说启蒙被强调到极致，变成一种主义，就会物极必反，造成现代文学的缺陷，认为启蒙至上时，思想会压倒文学，文学作品表现出来的教化功能就会压倒文学的审美功能。这种观点意识到了新文化运动的某些褊狭之处，但由于脱离了具体的社会历史语境，并未认识到"五四"启蒙不同于西方的地方，用西方反思启蒙的方式来反思近代中国的启蒙，毕竟有些削足适履。因为，这只看到了新文化运动思想政治启蒙的一面，而忽略了建立在对人的自由的追求之上的文化与文学启蒙。

思想压倒文学、压倒审美的说法，不过是李泽厚救亡压倒启蒙逻辑的又一种简单推衍。李泽厚从思想史的角度认为，陈独秀等人提倡的新文化运动，实际是谭嗣同和梁启超等上一阶段启蒙工作的继续，新文化运动之所以产生如此大的影响，还缘于同时的救亡性反帝运动。启蒙与救亡的融合，壮大了启蒙的影响。[2]在李泽厚看来，启蒙得益于救亡只是暂时的，很快思想的启蒙就服膺于政治上的救亡，救亡压倒了启蒙。

李泽厚的启蒙，也是一种思想政治启蒙，核心是从梁启超等近代思想家发展而来的民主政治思想。如果新文化运动的启蒙作用只有这样一面，那可以说陈独秀等人革命转向时，启蒙就已被救亡压倒了。"五四"启蒙并非如此简单，其终极目标与西方启蒙一致，即通过各种方式摆脱人自身的不成熟状态，实现以包括思想、政治、宗教、艺术等各个方面在内的、人的一种全面的自由。李泽厚的救亡压倒启蒙论，更多是说明了中国社会环境的复杂，短时间之内，很难取得像西方那样的成就，其余音、遗响与期望是清晰的：现代中国的

---

[1]　有关"文化补课论"，参见李新宇《什么是"新文化运动"》，《社会科学战线》2004年第3期。

[2]　参见李泽厚《中国现代思想史论》中的《启蒙与救亡的双重变奏》一章，生活·读书·新知三联书店2008年版。

启蒙尚未完成，各方仍需努力。

"五四"新文化运动的启蒙，是要将思想观念转化为社会力量，这需要各种媒介的共同作用。其中，散文是最便捷的载体。现代白话散文，紧随新文化运动的滥觞而勃兴，是新文化运动的重要组成部分，其一开始就与新文化运动的目标相一致：在反抗摧毁专制文化制度的激战中，实现人的自由与解放。

从反抗专制文化制度看，现代白话散文承"新文体"散文的遗绪，始终关注社会政治问题，以批判不合理的社会文化现象为己任。"新文体"散文的滥觞期，冯桂芬和薛福成的创作即反对形式主义，重视介入现实。他们的散文成就虽不算高，却突破了桐城派的"义法"之弊。之后，受西方传教士影响，报纸应运而生。王韬在此时写了不少发表于报纸上的"报章文"。此种散文浅显流畅、富有鼓动性，一时间被争相模仿。梁启超和徐勤等人在《时务报》上发表的"报章文"，更有气势，也更加慷慨激昂，即是所谓的"时务文"。

"新文体"散文在梁启超流亡日本后趋于成熟。梁启超在日本先后创办了《清议报》（1898年）和《新民丛报》（1902年）。其为"新民"而创作的《少年中国说》《过渡时代论》等是影响很大的"新文体"文章。"新文体"散文对"五四"白话散文影响巨大，其宣传鼓动性的语言、对社会政治和民生问题的关注，被新文化运动初期的散文承继和沿用。

现代白话散文的思想启蒙，自然也受西方影响。虽然陈独秀1915年才举起"科学"和"民主"的旗帜，但在那之前，进化论和人道主义等西方文艺复兴以来的思想，就已被许多报刊和译著介绍进来。1917年胡适的《文学改良刍议》和陈独秀的《文学革命论》，把文学与启蒙的结合推向了一个新的高度。随后，《新青年》开辟《随感录》专栏。

新文化运动之初，启蒙与文学的结合，一开始主要体现在政治功用方面。不过启蒙本身是一个思想被不断照亮的过程，一旦开启，就不仅仅限于社会政治层面，而是逐渐深入到世道人心。"五四"前后散文创作思潮的发展变化，很能体现这一点。

"五四"现代白话散文，杂感最先取得突破。杂感的突破，是创作者在政治文化思想方面自觉的表现。接过此前"新文体"散文的大旗，杂感以变革社会政治制度为己任，矛头对准封建专制制度和文化，在社会政治生活的各个方面表达了自己的看法。最早的白话杂感散文，出现在《新青年》上。陈独秀的《敬告青年》《法兰西人与近世文明》、高一涵的《共和国家与青年之自觉》等，虽不乏现代启蒙思想，但因文白相杂，算不得真正的白话杂感散文。1917年胡适和陈独秀倡导文学革命，主张白话文学创作，白话杂感散文才真正成长起来。其最重要的标志，是1918年4月《新青年》的《随感录》栏目的开辟。

《随感录》栏目前后发表了一百多篇现代白话杂感散文，陈独秀、吴虞、鲁迅、钱玄同、刘半农等都是该栏目的主将。提倡民主和科学、反对封建伦理纲常以及批判不合理的社会制度，是他们的共同目标。陈独秀影响最大，他的《科学与神圣》《学术独立》《纲常名教》《法律与言论自由》《革命与制度》等，文风泼辣，言辞犀利，有着强烈的社会参与和改造意识。吴虞虽为人有些偏激，却是不折不扣的反封建斗士。他的《经疑》《礼论》和《说孝》等文，直面封建礼教和儒家学说，揭示其不合人性之处。刘半农的杂感，涉及语言、文化、历史和教育等多方面，《实利主义与职业教育》和《"作揖主义"》，就对愚昧行为和不合理的思想展开批判。

随着《新青年》的《随感录》栏目影响的增大，《新生活》《新社会》《民国日报》《觉悟》《晨报》《每周评论》等报纸杂志也开辟了相同或相似的栏目，涉及的问题包括时政、妇女、学术、国民性等方面，重心几乎都放在抨击封建专制制度和专制文化上。

《随感录》杂感散文短小精悍，像新闻一样靠近社会现实，具有时效性。一方面其泼辣有力，以渲染高昂的情绪打动读者，另一方面又以曲笔进行讽喻，达到出其不意的表达效果，形塑了"五四"前后独特的批评性议论文体，并由此构成一种政治文化启蒙的准公共空间，体现了启蒙知识分子的政治文化思想自觉，发挥了承上启下的作用。

《语丝》《莽原》和《现代评论》在《随感录》的基础上，丰富了散文的表达手法，增强了感染力。1924年11月，鲁迅、周作人、林语堂、孙伏园等人创办语丝社，出版《语丝》周刊，主编为孙伏园。《语丝》刊发各种文体，包括杂感、美文、诗歌、小说以及散文诗等。不过成就最高的是散文，尤其是杂感散文。这一点，在当时就已成为共识，"'简短的感想和批评'在刊物中所占比重大，其主体是杂文"[1]。

《语丝》的杂感散文，与《随感录》一样，重视社会政治文化的启蒙，强烈批判封建专制思想，关注社会现实生活，暴露社会黑暗。与《随感录》杂感散文不同，《语丝》在表现力上更自由，更具感染力，形成了独特的"语丝文体"。"语丝体"杂感文任意而谈、无所顾忌，且又能催促新东西的产生。"语丝文体"的形成与周作人等人的倡导有关。周作人曾在《语丝》发刊词中提出，大抵刊发简短的感想和批评，并强调要有自由思想、独立的判断以及美的生活，反抗一切专断与卑劣。[2]自由和任意而谈是"语丝文体"的核心，"语丝并不是在初出时有若何的规定，非怎样怎样的文体便不登载。不过同人性质相近，四五十期来形成一种语丝的文体。"[3]语丝散文思想多元，艺术表达手法灵活自由，成为白话散文成熟的标志。

除了文体，相较于《随感录》杂感散文，《语丝》还有另一个特点，就是在批判的激烈程度不减的同时，表达上更显客观。《语丝》杂感散文涉及国民性、政治和文化等多方面的批判。鲁迅的《论雷峰塔的倒掉》《再论雷峰塔的倒掉》、周作人的《生活的艺术》、林语堂的《论土气和思想界之关系》等，都是政治和文化批判的典型代表。

鲁迅是《语丝》杂感散文最重要的作家。鲁迅在《随感录》时期就已创作了不少杂感散文。《语丝》时期，处于"彷徨"中的鲁迅比之前更进一步，针对社会现实，创作了数量更为突出的杂感散文。他此期的杂感散文，除了对封建专制文化和专制思想的抨击以及对国民性弱点的批判外，还增加了对当时的社会政治和文化事件的关注，如女师大事件、工人罢工等。

"五四"落潮后，整个中国思想界处于一种"彷徨"状态。鲁迅对此并不满意，于1925年4月与高长虹、韦素园、向培良、曹靖华等创办了莽原社，

---

[1] 江振新：《"语丝文体"简论》，《上海大学学报》2000年第1期。
[2] 周作人的这些观点，见《语丝》1925年第54期第1版周作人的《答伏园论〈语丝〉的文体》。
[3] 孙伏园：《语丝的文体》，《语丝》1925年11月9日第52期第8版。

出版《莽原》周刊。《莽原》虽刊发小说、杂感散文以及译文等，但杂感散文依然占了很大比重。鲁迅是莽原社的灵魂，其思想观念对《莽原》影响很大。《莽原》的杂感散文与《语丝》中的杂感散文相近，依然以国民性批判、抨击社会现实的黑暗以及揭露当权者的反动本质为己任。表达上《莽原》依然形式灵活，风格泼辣，嬉笑怒骂皆成文章。

《现代评论》相对来说要复杂一些。《现代评论》周刊于1924年12月在北京创刊，主要成员有陈西滢、胡适、高一涵、徐志摩、吴稚晖等。其前身可追溯至1917年的《太平洋》杂志，被认为是《太平洋》杂志与创造社"合伙"成立的一个派别。[1] 其批判的态度相对温和，有时甚至还有所保留。不过虽与《语丝》等有所区别，《现代评论》的杂感散文依然以政治思想启蒙为中心，内容涉及政治、经济、法律、哲学等多个方面。

陈西滢的《闲话》栏目是《现代评论》最重要的杂感散文场域。《闲话》栏目的杂感散文，不是那么尖刻泼辣，而是以一种相对温和的态度讨论时政，语言显得优雅、绵密和深刻。高一涵曾是《新青年》杂感散文的主将之一，此期又与陈西滢等在"闲话"栏目评论时政、批判当权人物以及议论各种社会现象。陈西滢对社会政治和文化始终保持独立的不附和态度，对于国民的劣根性、军阀的黑暗专政与妄图复辟封建文化等思想，都给予了严厉的批判，透露出对自由平等和民主开放的渴望。只是陈西滢自己并不是那么坚决，偶尔会为反动军阀或反动势力说话。总起来看，现代评论派杂感散文的主潮，具有鲜明的思想政治启蒙意义。

围绕《猛进》《狂飙》的作家团体，后期创造社以及太阳社等作家群体，都创作了数量不少的杂感散文。虽国内政治风云突变，"左联"以及围绕《鲁迅风》和《野草》的作家团体仍继续沿着这条路前进。20世纪60年代的《燕山夜话》，以及新时期以来邵燕祥、王小波等人的杂感散文，可以说都与"五四"杂感散文遥相呼应、一脉相承。

就启蒙而言，现代白话杂感散文的有感而发，旨在提高民众的认知和反

---

[1]　见李金溶：《关于"现代评论派"》，《中国现代文学研究丛刊》1980年第3期。

抗意识，改变不合理的社会制度。这种政治思想启蒙，主要针对可感可知的社会现实，目的是为人创造一种合理的生存环境，赢得生活理性，是对人的外在启蒙。在这条启蒙道路上，常有大胆尖锐而不乏浪漫的杂感散文，如太阳社和后期创造社的一些篇什。不过正是这些不同的声音，形成了以鲁迅为代表的具有东洋特色和以陈西滢、胡适等为代表的具有西方色彩的两套启蒙话语。这两套启蒙话语共同推进了中国社会思想和政治文化的现代化。无论是否被救亡压倒，这种启蒙本身就是华夏民族自身摆脱不成熟状态的有益探索和尝试性解决，是迄今中国政治现代化的重要思想开端。

与杂感散文不同，言志抒情散文从另一个侧面对国人进行启蒙。言志抒情散文源自周作人的"美文"。1921年6月，周作人在《晨报》发表《美文》，率先将文学性散文称之为"美文"，认为其是记述性和艺术性的散文，分为记述和抒情两类。加上王统照和胡梦华等人对文学性散文的进一步阐发，言志抒情散文便成为这样一种文体：从自我的角度去感受人的存在，或以言志抒情为主，或言志抒情与记述相结合。言志抒情散文很好地体现了纯散文的形象性和文字美，是美文的典范。这类散文以表达个体的内在情志为主，从自我存在和审美层面开启蒙先河。

言志抒情散文本有中国古代小品文的底蕴，又受西方随笔的影响，在周作人等人的大力倡导下，取得意想不到的成功。对此，鲁迅曾有所感慨，认为当时散文小品因常常取法于英国的随笔，带了一点幽默和雍容，所取得的成绩几乎在小说、戏曲和诗歌之上。[1] 周作人为代表的"言志派"散文、鲁迅的"独语体"散文以及创造社和新月派的抒情散文、京派和海派的抒情散文，都是颇有影响的言志抒情散文。

"言志派"散文最为注重人的情志表达。无论是周作人还是俞平伯、废名或钟敬文，叙述都平和冲淡，文笔舒缓自然，或旁征博引，或流连自然，读来有空灵之境，意味无穷。周作人不仅是"言志派"散文的领袖，也是现代言志抒情散文最重要的作家。他的散文，包含浮躁凌厉和冲淡平和两种风格。他

---

[1] 见鲁迅：《小品文的危机》，《鲁迅全集》第4卷，人民文学出版社2005年版，第592页。

的"言志"，更多体现在冲淡平和类散文中，如《故乡的野菜》《谈酒》《乌篷船》《北京的茶食》《苦雨》《喝茶》等。这类散文选材平凡细小，抓住神韵之处细细点染，以传达人生的某种情味，给人以出人意料的情趣和玩味人生之感。虽然有人说这类散文多少有些落寞和颓废，是"中年心态"的体现，周作人却乐在其中，并由此开创了闲适、青涩而又充满趣味的散文一派。

与周作人喜欢古代小品文不同，俞平伯向往古诗词。在他的散文中，总有一股古诗词的韵味。言志抒情散文在俞平伯手上，既充满知识性，又有玩味生活的真情趣，有隐逸风，含真性情。作为学生，废名受老师周作人的启发，将笔端放在熟悉的农村，抒写小人物田园诗般的平淡质朴生活，于冲淡中透出青涩。他的散文和小说，有时很难区分，如《芭茅》《万寿宫》和《桥》等。而钟敬文的散文风格最接近周作人，他的《荔枝》《谈雨》《游山》《花的故事》等，与周作人散文一样，冲淡而平静，充满生活情味。

鲁迅的言志抒情散文最为特别，也最为深刻。这主要是鲁迅在散文中表达的情志，比别的作家多了沉重的生活体验和生命沉思。虽鲁迅自说散文只是写给自己看的，然而实则是人类共同生命体验的表达。《野草》是鲁迅言志抒情散文的结集，其语言简练，意境如诗歌一样深远，以至于被许多人看作是散文诗集。《野草》中的散文，既有对现实的批判，又有对自我的深刻剖析，无论是《秋夜》《风筝》，还是《影的告别》或《复仇》。鲁迅言志抒情散文对于个体自我的深层挖掘，远远超出同时代作家。

现代言志抒情散文的勃兴，也得益于创造社作家的贡献。无论是郁达夫、郭沫若，还是倪贻德，散文中都流露出漂泊者的忧伤与现代知识分子的孤独。郁达夫是创造社最重要的言志抒情散文作家，他的《茑萝集》《忏余集》《过去集》等在当时都产生了影响。郁达夫敏感细腻而又直率真诚，他的散文既有深刻的现实批判，又有强烈的自我情感表达，形成了独特的自我暴露和自我剖析风格。语言上，郁达夫的散文清新纯朴，富于变化，前期浓情郁意，后期明白晓畅，纯而又醇。

郭沫若和倪贻德的言志抒情散文，强烈的情感抒发往往与个人的经历体验结合。郭沫若的《月蚀》《梦与现实》和倪贻德的《秦淮暮雨》《秋夜书怀》，一方面是漂泊者的凄凉和寂寞，另一方面是个体人生追求的失落，将现代知识分子的孤独进行了全新的阐释。

"新月派"的成就更多地被认为是在诗歌上，然而其言志抒情散文的影响也不可忽视。无论是诗歌还是散文，徐志摩的作品都是新月派最有特点的。徐志摩散文力求创新，融合欧化语言、古语和方言，铺张而不累赘，形成了一种真诚而华丽的抒情风格。与诗歌一样，徐志摩在散文中也尽情地抒发情感，文字充满生命的流动之美。他的《巴黎的鳞爪》《自剖》等散文，借助想象，创造了一个唯美的具有诗情画意的散文世界。

相较于"言志派"散文的名士倾向，"新月派"散文家更具有绅士人格。这种绅士人格，典雅而高贵，让"新月派"散文家既认同积极进取与圆满健康的世俗生活，同时又不满足于这样的生活。他们的散文因这种生活倾向而独具特色。

朱自清、庐隐、石评梅、梁遇春以及"开明派"一些作家创作的言志抒情散文，影响不俗。朱自清的《匆匆》《春》《绿》《荷塘月色》等，或借景抒情，或直抒胸臆，很好地把人、景和社会人生融为一体。20世纪30年代，沈从文、萧乾等"京派"散文家将言志抒情散文进一步推进，对20世纪七八十年代言志抒情散文在汪曾祺等人手中的再度复兴，起到十分重要的作用。

自由地审美，是人在文学艺术领域自由的体现。高尔泰有名言，"美是自由的象征。"情志的表达和接受，都需要自觉自由的审美意识。相较于杂感散文，言志抒情散文更多样。且不同的言志抒情散文，在新文化运动中实施各自不同的启蒙功效。带有名士风的"言志派"散文，并非总是复古或倒退，其贡献在于从生活的趣味和冲淡平和的人生态度中展示生存的自由状态。鲁迅的"独语体"散文，在自我追问和反省中发现人的内在缺失，进而补救以使人获得全面自由。创造社的言志抒情散文专注于人生的感伤形态，并从这种生活形态中寄望健全自由的人生。"新月派"的散文亦在"感美感恋"中，拓开自由审美的一角。

能将外在的社会政治思想启蒙与内在的自我存在和审美启蒙结合在一起的，是为人生散文。为人生散文以记述为主，融记述、抒情和描写于一体，着眼于社会人生。其之所以能结合二者，在于其既有杂感散文的社会政治和人生关怀，又有言志抒情散文唯美艺术的某些追求。为人生散文关注现实社会生活，关注各色人等的生存状况，尤其是关注底层人物或小人物的生活现实。同时，它们属于美文，是纯散文，较少议论，多是通过形象表达主题，艺术性比杂感散文强。虽同属美文，为人生散文与言志抒情散文有区别。为人生散文也有抒情，却不以抒情为主，也表达人生态度，不过这种人生态度只是在对社会生活和人生世事的叙述中表露出来，如朱自清的《背影》。

鲁迅是最重要的为人生散文作家，他的为人生散文对当时和后世影响很大。他的散文《从百草园到三味书屋》《藤野先生》《阿长与山海经》《父亲的病》等，重在回忆过往和写人记事，对人生的反思隐藏在人物的描写和事件的叙述之中。虽不像杂感散文那么直接，不过这些散文对社会人生的关注同样具有促进社会政治思想变革的功用。另一方面，它们在文本结构、叙述、描写和抒情等表现手法上也有很高的艺术性，是现代白话散文的一种典范。

文学研究会是最有影响的为人生散文创作团体。早期的文学研究会作家大多写游记体散文，如冰心的《寄小读者》《山中杂记》和朱自清的《桨声灯影里的秦淮河》等。不过当他们把目光集中在社会人生之上以后，就极大地推动了为人生散文的发展。

冰心是民国知名的才女，虽以小说成名，不过最高成就却在散文。冰心的散文曾风靡一时，被誉为"冰心体"。阿英当时就给予了很高的评价，说她的散文成就比她的小说和小诗更大。[1] 在《往事》《小品二章》及后来完成的《小橘灯》等大量散文中，冰心注重语言的表达和结构的变化，通过人物的心理和行动刻画，或者是事件的描述，表达某种现实生活状况，呼吁改革或改变。

文学研究会另一位为人生散文代表作家朱自清，善于通过叙述和描写，表现亲情和不合理的社会现象，进而揭露社会的黑暗与不公。他的《背影》而

---

[1] 阿英在《谢冰心小品序》中说起了冰心散文的影响，他说《往事》和《山中杂记》等散文曾在读者中有过极大的魔力。见阿英编校的《无花的蔷薇——现代十六家小品》，河北人民出版社1991年版，第108页。

今已妇幼皆知，成为抒写亲情的名篇。只不过亲情的背后，隐藏着的却是朱自清从审父到颂父的心理转变。他的《别》《给亡妇》《冬天》《择偶记》和《儿女》，通过琐事或小事叙述生活，或悼念逝去的妻子，或叙述自己的孩子的种种，或叙述自己的定亲之事，人物栩栩如生而情感真挚动人。而他的《白种人——上帝的骄子》《生命的价格——七毛钱》等则又通过描述一种社会现象，表现对社会不公平现象的批判。

别的文学研究会作家如许地山、郑振铎、叶圣陶、茅盾和丰子恺，也都有不少为人生散文佳作。叶圣陶的《"双双的脚步"》《与佩弦》《藕与莼菜》《五月卅一日急雨中》，要么有很强的社会批判意义，要么呼吁体会平凡人的痛苦，为普通人付出，有很强的为人生目的。郑振铎的《街血洗去以后》《六月一日》，茅盾的《暴风雨》《卖豆腐的哨子》，也充盈着饱满的社会批判和现实思考的激情。

稍后的"开明派"作家，坚持为人生散文的立场，如实反映生活，直面人生苦难，揭示现实生活中人的真实情感。早期的"开明派"作家出现于20世纪20年代中期，主要依托《我们》《立达》《一般》等杂志以及开明书店等机构，在关注文化教育的同时，也关注平民的真实生活。叶圣陶是"开明派"最有影响的作家。他继续文学研究会时期的创作道路，依然立足于介入现实生活，坚持要用文字"喊出人民大众的要求"。他此期的《脚步集》关注民生疾苦，也反思生命和生存的意义。丰子恺与叶圣陶相近，他的《缘缘堂随笔》一方面赞美儿童纯真的生活，另一方面又对农村经济凋敝后的农民生活予以深切的关注，满载社会责任感。

进入20世纪30年代后，"京派"和"左联"的为人生散文加强了对现实生存与底层苦难的关怀。不过因为政治目的性的加强，"左联"的为人生散文更多集中在阶级矛盾和政治争斗上，相较之前，散文触及的社会面单一了许多。其实，许多作家加入"左联"之前，散文创作风格更具多样性。譬如柔石，他在20年代就创作了不少散文，其中《忆S君》和《别蕙》等，充满了浪漫缠绵的感情，《诅咒》《不安》和《人间杂记》则具有现实感，对不公平的社会发起了诅咒。待到加入"左联"后，柔石前期的浪漫缠绵感情就完全被表现社会不公和阶级压迫取代了。

"九一八事变"后，南下的东北作家历经更多的苦难和挫折，散文中对生存的认识也比别的作家更为深刻。这些作家有萧红、萧军、端木蕻良等，萧红是其中的代表，同时也是他们中文学成就最高的。她的散文极具底层人物关怀，充满了对苦难人生的不平和控诉。萧红和萧军这种对底层的同情和关注，让许多人本能地将东北作家群的散文归入了"左联"散文中。

"京派"作家是为人生散文创作的另一支重要力量。20世纪20年代中期"语丝派"分化，"京派"作家群便初见端倪。30年代初，在社会形势复杂化中，"京派"形成了自己的流派特征。沈从文是"京派"代表作家，他的小说和散文最能代表"京派"特色。沈从文的为人生散文见于《湘西》《从文自传》和《湘行散记》等集子。这些散文不仅有很强的地域特色，也充满了对纯美人情的向往与对复杂城市人际关系的厌恶。

比起现代白话杂感散文，为人生散文的社会功能虽不是那么直接有力，但涉及的生活面更广，介入人生和人性也更有深度。杂感散文大多直接痛击社会政治和文化制度的不合理，而为人生散文既有直面社会现实不公平的，如叶圣陶、茅盾、柔石等人的散文；也有表现各种社会人际关系的，如亲情、友情和普通人际情怀；还有揭示人生成长的烦恼或美好以及表达乡土情怀和对美好人性渴望的。后三者从侧面批判或控诉社会文化制度，而非直接反映。这种方式所表达的启蒙意识，虽不像杂感散文那么直接明确，却往往更全面更深入。

为人生散文以形象的方式展示现实人生，具有自我存在和审美启蒙的意义。对于现实人生的反映，必然会涉及对人存在的意义的思考。在追求社会生存环境的变革过程中，人的自由就成为其终极导向。为人生散文以形象的方式重塑生活，追求表达的艺术性、追求形式上的美感，与言志抒情散文一样具有审美启蒙意义。

杂感散文主要针对人的外在生存规则变革，言志抒情散文重在人的内在情思的释放，为人生散文综合二者，内外结合，从更广更深的层面拓展人的自由疆域。三者的互相渗透与发展变化，展示了白话散文启蒙的多样特质。此期还有游记散文、知识小品和报告文学，或通过记录出行表达人生见解或言志抒情，或进行知识普及，从不同的方面给予当时还有太多蒙昧的国人以思想情志的启示。启蒙不仅是让国人懂得一个或一些道理，更是要让国人明白人之所以为人的全部道理。

第二节　从存在与经验反思启蒙：《影的告别》与《阿长与山海经》

站在三千年未有之大变局的历史转折点上，用白话进行散文创作的，是伟大的启蒙者鲁迅[1]，他对社会文化制度和人的生存做出了超出常人的思考。

鲁迅并非生来就具有如此的情怀，有两件事对他的转变意义重大。一是他自己常说的家道中落，这件事既让他年少时就承受了同龄人不曾承受的家庭重负，也养成了他日后的担当精神和责任感。另一件则是光复会的刺杀事件。光复会曾派他回国刺杀一清廷大员，事到临头他却放弃了。鲁迅自己和外界都很少提及此事。少被提及并不是不重要，相反，鲁迅的创作中无时无刻不具有这事的影子。一个自认为爱国且又有担当和责任心的人，放弃革命组织安排的任务，鲁迅的自责可想而知。《药》和《孤独者》等作品，几乎可以看作是鲁迅为自己的一种文学辩护。

鲁迅不同于常人，他的了不起之处在于能从自责中积极反思。他反思自我，反思国人，反思中国的文化，并从中找到问题根源。鲁迅散文创作十分丰富，有为人生散文集《朝花夕拾》、言志抒情散文集《野草》、书信集《两地书》、杂感散文集《坟》《热风》《集外集》等16部。他的散文，在反思的基础上，从存在与经验两个方面，深入探究了人的不成熟状态。存在与经验，可分别作为理解鲁迅言志抒情散文和为人生散文的钥匙。

鲁迅的言志抒情散文，看不见风花雪月，也很难见到小桥流水，而总是在焦虑与孤独中探寻存在的意义。存在既是个体对生存状况的主体体验，也是

---

[1]　鲁迅（1881—1936），浙江绍兴人，原名周樟寿，后改名周树人，字豫才，著有《鲁迅全集》18卷（人民文学出版社2005年版）。

主体对自己生命性价值的思考。焦虑是个体存在者在"异化"的实存状态中最为基本的心理感受和情绪体验。存在的焦虑不是一种病理性焦虑，而是个体自我生命的本体性焦虑。[1]鲁迅言志抒情散文对于存在的思考，就表现在这种焦虑和孤独中。《影的告别》[2]是最具代表性的作品。

《影的告别》通过影子对人说的一番话来思考个体的焦虑与困惑。这种焦虑与困惑并非只针对现实世界体验，也针对深层的存在体验。对于影子与人的关系，有六种理解。一说影是鲁迅自我解剖时另一个自我的显现，是鲁迅该时期另一个心理侧面的写照。二是认为人与影是一种形影象征关系，影象征战斗的我，人象征消沉的我，或是说形指躯体，影指精神。二者的背离，乃是寄托鲁迅不安于现状和积极进取的思想。三是以为二者的关系隐喻了鲁迅的爱情，影指鲁迅自己，而人则指许广平。四借二者关系隐晦曲折地反映当时的黑暗社会，表达鲁迅对当时社会的不满、失望和憎恶。五认为鲁迅借二者关系表现自己的思想矛盾，有很深的文化传统，是对传统形神合一思想的突破。六说二者关系像尼采《苏鲁支语录》中的影子与理念人的关系，是感性之我向虚无的本质之我讨还存在的理由。[3]

将影与人的关系看成是鲁迅与许广平关系的隐喻或现实社会黑暗的反映，并不具有说服力。就算这两者参与促成了鲁迅创作《影的告别》，我们也不能倒过来把原因当成结果。

我们也不能把《影的告别》看成是鲁迅单纯对自己内心阴暗面的剖析。"《影的告别》是《野草》中最早出现的解剖自己内心阴影的一篇作品"[4]这样的理解，会遮蔽鲁迅对存在的探索。存在是个体对生存状况的主体体验，这种体验在主体遭受外在挤压而产生孤独、焦虑、虚无、荒诞和异化感时最为深刻。《影的告别》与其说是鲁迅阴暗心理的剖析，还不如说是鲁迅面对外在世界时产生了焦虑和荒诞体验。

[1]　参见杨经建：《从存在的焦虑到生存的忧患——20世纪中国存在主义文学"本土化"论之二》，《浙江学刊》2009年第5期。

[2]　《影的告别》最初发表于1924年12月8日《语丝》周刊第4期。

[3]　参见蒋济永、黄志生：《〈影的告别〉的误读与再阐释》，《名作欣赏》2012年第32期。

[4]　孙玉石：《〈野草〉研究》，北京大学出版社2010版，第42页。

影与人的分别，是焦虑的结果。人睡到不知道时候的时候，不是时间描述，而是状态描述。"睡"意指外在世界的挤压，鲁迅的自我由此产生焦虑，并在焦虑中生发分离之心，随之就有了"影的告别"。影与人的分离，预示着鲁迅的自我分裂成了两个，一个是启蒙者自我，另一个是怀疑者自我。人代表启蒙者自我，影代表怀疑者自我。两个自我的分离，既是鲁迅对自我的怀疑，也是他对启蒙的质疑。

影离开人，并非要寻求自己的黄金乐园，而是找寻存在的意义。"有我所不乐意的在天堂里，我不愿去；有我所不乐意的在地狱里，我不愿去；有我所不乐意的在你们将来的黄金世界里，我不愿去。"[1]天堂在宗教中是人死后灵魂升迁的极乐世界，然而鲁迅的怀疑者自我对天堂充满了排斥，不愿意去。地狱在宗教中是人死后下沉的地方，鲁迅的怀疑者自我依然对它充满了排斥而不愿意去。此两者影不愿意去，体现了鲁迅对于宗教许诺的未来的怀疑。而未来的黄金时代，是反对封建礼教和文化专制以及提倡人道主义之后的世界，是启蒙者们所向往的美好存在，影不愿意去，则体现了鲁迅对于启蒙本身的质疑。因为这种质疑，影所代表的怀疑者自我就直接对启蒙者自我喊出了"然而你就是我所不乐意的"，不愿与其同，而宁愿彷徨于无地。

"五四"新文化运动以来，许多启蒙者并未真正理解启蒙的实质，只简单地把启蒙看成是一种思想政治的改变，以为大众有了新的政治思想，社会也就进步了，从而启蒙的任务也就完成了。然而"五四"落潮后，现实给予了这种简单的启蒙理念狠狠地一击。现实与启蒙者们的理想背道而驰。社会虽有所变化，但却并未如他们想象中那样进步。鲁迅已意识到此，所以其怀疑者自我才会在反思外在的社会现实的同时，反思内在的启蒙者自我，并在反思的基础上产生怀疑，进而与启蒙者自我决裂。启蒙的真正意义，乃是指向人的自由，鲁迅的怀疑者自我对于启蒙者自我的怀疑与决裂，是鲁迅对于存在的深层次思考。

自我本是统一的整体，当鲁迅的启蒙者自我和怀疑者自我分裂时，这个

---

[1]　鲁迅：《鲁迅全集》第2卷，人民文学出版社2005版，第169页。

统一被打破了。这带给主体生存的痛苦。尽管如此，怀疑者自我既已感知到了启蒙的真正意义，就不愿与未能真正理解启蒙的启蒙者自我同流合污。所以，影才要离开人。只是离开了人，影又缺少形体支撑，既不能存在于黑暗中，也不能存在于光明中。光明与黑暗都将吞噬影："然而黑暗又会吞并我，然而光明又会使我消失。"[1] 这里的黑暗和光明，表面象征现实社会的黑暗和未来社会的光明，实际指的是鲁迅自我的生存体验。黑暗指鲁迅的启蒙者自我所认为的未被启蒙的状态，光明指启蒙者自我所认为的被启蒙了的状态。因为启蒙即意味着照亮。影作为怀疑者自我，对此光明和黑暗两种状态都不认可。这种不认可，恰是对启蒙本身的质疑。与其选择这种不真实的启蒙，影更宁愿沉没于没被启蒙的黑暗中。

对于影最终选择沉没于黑暗，有人认为是鲁迅黑暗和空虚情绪的体现，说鲁迅袒露这种黑暗和空虚情绪，并不是为了眷恋，而是想在解剖中摆脱阴影。[2] 这种理解是一种误读。鲁迅确实是在反思自我，解剖自我，不过目的并非是发现了自己的黑暗和空虚情绪，而是认识到了此前启蒙的不足，想要有所改变。这一点，可从他同一天完成的《求乞者》得到印证。在《求乞者》里，鲁迅游弋在求乞者与布施者两种体验之间。作为布施者，鲁迅对卑微的求乞恶心和厌恶。作为求乞者，他宁愿用无所作为和沉默求乞。就算得到虚无，也要保持人的尊严。人的尊严，是人的自由的基本前提。两篇散文中，鲁迅目的都是要探寻真正的启蒙。

鲁迅离开北京到厦门等地任教，再后来到上海直至最后去世，如果不做强硬的政治图解，很难看出鲁迅在剖析自身的阴暗面后，找到了光明的所在。因而此时的鲁迅并非是要在解剖中摆脱阴影，而是充满了生存的矛盾和焦虑，充满了怀疑意识。俄国哲学家舍斯托夫说，人的生存是一个没有根据的深渊，鲁迅打开并不真实的启蒙之门后，触及了更深的人的存在。现实与这种存在有着巨大差距，他的怀疑者自我由此而产生。虚无和黑暗，不过是怀疑者自我对于启蒙者自我怀疑的结果。

---

[1]　鲁迅：《鲁迅全集》第2卷，人民文学出版社2005版，第169页。
[2]　参见孙玉石：《〈野草〉研究》，北京大学出版社2010版，第46页。

虚无是一种深层次存在体验。此时的鲁迅，虚无精神是很明显的。尽管倾向于留在黑暗中，但影没有留在黑暗中，最终还是彷徨于明暗之间："然而我终于彷徨于明暗之间，我不知道是黄昏还是黎明。我姑且举灰黑的手装作喝干一杯酒，我将在不知道时候的时候独自远行。"[1]鲁迅的怀疑者自我虽然认识到了启蒙者自我的光明与黑暗两种体验状态都有问题，但却并没找到自己的存身之所。选择光明，其实就是回到启蒙者自我，选择黑暗就是回到未被启蒙的状态。然而，这两种状态都已回不去了，光明状态是怀疑者自我不愿意去的，而黑暗既已被所谓的启蒙给启蒙了，也已经回不去了。鲁迅的怀疑者自我只能徘徊于光明与黑暗之间。

鲁迅的这种徘徊，是因为没找到第三条路。黄昏与黎明，是明暗之间的两种状态，一个衔接着黑暗，一个连接着光明。如果彷徨于黄昏，自然不久就是黑暗，影将被黑暗吞噬。如果彷徨于黎明，影不久之后也会消失于白天的光明中。找不到第三条路，也就是找不到通向真正的存在之途，影只得选择黄昏，走向黑暗。鲁迅因而在文中说，"朋友，时候近了。我将向黑暗里彷徨于无地"[2]。

彷徨，也是一种存在方式。由影的态度可知，鲁迅的怀疑者自我是绝不妥协的。即便彷徨于无地，甚至于堕入黑暗，影也要与启蒙者自我分离。其决绝的态度，正是鲁迅对启蒙深度质疑以及对自我的深层怀疑的体现，是探索存在意义的结果。

随之，鲁迅的怀疑者自我对启蒙者自我予以了嘲讽："你还想我的赠品。我能献你甚么呢？"[3]赠品在这里意指索求，鲁迅的启蒙者自我向怀疑者自我的索求。这种索求，既表现了启蒙者自我在怀疑者自我面前的强势，也透露出启蒙者自我以启蒙者自居的高高在上的姿态。

新文化运动以来，启蒙者们以一种居高临下的姿态对待被启蒙者，如同《祝福》中的"我"与祥林嫂二者的关系，鲁迅对此是批判的。启蒙的本质不

---

[1]　鲁迅：《鲁迅全集》第2卷，人民文学出版社2005年版，第169页。
[2]　鲁迅：《鲁迅全集》第2卷，人民文学出版社2005年版，第170页。
[3]　鲁迅：《鲁迅全集》第2卷，人民文学出版社2005年版，第170页。

是强迫式或植入式的，而是一种照亮和引导，新文化运动中启蒙者跟《祝福》中的"我"一样，当祥林嫂真正需要照亮或引导时，却无法提供真正的帮助，也像《伤逝》中的涓生一样，最终抛弃了被"启蒙"了的子君。当启蒙没有达到启蒙的目的时，启蒙者自我只有通过索求以获得虚假的满足。《伤逝》等小说，可以看作是对《影的告别》中对启蒙质疑的另一种形式的表达。

"无已，则仍是黑暗和虚空而已。但是，我愿意只是黑暗，或者会消失于你的白天；我愿意只是虚空，决不占你的心地。"[1]影对于人索取赠品，给予的回答是黑暗和空虚。这恰是鲁迅的怀疑者自我对于启蒙者自我的有力回击，对于启蒙者那种高高在上的姿态的否定。

散文最后，影强调自己愿意独自远行，直至被黑暗沉没。这是鲁迅的怀疑者自我再次重申与启蒙者自我的决裂。"我独自远行"，独自意味着孤独，远行表示决裂的决心，指鲁迅的怀疑者自我远离原来的启蒙者自我，是唯一的孤独存在。"那世界全属于我自己"则既重申了鲁迅的怀疑者自我的孤独，是孤独的觉醒者，又预示着怀疑者自我愿意在黑暗中摸索的决心。

鲁迅用影与人的诀别，表达对此前思想启蒙的反思。此前的思想启蒙，从进化论到人道主义，从反封建到提倡民主和科学，虽没有错，然而社会现实却并不如启蒙者们想象的那样，被启蒙者并未被真正启蒙。这真的如李泽厚说的那样，现代启蒙一开始就呈现了启蒙与救亡的双重变奏，而救亡最终压倒了启蒙？然而救亡如何会压倒启蒙呢？这与启蒙本身一样，是值得深思的问题。且救亡与启蒙究竟是何种关系？启蒙者们的启蒙自身是否有问题？如果启蒙仅仅是推倒封建文化专制，那新的文化又如何建立并延续？这些问题，直到今天仍需继续探索。

几十年后，无论是史铁生对生命意义的追问，还是王小波在一只猪身上寻找尊严，都是对此前我们简单地将社会政治制度变革与启蒙等同的反诘。推倒一种文化专制并不仅仅只是建立起一种新的制度，而是需要消除传统文化专制在社会思想中的长久影响。20世纪20年代后期新文化运动践行者们的分裂和

---

[1]　鲁迅：《鲁迅全集》第2卷，人民文学出版社2005年版，第170页。

转向，正是启蒙并未真正成功的表象之一。从这种意义上说，《影的告别》是对启蒙的启蒙表达。

鲁迅曾在给许广平的信中说，现在所谓的教育，世界上无论哪个国家，其实都是在制造许多适应环境的机器[1]。鲁迅明白教育的真正功用乃是恰如其分地发展不同个体的个性，然而他却又怀疑这样的黄金世界真的会到来，以为那不过是理想家们开出的最好的药方子而已："我疑心将来的黄金世界里也会有将叛徒处死刑，而打架尚以为是黄金世界的事，其大病根就在人们各各不同，不能像印版书似的每本一律。"[2]此处的黄金世界与《影的告别》中的黄金世界相印证，非常明确地表现了鲁迅对于当时启蒙者们的启蒙的质疑。

鲁迅还告诉许广平说，"但我的作品太黑暗了，因为我常觉得惟'黑暗与虚无'乃是'实有'，却偏要向这些作绝望的抗战，所以很多着偏激的声音"[3]。认为《影的告别》表达鲁迅黑暗与空虚情绪的人似乎从此处得到了印证。这种看法是武断和片面的，这里的黑暗与虚无其实印证的正好是鲁迅对启蒙的质疑。

鲁迅与许广平在通信中说这些话时，两人还只是单纯的师生关系。许广平对鲁迅是充满了仰慕和信任，许多蒙昧都期望得到鲁迅的开启。作为老师，鲁迅自是明白这一点。不过在给许广平的回信时，鲁迅总是一面解答许广平的疑惑，一面剖析社会和自我。此处的黑暗与虚无，正是他自我剖析的结果。这个结果不是鲁迅内心中真的充满了阴暗和虚无思想，而是他道出了自己当时的矛盾状况，即他的怀疑者自我和启蒙者自我的分裂。如果非要把这种分裂说成是阴暗，那鲁迅的这种"阴暗"也是一种质疑真正阴暗的"阴暗"。

从《两地书》许广平给鲁迅写信诉说内心的苦闷可以看出，"五四"落潮后，作为被启蒙者的青年学生仍挣扎在蒙昧的苦痛中，并未被真正启蒙。此时的鲁迅，自己也陷入了对启蒙的深层反思中，充满了怀疑与虚无，因而在解答许广平的问题时会不断自我剖析。反思的结果，自然是那样的启蒙创造不了

---

[1] 鲁迅：《鲁迅全集》第11卷，人民文学出版社2005年版，第20页。

[2] 鲁迅：《鲁迅全集》第11卷，人民文学出版社2005年版，第20页。

[3] 鲁迅：《鲁迅全集》第11卷，人民文学出版社2005年版，第21页。

一个所谓的黄金世界，启蒙的意义，应存在于个体生命的存在之中。[1]因而黑暗与虚无，正好证实了《影的告别》对启蒙质疑的合理性。

只是，鲁迅虽然反思了之前的启蒙，也思考了个体生命存在于启蒙的价值，但他却并没有找到真正启蒙的方法。如《影的告别》中的影一样，鲁迅的怀疑者自我虽然与启蒙者自我分裂了，却并未能在黑暗中开掘出新的世界，只能徘徊于黑暗与虚无中。《影的告别》虽是鲁迅对启蒙的启蒙表达，却并不是真正的启蒙。这也是为什么从20世纪20年代后期直到去世，鲁迅都像他的"影"一样彷徨着。

鲁迅不是一个存在主义思想家，没有克尔凯郭尔或尼采那样的存在理论，也没像他们那样试图在理论上为人找到存在的理由。鲁迅只是一个文学家，或者如李长之所言是诗人和战士。他把自己对人的存在的思考都表达在了文学创作中。文学创作依赖于个体经验表达，鲁迅对启蒙的反思常寓于个体经验表达之中。《阿长与山海经》[2]与《孤独者》等作品就是鲁迅从经验入手，表达对启蒙的质疑的。

《阿长与山海经》是回忆童年的散文。鲁迅回忆童年并非仅为了追忆往昔的快乐，更不是要抒发一点矫情的小感伤，而是为了"时时反顾"。鲁迅自己说，有一段时间，他曾经屡次回忆起儿时在故乡吃的蔬果，如菱角、罗汉豆等。这些东西在回忆中是那么的鲜美可口，然而久别之后再尝到时却又不过如此。唯独在记忆中，那种旧有的美味依然存留，这让他时时反顾。[3]旧有的味道是一种经验，反顾即反思，鲁迅借助自我的经验反思过往，以寻找生存的意义。

前后味道不一样，鲁迅以为那是记忆在哄骗自己。然而这不是哄骗，而是经验的存在方式。笛卡尔解释"我思故我在"时，举了火堆的例子，说明经验在某种意义上比物质更可靠。鲁迅所说的记忆中的味道，正是笛卡尔笔下的火堆，是区别经验和物质存在的参照物。在《阿长与山海经》中，鲁迅便是以

---

[1]　鲁迅对待苦闷的办法可以参看《两地书》中他写给许广平的信，见《鲁迅全集》第11卷，人民文学出版社2005年版，第16页。

[2]　《阿长与山海经》最初发表于1926年3月《莽原》半月刊第1卷第6期。

[3]　鲁迅：《鲁迅全集》第2卷，人民文学出版社2005年版，第236页。

经验记忆为参照，在长妈妈的形象的前后对比中反思现实社会和启蒙的。

鲁迅过往经验中的长妈妈，不过是个低下的保姆。她不姓长，生得也不长，而是黄胖而矮的。就连长妈妈这名字，也不过是职位上补上了一个高大保姆的缺，过继到了她头上而已。一个连姓和名都只能沿用别人的人，地位之低下可想而知。不仅如此，长妈妈偏偏还有许多别的缺点：外貌很不怎么好看，行为也讨人厌，喜欢"切切察察"背后说人是非。晚上睡觉，她也没有一点保姆样，躺成"大"字形，挤得童年的鲁迅没翻身的余地。过年过节时，她还有很多让鲁迅讨厌的繁文缛节。最让鲁迅不能原谅的，是她还谋害了鲁迅的隐鼠。

这样的人，从身份上说，不比阿Q高贵。从对封建礼教的见识上看，不比祥林嫂进步或高明。从身世上看，她也只是一个青年守寡的孤孀，只有一个过继的儿子，跟单四嫂子或八一嫂类似。从为人处世上看，她喜欢背后论人是非，与邹七嫂相差不多。对于阿Q、祥林嫂和单四嫂子等人，鲁迅是哀其不幸而怒其不争的。而对长妈妈，他则是满带着赞美和怀念。一个浑身是缺点的佣人，之前鲁迅几乎都是批判的，为何此时却赞美起来了呢？是因为长妈妈善良吗？单四嫂子和八一嫂子也很善良，鲁迅可还是怒其不争的。鲁迅的这一转变，都是因为他对启蒙的态度的转变。弄清鲁迅对长妈妈的态度，也就弄清了鲁迅对启蒙的态度。

"呐喊"时期，鲁迅以自己的方式，为新文化运动以及"五四"思想启蒙运动呐喊，进行思想启蒙。而"彷徨"时期，鲁迅对新文化运动和"五四"思想启蒙运动有了怀疑，也即前面所说的其两个自我的分裂，怀疑者自我站出来质疑启蒙者自我。这种自我的分裂，让鲁迅开始重新审视自我和他人。这种重新审视，从散文集《朝花夕拾》的更名即可看出。

1927年，46岁的鲁迅将《旧事重提》的集子更名为《朝花夕拾》。集子中的散文大多创作于他四十四五岁时。那一年鲁迅才正式与许广平在一起，按理年龄并不算老。然而"夕"却意味着日暮和年老，"夕拾"意指老来重新回顾。为何年龄并不算老的鲁迅却给散文集更换这样的名字？原因在于鲁迅重新审视了自我和他人之后，重新回顾过去时，就不再是之前启蒙者那种较为激进的立场，而是多了包容和理解。"夕拾"也可以看成是鲁迅自认为心态老了。然而这种自认的心态老，正是全面反思过去后重新审视自我和他人的结果。

长妈妈背后说人类似邹七嫂，身份卑微似阿Q，身世悲惨如单四嫂子，见识短浅如祥林嫂，鲁迅一点都不避讳，在文中直言其不是。只是此时鲁迅重点已不是批判长妈妈的无知或愚昧了，而是发掘他愚昧和无知之外的更重要的个性品质——善良与淳朴。这种善良和淳朴，体现在元旦早上长妈妈要鲁迅说恭喜并往鲁迅嘴里塞福橘，在她给鲁迅讲长毛与美女蛇的故事时，再不让鲁迅去死了人或生了孩子的屋子等时刻。

长妈妈身上的母性关爱，是发自其灵魂之中的。不管她受了何种礼教的教育，有多少繁文缛节，在说用女阴对抗大炮的事上是如何愚蠢，她对鲁迅的爱都不会有任何改变。只是年少无知的鲁迅，直到长妈妈买《山海经》时才认识到这一点。1926年，鲁迅回顾过去时，通过反思过往的经历，将满身是缺点的长妈妈塑造成了慈祥善良的母亲形象。

在此前"呐喊"时期，鲁迅对国人更多是从礼教和时政等外在层面启蒙。此时期的鲁迅，已在反思中认识到了前期启蒙的偏颇之处，开始更加深入地思考启蒙与人的存在的关系。他对长妈妈身上母性关爱的发掘，正是这种思考的结果。长妈妈身上的那许多缺点，鲁迅之前是批判和想要启蒙的。而此时，这些都已远不及长妈妈善良淳朴的个性品质重要了。当然，不是说鲁迅此期不再批判封建礼教和封建文化了，他依然是批判的。只不过在批判之余，他已发现了更为重要的东西，即人性纯美的一面。

此时期他创作的散文，如《阿长与山海经》《从百草园到三味书屋》《藤野先生》《范爱农》等，都充满了对人性光辉面的发掘与赞颂。《阿长与山海经》与《范爱农》都采用了欲扬先抑的手法，先表现阿长和范爱农与自己的不一致甚至是对立之处，然后再逐步揭示其身上最闪光的地方。这种手法，不仅是一种修辞技巧，还是鲁迅对启蒙认识有所改变的体现。他意识到了此前自己的启蒙者自我的激进之处，从而以一种更宽容平和的态度看待被启蒙者。

若把《阿长与山海经》与《怀旧》中的相关之处比较一下，这种态度的转变会更清晰。在《怀旧》中，有王翁讲吴姓老妇向长毛求饶一事，长毛向吴姓老妇扔了一颗头颅，是门房赵五叔的头颅。[1] 在《阿长与山海经》中，讲这事的是阿长，内容几乎全同。《怀旧》写这一例子，目的是批判耀宗与秃先生为代表的封建文人的愚昧以及围观者们的无知。《阿长与山海经》写这一例子，表面看也是为了显示阿长的无知和愚昧，然而这里全然没有批判的意思。鲁迅只是要告诉你，阿长就是这样一个封建礼教和文化下的无知妇人，然而她身上却闪耀着无可比拟的人性光辉。

《阿长与山海经》中的这种人性辉光，正是鲁迅质疑启蒙的结果。相较于之前鲁迅笔下的人物，长妈妈身上具有更多的人文关怀。这种人文关怀，既是鲁迅对于启蒙质疑的结果，也是他对于启蒙之启蒙的具体表达。或者说，是鲁迅希望真正的启蒙应该承担的责任。因而并不喜欢煽情的鲁迅，在《阿长与山海经》最后写道："仁厚黑暗的地母呵，愿在你怀里永安她的魂灵！"[2]这种煽情的背后，是鲁迅对真正启蒙——人的自由的强烈期望。

只是鲁迅的期望在当时的中国并不现实，复杂的社会环境并没有太多人文关怀的空间。很快，国共两党的政治斗争以及抵御日本的侵略成为了社会的主旋律。人文精神和人文关怀在这样的大背景下已显得有些不合时宜，直到20世纪七八十年代之交，才又被重新提出。只是那之前的鲁迅，已被供上了神坛，关于鲁迅的认识在那时也需要新的启蒙了。对于长妈妈，有人说"从这里可以看出鲁迅作为一个伟大的人道主义者，他的广博的胸怀，即使对一个有这么多毛病和缺点的、麻木的愚蠢的小人物，哪怕她只做了一件可能是微不足道的好事，鲁迅也把它看得很重要，要用诗一样语言来歌颂"[3]。这种观点恰好是对鲁迅的误解，在《阿长与山海经》中，鲁迅并不是高高在上的"启蒙者"，自以为在开启民智，他只是在发掘身上有许多不足之处的普通人的美好之处。在这里，启蒙者与被启蒙者之间，是照亮与被照亮的平等关系。这一点，可再次从《朝花夕拾》的更名得到印证。

"旧事重提"只是回顾往事，并没有表明态度，而"朝花夕拾"中的

---

[1]　鲁迅：《鲁迅全集》第7卷，人民文学出版社2005年版，第229—230页。
[2]　鲁迅：《鲁迅全集》第2卷，人民文学出版社2005年版，第255页。
[3]　孙绍振：《名作细读——微观分析个案研究》，上海教育出版社2009年版，第196页。

"花"字，已有了明显态度，意指鲁迅对往昔的追忆与怀恋。而追忆和怀恋的背后，恰好是经验构筑起来的鲁迅新的启蒙态度。《阿长与山海经》不仅视角独特，人物鲜活，而且是"朝花"中的"花朵"。长妈妈这朵并不完美的"花"，恰好是鲁迅自己的思想之"花"。在这样的"花"面前，鲁迅怀抱珍贵与怜惜。

鲁迅的创作，已与当时的20世纪世界文学并轨，深入了存在的暗黑、空虚和荒诞。只是社会的总体文化思想并未达到这个高度，导致鲁迅一再被误读，创作中的人文关怀也没被真正地承续。从早期的《科学史教篇》《文化偏至论》等文言论文的重科教与重立人的思想，到小说《怀旧》对礼教的批判，再到新文化运动时期的"呐喊"，鲁迅表现出来的是怒发冲冠式的启蒙批判。"五四"落潮后他的"彷徨"，让他更多更深地思考了前期启蒙，从而有了对启蒙的启蒙。《影的告别》正是这种彷徨与反思的抒写。反思的结果，便是鲁迅对于之前启蒙的扬弃，从而不再一味地激愤地批判，而是发掘长妈妈这样让人温暖的不完美之"花"。启蒙本身不是目的，克服人自身的不成熟状态，独立运用自己的理性获得全面的自由，才是目的。

我们也可以理解，鲁迅为何被后期创造社口诛笔伐而没多计较，为何加入左联，且加入左联后始终与政治保持一定距离。因为对启蒙的深层次理解，鲁迅始终在寻找一条通往人的自由之道，尽管当时的环境并不允许。

第三节　审父与颂父的翻转：《背影》

因散文名篇入选中小学教材，朱自清[1]在中国几乎家喻户晓。他的散文是公认的白话散文的典范。只不过一直以来，人们更多只看到了朱自清散文真挚优美的一面，而对其背后所隐含的对人的自由的思考关注不够。

真挚优美，确实是朱自清散文最重要的显著特征。朱自清散文，要么描

---

[1]　朱自清（1898—1948），原名自华，字佩弦，号实秋，后改名为自清。著有长诗《毁灭》、诗文集《踪迹》、散文集《背影》《春》《欧游杂记》等。

述四季景物或某种情致，要么叙述身边亲人和朋友的凡人琐事，要么评议现实社会人生，结构严谨而多变，语言优美而简洁流畅，风格平易而多创新。一方面，他关注社会，关注人生，散文中充满了人际关怀；另一方面，他又有诗人的敏感和细腻，常观察事物入微，在平实的事件叙述与优美细腻的景物刻画中表达或浓或淡的内心情感。

1924年，朱自清出版散文集《踪迹》。1925年进入清华大学任教，朱自清更致力于散文创作，先后出版了散文集《背影》《你我》《欧游杂记》《伦敦杂记》等。朱自清善于抓住瞬间感觉，展开丰富的想象，创造出让人叹为观止的散文艺术世界。如对梅雨潭的"绿"的想象，由色及人，由人及神。经他描绘，绿不再只是单纯的绿，而是有了生命的"女儿绿"。《歌声》中对声音的想象、《荷塘月色》对荷叶的联想、《春》对于春的比拟，都赋予了事物以另一种生命。

朱自清散文的真挚优美，还在于他善用朴实平易的语言塑造华美的意象。在他笔下，荷叶像舞女的裙，荷花像明珠、像星星、像出浴的美人，香味仿佛高楼缥缈的歌声，月色像小提琴奏出的名曲。春天像娃娃，像小姑娘，像健壮的青年。太阳有脚，日子如轻烟，如薄雾，被微风吹散，被初阳蒸融。如此多样的修辞手法和华美的意象，使《春》《匆匆》《荷塘月色》《绿》《桨声灯影里的秦淮河》等散文具有了让读者难以摆脱的魔力。白话散文的向前推进，朱自清做出了不可磨灭的贡献。

然而朱自清对人的自由的思考，更多的是通过那些叙述父子、夫妻和朋友之间凡人琐事的散文，而不是上述多样性修辞运用和华丽意象选择的言志抒情散文。朱自清用素朴的语言把普通平凡的感情叙述得动人至深，融入了自己对人的深层次思考。《背影》[1]是朱自清这类散文中流传最广也最有代表性的。

《背影》结构简单，不像《荷塘月色》或《绿》等散文那样多种修辞手法交错，各种意象叠加，而是通篇白描，用最素朴的方式叙述父亲的外形、动

---

[1]　1925年11月22日发表于《文学周报》第200期。

作和语言。即便作者的内心感情或起或落，也完全如实呈现。内容上，《背影》也很平实，父亲去南京车站为他送别，给他买了几个橘子，他看见父亲的背影，忽然悟出了亲情的可贵以及人生的不易。但平常的结构和内容，平实至极的语言，表达的却是不平常的儿子的情感变化和成长过程。

《背影》写于1925年10月，27岁的朱自清经受新文化运动的洗礼后，又在外闯荡了不算短的时间，他对世事与人生也有了更加深入的思考，表现在《背影》中，便是平淡与成熟。而这种平淡与成熟的背后，隐藏着朱自清对传统的父与子关系的深刻反思。《背影》的张力便来自于其表层意义——父子的真挚感情与深层意义——从审父出发的父与子关系的反思之间二元悖反式的统一关系。这种二元悖反式的统一关系，是朱自清双重启蒙思想在《背影》中的融合。

《背影》最打动人之处，便是对真挚父子之情的描述。而朱自清的启蒙思想之一，就是这种对人伦和真情的唤醒。散文开篇便是，"我与父亲不相见已二年余了，我最不能忘记的是他的背影"[1]。以回忆的方式引出父亲的背影，话语朴实之至。然而此处也抛出了一个问题：为什么他最不能忘记的不是别的，而是父亲的背影？

朱自清追忆说，那年冬天，他的祖母死了，父亲的工作也丢了，正是祸不单行的日子。父子见面，就在这样让人伤感的境况下。若是相同年纪的郁达夫，对此种境况的描写一定要丰富而煽情得多，父亲的院子、精神状态以及自己的内心，都会用不少笔墨去点染和刻画，然而朱自清只用了最简单的语言去表现：看见满院狼藉的东西，想起祖母，眼泪簌簌流了下来。对于父亲，也只用了他的一句话刻画："'事已如此，不必难过，好在天无绝人之路！'"[2]

这一段描述，虽看似简单，却蕴含了很强的情感张力。父亲真的像自己说的那样看得开呢，还是为了在儿子面前装坚强，故意说得较为乐观？若是前者，父亲与"我"之间就形成一种对比，父亲的坚强就是儿子榜样，父亲作为

---

[1]　朱自清：《朱自清散文选集》，百花文艺出版社1986年版，第79页。
[2]　朱自清：《朱自清散文选集》，百花文艺出版社1986年版，第79页。

家庭的柱石也得以体现。若是后者，"我"是否能理解呢？若不理解，就只当了父亲是很坚强。若是理解，他对父亲也就多了体谅，也就明白了做"父亲"的不易。此时的父亲是真的坚强还是假装，我是理解还是不理解，并不明确。因而此处，朱自清并没有回答为何最不能忘记父亲的背影。答案的揭晓在车站送别处。

回家之后，境况依然不好。不过朱自清还是用简单的叙述带过了。他只说父亲丢了工作欠了钱，回家卖了东西才能偿还，光景很是惨淡。这暗示了作为家里的柱石，父亲关乎一家人的生存，肩上的担子很是不轻。因而丧事完毕，父亲就要去南京谋事。与父亲作对比的，是朱自清的不懂事。虽然他也为家里的状况着急流泪，然而毕竟还只是学生，与父亲一同出门北上念书，到了南京却约朋友游逛而勾留了一日。这种不懂事，为父亲车站送别埋下了伏笔。

当时父亲事忙，再三叮嘱了茶房送朱自清。然而朱自清的不懂事，让他终究不放心，仍亲自去送了。文中，朱自清说他父亲"颇踌躇了一会"。父亲为什么会"颇踌躇了一会"呢？当然是纠结于该找事做还是该送儿子。一方面是家庭的重压，他不得不为生计忙碌；另一方面是他自认为儿子还没长大，坐火车之类的事他还放心不下。舐犊之情，由此可见。

不过此时被叙述的"朱自清"还不明白这些，是没长大的"朱自清"。父亲送他去车站，做了许多琐事，比如与脚夫讨价还价，送朱自清上车，给朱自清选座位，嘱咐朱自清路上小心等。当时的朱自清难以察觉其中的深情关切，只觉得父亲做事不合适。为此，朱自清三次讽刺了当时的自己无知。一次是父亲讨价时，他觉得父亲说话不大漂亮，用了"我那时真是聪明过分"。一次是父亲嘱托茶房照顾朱自清，朱自清"心里暗笑他的迂"。最后是站在叙述者的角度的自我反省："唉，我现在想想，那时真是太聪明了！"[1]这样的自讽，就以反衬的方式为即将到来的情感高潮做了铺垫。

情感的高潮在父亲买橘子的部分。这部分朱自清叙述了开篇所说的父亲的背影，通过父亲的这个背影，他明白了人生的许多东西。这个让朱自清感动

---

[1] 朱自清：《朱自清散文选集》，百花文艺出版社1986年版，第80页。

的背影，是"我看见他带着黑布小帽，穿着黑布大马褂，深青布棉袍，蹒跚地走到铁道边，慢慢探身下去，尚不大难。可是他穿过铁道，要爬上那边月台，就不容易了。他用两手攀着上面，两脚再向上缩；他肥胖的身子向左微倾，显出努力的样子"[1]。这就是父亲的背影，也是这篇文字的核心内容。黑布小帽，黑布大马褂，深青布棉袍，肥胖的身子，一个很普通的上了些年纪的人的背影，虽然穿过铁轨和爬上月台有点困难，但仅凭这些还不能将人打动得哭的。然而朱自清却哭了，而且流泪的时间不短，以至于待他再看父亲时，父亲都已经买了橘子回来了。

朱自清为什么会那么动情地哭呢？因为那一刻，他从背后观察父亲后，突然之间就"长大"了，真正理解了父亲的不易处境。一方面，父亲少年外出谋生，曾经也有过自己的辉煌。然而现在，他却是如此的颓唐。祖母去世，他自己丢工作，为了承担家庭的重担，他不得不一忙完丧事就去南京找事。压在他肩上的担子，是如此的沉重。另一方面是父亲的那份坚韧，或者说在朱自清面前装出来的那份坚韧，这是最打动朱自清的。重压下的父亲，并没有抱怨或宣泄，在我面前只说诸如"事已至此，不必难过，好在天无绝人之路""不要紧，他们去不好""进去吧，里面没人"等话。

至于买橘子，本是一件小事，不过却集中体现了父亲对朱自清的这种关爱。这是典型中国式的父爱形式，即不愿说温语软言，只把这种关爱都化作默默地做事上。父亲买橘子时，朱自清却得以从背后观察父亲，思考父亲。父亲佝偻的背影，让朱自清明白了他并非真的坚强，而是为了家庭硬撑着。因而朱自清再情难自已，不知不觉就泪流了满面。

买完橘子之后，父亲的背影就再不是原来的背影。那肥胖的、青布棉袍、黑布马褂的普通背影，也因赋予了情感的意义而变得不再平凡。背影成了情感的特殊符号，是父子之情的载体。当他看见父亲的背影混入来往的人群不见的时候，眼泪自然就又出来了。此时，朱自清为何最不能忘记父亲的背影，也就得到了圆满的回答。

---

[1]　朱自清：《朱自清散文选集》，百花文艺出版社1986年版，第80页。

散文的最后，朱自清说父亲因老境不顺，情不能自已，常会被家庭琐事激怒而发泄在周围人身上，然而父亲对子女的爱，始终没有改变。而近两年的不见，父亲只惦记着朱自清和他的儿子。加上父亲来信又提到大去之期不远，已经长大的朱自清再次站在父亲的角度去思考，更加明白了人生的艰辛与无奈，因而再次情感迸发而流泪。此时，作为儿子的朱自清对于父亲的爱——深深的理解与体谅，也就再一次得到了表达。

没有过多的渲染，没有煽情的描述，只有简单的白描，父子之间的天伦之情就已被朱自清表现得如此厚重而深沉。打动我们的，不仅有父亲的舐犊之情，也有儿子对父亲的理解和体谅之爱。朱自清用自己的方式，打开了一扇以"背影"表现亲情的门。当代作家三毛与张承志，也写过同名散文《背影》，都是写母亲的。三毛笔下的母亲的背影悲伤、委屈而又默默承受。在荷西死后，三毛陷入了巨大的悲伤之中，而母亲总在一旁默默付出予以支持。张承志则是回忆起了三十年前母亲单薄而倔强的背影。那背影的力量，是他日后人生道路上的精神指引。这种运用背影写真挚的天伦之情的方式，正是朱自清唤醒人伦和亲情的启蒙目的所在。

讴歌父子亲情与人伦，是人们对《背影》的普遍理解。然而《背影》背后隐含的对人的自由的追求则往往被忽略。而《背影》最突出的意义恰恰就在后者，即反思中国的父与子关系，启蒙新文化运动之启蒙。

背影，也就是从背后看人。即便是最熟悉最亲近的人，也能从背后看出与日常完全不同的东西来。朱自清通过《背影》，从背后反思中国的父与子关系，完成了由"审父"到"颂父"的思想情感转变。

父与子，通常被作为一种对抗关系呈现。屠格涅夫的小说《父与子》，讲述了平民出生的大学生巴扎罗夫的民主主义与上一代人的巴威尔的贵族自由主义之间的冲突。曹禺的《雷雨》是直接对父权制的审判，是"审父"的经典作品。巴金小说《家》的主要冲突虽在爷爷和孙子之间，其实也是"父与子"冲突的另一种表现形式。整个"五四"时期，大凡反封建礼教和封建文化专制的作家，都或多或少写过表现"父与子"冲突关系的作品。朱自清写《背影》时，大背景仍是父与子之间的对抗和冲突。然而相较于曹禺和巴金，朱自清的表达要含蓄和温和许多不说，还少了决绝，多了反思。最为重要的是，朱自清在"审父"的同时，还对父亲形象进行了重塑。

朱自清在《背影》中的"审父"，始于隔膜。叶圣陶写过一篇叫《隔膜》的小说。通过相逢、饮宴和闲聚三个片段，表现了人与人之间无法真正理解和沟通。《背影》的创作动机，就从父与子的隔膜开始。《背影》中车站送别发生在朱自清20岁那年，也即1917年。而朱自清完成《背影》则在1925年。这期间，朱自清家发生了许多事，先是1917年，朱自清与订婚五年的未婚妻结婚。而不久之后，他父亲因纳妾的事和姨太太闹翻，结果被解职。而朱自清的祖母因此生气，离开了人世。朱自清为此与父亲产生了许多矛盾。这也就是说，捅破隔膜的那个冬天之前，朱自清和父亲之间是存在很深的隔阂的。

1923年，朱自清为此还写了《笑的历史》，批判封建家庭对年轻女性的压抑。小说中，朱自清以第一人称的口吻，讲一个天生爱笑的姑娘从小不受约束，经常笑，其娘最喜欢看她笑。然而随着年龄大起来，笑渐渐就成了别人指责姑娘的缺点。先是没出嫁之前，家人要她斯文而让她少笑。然后是嫁人之后婆婆、姨娘甚至是丈夫也都要管她的笑。再后来祖婆婆死了，公公的差事交卸了，家庭的担子就压倒了她的身上。渐渐地，她别说笑，连哭都哭不出来了。朱自清并不善于写小说，文中的内容许多与《背影》等散文重合。不过与《背影》等散文不同，小说中朱自清表达了对父亲和家庭的诸多不满。这其实一方面可以看作是朱自清对于传统礼教的批判，另一方面也可以看出他与家庭的关系尤其是与父亲的关系并不和睦。因为这篇小说，朱自清的父亲也和朱自清闹了不小的不愉快。

这种不愉快也与前面说的父亲养姨太太的事有关。1920年，朱自清毕业后到一中学任教，每月把工资的一半交予家里维持开资。然而此时的父亲拿着朱自清的钱依然养姨太太。朱自清的母亲和妻子为此很不高兴。朱自清也不高兴，一气之下离开了中学，去了别处。父亲十分不满朱自清这种做法，以至于两人有了"两年的不见"。

由此可见，从1917年送别到1925年朱自清写《背影》这段时期，朱自清和父亲处于明显的对抗关系。根据散文第一句"我与父亲不相见已二年余了"

以及朱自清写作的时间1925年，可推断他们上一次见面应该在1923年。而那一年，朱自清创作了小说《笑的历史》。也就是说，1917年车站送别后，朱自清和父亲的关系是一步步恶化的，以至于1923年后两年都不相见。

那一阵，正是新文学表现父子对抗关系的高峰，作家创作中的"审父"意识随处可见。胡适的《终身大事》、田汉的《获虎之夜》等都是将父亲当作封建家长制度的罪恶之首进行批判。这些作品大多站在西方人道主义立场，反对中国传统的礼教和文化，倡导个性解放和民主自由。就连温婉的冰心也写了《斯人独憔悴》这样的小说，表现年青一代对被父辈压抑的不满。新文化运动启蒙叙事的主流之一，就是把父亲塑造成为封建父权文化的象征。

当时朱自清正在北京读书，深受这种思想影响。朱自清与父亲不止一次发生冲突，对父亲专制等方面深有体会。从他早期的诗歌以及创办《诗》杂志等活动中可以明显看出他的反父权倾向。也正因为如此，随后才有了《笑的历史》。《笑的历史》并非像他日后所说的是庸俗主义的东西，而是他前《背影》时期所持的父子观念的表达，是他的"审父"之作。

"审父"的根据是父权。父权、夫权和皇权，是封建文化专制的根基。反对封建专制文化，批判父权自然是重中之重，表现于文学创作，就是对父亲形象的批判。然而现实生活中，情况要复杂得多。即便儒家的伦理纲常，也强调父慈子孝，将父慈放在子孝前面，何况现实生活中，父亲与子女生活于同一屋檐下，情感关系更加复杂，不可能真像文学创作中所批判的那样是非分明。父亲的种种不是，确实让朱自清反感，然而父亲对朱自清的关爱，朱自清又不可能完全视而不见。

"五四"落潮后，许多亲历者都陷入了情绪的低潮期。朱自清也不例外，在彷徨与苦闷中，他开始寻找新的答案。不像别的许多人通过转向政治斗争以寻求精神上的庇护，朱自清始终坚持自由知识分子立场，在反思中转向了自己的内在精神世界寻求答案。加上他已为人父，那几年在外奔波谋生，对于做父亲的不容易有了亲身体验。因而，他重新思考了新文化运动，思考了启蒙，进而开始反思新文化时期的"父与子"关系。反思的结果是，思想上从"审父"到"颂父"的转变。

《背影》写作的出发点，自然是新文化运动以来作家普遍的审父文化心理结构。那年冬天，祖母死了，父亲的差使交卸了，"我"到徐州与父亲一道回家奔丧。这里没有提父亲在整个事情中的过错。不提的原因，一方面可以理解为他已经为人父，谅解了他父亲此前的种种不是。另一方面，也有可能是朱自清想要重塑父亲形象，故意省去了他的不是，而只挑了好的方面来说。无论是这两种情况的哪一种，都体现了朱自清想要重新审视父子关系的愿望。

父亲回家变卖典质，还了因娶姨太太闹出问题而欠下的钱，借钱为朱自清祖母办丧事，朱自清都用了十分简洁的话一笔带过。既没描述当时的详情，也没交代自己当时的心理。不过可以推想，家庭遭遇如此变故，整个过程一定不会如朱自清叙述那么平静。朱自清如此写，也可从两方面去理解，一方面要么碍于颜面，觉得讲出来不好，要么那些事带着很深的伤痛，他不愿意多想。另一方面，就是他理解了父亲，不是逃避不想说涉及父亲不好的东西，而是原谅了父亲的不是，转而去发现他身上作为普通父亲的优点。很明显，后面的原因是主要的。朱自清从"审父"到"颂父"的转变，最主要就体现在对父亲身上普通人性的发掘上。

朱自清选择了车站送别来集中刻画父亲普通人性的一面。父亲百忙之中抽时间去送朱自清，嘱托茶房照看他，为了省钱与挑夫讨价，给朱自清选舒服的椅子等。当然最重要的部分，是穿过铁轨爬上月台给朱自清买橘子。这些事中，既看不见专制，也没有蛮横与控制。父亲只是一个平凡普通的父亲，有的只是对儿子的关心。从而，买橘子时那肥胖的、青布棉袍和黑布马褂的背影，就成为了传达普通父亲的慈爱的特殊符号。

后来读父亲的来信时，朱自清眼中父亲的背影，已满带了慈爱。对于自己与父亲的对抗关系，朱自清极其简单地带过了："他待我渐渐不同往日。但最近两年的不见，他终于忘却我的不好，只是惦记着我，惦记着我的儿子。"[1] 双方多年的矛盾，朱自清只用了"他待我渐渐不同往日"这句很暧昧含蓄的话表达。这句话很有意思，"渐渐不同"说明了时间久，也就是说朱

---

[1]　朱自清：《朱自清散文选集》，百花文艺出版社1986年版，第81页。

自清与父亲的矛盾关系已有相当长的时间了。而从"不同往日"可以看出朱自清在内心深处还是认为两人的对立中是父亲的做法欠妥，导致了他们之间的不和。"忘却了我的不好，只是惦记着我，惦记着我的儿子"，表明在家庭角色发生了转化，父亲已成祖父，朱自清自己成了父亲。儿子正在长大，这让朱自清站在了父亲的立场去思考。如此一来，父亲的一切都能体谅了。说及父亲的不好，朱自清解释说是因为早年风光，晚景颓唐，父亲自然脾气变坏。不管这个原因成立不成立，父亲的各种不是之处，朱自清都以之作为了谅解的借口。至此，朱自清也就在心里完成父亲形象的重塑。

散文写作时间和事件发生的时间相差了8年，父亲送别中的细节是否如文中描述那样，先暂且不说，至少从情感方面来看，明显带着朱自清1925年创作《背影》时的情绪的。散文中的四次眼泪，都可以看作是朱自清为自己之前的审父心理而落。第一次落泪，是朱自清到徐州与父亲汇合时。朱自清当时是否落泪，已不得而知。不过写作散文时的朱自清，已重塑了父亲形象，忆及当时凄怆情形，自责之心油然而生，自然忍不住落泪。

第二次是在朱自清看见父亲买橘子的背影时。这次朱自清是否真的落泪，也有暧昧之处。1917年的朱自清并没有真正明白和体谅父亲，看到买橘子的背影不太可能会感动得流泪。即便真流泪了，也不是散文中所说的原因。否则1917年到1923年间，他和父亲的关系也不至于恶化。更有说服力的是，泪是朱自清谅解父亲之后落下的。此时他已从情感上接纳了父亲，再想起父亲买橘子的背影，思念和后悔让其情感达到了高潮而落泪。"背影"也因此成为表现父爱的特殊符号。

第三次是父亲背影消失后。此处的流泪，也并不一定是送别当时情感的表现。背影既已成为表现父爱的特殊符号，叙述中忆及背影，父爱也就再次涌现，朱自清自然落泪。第四次流泪是在读父亲的信时。朱自清是如此说："我读到此处，在晶莹的泪光中，又看见那肥胖的、青布棉袍、黑布马褂的背影。唉！我不知何时再能与他相见！"[1]大学毕业后没多久，朱自清就回到

---

[1]　朱自清：《朱自清散文选集》，百花文艺出版社1986年版，第81页。

浙江教书。而父亲的信，是"我北来后"寄来的，应该是在1920年朱自清南下之前。那么初读父亲那些话时，应该是收到父亲的信不久。从叙述出来的时间看，散文最后两句话，前一句应在1920年之前，后一句应在写作散文的时候。然而1920年，朱自清与父亲关系并不那么和谐。而从情感上看，这两句话又是一致的，都表达了对父亲思念。这也就说明，朱自清读信时晶莹的泪光，也应是在1925年创作《背影》时。

如此可以说，四次落泪既是朱自清写作《背影》时的情感状态，又是他这些年来反思父亲形象的结果。前面已论及，家庭角色转换后，朱自清体谅了父亲的不易，谅解了父亲之前的种种不是，并由此对自己之前的行为和想法产生了后悔和自责。几次讥讽自己那时真是"太聪明了"，正是这种后悔和自责的体现。朱自清进而从平凡人和普通父亲的角度去思考父亲对自己的关爱，最终在送别的背影中让父亲形象得到升华，由此完成心中父亲形象的重建。如此，朱自清也就完成了对新文化运动中的父与子关系的反思。

《背影》由"审父"开篇，从普通人际间的父爱入手重建父亲形象。朱自清只把父亲看作是普通人，而非文学创作中的父权符号。在谅解了父亲的种种不是之后，他将批判的目光集中到了自己的身上。叙述到父亲送自己上车时，文中的"二我差"呈现为明显的对立。在这种对立中，创作时的朱自清与当年的朱自清拉开了距离。进而朱自清站在创作的当下，对当时的自己与父亲重新审视。这种有"距离"的审视，让他重新发现了父亲身上平凡的、充满慈爱以及肥胖和毫不强势的一面。从而，当通过"背影"重建父亲形象完成时，"审父"到"颂父"的过程也得以完成。

就启蒙的意义而言，《背影》也是现代文学史上的一次重要的父亲形象重建。1928年《背影》出版时，朱自清曾对《笑的历史》说过这样的话，"现在翻出来看，《笑的历史》只是庸俗主义的东西"[1]。朱自清为什么不满意《笑的历史》，说它是庸俗主义的东西呢？他所谓的庸俗主义，其实就是新文化运动中"抽象"的反封建家长制度。朱自清的不满意，主要在于父亲形象的

---

[1]　朱自清：《背影》，开明出版社1992年版，序第 V 页。

塑造，因而他才要在《背影》中重建父亲形象。他这种与当时主流背道而驰的举动，无意中开创了白话散文史上重建父亲形象的潮流。

从"审父"到"颂父"的转变，是朱自清对新文化思想启蒙的另一种表达，也可以说，是朱自清对于新文化运动启蒙思想的启蒙表达。《背影》表层的父子真情与深层的审父文化心理在由"审父"到"颂父"的转变中得到统一。与曹禺等人笔下的父亲形象不同，朱自清笔下父亲肥胖的、青布棉袍、黑布马褂的背影，成为了现代文学史上第二种父亲形象的典型代表。

朱自清"审父"到"颂父"的思想转变，代表了新文化运动之后相当一部分知识分子的文化反思。废名的《竹林的故事》、许钦文的《父亲的花园》等都是这种文化反思的成果。只不过此时期，"颂父"并不占主流，即便到了20世纪30年代，作家整体的"审父"文化心理依然大过"颂父"心理。不过不管占不占主流，至少在《背影》中通过对父亲的重新审视，朱自清以自己的方式思考了文化与人的关系。

沙子尚且有多个面，更不用说人。至于文化，那更复杂，其每一个面都像双刃剑，既有进步之处，也有落后的地方，适合与否，要依据社会和时代的实际情形而定。《背影》的意义，不仅在于表现了真挚的父子天伦之情与父亲形象的重建，还在于其从文化的层面思考父亲形象，进而思考人的自由。

散文以"背影"为题，也有这样的寓意：将父亲当作封建文化专制的象征是从正面看待父亲的形象，是当时的主流观点；而从背面看，父亲只是一个有血有肉的平凡人，是那个给予自己生命和关爱的人。这个背影代表着真实的父亲，而非仅是一个象征性文化符号。

朱自清的这种思考，客观上推动了"五四"思想变革大潮后对人的重新认识、对启蒙的反思，也体现了"五四"启蒙不同于西方的或一方面。"五四"时西方的人道主义、个性主义引入中国，毕竟还只是"理论大于实践"，要真正融入中国社会生活现实，还有很长的路要走。除了考虑恋爱和婚姻自由、妇女和儿童的社会地位以及不同阶层人的平等地位，还要考虑如何与延续了几千年的文化传统衔接，以及如何有步骤地改变深受传统观念影响的人。至少不能采取过于激进和武断的方式。就此而言，《背影》中的"颂父"

就是另一种启蒙，是对人的自由的另一种思考。

第四节　文化调和与文化自主：《乌篷船》

没有了文化，人的自我将无处安放。文化的自由，虽不等于人的自由，却是人的自由的前提。周作人[1]的散文，无论是浮躁凌厉的还是冲淡平和的，都与文化相关。作为新文化运动最有影响的启蒙者之一，周作人力图通过调和传统和现代文化以获得文化的自主，从而在文化自主中追寻人的自由。这一点其实在鲁迅和朱自清的某些散文中已有体现，只是周作人表现得更明确、更自觉。

周作人平生致力于散文创作，作品丰富而风格多样。1921年发表《美文》之后，他就把精力放在了散文创作上，先后出版了散文集《自己的园地》《雨天的书》《泽泻集》《谈龙集》《谈虎集》《看云集》《苦茶随笔》《风雨谈》《瓜豆集》《药堂语录》《药味集》《过去的工作》等多部集子。他的《谈龙集》和《谈虎集》中的散文，主要针对社会人事及文艺进行批判，态度鲜明而抨击强劲，具有"浮躁凌厉"的风格。《"重来"》等篇什，对封建礼教的复活进行激烈反击。《美文》《思想革命》等思想非常锐利，为新文化运动和新文学的推进而呐喊助威。《雨天的书》《泽泻集》等集子中的散文，书写个人情志，是周作人本人平和个性的真实体现，其风格被认为"冲淡平和"。

"浮躁凌厉"和"冲淡平和"两种风格统一于一个人身上，原本并不矛盾。然而在此基础上引申出周作人"叛徒"和"隐士"双重性格，并说他作为新文学运动的参与者，关注现实，反抗黑暗，与思想革命取同一步调，但在人生观与艺术观方面，他又尽可能远离激进，保持平和，情趣中有落寞和颓废的

---

[1]　周作人（1885—1967），浙江绍兴人，原名櫆寿，后改名为奎绶，字星杓，号知堂，有《周作人文类编》《周作人散文全集》等。

"中年心态"，[1] 则是对周作人启蒙思想完整性的割裂。

这里的"叛徒"与"隐士"二重性格特征，是站在预设的价值立场判定周作人思想上存在不足。"叛徒"指他与思想政治革命相一致的部分，即关注现实，反抗黑暗。"隐士"则指他在人生观以及艺术创作方面远离激进和斗争，以平和的心态抒写日常生活的情味。"叛徒"体现的是周作人斗士的一面，"隐士"则显示了逃避与颓废的一面。

其实，关于"隐士"和"叛徒"，周作人自己也说过。只不过周作人只想借此表达自己曾创作了反抗现实黑暗和表现闲适意趣的作品，且二者在他一直没变，如同馒头或大米饭与吃茶喝酒的关系。[2] 周作人认为二者并非对立，只是两种不同的创作风格而已。然而革命文学兴起之后，思想变革与政治上的革命运动复杂地结合在了一起。周作人又并不怎么"识时务"，将当时的文坛分为革命文学和颓废派文学，且还坚定地站在了颓废派一边。这引起了革命文学派的很大不满。

虽然封建礼教和封建文化专制是新文化运动主要的批判对象，但新文化运动的思想革命本身却是庞杂多样的。不同的启蒙者，批判的具体对象不尽相同。吴虞的批判重在封建伦理纲常，胡适主要提倡白话文学和民主制度，陈独秀则把重心放在抨击文言文学和社会政治上。而周作人从一开始，目标就朝向文学和文化的现代性启蒙。周作人既不因循已有的中国文化和文学传统，坚决反对缺少"性灵"的封建科举、道统和八股文，也不像胡适等人那样对西方文化采取类似于"全盘接受"的态度，而是在创作抒情言志的文学作品时，综合利用中国传统和西方文化中有用的东西。这也就是说，周作人从一开始，思想上就与其他思想启蒙者有一致与乖谬之处。而这种状况的形成，恰好是周作人为了保持自己的思想和文学创作的"一致性"。

也正因为如此，周作人显得不是那么"纯粹"，始终与文学研究会的"为人生"文学和创造社的"为艺术而艺术"的文学保持一定的距离。周作人也主张文学为人生，不过与沈雁冰等人所谓的人生并不相同。周作人所理解的

---

[1] 　见钱理群等编的《中国现代文学三十年》，北京大学出版社1998年版，第150页。

[2] 　见周作人：《过去的工作》，河北教育出版社2001年版，第87—88页。

人生，是建立在个人基础上的，与个人相对应的，是整个人类，而不是国家、民族或更小层面的乡土、家族等概念。而文学研究会其他成员理解的人的概念，则更是一个在现实政治和经济条件下的集体概念。[1]

周作人的两种文学创作风格是统一的，与他在新文化运动中的思想相一致，那就是对个性的追求和对个体自身独立价值的维护。"叛徒"与"隐士"二重性格性，必须统一于这种思想之下才能得到解释，也才有意义。为了坚守此思想，普罗文学兴起时，周作人说出了一些相当"奇怪"的话。除了把中国分为革命文学和颓废派文学两派，还对当时中国的情形非常不满，用了"非人的生活"去概括，说中国政治上还不敢说已经亡国，但不能不说文化上已经亡了，至少人民多是亡国民根性。[2]

周作人对于传统文学的借鉴和承继，也是建立在这种思想基础上。对此，周作人自己说得非常明确，"文学是不革命，然而原来是反抗的：这在明朝小品文是如此，在现代的新散文亦是如此"[3]。周作人对于晚明小品文创作方式的借鉴，并非仅仅是因为名士"夙缘"，更不是要复古，而是借助晚明小品特有的品格抒写个性和表达自我。

借鉴晚明小品文的同时，周作人自己也历经了西方散文Essay的浸染。他的散文，多带了Essay的任性之谈和自由放松。只是结合中西，周作人并不仅仅是为了要提高自己散文的艺术表现力，他那些看似闲适惬意的、抒写个人生活情趣的言志小品，其实是他独特的反抗的体现，也是他特有的传达自己启蒙思想的方式。

新文化运动带来社会变革的同时，也带来了文化断裂。对于传统文化的没落，周作人是深怀遗憾的。在他看来，传统文化的许多成分都是有利于个性追求和个体价值的维护的，值得承继。这一点在《乌篷船》[4]中表现得相当明显。

---

　[1]　参见朱晓江：《周作人美文写作的脉络及其文化意义》，《中国现代文学研究丛刊》2013年第3期。

　[2]　参见《新文学的二大潮流（论文）》，《绮虹》第1期，1929年4月10日。

　[3]　周作人：《苦雨斋序跋文》，河北教育出版社2002年版，第124页。

　[4]　《乌篷船》于1926年11月27日发表在《语丝》周刊第107期。

《乌篷船》运用"尺牍体",信笔所致,在亲切随意的交谈中向友人讲述家乡的风物以及自己的情趣,既有乌篷船的种类和特征介绍,又有坐船行游的真情真味。选择"尺牍体",周作人是刻意为之。他认为诗文小说戏曲都是做给别人看的,相比之下就多了做作的成分,而信札是写给第二个人看的,日记是写给自己看的,自然显得更加真实天然:"日记和尺牍是文学中别有趣味的东西,因为比别的文章更鲜明的表现作者的个性。"[1]

"尺牍体"的形式,看似亲切、随意、真挚而又精心安排提炼的语言,加上趣味的表现,独具匠心的结构,使《乌篷船》在文体上独具特色,为中国现代白话散文提供了一种新的体裁范式。"尺牍即此所谓信,原是不拟发表的私书,文章也只是寥寥数句,或通情愫,或叙事实,而片言只语中反有足以窥见性情之处,此其特色也。"[2]"尺牍体"散文亦即现在的书信体散文,这种散文最能表现写作者的真实情感。为此,周作人甚至对书信也做了区分,说在书信中,书与信也不一样。书大致是古文的一种,是用来讲大话的,阐释正大堂皇的道理。他更偏爱信,以为其更能展示写作者的真正自我。

运用"尺牍体",既是对传统文化的承继,也是周作人表达自己启蒙思想的特殊方式。就《乌篷船》内容看,一点都不复杂。周作人以答信的方式,告诉朋友子荣君,家乡值得怀念的地方不在住家处,而在他处,如乌篷船。乌篷船是别有趣味的东西,不仅种类不同,其外形就各有特点外,坐上去出游更是有一番别样的体验。随后周作人给朋友详细讲述了坐船出游的心得,包括沿途风景、观景时的情趣及如何到乡下看戏等。

表面看,这不过是一封普通的朋友间的通信,然而其字里行间处处透露着周作人对人和文化的思考。周作人写作《乌篷船》的目的,并非真要给朋友介绍去家乡如何旅行,而是借叙写江南特有的水上交通工具,倡导个体的真性真情,缅怀没落的传统文化。尺牍的外壳,美文的内容,《乌篷船》有如与老友叙旧,用的几乎全是日常聊天式的口头语言。然而这种口头语言又是经过精心设计的,并非真的是毫不讲究的随意之谈。文中夹杂的文言文用语,就是周

---

[1]　周作人:《周作人书信》,河北教育出版社2002年版,第1页。
[2]　周作人:《周作人书信》,河北教育出版社2002年版,第1页。

作人刻意为之的。

《乌篷船》虽是现代白话散文的典范，但其中却有不少地方更符合文言文用语习惯。如"究竟知一点情形"一句，用了符合文言文用语习惯的单音节词"知"，而不是更符合现代白话文用语习惯的双音节词"知道"。"船尾用橹，大抵两支，船首有竹篙，用以定船"几句，长短相近，结构近似，迫近文言文的习惯用法。相同的还有"船头着眉目，状如老虎，但似在微笑，颇滑稽而不可怕，唯白篷船则无之"等句子。这些近于文言的用法，表面看是周作人受早年所学古文影响，创作现代白话散文中脱离不了，然而实则是另有他意。

周作人虽反对封建文化专制以及八股文等载道之文，然而并非是对传统文化和文学全盘否定。他反对的只是那些压抑个性的、使人之不能为人的东西。对于公安派等的性灵诗学，他是极其认同的，因而这些用语，意在保留传统文学语言的精华。反对文言文倡导白话文固然既是社会进步的需求，也是新文化运动的主要目标之一，然而这并不是说文言文就没有一点好处，更不是要将文言文彻底从我们的文化中删除。文言文与白话文的交替，包含着文化的传承，是十分复杂而漫长的过程。文言文对白话文学发展是有作用的，这种作用在诗歌中表现得最为明显。现代白话诗歌的成熟，就离不开象征派和现代派诗人对文言词汇的引用和化用。李金发和戴望舒等人的诗歌，不仅是引入了文言词汇，更是对传统文化和思维方式的借鉴。

若《乌篷船》用普通文体创作，用周作人的话来说，那就是做给别人看的，缺少了作者的真性情。同样，若《乌篷船》真是一封给朋友介绍家乡风物的书信，我们也只能说周作人对朋友关心，是一个真性真情的人。《乌篷船》并不真是一封信，而是借用书信方式写成的一篇散文。无论是写信人岂明还是收信人子荣君，都是周作人自己，或者说都是周作人虚构的自己。因此，《乌篷船》可以说是一封自己写给自己的信。自己给自己写信，这要么是在扪心自问，要么是心灵寂寞时的独自呓语。周作人借此想要达到两个目的：一是借用传统的书信样式，运用日常絮语讲述看似意义不大的地方风物；二是更加鲜明地表现作者的真实个性。这也就是前面所说的缅怀传统文化和倡导真性真情。

不仅是借用"尺牍体"的形式，周作人《乌篷船》还借用对朋友的关切语来表达真性真情。周作人先给朋友交代了事情的缘由，然后以趣味为中心介绍乌篷船和出游心得。为了使散文语言看起来更加自然真挚，周作人适时插入对朋友的关切之语。如开篇的"接到手书，知道你要到我的故乡去，叫我给你一点什么作参考资料。"既交代了目的，为引出下文的乌篷船介绍与坐船出游做好了铺垫，同时又体现出朋友之间的友谊，自然而不做作。说到白篷船的时候说，"但是你总不便坐，所以我就可以不说了。"通过这种关心的话语，把朋友之间的随意很好地表现了出来。说坐"三明瓦"可以坐着打麻将时，似乎也很关心朋友的兴趣爱好，说"这个恐怕你也已学会了罢？"。对于小船，因为有翻船的危险，周作人写道，"不过你总可以不必去坐，最好还是坐那三道船罢。"接下来，周作人又介绍绍兴那边的里程很短，只当英里的三分之一，并说"但我劝你还是步行，骑驴或者于你不很相宜。"这些关切之语，既透露了岂明与子荣君之间很随意的好友关系，又使整篇散文看起来更加自然、亲切。如此，个体的情感也显得更加真挚。

表达真性真情，既是周作人对自己散文的要求，也是他文学启蒙的目的，即前面所说的个性追求和对个体独立价值的维护。这种个体的价值，并不属于社会中的群体，而属于真正的独立的个体，它是一种个体体验，深藏于人的精神深层。因而，在这封自己给自己的信中，周作人更多地是叙写不起眼的小事，即便涉及社会变革等大事，他也是避重就轻，其目的就是为了凸显个体及其生命感受的意义。为了进一步达此目的，周作人在散文中极力发掘"趣味"对人的意义。

趣味贯穿整篇《乌篷船》。散文开篇，周作人便以趣味引出所要描写的对象乌篷船。"老实说，我的故乡，真正觉得可怀恋的地方，并不是那里；但是因为在那里生长，住过十多年，究竟知一点情形，所以写这一封信告诉你。"[1]朋友之间的交流，语言明白晓畅如日常对谈。"老实说""真正可怀恋的地方""知一点情形"，又倍显真挚。随即，周作人话锋一转，到了人生趣味上。"我所要告诉你的，并不是那里的风土人情，那是写不尽的，但是

---

[1]　周作人：《泽泻集　过去的生命》，河北教育出版社2002年版，第27页。

你到那里一看也就会明白的，不必啰嗦地多讲。我要说的是一种很有趣的东西，这便是船。"[1]"很有趣的东西"，正是人生趣味的体现。如此引出乌篷船，后面所有的叙述便都建立在了趣味的基础上。

描写船时，周作人也立足于趣味。绍兴的船，分乌篷和白篷，乌篷是人乘坐的船，白篷大多作航船用。然而周作人却说，尽管是航运用，坐夜航的白篷船到西陵去，也是很有趣味的事。至于乌篷船，本身就很有趣。乌篷船有三种，大的是"四明瓦"，小的是脚划船，而最适合坐的，是"三道"，即"三明瓦"。"三明瓦"有半圆的篷，竹片编成，中间夹杂了竹箬，并涂了黑油，两扇定篷之间放着遮阳的扇，扇上有鱼鳞似的明瓦，船首有竹篙，船头画了眉目，状如老虎，但却是微笑的，滑稽而不可怕。如此有意思的船，还没有坐，就已心生了趣味。

而周作人描述时，随意而谈，更使船增添了别的情趣。周作人除了描述乌篷船外形上的特征，还说"舱宽可以放下一顶方桌，四个人坐着打麻将，——这个恐怕你也已学会了罢？"[2]打麻将虽是俗人喜好，放在乌篷船中，却似乎成了一种雅趣。三明瓦的趣味，自然也就更凸显了出来。即便是坐小船有翻船的危险，但因眼鼻与田岸和泥土相接，周作人也说那有特别的趣味。

乌篷船最有趣味之处，当然还是乘之出游。出游的趣味，首要是性子不能急，心态要平和，三四十里路，来回也需要预备一天。"你如坐船出去，可是不能像坐电车的那样性急，立刻盼望走到。"[3]有了这样的心态，才能静心观物。所去之处，自然也充满了趣味，贺家池、娄公埠的兰亭、挂有薜荔的东门等，都变成了美妙的物色。原本平常的东西，如岸旁的乌桕和河边的红蓼和白苹，路旁的鱼舍和河上各式各样的桥，因与观者神接，都成为了美景。

坐船出游的兴趣，还在于看四周物色疲惫的时候，能睡在舱中翻看随笔，或者是冲一碗清茶来喝。雅致的情志和趣味，也就与观景一并流露出来。

―――――――――――

　　[1]　周作人：《泽泻集　过去的生命》，河北教育出版社2002年版，第27页。
　　[2]　周作人：《泽泻集　过去的生命》，河北教育出版社2002年版，第28页。
　　[3]　周作人：《泽泻集　过去的生命》，河北教育出版社2002年版，第28页。

有了如此雅趣，即便去往杭州的路上，黄昏所见也都成了美景。而晚上睡在船舱中，仅仅是听水声橹声以及过往船只打招呼的声音，也成了别有趣味的事。

谈趣味，如周作人自己所说，就不必做作，不必义正词严地讲正大堂皇的道理。坐船出游，看有趣的物色，做有趣的事，包括看乡下的庙戏，也都依了自己性情去做。周作人如此执着地谈趣味，并非是贪图享乐，而是为了更好地释放天性。所以游玩，要看就看，要睡就睡，要喝酒就喝酒，不必有太多的拘泥和限制。这些恰恰是依了自己的真性真情。趣味之所依，本乃人的真性真情。周作人用趣味把自己与那种装假的一本正经区分了开来。

从趣味中发见人的真性真情，从而展示个体自我的生命体验，正是蕴含在《乌篷船》中的周作人最重要的启蒙思想。它与周作人《人的文学》中的启蒙思想相一致，都旨在对个性以及个体生命的意义的发掘。因此，仅仅认为《乌篷船》表达了闲适安然、冲淡平和的名士理想是不全面的，散文冲淡平和的背后，是周作人对新文化启蒙的另一种理解和表达。

为了表现真性真情，"尺牍体"可以借鉴，别的传统文化自然也可以借鉴。启蒙并非是与传统彻底断裂而陷入另一种人的不自由状态，而应该是照亮被传统文化的糟粕所遮蔽的另一面的同时，传承传统文化有益的一面，让人获得真正的自由。因对于传统文化没落的失落而追慕和续接传统文化，也是《乌篷船》中周作人启蒙思想的重要组成部分。

前面已论及，周作人对传统文化的激烈批判，并非是针对传统文化整体，而只是针对其中压抑人性的部分。周作人认为文学是反抗的，反抗的目的就是为了人的解放。"人的文学"是带有很强个人性的，应属于"自己的园地"。他反对传统的文以载道，反对文学沦为工具，成为某种社会目的的牺牲品，并将之变换为自己的"载道"，即用"言志"的方式表现自己的个性主义思想。周作人的这种启蒙观在1908年发表《论文章之意义暨其使命因及中国近时论文之失》一文时初步产生，到"五四"前后发表《人的文学》和《自己的园地》等文章时最终形成。这一启蒙观不仅成为周作人终其一生的主导思想，也影响了了与之相关的林语堂、废名和沈从文等许多人。

"尺牍体"的运用，是周作人对传统文化追慕最显在的表现。周作人在考察新文学的源流时，极力推崇晚明小品文，认为新文学的产生得益于中国传统文学变革的内在动因，具体为明末的文学变革运动，尤其是公安派的文学思想和文学变革。"他们的主张很简单，可以说和胡适之先生的主张差不多。所不同的，那时是16世纪，利玛窦还没来中国，所以缺乏西洋思想。假如从现代胡适之先生的主张里面减去他所受到的西洋的影响……那便是公安派的思想和主张了。"[1]将胡适的变革主张与公安派的主张在某种程度上等同起来，周作人对传统文学的追慕态度可见一斑。

周作人一直认为，传统文学有许多值得我们继承的东西。他将这些值得继承的东西比喻成前人给我们留下的没有缝制完成的衣服，需要我们自己完成。同时呼吁时人切莫只做那些裂帛撕扇的快意事，把前人留下来的这些好东西给抹杀了。他还强调古文研究在形式上对于现代文也很有帮助，说虽然现代诗文都用语体文，不同于所谓的古文，但终究是同一来源，其表现力的优劣在根本上是一致的。[2]"我们欢迎欧化是喜得有一种新鲜空气，可以供我们的享用，造成新的活力，并不是注射到血管里去，就替代血液之用。……总之我觉得国粹欧化之争是无用的；人不能改变本性，也不能拒绝外缘，到底非大胆认两面不可。"[3]

对于传统与西方文化可利用部分的兼收并蓄，是周作人的一贯态度。传统文化和文学的有益成分作为根本，而外来文化的影响作为补充和帮助。周作人认为无论西方思想影响如何，现代白话文学的源头始终是传统文学。晚明小品的失落，桐城派的兴起，都让周作人叹息。当"五四"白话文学兴起时，他积极呐喊并预测白话文学未来，体现了他想要融合传统文学与新文学的良苦用心。《乌篷船》运用"尺牍体"形式，只是这种良苦用心可见的一斑。《泽泻集》《雨天的书》中许多散文都力图将传统文学与新文学融合起来。

《乌篷船》中的传统追慕，不仅在"尺牍体"形式的运用上，还在于其闲适风格对晚明小品文的借鉴。现代文明的兴起，传统的生活方式正日渐受到

---

[1]　周作人：《儿童文学小论　中国新文学的源流》，河北教育出版社2002年版，第22页。

[2]　在《古文学》一文中，周作人详细阐释了对古文学的态度。见周作人《儿童文学小论　中国新文学的源流》，河北教育出版社2002年版，第20—22页。

[3]　周作人：《自己的园地·雨天的书》，人民文学出版社1988年版，第13页。

冲击和改变。有些改变，周作人是不能接受的。《乌篷船》中有非常明显的现代文明排斥倾向，"只可惜讲维新以来这些演剧与迎会都已禁止，中产阶级的低能人别在'布业会馆'等处建起'海式'的戏场来，请大家买票看上海的猫儿戏。这些地方你千万不要去。"[1]说中产阶级是"低能人"，对海外剧场很是排斥，周作人对于现代文明和传统文化的态度也就一目了然。而"这些地方你千万不要去"这句话，情感很强烈，在整篇都平和冲淡的叙述中是个例外。前面对朋友的建议，也都是"你总不便""恐怕你""你总可以""于你不很"等，很是委婉，而"千万不要"则很直接而强烈。这很明显体现了周作人对某些西方文化的厌恶，以及对于某些传统文化的维护。

追慕传统文化，并不是复古。对于融合传统，周作人有非常清醒的认识。"国粹只是趣味的遗传，无所用其模仿。"[2]《乌篷船》并不直接模仿晚明小品文，而主要是承继和发展其文学趣味和风格。前面论及的《乌篷船》的趣味，与明代"公安派"的趣味是一脉相承的。《乌篷船》的闲适冲淡和个性追求与"公安派"的"冲淡""真心""真文"文学观相同。此乃周作人有意为之。他说："我常这样想，现代的散文在新文学中受外国的影响最少，这与其说是文学革命的还不如说是文艺复兴的产物，虽然在文学发达的程度上复兴与革命是同一样的进展"。[3]周作人将这种对"公安派"的趣味和风格的承继看成是一种复兴，而整个新文学在他看来也是某种程度上的一种文艺复兴。周作人的这种观点值得我们深思。一直以来，我们是否过于强调新文学与传统文学的断裂，而忽视了其同为中华民族文学和文化发展变化的有机组成部分？周作人依然走在一条反思西方启蒙的启蒙之途上。

周作人强调新文学的根时，并没有忘记传统文学与新文学的差别。他认为新文学与晚明性灵文学是有差别的，新文学的发展需要借助西方文学和西方思想来推进。周作人的散文也不仅仅是对传统的继承和发展。周作人也认识到了晚明文学运动与胡适等人主张的新文学运动的不同在于16世纪利玛窦还没

---

[1]　周作人：《泽泻集　过去的生命》，河北教育出版社2002年版，第29页。
[2]　周作人：《泽泻集　过去的生命》，河北教育出版社2002年版，第11页。
[3]　周作人：《泽泻集　过去的生命》，河北教育出版社2002年版，第13页。

来，中国缺乏西洋思想。

新文学的根虽在传统文学中，但如果没有西方思想的浸染，周作人也不一定能写出《乌篷船》等散文。周作人自己说，"中国新散文的源流我看是'公安派'与英国的小品文两者所合成"[1]，文学革命时期周作人的《人的文学》，虽也有晚明抒写个性的影子，但更重要的却是西方人道主义，其对于文学与妇女和儿童的关系、文学中的灵与肉的关系的论述，都明显是受西方人道思想的影响。《美文》中对于文学的分类和各类文学的特征的描述，也明显受了西方的影响。周作人的大多数散文，如前面所说，也有很明显的西方Essay的影子。

《乌篷船》的闲适和趣味，除了晚明"公安派"的影响，自然也有明显西方Essay的影子。散文中对朋友的任心闲谈，正是鲁迅所说的Essay的特点，"如果是冬天，便坐在暖炉边的安乐椅上。倘在夏天，则披浴衣，啜苦茗，随随便便，和好友任心闲话，将这些话照样地移在纸上"[2]。《乌篷船》既有晚明小品真、趣、活与畅，又有西方Essay的"任心闲谈"。既继承了晚明小品言志特征，抒写自我的个性，又有西方的人道与进化思想，这是周作人竭力调和中西方文化的结果。周作人认为，一个民族文学的进化，是内外合力的结果，而内在动力是源，外在影响是汇入其中的流，因而他更重视传统文学的影响。尽管传统文化的没落不可避免，但他依然选择追慕。

新文化运动兴起时，有人选择了与传统一刀两断，有人选择了用传统对抗新兴的文化。断裂或承继，当时几乎成了二者选其一的对抗态势。周作人一方面运用西方的思想和文化资源解决封建文化和礼教中存在的问题，另一方面又坚定不移地对传统文化和文学中的合理成分进行传承和发扬，这也就导致了所谓的他"叛徒"和"隐士"双重性格。现在看来，这种双重性格，并不是他在创作上反抗性与休闲颓废两种风格特征的对立，更不是说他在人格上具有两面性，而是他竭力融合传统文化与西方文化的体现。

如今，国粹中兴，抢救和保护民族物质和非物质文化遗产运动方兴未

---

[1]　周作人：《苦雨斋序跋文》，河北教育出版社2002年版，第124页。
[2]　鲁迅：《鲁迅译文集》第2卷，福建教育出版社2008年版，第305页。

艾，这也是重视和追慕传统文化的表现。周作人所做的虽有所不同，不过其提倡以传统文学为源本，汇入西方文学之流，以促进中国文学发展的思想却具有相当的合理性。

《乌篷船》的"尺牍体"叙述方式，读来有如拉家常。然而这拉家常式的叙述在审美上却是远离政治功用和其他世俗功用的。文中对趣味的倡导凸显了个人体验和个体生命的价值和意义。这种传统文化与西方思想碰撞所产生的启蒙思想，本是引领国人走向真正的自由所必需的。然而革命文学兴起之后，很快以浩荡之势冲击着整个文坛。在激进主义的大潮下，周作人的观点也遭到一些人的激烈反对。周作人显然对之不满，他将革命文学与隐士派文学对立起来，并重申《乌篷船》所体现的审美主张："我原是不主张文学有用的，不过那是就政治经济上说，若是给予读者以愉快，见识以至智慧，那我觉得却是很必要的，也是有用的所在。"[1]

第五节　人生之秋与个性自我：《故都的秋》与《秋天的况味》

秋天是一个时节，也是一种心境，一种生活的味道和一种对待人生的态度。古往今来，有许多人曾借秋表达悲戚情怀或展示自己的悲凉境遇，如《楚辞·九辩》，就曾借秋气之悲喻贫士的忧愤以及羁旅的孤苦。《九辩》之后，出现了大量同类诗文，曹植的《赠白马王彪》、曹丕的《燕歌行》、杜甫的《登高》《悲秋》、刘长卿的《秋》、陆游的《悲秋》、柳永的《八声甘州》《雨霖铃》、马致远的《秋思》、纳兰性德的《好事近》《菩萨蛮》等，都是借秋抒情的名作。这些作品中，秋大都与萧条、失落、离别和悲苦相关，充满了无穷悲伤和怅惘之情。

新文化运动兴起后，叶灵凤、庐隐、冯至、丰子恺、朱自清、李金发、郁达夫、林语堂、茅盾等，也都写过借秋抒怀或以秋为背景的散文。其中，郁

---

[1]　周作人：《苦茶随笔》，河北教育出版社1993年版，第190页。

达夫的《故都的秋》与林语堂的《秋天的况味》，无论在艺术表达上，还是所展示的人生境界上，都具有代表性。作为"五四"时期倡导个性启蒙的作家，即便在20世纪三四十年代民族矛盾上升为主要矛盾、救亡图存生死攸关之时，他们依然不忘启蒙，甚至是在鸡零狗碎的日常生活中，张扬人性的自由，体味人生的真意。

郁达夫[1]情感丰富，对散文创作有着非常的热情，著有散文集《莺萝集》《过去集》《忏余集》《屐痕处处》《达夫游记》等多部。创作《故都的秋》时，他已年近不惑。《故都的秋》[2]一如他之前的散文，语言优美隽永，流畅清新的白话文中带着古诗文的意境。不过情感表达上，相较之前二十年代的作品，《故都的秋》显得冷静了许多，有一份难得的闲适与从容，情感基调也由忧伤沉郁升华为了悲凉。较之于林语堂，郁达夫更强调真我情感的表现。悲凉和真我情感表现是《故都的秋》最重要的特点。

《故都的秋》开头便是 "秋天，无论在什么地方的秋天，总是好的；可是啊，北国的秋，却特别地来得清，来得静，来得悲凉"[3]。一个"悲凉"，让人误以为郁达夫又会沿袭传统悲秋主题，执着于凄悲与孤苦的叙述。他早年的散文《还乡记》《归航》《青烟》等，不仅带有浓厚的感伤情调，对人生悲凉、情感苦闷以及世事艰难都充满了宣泄式的表述。而《立秋之夜》等与秋相关的，不仅愁苦压抑，也充满了杨柳岸晓风残月的凄苦。这些作品虽情感炽烈，叙述上却缺少节制，过于悲苦郁闷的情绪让人感觉压抑，也在某种程度上减弱了作品的深层意蕴。《故都的秋》却在说出"悲凉"后，话锋立即一转，要"饱尝一尝"故都的秋味，一改之前的沉郁，满带赞赏与欣喜之情。

为赞赏故都的秋之美，郁达夫先说了江南的秋味。他说江南"秋的味，秋的色，秋的意境与姿态，总看不饱，尝不透，赏玩不到十足"[4]。为此还专门做了比喻，说秋不是名花，也不是美酒，半开或半醉的状态，对于领略秋

---

[1]　郁达夫（1896—1945），名文，字达夫，浙江富阳人，著有小说《沉沦》《春风沉醉的晚上》以及散文《钓台的春昼》《还乡记》等。

[2]　《故都的秋》创作于1934年8月，发表于1934年9月的《当代文学》第1卷第3期。

[3]　郁达夫：《郁达夫散文选集》，百花文艺出版社1984年版，第99页。

[4]　郁达夫：《郁达夫散文选集》，百花文艺出版社1984年版，第99页。

味都不合适。江南是郁达夫的故乡，他本应该更欣赏其秋天之美才对，然而他却说悲凉才是真正的秋味。而这种美在北方，在故都。江南的秋不如故都的秋好，如此一比较，秋的悲凉之美就呼之欲出了。

故都的秋味之美，郁达夫的记忆中有陶然亭的芦花、钓鱼台的柳影、西山的虫唱、玉泉的夜月和潭柘寺的钟声。陶然亭的芦花素朴大方，既不富贵也不张扬，符合秋之悲凉意味。钓鱼台的柳影孤寂清冷，也很能体现秋天的落寞味。西山的虫唱、玉泉的夜月，都远离都市的喧嚣，带着回归自然本真的意味。潭柘寺的钟声则代表了秋的悠远与寥落。这些地方并非人山人海的游玩胜地，而是清净的孤寂之境，是观景的同时自我观照之所。

就算不去这些地方，随便租一椽破屋，郁达夫也认为能感受到故都秋的悲凉之美。泡一碗浓茶，看碧绿的很高很高的天色，听青天下驯鸽的飞声，或者从槐树叶下细数漏下来的日光，故都的秋味也是了然于胸的。这种秋的味道，正是郁达夫此刻体味到的人生味道——舒缓而有情致。经历了"五四"时期的时代大潮与之后的社会动荡，郁达夫有了更为成熟的人生态度和更高远的情感格调，笔尖自然就流露出了闲适的心境与高远的情趣。

表现故都秋天的悲凉美，郁达夫选了牵牛花、槐树、秋蝉、雨和枣树。牵牛花纤细而弱小，与北方秋气的磅礴形成了鲜明的对比。而郁达夫偏爱的，又是蓝色和白色的牵牛花。蓝色代表忧郁，白色代表纯洁，这两种颜色的牵牛花置于北方之秋中，成为秋的点缀，悲凉之意味也就更浓了。不仅如此，郁达夫以为只有牵牛花还不够，最好在根部还长着几棵疏疏落落的细长的秋草。秋草枯黄凋零，并没有一般人所认为的美感，然而郁达夫以之作为牵牛花的陪衬，枯草加纤细的蓝花或白花，秋之意味会就更加凸显。

表现北国树之悲凉，郁达夫没有像茅盾那样选挺拔向上的白杨，而是选了他认为更能体现秋意的槐树。当然，选择槐树也不是因为树本身，而是因为其落蕊。槐树像花又不是花的落蕊，早上铺得满地都是，脚踏上去没有声音，也没有气味，只有极其细微的触觉，郁达夫以为这也点缀了北国的秋意。他也没有沿用前人写景的习惯，通过视觉或嗅觉或听觉表现景物的特点，而是通过触觉，通过穿着鞋的脚不经意间踩在落蕊上的感觉，而秋味就在脚掌的触觉之中。打扫落蕊后的街道，灰土上留下的细纹既让人觉得清闲，又使人下意识地觉得落寞。生命在自然力作用下的消失，既让人唏嘘，又让人倍感悲凉，郁达夫想到了古人所说的一叶知秋。北国之秋的悲凉美，在树之最末端显现。

秋蝉的衰弱叫声，是北国秋之悲凉美的另一点缀。郁达夫说，秋蝉的叫声是北国的特产。以秋蝉之声衬秋之悲凉，似乎有些柳词的意蕴。柳永《雨霖铃·寒蝉凄切》第一句就是"寒蝉凄切"，秋天的凄悲与伤感倾泻而出。不过郁达夫笔下的"寒蝉"却并不"凄切"。柳永的词写离别的凄苦与伤感，郁达夫的散文写秋之悲凉美。柳词的蝉声正面衬托离别之苦，而郁达夫的蝉声则是侧面烘托故都之秋迷人，丝毫没有凄苦和伤感。郁达夫说，故都的蝉声无处不在，蝉似乎也成了家家户户养在家里的家虫。为此，他还用了一个非常有意思的比较，说秋蝉在北平如同蟋蟀和耗子一样常见。如此修辞点缀，让故都的秋像虫鼠一样，无处不在。

写完蝉，郁达夫又写到了雨。他说南方的秋雨，缠缠绵绵愁断人肠，而故都的秋雨，比南方下得有味，也下得更像样。"在灰沉沉的天底下，忽而来一阵凉风，便息列索落地下起雨来了。一层雨过，云渐渐地卷向了西去，天又青了，太阳又露出脸来了；"[1]这种秋雨，丝毫没有南方愁煞人的悠长与凄苦，而是来得快，去得也快，带着夏雨的爽朗利落味道，就像北方人行事的风格。"'可不是么？一层秋雨一层凉了！'"[2]"一层秋雨一层凉"既突出了北方秋雨的特点，也凸显了老北京的说话腔调。这种腔调既是故都的味道，也是秋天的味道。

故都的秋之美，还在于其果树的奇特。而果树中，又以枣子树为最奇者。枣子树的奇，郁达夫认为首先在于其生命力的强大，屋角墙头或茅房和灶房边上，它都会茁壮成长。北方的秋最盛之时，枣子开始微黄淡绿。而到了西风起，沙尘灰土漫天时，就只有枣子、柿子和葡萄于风沙中挺立。他说这是北国清秋的最好的日子，是故都的秋的Golden Days。这样的秋味，不仅是悲凉，且还有了悲壮的味道。独自挺立的枣子树，最能表现这种悲壮。

---

[1]　郁达夫：《郁达夫散文选集》，百花文艺出版社1984年版，第100页。
[2]　郁达夫：《郁达夫散文选集》，百花文艺出版社1984年版，第101页。

由悲凉到悲壮，《故都的秋》的情感不再低沉，有孤寂之味，却无此前的苦闷和压抑。郁达夫的中年心态和个性追求已然十分鲜明。与林语堂一样，郁达夫也强调文学创作要表现真我情感，为此，他甚至说现代的散文"更是带有自叙传的色彩"[1]。他所说的"自叙传"，既指作家在创作时以自己的亲身经历为表现对象，也指作家创作时自己的独特个性："这一种自叙传的色彩是什么呢，就是文学里所最可宝贵的个性的表现。"[2]在所有的新文学作家中，郁达夫是最早和最坚持文学创作表现真我个性的。

《故都的秋》虽不像郁达夫早期散文情感那么直露，但其中的真我情感和个性依然非常鲜明。郁达夫毫不掩饰对于秋悲的偏爱，不仅不掩饰，他还说不仅中国，就算国外，也有许多关于秋的歌颂和悲啼的，且那些著名的大诗人的长篇田园诗或四季诗，都是关于秋的写得最出色最有味。国外大诗人的诗是否关于秋写得最出色最有味，可能带有郁达夫的个人判断，不过他以此做比，对于秋的喜爱就可见一斑了。他还说，"不单是诗人，就是被关闭在牢狱里的囚犯，到了秋天，我想也一定会感到一种不能自已的深情"[3]；以己度人，甚至于囚犯。郁达夫对于秋的喜爱，可以说已到了有些偏执的地步。然而正是这种带着些偏执的喜爱，体现了一个真正艺术家的真性真情。

真性真情，在郁达夫对颓废的抒写中表现得最彻底。《故都的秋》偏爱北国秋之悲凉，较之林语堂《秋天的况味》，颓废色彩依然明显。林语堂《秋天的况味》中体现的是一种达观与通融，赞美秋天是因为其代表着磅礴与成熟，而郁达夫对秋却依然是一种偏爱，他更爱故都之秋的悲凉，欣赏孤清的芦花、落寞的柳影和寂寞的虫唱，喜欢枯草衬着牵牛花以及槐树落蕊满地而被脚踏，愉悦西风起沙尘漫天而裹挟紫红的枣子。郁达夫喜欢的这些东西，要么悲凉，要么冷清，要么寂寞，而最甚者是死亡。这些东西，依然有他早期颓废色彩的影子。

郁达夫自己也说，有些批评家说中国的文人，尤其是诗人，总带有浓厚

---

[1]　郁达夫：《郁达夫全集》第11卷，浙江大学出版社2007年版，第180页。

[2]　郁达夫：《郁达夫全集》第11卷，浙江大学出版社2007年版，第180页。

[3]　郁达夫：《郁达夫散文选集》，百花文艺出版社1984年版，第101页。

的颓废色彩，因而赞颂秋的文字特别多。[1]郁达夫自己非常清楚秋天和颓废的联系，却不改初心，喜欢就是喜欢，甚至在最后喊出了愿意把自己寿命的三分之二，拿去挽留北国的秋天。这种高声呼喊，尽管满带着颓废之气，却既是对故都之秋的无比爱恋之情的自然流露，也是他真我情感和个性的直接体现。

郁达夫爱秋的深沉、悠远和萧瑟，在寂寞和死亡中赏玩秋味之美。因独特的颓废色彩，比起林语堂的《秋天的况味》，《故都的秋》具有了明显的西方唯美主义的特征。王尔德在《莎乐美》的最后，让莎乐美抱着先知约翰血淋淋的头亲吻，虽然血腥，但爱与美的主题却得以升华。郭沫若在《王昭君》中曾借用《莎乐美》的这一场戏，让汉元帝杀了毛延寿并抱着他的头亲吻，以表达其对于失去王昭君的难受。《故都的秋》虽没有王尔德和郭沫若戏剧中的血腥色彩，不过其对秋之悲凉的喜爱以及枯草、牵牛花、黄沙、红枣、秋雨、落蕊等物象的描写，既具有诗意，又具有唯美主义的病态特征。从这些略带病态的物象中，可看出郁达夫早年散文创作的影子——感伤而沉郁。然而情感上的克制，又让《故都的秋》在审美上相较早年的散文有了很大的提升，颓废不再只是一种情绪，而变成了散文的一种美学特征。

《故都的秋》北国之秋悲凉美的抒写背后，是郁达夫的中年人生体味。早年的郁达夫，有如南方的秋天一样愁苦而缠绵，总是带着无尽的感伤与忧愁情绪，表现于笔端，又像《立秋之夜》中的描写，"比较狂猛的大风，在高处呜呜地响"[2]，猛烈而高昂。而在《故都的秋》中，情感是内敛的，成熟的，少了前期的猛烈，虽然依旧赤诚而热情。

"五四"落潮后，郁达夫没像周作人或林语堂那样与政治保持较远的距离。在创作上，他始终坚持"五四"以来的个性启蒙理想，坚持个体真我情感的抒写。他的"自叙传"文学，撕开了传统文学创作的虚伪面纱，给中国文学注入了新的活力，影响十分深远。《故都的秋》最后两段看似煽情，实则是在特定的人生阶段郁达夫个性解放思想的延续。

20世纪八九十年代，身体写作的流行，以另一种方式复活了郁达夫当初

---

　[1]　郁达夫：《郁达夫散文选集》，百花文艺出版社1984年版，第101页。
　[2]　郁达夫：《郁达夫散文选集》，百花文艺出版社1984年版，第80页。

的"自叙传"书写。这也再一次说明，郁达夫在文学创作中的自我解放思想，是新文化运动以来的思想启蒙的重要组成部分。没有自我情感的解放，何来人的自由呢？

林语堂[1]是周作人之外"言志派"散文的又一重要作家。他与周作人一样，推崇晚明小品，提倡"性灵"文学。不过与周作人不一样，他对晚明小品的追慕要晚得多。他自说是买得沈启无《近代散文抄》下卷后，才连同先前买来的上卷一气读完，从而对于"公安派"和"竟陵派"有了认识，并最推崇张岱的《岱志》和《海志》。他专门分析了性灵文学中的性灵，对其大加赞美。在他看来，晚明小品近似西文的Familiar essay。[2]他很推崇周作人，认为他才是晚明小品的真正承继者，"周作人不知在那里说过，适之似公安，平伯、废名似竟陵，实在周作人才是公安、竟陵无异辞；公安竟陵须皆隶属于一大派，而适之又应归入别一系统中"[3]。

20世纪30年代，社会政治环境复杂化，林语堂也一改早年的"叛徒"立场，站在了周作人所谓的"隐士派"一边，创办了杂志《论语》《宇宙风》和《人间世》。在此期间，林语堂大力提倡性灵文学，进一步发展了周作人的散文思想。林语堂散文创作十分丰富，有《剪拂集》《大荒集》《我的话》（上下册）、《俚语集》《语堂文存》《有不为斋文集》《语堂随笔》《拨荆集》等多部集子。

创作《秋天的况味》[4]时，林语堂也已步入中年。相较于充满激情的二十年代和执着于性灵文学倡导的三十年代，此期的他历经了人生的诸多无奈而更加成熟。因而《秋天的况味》十足地展示了他对中年人生的体味，可以看作是他此前文学创作的一个总结。

在《秋天的况味》中，林语堂依然坚持了此前的性灵文学创作之路。林语堂对性灵的讨论比较多，总起来都指向个性，指向个体的真我。在文学中其

---

[1] 林语堂（1895—1976）福建漳州（原龙溪）人，原名和乐，又改为玉堂，后改为语堂，著有小说《京华烟云》、散文《剪拂集》和《拙荆集》等。

[2] 参见林语堂：《林语堂名著全集》第14卷，东北师范大学出版社1994年版，第145—157页。

[3] 林语堂：《林语堂名著全集》第14卷，东北师范大学出版社1994年版，第26页。

[4] 发表于《申报·自由谈》1932年12月1日。

表现为不受格套拘束，说我之心，"性灵就是自我"[1]，"'性灵派'以个人性灵为立场，也如一切近代文学之个人主义"[2]。林语堂认为，西方浪漫派以来的性灵文学，有一个共通点，那就是文学趋近于抒情的、个人的，创作上各抒己见，不再以古人的绳墨为准。

林语堂认为文章是个人性灵的表现。这性灵父母不知，同床的妻子不知，其只有自己知道，从而强调创作性灵文学的人一定排古，排斥格套和拘束。他认为，"塾师教作文，不教说心中要说的话，心中不可说的话，只教说得体的话，是摧残性灵之第一步。……于是朝野以应酬文章相欺相诳，是摧残性灵之第二步"[3]，而"性灵派文学，主'真'字"[4]，真我乃性灵文学的核心，"一人有一人之个性，以此个性Personality无拘无束自由自在表之文学，便叫性灵"[5]。

对于真我的表现，是性灵在《秋天的况味》中最重要的体现。经历了新文化运动及随后国内国外各种政治文化运动后，林语堂的个性变得愈加平和。对于外在的争斗，他关注不多，而是将更多心思放在了"生活的艺术"上。这一段自述颇能表现他当时的心态："秋天的黄昏，一个人独坐在沙发上抽烟，看烟头白灰之下露出红光，微微透露出暖气，心头的情绪便跟着那蓝烟缭绕而上，一样的轻松，一样的自由。"[6]一个人坐在沙发上，看烟头的白灰和飘升的蓝烟，既可以说闲适，也可以说有些无奈，尤其是随后的蓝烟变成缕缕细丝慢慢不见了时，心上的情绪也跟着消沉于大千世界，那种无奈更加明显。不过林语堂并不是过分执着的人，随即便"不讲那时的情绪，只讲那时的情绪的况味"。

由烟灰脱落的静寂想到写作时笔落在纸上的安静，到烟雾缭绕中的偎红倚翠温香在抱，再到秋天的意味，此时林语堂才进入了自己真正要说的话

---

[1]　林语堂：《林语堂名著全集》第14卷，东北师范大学出版社1994年版，第147页。

[2]　林语堂：《林语堂名著全集》第14卷，东北师范大学出版社1994年版，第146页。

[3]　林语堂：《林语堂名著全集》第14卷，东北师范大学出版社1994年版，第152—153页。

[4]　林语堂：《林语堂名著全集》第14卷，东北师范大学出版社1994年版，第154页。

[5]　林语堂：《林语堂名著全集》第18卷，东北师范大学出版社1994年版，第238页。

[6]　林语堂：《林语堂名著全集》第14卷，东北师范大学出版社1994年版，第210页。

题——秋天的况味。如前面所说，在过往的诗文中，秋天多使人联想起肃杀与凄凉，红叶、荒林与菱草，然而林语堂却觉得秋有另一番意味，即古气磅礴，代表了成熟。在林语堂看来，作为过来人，春天的明媚娇艳、夏天的茂密深浓都不足为奇了，而恰是秋的色淡与叶多黄以及古色苍茏，具有了无可替代意味。这种意味，是人到中年的人生意味，不再单以葱翠或娇艳争荣了，而是一种豁达与不争的从容。

随后，林语堂用烟上的红灰，文人下笔惊人的格调，酒、烟、鸦片、用了二十年的老字典等喻这种秋天的意味，甚至还以二八佳人不及徐娘半老的风韵来说这秋天意味的独特。对于秋天的独特理解和喜爱，以及借秋天表现自我的中年心境，林语堂像之前倡导性灵文学时一样，抒写真性真情，不拘于套路，表现真我个性。

这种表现真我、带有强烈个人主义色彩的性灵文学观，是《秋天的况味》乃至林语堂散文最重要的特征。个人对世界的独特看法、对生命的独特感悟是他创作的出发点。《秋天的况味》可以有晚明小品的技法和风格，可以有西方Essay的随意而谈和幽默性，但其最重要的见解一定得是个人自己的，这是林语堂散文的魂，也是个性——也即性灵的根本体现。

为了更好地表现真我，林语堂《秋天的况味》还继续了自己之前一贯的林氏幽默。林语堂钟爱幽默，把幽默看成人生构成的一部分。在他看来，一国的文化发展到某种程度，必然会有幽默的文学出现。人的智慧既已开启，在对付各种问题之外还有余力时，从容应对，就会有幽默出现，或者对人的智慧本身发生疑问，从而发现人类的愚笨、偏执、矛盾、自大之时，幽默也会出现。[1]林语堂说："幽默有广义和狭义之分，在西文用法，常包括一切使人发笑的文字，……在狭义上，幽默是与郁剔、讥讽、揶揄区别的"，而"最上乘的幽默，自然是表示'心灵的光辉与智慧的丰富'"[2]。

在具体创作中，林语堂则是用幽默来表现自我。"'表现自我'，是林

---

[1]　参见林语堂：《林语堂名著全集》第16卷，东北师范大学出版社1994年版，第273页。

[2]　林语堂：《林语堂名著全集》第18卷，东北师范大学出版社1994年版，第281页。

语堂提倡幽默和幽默小品的根本目的，也是林语堂幽默观的核心"[1]，幽默自然也成为林语堂所谓性灵的重要组成部分。《秋天的况味》中，林语堂借幽默表现了他对人生的旷达态度。其实在《语丝》时期，林语堂也颇有"叛徒"性格，写了相当一部分凌厉的文章，反对当时的时局或不合理的文化专制。譬如《祝匪徒》，借"匪徒"之名赞颂叛逆者，批判那些装模作样而又不敢行动的学者。再比如《丁在君的高调》对时局的讥讽，《回京杂感》对所谓名流的嘲讽等，都有"叛徒"或"匪徒"气，少年气盛的无畏态度一览无遗。

革命文学兴起后，社会政治形势变得十分复杂，林语堂也很快收起了前期的张扬，开始倡导"性灵"文学。他在观测了中国的文学和哲学之后，得出了这样的结论："中国文化的最高理想人物对于人生有一种建立于明慧悟性上的达观，从而带着讥评心理度过一生，把功名利禄丢开，乐天知命地生活。在林语堂看来，有了这种意识及淡漠的态度，才能深切热烈地享受快乐的人生。"[2]林语堂所谓的讥评，结合其思想和创作，可理解为幽默之一种，即旷达的人生态度。

《秋天的况味》中虽也有蓝烟消散后的情绪消沉，但林语堂却看到了秋天的古气磅礴和成熟，并将之与春夏对比，赞美秋天不单有葱翠争荣的品格，其旷达的人生态度随笔立现，林氏幽默就在这份旷达之中。见识了时局的变幻莫测，品尝了人生的起起落落，进入不惑，再回头看那些所谓的肃杀、凄凉、红叶和菱草，人生的愚昧、迂腐和偏执就尽收眼底，智者的幽默也就随之而来。这是一种温厚而充满淡然之味的幽默，与钱钟书尖刻而睿智的幽默不一样。

为了表现这种智者幽默，林语堂在《秋天的况味》的创作上别具匠心。文章从秋天的黄昏一个人吸烟开始写，由之进入人的情绪，在读者以为文字又要落入悲秋的老套路时，林语堂却话锋一转，描述起了秋天的磅礴与美好。随后，他用一半以上的篇幅就秋天的这种况味细细地碾磨，慢慢铺展，从月圆蟹肥到烟上红灰，从文人的格调到烟酒，从鸦片到字典，从二八佳人到徐娘半

---

[1]　徐志超：《我国现代幽默小品和外国文学》，《江西社会科学》1996年第1期。

[2]　林语堂：《林语堂名著全集》第21卷，东北师范大学出版社1994年版，第2页。

老，最后才以"若邓肯者，可谓识趣之人"[1]作结。如此布局，不仅巧妙，也有让人意想不到的幽默效果。

林语堂用了大量妙趣横生的语言来增强这种幽默效果。如写吞云吐雾香气扑鼻，犹如偎红倚翠温香在抱。把体味秋天的美好，比作文人的格调，比作酒的醇和老，比作烟中的雪茄，比作烧鸦片的哔剥声给人的快感，比作慢火炖猪肉锅中徐吟的声调，比作女人的风韵等，既充满智慧，又不无谐趣。如此用语，既幽默，又不显轻浮，凸显了文学的性灵和人的真性情。

除了幽默，林语堂还通过趣味凸显文学的性灵。《秋天的况味》以闲适的笔调，抒写了一种"诗意"而又充满幽默的人生，满带着林语堂特有的趣味追求。与周作人一样，对于新文化运动后的社会变化，林语堂有过反抗。《论语》等杂志的创办，是他响应周作人对革命文学的态度，挺身反抗的最直接表现。就算到了四十年代，林语堂也没有停止反抗，一直坚持自己的文学道路，只不过心境的变化，加之当时的形势，他的反抗变得淡然而从容了。"不转眼，缭烟变成缕缕的细丝，慢慢不见了，而那霎时，心上的情绪也跟着消沉于大千世界。"[2]这种心上的情绪随缭绕的烟雾消失的情形，是林语堂心境的真实写照。已入中年的林语堂，对生活早就驾轻就熟，有一套自己的快乐哲学。对生活的不满或无奈，很快就转化成了生活的趣味。随之散文所描绘的，是自我的追求，是烟、秋、女人以及人生中许多能带来快乐的事物。个人的趣味，与快乐相关。

表现个人的趣味，林语堂立足于秋天的味道，既描述世俗的快乐追求，又抒写文人的闲情雅趣。吸烟或抽雪茄的快乐，享受烟的香气，感受偎红倚翠温香在抱情调，听烧鸦片的哔剥声以及炖猪肉时锅中的徐吟，感受二八佳人风韵之不及徐娘半老，都充满了世俗的快乐，是林语堂所倡导的快乐原则或快乐哲学的具体体现。然而在这些世俗的快乐的外衣中，又包含着文人雅致的情趣。在蓝烟升腾和烟头由红变白的瞬间，是人生的轻松感受，是对自由的追求，是情绪的失落和消沉。世俗的快乐也就不仅是世俗的了，而是雅俗共赏。

---

[1]　林语堂：《林语堂名著全集》第14卷，东北师范大学出版社1994年版，第211页。
[2]　林语堂：《林语堂名著全集》第14卷，东北师范大学出版社1994年版，第210页。

由烟想到温煦的热气，由温煦的热气想到暗淡的烟霞，最后想到秋天的意味，雅俗共赏进而成了十足的雅趣。突破前人悲秋的窠臼，感受秋的古气磅礴和成熟，就把这种文人的雅趣再推进了一层。虽酒、雪茄、鸦片、炖猪肉等仍带有世俗快乐的特征，最后却以邓肯的话作结，并说若邓肯者可谓识趣之人，一下将文人的雅致情趣提升到了最高点。

在表现文人雅趣上，林语堂与周作人有相似之处，那就是将雅趣附着在一些无关紧要的琐事上。周作人的言志散文，要么写故乡的野菜，要么写喝茶的趣味，要么是雨中体味人生，如《乌篷船》中的坐船、看书、喝茶，都是极细小的琐事。《秋天的况味》在描述秋天的味道时，也是列举了一系列琐事，看烟灰、抽雪茄、闻香味、听声音等。在叙写这些琐事的方式上，林语堂也用了与周作人一样的方式，随意闲谈，闲适而任心，以表现自我的个性为目的。不过，《秋天的况味》与《乌篷船》虽有诸多相似的地方，但其不同之处也很明显。

《乌篷船》描写乌篷船的特征和出游的趣味，高雅而清淡。无论是船的外形特征介绍还是出游的情趣描写，都具有晚明小品的清俊雅致之风，自带有一股"名士"味道。《秋天的况味》随意而睿智，描写从烟到秋，从秋到人，再到各种与秋相关之事物，强词而不夺理，更似林语堂自己说的西方的小品文。且《秋天的况味》终究多了世俗的乐趣，不及《乌篷船》中真正的文人雅致。《乌篷船》在涉及世俗乐趣时，如打麻将，点到即止，而《秋天的况味》则没能如此节制，对于鸦片、炖肉等都有些刻意渲染。

雅致的趣味中结合世俗乐趣，也是林语堂的一种无奈选择。20世纪40年代初，中国既不适合表达个体自我，也不适合展示文人雅趣。在内忧和外患的社会现实面前，像此前那样刻意追求文学的性灵，多少都会显得有些不合时宜。林语堂选择了妥协，在妥协中坚持性灵文学创作，文人雅趣自然就与世俗快乐结合在了一起。由此可见，此时的林语堂，落寞是不可避免的。

特殊的社会环境容不下个人主义式的自我展示，然而上世纪以来的"林语堂热"，却从另一个角度肯定了林语堂的散文在个性发展方面的贡献。与周作人一样，林语堂在思想启蒙上的最大贡献是通过追求性灵发掘个体生命的价值，进而探索人生的意义，并以文学的样式追问什么样的人生才是健全的人生。只不过与周作人承接传统文学的方式不同，林语堂的思想中具有更多的西方的个性思想，他对人的个性的发掘更彻底。

第二章

救亡与民族的独立

第一节　民族救亡与散文运动

　　白话散文，甚至可以说整个现代文学，诞生在中国社会急需变革的年代。因此，白话散文自诞生之初，便承担着启蒙民智、传播先进思想、促进民族进步的社会责任。也因为一切社会秩序需要重建、一切新思想新理论需要探索、一切新文学基准需要重设，整个文坛洋溢着一种思想自由、创造活跃的氛围和朝气。进入20世纪30年代，随着社会大环境以及国内主要矛盾的转变，文学界的氛围也急转直下。如果说白话散文发展的第一个阶段，其基本主题是"启蒙"，是"个性解放"或"思想自由"，那么第二个阶段的主题则非"救亡"莫属。"启蒙"和"救亡"共同构成了新中国成立前的两大社会主题。

　　1931年，"九一八事变"爆发，拉开了全民族"救亡"主题的序幕。而在此之前，社会的主要矛盾还是国共两党之间的矛盾，这也是日本帝国主义于当时轻易叩开中国大门的重要原因。"九一八事变"不到半年，东北全境沦陷。彼时，国民政府甚至将"攘外必先安内"视为基本国策。面对日军的挑衅和大举入侵，国民政府奉行和平镇静的"忍耐外交"和不抵抗政策，而仍将兵力投放到"围剿"共产党的红军，同时，也加强了文化控制。

1929年，国民政府就提出建设"三民主义文艺"的口号，之后更是发动了"民族主义文艺运动"，但由于理论主张与文艺创作的脱节，反响平平。1930年，中国左翼作家联盟即"左联"成立。以"左联"为中心，共产党拥有一批自己的文学阵地，如《萌芽月刊》[1]《拓荒者》[2]《北斗》[3]等，一时间声势浩大。之后，无产阶级革命文学、国民党民族主义文学、自由主义作家群的创作，共同构成20世纪30年代文艺的基本样态。

无产阶级革命文学、民族主义文学、民主主义与自由主义等政治派别不同，文艺思想和散文理论千差万别，尤其在文艺与政治的关系上，或倡导文艺为政治所用，或维持文艺的独立性、自主性，由此，各文学流派与党派之间论争频繁。其中，对文艺与政治的关系讨论最热烈、最能够代表三十年代文艺倾向的，当属无产阶级与"自由人"胡秋原、"第三种人"苏汶之间的论争。

1931年始，胡秋原相继发表了《阿狗文艺论》[4]和《勿侵略文艺》[5]。他以"自由人"自居，坚持文学与艺术的自由性和民主性，直陈将艺术当作政治留声机是"艺术的叛徒"。随后"第三种人"苏汶[6]加入讨论，反对文学上的"干涉主义"，要求给作家充分的创作自由，提倡"超政治文学"和"超阶级文学"。无产阶级革命作家和"左联"成员冯雪峰、瞿秋白、鲁迅等纷纷

---

[1] 《萌芽月刊》，1930年1月1日创刊，冯雪峰、柔石、魏金枝协助鲁迅主编，从3月1日第1卷第3期起为"左联"机关刊物，出至第5期被国民党查禁，第6期改名为《新地月刊》，仅出1期。

[2] 《拓荒者》，1930年1月10日创刊，月刊，蒋光慈主编，从1卷3期起为"左联"机关刊物，5月，出至第4、5期合刊时被查禁。

[3] 《北斗》，月刊，1931年9月20日创刊，姚蓬子、沈起予协助丁玲主编，1932年7月20日出至第2卷第3、4期合刊以后被查禁，共出8期7本。这是"左联"第一个以发表创作为主的刊物。

[4] 胡秋原：《阿狗文艺论》，《文化评论》创刊号，1931年12月25日。

[5] 胡秋原：《勿侵略文艺》，《文化评论》1932年第4期。

[6] 苏汶（1907—1964），原名戴克崇，笔名有苏汶、杜衡等。1932年7月，苏汶在《现代》1卷3期上，发表《关于"文新"和胡秋原的文艺论辩》，公开声援胡秋原的一些观点。

发文予以反驳。[1]或从政治立场上对胡秋原揭发斗争，或直陈文艺永远是且到处是政治的"留声机"，或理智分析"超政治""超阶级"的不能实现。总之，这场本应是文学理论层面的争鸣，逐渐上升为政治论争，且无产阶级文艺一方取得了压倒性的胜利。"政治第一，艺术第二"成为文学艺术创作的指导方针。

尽管如此，散文创作并非铁板一块。1932年9月，林语堂创办《论语》半月刊杂志，提倡"幽默文学"，试图在政治高压紧张、言论界严肃压抑、散文创作逐步僵化狭隘的环境下，通过轻松、闲适、幽默的小品文创作，开辟出可以谈天说地、自由无拘束的文学园地。彼时的林语堂还未与政治彻底分道扬镳，譬如在《论语》的《我的话》专栏里，他还发表了不少政治批评，也有不少关注现实社会和国民性改造的佳作。其中最为人称道的是《萨天师语录》，通过萨拉图斯脱拉和东方朔的对话，展现出对东方文明、奴性、笑等国民性问题的思考。

1934年4月，林语堂与陶亢德、徐訏等又合办了《人间世》半月刊杂志。《人间世》延续《论语》"幽默、闲适、独抒性灵"的散文旨趣，以专登小品文为宗旨，强调"以自我为中心，以闲适为格调"，主张"包括一切，宇宙之大、苍蝇之微，皆可取材"[2]，在与政治、与社会现实的关系上，《人间世》采取了决绝的"超然态度"。《人间世》创刊号上的《投稿规约》赫然强调"涉及党派政治者不登"[3]。而事实上，与《论语》的《我的话》专栏一脉相承的《人间世》的《一夕话》专栏，政治批评、党派论争的文章也确实一概不见。

林语堂这种彻底与社会现实、与阶级政治脱离的"超然"态度很快就引起左翼作家的不满。廖沫沙发表《人间何世？》讥讽指责林语堂所谓的"小品

---

[1]　1932年6月6日，冯雪峰于《文艺新闻》第58期，发表《致〈文艺新闻〉的一封信》，发表时，被编辑部加题为《"阿狗文艺"论者的丑脸谱》。10月1日，瞿秋白在《现代》第1卷第6期上，发表《文艺的自由与文学家的不自由》。11月1日，鲁迅在《现代》第2卷第1期上，发表《论"第三种人"》。

[2]　林语堂：《投稿规约》，《人间世》创刊号，1934年4月5日。

[3]　林语堂：《投稿规约》，《人间世》创刊号，1934年4月5日。

文"，称其不过是"个人的玩物丧志"[1]。当然，责难背后是强调文艺社会使命感的"左联"文人对幽默闲适小品文无视时代下阶级对抗压迫、无益于改变国家社会现实的诟病。林语堂以《论以白眼看苍蝇之辈》一文作为对廖沫沙的回应，更是直接掀开了小品文论争的序幕。1934年9月，《太白》杂志创刊，迅速成为左翼作家批判林语堂及幽默闲适小品的主要阵地。林语堂对小品文的大力倡导，以及围绕小品文展开的论争，使得小品文声名鹊起，文学史迎来了"小品文年"[2]。

林语堂的散文创作与他的散文理论相生相和。他的小品文创作取材广泛，以宇宙之大到苍蝇之微，且无论中西，俯拾皆是。笔起墨落间，诙谐与幽默溢于纸上，嬉笑怒骂皆成文章。不过，公认林语堂写得最好的散文当属《秋天的况味》，本书第一章也对此进行了细致的解读。林语堂所提倡的娓语式笔调，在此篇中颇为出彩。文人雅士向来"伤春悲秋"，故而不乏反其道而行之的"解构"之作。然而林语堂的《秋天的况味》却并非单纯地解构"悲秋"传统，或者盛赞自然节令之"秋"，而在于抒发对人生的感悟，礼赞人生之秋——中年阶段的"纯熟"和"恢奇"，寄寓了林语堂的"个人情怀"。散文笔调闲适，行文舒缓，文调幽默，将"人生之秋"的"韵味"书写得淋漓尽致，将生命的一个环节轻松打开。

当然，《秋天的况味》实在不能归于"幽默小品"的成就。"幽默小品"的价值历来颇受争议。自林语堂创办《论语》杂志以来，鲁迅对幽默小品、闲适小品就不看好。1933年开始，鲁迅陆续在《申报·自由谈》《论语》

---

[1]　廖沫沙：《人间何世？》，《申报·自由谈》，1934年4月14日，署名"野容"。

[2]　"小品文年"指的是小品文爆发的黄金年份。但具体是哪一年，说法也曾出现分歧。王瑶在《中国新文学史稿》中说1934年是"小品文年"。唐弢主编的《中国现代文学史》则称："由于杂文在文坛上风行，登载杂文的刊物众多，以致有人把一九三三年和一九三四年，分别称为'小品文年'和'杂志年'（指专登小品杂感的小刊物）。"根据1934年各杂志上发表的言论，人们普遍认同"1934年是'小品文年'"的说法。例如：1934年6月10日，《读书顾问》第2期发表了三草的《为小品文辩护》，文章认为："若果以销路的广狭来估定文学价值的话，我们很可以肯定说今年是小品文的年头。"7月1日，茅盾在《文学》杂志第3卷第1号发表《关于小品文》，文中指出"今年文坛上小品文大为流行，小品文的刊物一时风起云涌。"同时，《现代》杂志第5卷第3期《文坛展望》中说："上一次我们曾经把一九三四年称为'杂志年'，但也有人把它称为'小品文年'的。这是说，在一九三四年，小品文成为一种流行。"

《现代》等杂志上发表多篇文章予以抨击。《从讽刺到幽默》中，鲁迅直接提出"现在又实在是难以幽默的时候"[1]。《帮闲法发隐》则将"论语派"作家视为"帮闲者"，"论语派"的"幽默""闲适"格调，使得"无论如何严肃的说法也要减少力量的，而不利于凶手的事情却就在这疑心和笑声中完结了"[2]。由此，反而替行凶作恶者抹去了痕迹，"将屠户的凶残，使大家化为一笑，收场大吉"[3]。鲁迅打了一个著名的比喻，认为林语堂等"论语派"文人所做的小品文，只是供"清玩"的"小摆设"，其作用不过是"靠着低诉或微吟，将粗犷的人心磨得渐渐的平滑"[4]，在"风沙扑面，狼虎成群"的时代下，小品文只有做"匕首"和"投枪"，内容上"有不平，有讽刺，有攻击，有破坏"[5]，方能获得一线生机。

除了"左联"自主创办的杂志，《萌芽月刊》《前哨》《北斗》《十字街头》《文学》《海燕》《芒种》《杂文》，以及《申报·自由谈》《太白》《中华日报·动向》《立报·言林》等报刊，都争相发表左翼杂文作品。有数据显示，仅1930年至1937年抗战爆发的几年间就出版杂文集一百多部，占现代杂文史上全部杂文集的一半之多。

鲁迅一直被奉为杂文创作的泰斗，一批师法鲁迅精神和杂文笔法的杂文作者应运而生，其中影响较大的有瞿秋白、茅盾、唐弢、徐懋庸、聂绀弩等。鲁迅对这批作家杂文创作的影响甚至大到"真假难辨"。例如，1933年3—4月间，瞿秋白以鲁迅的笔名"何家干"等发表了13篇杂文[6]，读者竟然毫无察觉。唐弢也曾因《新脸谱》一文被误认为是鲁迅所作而受到攻击。因此，用"鲁迅风"来概括这批杂文作家的作品是恰当的。

瞿秋白的散文创作开始于"五四"时期，散文集《饿乡纪程》和《赤都

［1］　鲁迅：《从讽刺到幽默》，《申报·自由谈》，1933年3月7日。署名"何家干"。
［2］　鲁迅：《帮闲法发隐》，《申报·自由谈》，1933年9月5日。
［3］　鲁迅：《〈论语〉一年》，《论语》第25期，1933年9月16日。
［4］　鲁迅：《小品文的危机》，《现代》第3卷第6期，1933年10月1日。
［5］　鲁迅：《小品文的危机》，《现代》第3卷第6期，1933年10月1日。
［6］　分别是《苦闷的答复》《曲的解放》《迎头经》《出卖灵魂的秘诀》《最艺术的国家》《关于女人》《真假堂吉诃德》《内外》《透底》《人才易得》《儿时》《中国文与中国人》。除了《儿时》一篇，后来都被鲁迅收入自己的杂文集子《伪自由书》《南腔北调集》和《准风月谈》。

心史》是其文学创作的第一座高峰。进入20世纪30年代，瞿秋白应"急遽的剧烈的社会斗争"的需要，原先以新闻记录性为主的文体为之一变，转而进行以议论论争为主的杂文创作。作为中国共产党早期主要领导人之一，瞿秋白的杂文政论色彩尤为明显，或是社会批评，或为文艺杂感，阶级分析观点鲜明。

关于杂文，瞿秋白曾对中国现代杂文文体进行过系统的理论阐述。1933年4月，瞿秋白的《〈鲁迅杂感选集〉序言》系统总结了杂文文体的几个重要特性，即杂文内容的强烈战斗性和新闻性；生活经验的直感性；杂文创作的主观情意性；刻画社会形象的典型性；以及"讽刺与幽默"的美学特性。

事实上，瞿秋白自己的杂文创作就体现了这些特性。例如《流氓尼德》，瞿秋白着眼于最近两三个月以来国民政府的政治制度，结合自身在工商经济上的生活经验，从欧洲资产阶级"海盗发家"的历史谈起，勾画出资产阶级和国民政府阴险狡诈、无耻伪善的流氓嘴脸。文中将国民政府与人民的关系，形象地表达为诸葛亮和阿斗的关系。国民政府的骗术是令身为"阿斗"的人民自认不中用，所以身为"诸葛亮"的政府理应代掌江山。然而，若人民不识趣，不交出"权"，国民政府就要亲自干涉，取而代之了。文章或调侃讥笑，或冷语反讽，读来风趣幽默，饱含讥诮与讽刺。再如《民族的灵魂》将"民族"拟人招魂，想象奇特，辛辣地讽刺了国民政府对内思想统治的封建性，对外奴颜婢膝的奴隶性。《财神的神通》《美国的真正悲剧》等杂文篇目也都产生过较大反响。

唐弢的杂文以简洁明快、犀利泼辣著称。其杂文常常起笔于微小的现实或历史缘故，由小及大、由远及近地生发开来，对现实社会中的旧思想、旧文化严加批判，直击要害，入木三分。他的短杂文名篇《新脸谱》从戏剧表演的脸谱出发，针对民国时期所谓的新现象、新文明，以脸谱的翻新来披露社会旧貌新装、毫无变化与发展的事实，针砭时弊，痛快非常。再如长杂文《雨夜杂写》，从乾隆禁书、篡改内容等封建帝王的愚民之策，自然过渡到国民党当局查禁《胡适文存》和周作人《自己的园地》一事，国民政府玩弄愚民的"老把戏"昭然若揭。最后作者呼吁人民大众"由闭塞而开化，由落后而前进，由忍受而怒吼"[1]，表达了自己战斗到底的决心，结尾抒情性十足。

师法鲁迅颇有成就的还有徐懋庸。徐懋庸的杂文常从身边常见的生活片段或社会问题入手，逐渐触及时事，由此鞭辟入里，揭露事情真相或事物本质，率直而泼辣，颇为鲁迅赏识。《苍蝇之灭亡》一文大胆提出苍蝇是古代乃至现代文明的产物，苍蝇扑灭不完的根源乃是腐臭龌龊生活的人类还在不断延续，由此将"苍蝇之微"与人类生活状态的社会现实问题结合起来。《观绍兴戏有感》《谈变》《笑》等篇什也都是揭露世相、有理有据的杂文力作。

纵观30年代的杂文创作，多集中于"对于时局的愤言"，即讽刺和抨击现实政治之作。他们以形形色色的事实为依据，揭露进而批判了国民党政府的荒诞和无作为，如古物搬迁、募捐飞机、"围剿"苏区、杀戮人民、"安内攘外"、有名无实的"救国"理论、刮民脂膏的"义捐"、视爱国学生如乱民以及贪赃枉法、侵吞公款、民不聊生等社会现实，或慷慨激昂，或隐秘款曲，深刻地揭露和抨击了蒋介石集团反共反人民投降媚外的政策和嘴脸。

除这批"鲁迅风"杂文作家十分活跃之外，左翼文学运动影响下，还有另一个散文群体——东北作家群，其对政治、对社会现实保持着高度的热情和关注。"九一八事变"后，东北全境火速沦陷，在日军残暴的铁蹄凌虐之下，一批不甘忍辱负重的青年作家流亡上海等关内之地，并且在鲁迅等左翼作家的支持下，自发进行文学创作。东北作家群中从事散文创作的主要有萧红、萧军、端木蕻良、舒群、白朗、罗烽、骆宾基等。他们的散文创作别具一格，常常以直面人生的态度，抒写东北沦陷区人民的悲惨境遇，记叙风云诡谲的时代以及人民艰难困苦的生活。风格上多以粗犷豪放为主，当然也不乏细腻清新之作。

萧红是东北作家群中首屈一指的作家，其广为传颂的小说《生死场》和《呼兰河传》即带有散文的特点。散文集《商市街》主要记叙了她和萧军沦陷后在哈尔滨的艰苦生活，表现出对底层人民生活和民间疾苦的强烈关注。《雪天》和《饿》是其中的代表篇目，正如这两篇文名，"寒冷"和"饥饿"共构

---

[1]　唐弢：《雨夜杂写》，选自《投影集》，文化生活出版社1948年版，第39页。

了这部散文集的主题。萧红以其特有的女性眼光，通过细微而深刻的生活观察与体验，以细腻而灵动的闲谈笔调，将沦陷区的生活写得丝丝入扣，真切动人。30年代中后期，萧红的散文创作更上一层，尤其是怀念鲁迅的一系列文章，更是将朴素自然、笔致细腻的特点发挥到极致。名篇《回忆鲁迅先生》，记叙的多是生活琐事，然而鲁迅先生的音容笑貌、个性魅力、人格气质等跃然纸上。萧红朴素自然、真实不做作的文笔，使得质朴的文字中流露出动人心脾的真挚怀念。

萧军的散文创作同样忠实记录了同胞们的苦难生活，始终关心着祖国人民的命运。他的《大连丸上》记叙了他和萧红的一次逃亡经历。全文几乎由对话构成，在与特务张弛有度的交锋中，表现出浓郁的爱国热情和对敌人深切的仇恨，表现出作者高超的文字驾驭能力和艺术技巧。他的散文名篇《一只小羊》通过浮浪人（流浪者）一次曲折的购买小羊的经历，展现出强烈的人道主义精神，蕴含着细致的脉脉温情。

20世纪30年代前半期，各文学流派与党派之间论争纷纭，文艺和政治的关系也主要集中在阶级和派系之争上。因此，散文创作往往呈现出明显的政治倾向。直至1937年卢沟桥事变爆发后，抗日民族统一战线形成。社会主要矛盾由国共两党政治矛盾彻底转为中日民族矛盾，"救亡"成为社会主旋律和基本主题。与"抗日民族统一战线"相映衬，1938年3月27日，"中华全国文艺界抗敌协会"（简称"文协"）在武汉成立，凝聚力量为抗战服务成为文艺界的共识，文学的战斗性、纪实性被最大程度的获取。战前并不发达的报告文学因其新闻性、纪实性以及承载长篇叙事的能力，成为面临重大社会事件时的首要选择。

"报告文学"也发端于"五四"时期。1919年发表于《每周评论》上的《旅中杂感》《一周中北京的公民大活动》，还有20年代初周恩来的《旅欧通信》、瞿秋白的《饿乡纪程》和《赤都心史》等，也都基本具备报告文学的特征。东北"九一八事变"、上海"一·二八"事变发生后，形成报告文学的初次热潮。1936年，抗战形势危急，阶级与民族矛盾尖锐，夏衍的名作《包身工》、宋之的的《一九三六年春在太原》、范长江的《中国的西北角》等先后发表，再加上茅盾主编的大型报告文学集《中国的一日》的出版，报告文学一时蔚为大观。

1937年到1940年，报告文学迎来了黄金时期。或写前方战士英勇杀敌、壮烈牺牲，或写后方民众众志成城、赤诚爱国，或写战地军民团结协作、万众一心，或写难民颠沛流离、奄奄一息，或写日寇凶狠残暴、惨无人道，或写政府当局的腐败堕落、冥顽不灵，或写敌后武装力量的成长壮大等等，内容不一而足，思想万念齐发，情感一波三折。如丁玲的《孩子们》、徐迟的《大场之夜》、以群的《台儿庄战场散记》、宋之的的《从仇恨生长出来的》、蹇先艾的《唐沽的三天》、老舍《"五四"之夜》等。丘东平的《一个连长的战斗遭遇》《第七连》《我们在那里打了败仗》《我认识了这样的敌人》等文章，是纪实小说，抑或是通讯和报告文学，竟然难以区分。由此，开创了报告文学写作的新局面，突破了一般性的事件记录和描写，进入到对战场人物的刻画。丘东平善于记录直接的感受和片刻的印象，以此烘托出或紧张、或震撼的氛围，且往往能达到外部的场面描写和人物的思想意识活动的高度契合，有震撼人心、直视心灵的力量。

擅长战地报告文学的还有骆宾基。他的《救护车里的血》《我有右胳膊就行》《在夜的交通线上》等描写上海军民抗日热情的作品，也很有影响。除此之外，他的《东战场别动队》篇幅之长在当时的报告文学中实属罕见。职业记者们在"报告"抗战详情上也很活跃，范长江的《台儿庄血战经过》《台儿庄血战的故事》、萧乾的《血肉筑成的滇缅路》《一个爆破大队长的独白》《岭东的黑暗面》等报告文学作品也广为流传。

救亡是民族国家共同的时代主题。如果说杂文、报告文学侧重于从"政治认同"的角度投身于抗日救亡，那么，那些表面上保持超然态度的散文流派或散文创作，却更多地从"文化认同"的角度参与到抗日救亡的时代洪流中。

"京派"可以说就是这样的散文流派。何其芳、李广田、吴伯箫、师陀、沈从文、萧乾等都是京派卓有建树的散文家。其中，最为引人注目的是沈从文。他的散文集《从文自传》《湘行散记》《湘西》使得他在《边城》带来的小说家声望之后，在散文领域也留下浓墨重彩的一笔。《从文自传》叙述了作者童年及青少年时期的成长与蜕变；《湘行散记》则以作者游踪为线，记录阔别十一年之后重归故乡的见闻实感；《湘西》则是跟随西南联大南迁时途经湘西暂住沅陵时，有感于时局和社会变动而作。三部散文集都带有浓郁的湘西地方色彩，或回溯湘西淳朴恣意的风土人情，或同情于当下平民百姓的民间疾苦，共同构成了一幅立体多维的湘西风景民俗画。沈从文的文字常常拙朴粗淡中透着一股自然畅达，在谋篇布局上，又于不事雕琢之外别具匠心。《一个多情水手与一个多情妇人》以诗意的笔触，捕捉并勾勒出水手和吊脚楼妇人之间的脉脉温情，纵然是世俗眼中的露水情缘，也显示出一种别致的恩情与牵绊，充盈着妩媚与多情。在沈从文自然流泻的文字中，湘西下层民众的欲望和悲哀显得格外神圣。散文内外的情感显得曼妙而空灵，彰显出优美、健康、自然的人生形态。《鸭窠围的夜》中，作者的所见所闻与自由联想交织：火光、灯光、残雪返照的微光，交叠出一份红火；小曲儿声、羊叫声、击柝声等，越发固执、单调，却也温柔绵长。作者黑夜中自然吐露的心曲也愈加委婉别致、真挚动人。在虚实结合、动静相间、视听交融之中，湘西特有的自然景色和特异的生存形态一览无余。

何其芳、李广田、师陀、吴伯箫、丽尼、陆蠡、缪崇群等北方青年散文家，多从个人生活经验起步，着重于表现自我、探索内心、抒写主观。尽管各有不同的风格，但对纯正的散文艺术趣味都抱有虔诚的态度，尤其热衷于对散文文体的完备和创造，他们在现代抒情探索方面颇有建树。何其芳的散文集《画梦录》即是对散文文体的自觉追求，传达出一种纯粹独立的文体意识，对白话散文文体多方面的可能性做出了有益的探索。师陀的《谷之夜》、李广田的《山之子》《野店》、吴伯箫的《山屋》、陆蠡的《竹刀》也都是不可多得的散文名篇。《谷之夜》以外来者的视角构建了一个神秘的世界：与世隔绝的山谷，亘古原始的风貌。然而在空濛的山色映衬下，山谷中的牧羊老者讲述着忧伤的故事，显示出外力的侵蚀正在带来种种说不清道不明的改变。师陀的文笔似乎含着淡淡的哀愁，书写出桃花源般的山谷，在应对外面的世界冲击时永恒的困惑。《山之子》是一篇游记，行文结构颇具匠心，看似很少写山之子，实则全文都围绕着他，且首尾照应，疏密相间，虚实结合，情景交融。《野店》则抓住宿留荒村野店的几个片段，烘托出乡村诚挚质朴的生活氛围。《山屋》"全篇匀称，从头到尾，一气呵成"[1]。《竹刀》则唱响了一曲山民反抗黑暗的壮美悲歌。

无论"京派"还是北方青年散文作家群，大都是"对于未来有所憧憬在沉默中努力的作家"，所创作的也大都是"对于这个民族毁灭有所感觉而寻出路"的作品"[2]。

值得一提的是，这时期还出现了战时学者散文。梁实秋的《雅舍小品》、钱钟书的《写在人生边上》[3]、王了一的《龙虫并雕斋琐语》[4]等，被称为"第一批学者散文"[5]。《雅舍小品》将目光投向日常生活和世俗人生，从衣食住行、起居行乐之类入手，着笔处无一不是日常景、家常事。《写在人生边上》的中西典故信手拈来，在知识性之外，充斥着让人啧啧称奇的想象力，寄寓了许多深切而独特的人生感悟，闪烁着哲理性思辨的微光。《龙虫并雕斋琐语》则毫不避讳地表达出直观的态度与反应，不少文字带有强烈的抗战色彩。

张爱玲在那个时代显得有些"我行我素"。亲历过香港沦陷和上海"孤岛"时期的张爱玲，挣脱时代的洪流的裹挟，战争充其量只是她作品中"男女之间的小事情"的故事背景。她的散文集《流言》将目光引向普普通通的俗人俗世，一边体会可亲的凡俗人生，一边忠实记录下"发烧"的战时情境。张爱玲主动消解女性神话，直面女性的劣根性，深入挖掘"女性神话"背后的社会文化因素，如此的女性意识，即使放在百年白话散文的历史上，也首屈一指。

---

[1]　司马长风：《中国新文学史（下）》，昭明出版社有限公司1978年版，第167页。

[2]　沈从文：《论"海派"》，《大公报·文艺副刊》第32期，1934年1月10日。

[3]　《写在人生边上》由钱钟书夫人杨绛女士编定，收录了1939年2月以前写的10篇散文，上海开明书店1941年12月初版。

[4]　《龙虫并雕斋琐语》，观察社1949年1月初版。

[5]　范培松：《论四十年代梁实秋、钱钟书和王了一的学者散文》，《文学评论》2008年第1期。

第二节　文明的飞地与民族强力：《湘行散记》

当民族矛盾日渐尖锐战乱纷扰，人心不古，城市生活不尽如人意之时，人们要么振臂一呼，作奋力一击，要么看似急流勇退，兀自去寻找自己抗战的方式。鲁迅等选择了战斗，沈从文[1]则选择了自己的"希腊小庙"——湘西，以发掘、呼唤民族强力，参与民族救亡的大合唱。

1933年冬，因母亲病危，沈从文在阔别故乡十一年之久后，匆匆赶回湘西。行前，与夫人张兆和约定，每天写一封信，报告沿途见闻。《湘行散记》便是在这些信札的基础上润色而成，并由上海商务印书馆于1936年3月出版。正如他的小说创作总是洋溢着明显的散文气韵一般，沈从文的散文作品也充满着浓烈的小说意趣。在记录旅途见闻和回忆过去的人、事、历史时，他再现了湘西乡土社会顽强、旺盛、蓬勃、执拗的生命状态，展现了强烈的生命意识，以及对乡土社会在漫长的时间和历史中"常"与"变"的感慨。

沈从文的游记散文虽是以沿途见闻开始，但却并非单纯的游历踪迹的汇报，"我这次回来，原是翻阅一本用人事组成的历史"[2]。之所以这样说，是因为沈从文丰富而独特的成长经历。

沈从文幼时频繁逃学，借故亲近自然、观摩世态人生，并在学校和家长的处罚过程中，驰骋想象，回顾经验，以此造就了丰富的灵魂。1917年，他跟随当地部队辗转于川黔湘鄂二十八县和沅水流域，混迹于士兵、土匪、流氓、水手、妓女、矿工之间，过着放纵野蛮的生活。这期间，沈从文自觉遍览行伍和乡民的生活状态，看尽人类做出的"蠢事"，对"人事"这部大书深谙熟稔。这份特殊的经历，丰富了他的经验见闻，培养了坚毅的性格，塑造了独立的价值观念，为他日后的小说和散文创作打下了坚实的基础。直至1922年，沈从文才脱下戎装，为读大学奔赴北京，期间鲜少回乡。

---

[1]　沈从文（1902—1988），湖南凤凰人，原名沈岳焕，乳名茂林，字崇文，有《边城》《长河》等小说，《从文自传》《湘行散记》《湘西》等散文集，另有学术著作《中国古代服饰研究》。

[2]　沈从文：《虎雏再遇记》，《沈从文大全集》第11卷，北岳文艺出版社2002年版，第301页。

追忆"业已消逝的童年梦境"，温习湘西人情世态，展现民族强力，《湘行散记》中描写了一批极富生命力的人物：水手、妓女、士兵、矿工、土匪等。《一个戴水獭皮帽子的朋友》写一个朋友，还只在二十五岁左右，就有一百个青年妇人在他面前裸露过胸膛同心子，以前在军队中吃粮子上饭跑四方人物，如今则成为了爱玩字画也爱说野话，能够骂出稀奇古怪字眼儿的旅馆主人。《五个军官与一个煤矿工人》描写一个造反的煤矿工人，当他被五个年轻军官设计缚住，身受重伤，自觉回天乏力时，便镇静而又从容地跳下了矿井，生前活得威风，死时亦干脆壮烈。《虎雏再遇记》里的"虎雏"祖送，八岁时就用石头从高处掷坏了一个大他五岁的敌人，到了十八岁，就已经亲手放翻了六个超过他一大把年纪的对手，平时更是以施展满含耐性、伺机而动的"打架绝招"为一条得意的快乐行径。在沈从文的笔下，顽强倔强、充满野性，有时甚至是残酷的、血腥的湘西人，永远洋溢着"强盗一样好大胆"的蓬勃生命力。

纵观《湘行散记》，沈从文对原始生命力的赞美和歌颂，更多地表现在水手和妓女身上。《桃源与沅州》《鸭窠围的夜》《一九三四年一月十八》《一个多情水手与一个多情妇人》《辰河小船上的水手》等篇什，都对水手和妓女进行了生动的刻画，或展现了水手和妓女的生活状态和惨淡命运，或描绘了水手和妓女之间的脉脉温情。可以说，在沈从文的笔下，水手和妓女成为了原始生命力的象征，这座"希腊小庙"中供奉的"人性"，在生活与环境的挤压之下，仍然坚韧不屈，恣意释放着旺盛的欲望。不论是情感的狂欢还是生活的哀愁，都被赋予了神圣的意味，成为承载沈从文召唤原始生命力的符号。

沈从文一手打造的湘西散文世界，说是"水的世界"也不为过。在闭塞落后的湘西，水运是沟通湘西与外界的重要途径。理所当然地，维持水运畅通的水手和靠服务过路人的妓女，成为沈从文笔下最重要的角色。

水手和妓女们虽然各有人生经历，却有着相同的悲惨命运。水手们常常经受着恶劣的天气和奔涌的急流等种种折磨，不拘盛夏还是寒冬，该下水时，便需立刻跳下水去；该拉纤时，便需到滩石上一寸寸爬行；遭遇急流乱石时，便敏捷而勇敢地脱光衣裤，跳向急流，用自己肩背的力量使船只脱困，而对泅水技术不在行或者运气不佳的水手来说，这可是生死大事。《一九三四年一月十八》中就记录了一个水手，刚一下水就被激流卷走了，只能对沿岸追喊着的人回答一些遗嘱，自此便与家人阴阳两隔，生死莫问。而这种死生事体，在船上人看来，却是再平常不过的事，他们水上生，水上死，如飘零的浮叶般，生不由己，死不自知。这些人就靠着浑身的气力在水上打发每一个日子，直至身体老去，力量流失，或者大六月发痧下痢，在空船里或太阳下了结一生。不可思议的是，这样的水手，辰河上至少有十万人，而他们所出的气血，与他们的收入所得，完全不对等。掌舵的水手划了三十七年的船，每天所得却也只有八分钱；拦头的水手每天只得一角三分钱；而技术生疏的小伙计，每天就只有一分二厘。在这样恶劣而残酷的自然环境下，他们拼尽全力在贫贱艰难的日子中挣扎生存。

靠身体活动、吃四方饭的妓女也是如此。她们少才十四五岁，老至五十多岁，莫不尽心尽力服侍过往客人过夜，甚至会被长期包定占有，客来时陪客人，客走后则服侍"主人"烧烟唱曲儿，等年龄实在干不了这行后，便独自留在空船上聊度余生。这些妇人最大的克星是生病，平时小病她们总不当回事，只要能够支撑得住，她们总不肯闲下来吃白饭。但病情严重时，影响做生意就是天大的事了，她们又不肯正经花钱，打针吃药进行正规治疗，等真正病倒了，奄奄一息时，就只能任人用门板抬走，到空船里孤身过日子的老妇人身边，等着咽气，走完悲苦一生。

这些水手和妓女们，凭借双手和全身的气力，或者凭借青春和肉体，艰难而倔强地担负着自己的命运，"忠实而庄严的活着"，活得卑微，活得愚蠢，却又无比勇敢和真挚。尤其是那个如托尔斯泰一样的老水手，虽然牙齿脱落，白须满腮，年龄快到八十了，但依然如古罗马战士般强壮，在谈临时纤手的生意时，甚至为了一分一厘的价格而与舵手相互辱骂。这种为了生存而努力执着的热情，使人不禁为之动容。

然而，与艰苦的生存境遇截然不同，水手和妓女们的内心充满野性和旷达。他们虽然生活艰辛，肉身沉重，但心灵却无比轻盈。在湘西这块封闭落后的土地上，水手们说话做事都保留着最自然的本性。他们说话永远都像在大嚷大骂，使用粗野字眼儿如使用标点符号一样自然，倘若忘了加上去，意思反而容易模糊不清。例如感慨天气，"×他娘的。天气多坏！"即便是无可奈何的诅咒，语气中也带出一种倔强来。水手们之间的日常语言更是离不开野话粗话，他们甚至"一面工作一面用野话编成韵语骂着玩着"[1]。

《辰河小船上的水手》中就有很多豪情爽利的对话：

> "金贵，金贵，上岸××去！"
> "你××去我不来。你娘××××正等着你！"
> "××去，×你娘的×。大白天像狗一样在滩上爬，晚上好快乐！"

水手半夜提着妓女送的母鸡回去时，睡梦里被惊醒的同伴笑骂道：

> "溜子，溜子，你一条××换一只母鸡，老子明早天一亮用刀割了你！"

《一个多情水手与一个多情妇人》中，当水手早上与吊脚楼妇人痴缠时，催促的同伴如此骂道：

> "牛保，牛保，狗×的，你个狗就见不得河街女人的x！"
> "宋宋，宋宋，你喊什么？天气还早咧。"
> "早你的娘，人家木簰全开了，你×了一夜还尽不够！"
> "好兄弟，忙什么？今天到白鹿潭好好的喝一杯！天气早得很！"
> "天气早得很？哼，早你的娘！"
> ……
> "牛保，牛保，你是怎么的？我×你的妈，还不下河，我翻你的三

---

[1] 沈从文：《一个多情水手与一个多情妇人》，《湘行散记》，开明出版社1992年版，第35页。

代，还……"

即使是在父子兄弟或者晚辈长辈之间，水手们说话一样是不拘小节。小水手就是在年龄和资历都比自己高上许多的前辈面前，也是张口就来，直白而坦率。比如在《辰河小船上的水手》中有这样一段对话：

> 那个拦头的水手就笑着说："他吗？只会吃，只会哭，做错了事骂两句，还会说点蠢话：'你欺侮我，我用刀子同你拼命！'拿你刀子来切我的××，老子还不见过刀子，怕你！"
>
> 小水手说："老子哭你也管不着！"
>
> 拦头的水手："我管你咬我的××！不管你你还会有命！落了水爬起来，有什么可哭？我不脱下衣来，先生不把你毯子，不冷死你！十五六岁了的人，命好早×出了孩子，动不动就哭，不害羞！"

这份乡野和俗性甚至是代代相传的。《桃源与沅州》一篇在介绍船只水手的配置时，曾这样总结小水手的工作，"除了学习看水，看风，记石头，使用篙桨以外，也学习挨打挨骂。尽各种古怪希奇字眼儿成天在耳边响着，好好的保留在记忆里，将来长大时再用它来辱骂旁人"[1]。这是水手们在长期的水上劳作中培养出的自然习性，在遇到激流劳心劳累时，在走船竞速隐隐的神经战中，他们通过吐露粗野话语来发泄心中的仓皇或郁闷，释放多余的情绪，抑或是激发更多的激情和气力。因此，急流险滩，名为"骂娘滩（说野话的滩）"，"即或是父子弄船，一面弄船也一面得互骂各种野话，方可以把船弄上滩口"[2]。

水手们的对话之间，充斥着粗俗的字眼，然而其心真诚坦荡，一目了然。在恶劣的环境和生存的重压之下，他们并没有失去生活的喜乐，反而在相互之间的笑骂声中野蛮生长，释放出属于水上人的孜孜不竭的旺盛生命力，粗

---

[1] 沈从文：《桃源与沅州》，《湘行散记》，开明出版社1992年版，第237页。
[2] 沈从文：《一个多情水手与一个多情妇人》，《湘行散记》，开明出版社1992年版，第262页。

野的随性，赤裸的自然，显得任性恣肆，活得舒畅坦然。

　　除了野蛮的生命力外，水手们身上有着难得的质朴。任凭生活再艰辛、条件再刻苦，只要吃上酸菜和臭牛肉，他们就能高兴地唱出最美丽和动人的歌来。所以当水手们看出"我"为赶路而着急时，便机智地说："天气冷，我们手脚也硬了。你请我们晚上喝点酒，活活血脉，这船就可以在水面上飞！"[1]这些水手们懂得识脸色，辨心情，但是这番"趁火打劫"和小聪明，非但不惹人厌恶，在险恶的生活和工作环境下，反而越发显出俏皮与可爱。也是这位水手说："不必为天气发愁。如今落的是雪子，不是刀子。我们弄船人，命里派定了划船，天上纵然落刀子也得做事。"[2]他们没有借恶劣的天气原因来消极怠工，反而站在客人的立场上，想办法加快船速。当"我"答应后，他们也毫不扭捏，经过钓船时就买鱼，到了码头时就买满满一葫芦烧酒。同样的，当"我"提出请拦头的水手上岸玩玩时，掌舵的水手就打边鼓说："七老，你去，先生请客你就去，两吊钱先生出得起！"[3]七老拿到"我"的"赞助"后，反而放弃了与吊脚楼妇人过夜，把钱全买了"我"爱吃的橘子带回来，脸上带着满足和愉快的微笑。在这样的生存环境下，他们花最大的力气，挣最少的钱，却没有城市中人唯利是图、金钱至上的嘴脸，在生活的压抑和摧残之下，依然保持淳朴的品性，一如既往的"愚蠢朴质勇敢耐劳"，就算贫穷困窘，他们依然堂堂正正。

　　需要注意的是，水手和妓女并非两个完全独立的生命人群，在沈从文笔下，他们之间有着深刻而动人的情感牵绊。《湘行散记》对水手和妓女的多情展开了充分的描写，展现了湘西下层民众在恶劣而贫贱的生活环境下，仍然热情奔放地释放欲望、自由追逐纯真感情的生命魔力。

　　在描写水手和妓女的情爱时，沈从文有着不同于城市中人的价值判断。以城市人和现代人的世俗眼光看来，水手和吊脚楼妇人的露水情缘，实质上是嫖客与娼妓之间的钱色交易，总而言之，是落后的、丑恶的、不光彩的、为人

　　[1]　沈从文：《辰河小船上的水手》，《湘行散记》，开明出版社1992年版，第49页。
　　[2]　沈从文：《辰河小船上的水手》，《湘行散记》，商务印书馆1936年版，第49页。
　　[3]　沈从文：《辰河小船上的水手》，《湘行散记》，商务印书馆1936年版，第54页。

所不齿的。然而正如沈从文在《水云》中所说："我是个乡下人，走到任何一处照例都带了一把尺，一把秤，和普通社会权量不合。一切临近我命运中的事事物物，我有自己的尺寸和分量，来证实生命的价值与意义。"[1]青少年时期的沈从文，在随军辗转四处浪迹的亲身体验中，吃透了社会人生这部大书，因而"对于城市中人在狭窄庸懦的生活里产生的作人善恶观念，不能引起多少兴味"，"活下来永远不能同城市中人爱憎感觉一致了"[2]。

沈从文直言自己是一个"不想明白道理却永远为现象所倾心的人。我看一切，却并不把那个社会价值掺加进去，估定我的爱憎"[3]。这种倾心现象，排斥人类普遍价值判断的态度，使得沈从文面对万事万物自有主张。他有自己独立的审美理想和价值标准，自信能够抓定宇宙万物"最美丽与最调和的风度"。他坦言："我不大能领会伦理的美。接近人生时我永远是个艺术家的感情，却绝不是所谓道德君子的感情。"[4]因而，他非但没有站在道德的高地上对他们横加指责和批判，反而着重突出了"多情水手"和"多情妇人"的可爱娇憨之态。

《一个多情水手和一个多情妇人》中的夭夭，年纪只十九岁，美丽娇媚，"打扮得真像个观音"，却被一个年过五十的老兵所占有。但她热情的心却不为名分所束缚，常常为偶然而来的年轻男子跳动。散文中有一段精彩的描写，夭夭在听到老烟鬼在河街上嘶声喊她时，她的神态和语言十分动人：

> 小妇人听门外街口有人叫她，把小嘴收敛做出一个爱娇的姿势，带着不高兴的神气自言自语说："叫骡子又叫了。夭夭小婊子偷人去了！投河吊颈去了！"咬着下唇很有情致的盯了我一眼，拉开门，放进了一

---

[1] 沈从文：《七色魇集·水云》，《沈从文全集》第12卷，北岳文艺出版社2002年版，第94页。

[2] 沈从文：《从文自传·怀化镇》，《沈从文全集》第12卷，北岳文艺出版社2002年版，第306页。

[3] 沈从文：《从文自传·女难》，《沈从文全集》第12卷，北岳文艺出版社2002年版，第323页。

[4] 沈从文：《从文自传·女难》，《沈从文全集》第12卷，北岳文艺出版社2002年版，第323页。

阵寒风，人却冲出去，消失到黑暗中不见了。

　　夭夭不为世俗所拘，敢于向撩动心弦的对象大胆表白，自然不扭捏地释放自己的魅力、传达内心的好感与青春欲望。"把小嘴收敛做出一个爱娇的姿势"，小女儿情态的夭夭是天真的、可爱的，在青春的欲望面前又是单纯的、不假思索的。"咬着下唇很有情致地盯了我一眼"，纵然有着挑逗的意味，但写来却是一种委曲多情的少女情怀。这个多情的小妇人甚至是惹人怜爱的，爱而不得，最后拉开门冲出去的时候，又怎能不让人为之怅惘呢？也难怪作者会在沉默中体会到一点"人生"的苦味、在心中玩味"命运"了。

　　沈从文总是能用充满诗意的笔触，捕捉并勾勒出水手和妓女之间的脉脉温情。还是《一个多情水手与一个多情妇人》中，多情的牛保艰难离别情人后，收到"我"回送的四个烟台大苹果，便在同船水手的叫骂声中，又回到了吊脚楼献给了妇人。吊脚楼妇人对牛保的临别赠言十分感人，"我等你十天，你有良心，你就来——"[1]。这种水手和妓女之间的多情与牵绊，显得妩媚而缠绵。从而，引发了作者强烈的触动，使人不禁想象：

　　　　那水手虽然这时节或许正在急水滩头爬伏在石头上拉船，或正脱了裤子涉水过溪，一定却记忆着吊脚楼妇人的一切，心中感觉十分温暖。每一个日子的过去，便使他与那妇人接近一点点。十天完了，过年了，那吊脚楼上，一定门楣上全贴着红喜钱，被捉的雄鸡啊啊啊啊的叫着，雄鸡宰杀后，把它向门角落抛去，只听到翅膀扑地的声音。锅中蒸了一笼糯米饭，长年覆着搁在门口的老粑槽，那时节业已翻动，粑槌也洗得干干净净，只等候把蒸熟的米饭倒下，两人就开始在一个石臼里捣将起来。一切事皆两个人共力合作，一切工作中皆掺合有笑谑与善意的诅骂。于是当真过年了。又是叮咛与眼泪，在一分长长的日子里有所期待，留在船上另一个放声的辱骂催促着，方下了船，又是胡桃与栗子，

---

[1]　沈从文：《一个多情水手与一个多情妇人》，《沈从文全集》第11卷，北岳文艺出版社2002年版，第260页。

干鲤鱼与……

《鸭窠围的夜》也有一段水手和妓女之间的精彩对话：

> 当船上人过了瘾，胡闹已够，下船时，或者尚有些事情嘱托，或有其他原因，一个晃着火炬停顿在大石间，一个便凭立在窗口，"大佬你记着，船下行时又来。""好，我来的，我记着的。""你见着顺顺就说：会呢，完了；孩子大牛呢，脚膝骨好了，细粉捎三斤，冰糖捎三斤。""记得到，记得到，大娘你放心，我见了就说：会呢，完了，大牛呢，好了，细粉来三斤，冰糖来三斤。""杨氏，杨氏，一共四吊七，莫错账！""是的，放心呵，你说四吊七就四吊七，年三十夜莫会要你多的！你自己记着就是了！"

水手和妓女的露水情缘，并非擦肩而过，江湖相忘，而是依依不舍的温情话别。一个大石间回头仰望，一个凭窗独立依依相送。临别时的赠言，先是相约再会，次是家长里短的嘱托代言，就算是最后的金钱结算，也带着当地人民特有的淳朴和信誉。整个对话过程，温柔而多情，富有浓厚的人间烟火气息。在沈从文看来，这些都是"优美、健康、自然的人生形态"，都是平常男女的平凡生活，是充满诗意的，是值得赞美和欣赏的。

除了将水手和妓女视作可欣赏的平常男女之外，沈从文还自觉与之平等相视，感同身受。自"五四"以来，描摹人间疾苦时，知识分子往往站在启蒙者的立场。沈从文自觉摒弃从高位俯视的习惯，并没有抱以审视或同情的眼光，对湘西人民的生活加以指摘或轻视。相反，他将自己置身于这些贫苦弱势的人群之间，将自己视为湘西劳苦大众的一分子，"我认识他们的哀乐，这一切我也有份。看他们在那里把每个日子打发下去，也是眼泪也是笑，离我虽那么远，同时又与我那么相近。这正同读一篇描写西伯利亚方面的农人生活动人作品一样，使人掩卷引起无言的哀戚"[1]。邻船上原本一个人吸烟的水手，寂寥寥拿烟管敲着船舷，忽然骂着野话，点上废缆跳上岸去。作者立刻联想到十五年前，自己在百无聊赖之际，独自空手上岸的情景，不由地，他惊异于过去与现在、他人与自己之间这般相互缠绕的命运。因凭过去的水上经历，沈从文将自己与水手一视同仁，切身理解水手的行为和心理，也深谙那个水手独自跑上岸的理由。因此，当邻船上的水手迟迟不回来时，作者甚至为这个水手在吊脚楼有所收获而感到欣慰和释然。

沈从文非但对水手和妓女的交往无所指摘，反而怀有巨大的赞美和支持。他感动于他们在悲苦中倔强、刚强的美丽灵魂。如果对方欢喜，他甚至愿意出钱，来促就水手和妓女之间的夜晚情缘。说到底，水手吃"荤烟"，妇人吊脚楼接客，都只是湘西人民不得已而采取的人生形态，为生存、为生活、为生计，是湘西世界琐细人生平凡的人事和哀乐得失的一部分而已。

前面我们说过，时隔十一年之久，沈从文重回湘西，见证了人事上的诸多变动。戴水獭皮帽子的朋友，成为了"风雅"的旅馆主人；梦想做副官后娶绒线铺"翠翠"的傩右，没有做成副官，却成就姻缘并生下另一个"翠翠"；曾被带往城市接受文明教育的虎雏，逃回家乡成了"放翻了六个敌人"的漂亮战士；那个少时想做伟人的爱惜鼻子的朋友，成为了用名贵烟具吸大烟的百货捐局长……这些鲜活的人生样态，唤起了作者对时间和历史的感慨，引发了无数惆怅。然而，微观上的人事更迭，似乎影响不到整个湘西民众，湘西似乎有着自己的生存发展规律，并在时间和历史的长河中书写着自己的"常"与"变"。

沈从文对湘西有着深沉的关怀，故乡的声音、颜色、气味甚至一切，都是他永远的记忆和抹不去的乡愁。尤其是有关声音的描写，往往一阵锣鼓声，便足以调动所有的记忆与思念。

《湘行散记》中有很多关于声音的描写。《老伴》中小船在落日黄昏下靠了岸，此时，长堤上枯苇唰唰声，邻船炒菜落锅声，小孩哭闹声，城门边卖

_____

[1]　沈从文：《鸭窠围的夜》，《湘行散记》，开明出版社1992年版，第23页。

糖人的小锣铛铛声，再加上满河浮动的橹歌声，各种声音混合交响。《鸭窠围的夜》吊脚楼妇人唱小曲的歌声，听小曲儿人的笑嚷声，水手和妓女之间的对话声，吊脚楼下固执而柔和的羊叫声，水手商人喝酒猜拳的声音，远处人家禳土酬神还愿巫师的锣鼓声，半夜捕鱼人用木棒槌敲打船舷的柝声……各种声音杂糅交错，或远或近，或高或低，显得神秘轻盈，庄严而流动，绵绵情意旁逸斜出，富有生机与灵气。

沈从文笔下那些细枝末节的人和事似乎与历史毫无关系，百年前或百年后皆仿佛与当前一样。从整体来说，湘西似乎真的成为了与世隔绝的"桃花源"，湘西人的朴素倔强的生命形式，在历史的过往面前一切如常，"这些人生活却仿佛同'自然'已相融合，很从容的各在那里尽其性命之理"[1]。他们世世代代生于湘西，居于湘西，老于湘西，在这个封闭落后的地域，不管历史如何变迁，都安然承受命运带来的种种挑战。他们"忠实庄严的生活，担负了自己那份命运，为自己，为儿女，继续在这世界中活下去。不问所过的是如何贫贱艰难的日子，却从不逃避为了求生而应有的一切努力"[2]。

面对湘西人生命和价值的这种"常"，沈从文的感情十分复杂。一方面，他感动于湘西人在贫穷困苦中顽强生活下去的韧劲，就算是"为天所厌弃"也执着的不自弃。"那种声音与光明，正为着水中的鱼与水面的渔人生存的搏战，已在这河面上存在了若干年，且将在接连而来的每个夜晚依然继续存在……我所看到的仿佛是一种原始人与自然战争的情景。那声音，那火光，皆近于原始人类的武器！"[3]他们在泪与笑的日子里努力打发岁月，千百年来都在为维持生命的尊严而搏战。在长久的生活中他们安然自若，那种安于现状的神气，使得他们的欲望和喜怒哀乐都显得十分神圣。似乎谁都不配渗进他们命运里，惊动他们的岁月，或者扰乱他们应有的哀乐与悲戚。

另一方面，沈从文又心痛于湘西人被压抑、被摧毁后仍茫然无所知、千年不变。湘西人惯于与自然妥协，活在无人知道的地方，他们似乎对历史毫无

---

[1] 沈从文：《箱子岩》，《湘行散记》，开明出版社1992年版，第62页。
[2] 沈从文：《一九三四年一月十八》，《湘行散记》，开明出版社1992年版，第31页。
[3] 沈从文：《鸭窠围的夜》，《湘行散记》，开明出版社1992年版，第25—26页。

负担，对明天没有期待，对未来别无所求，留意的只有眼前：面对自然和生活
的重压，只求现世安稳。这种任命运宰割的样态，与在《鸭窠围的夜》中的小
羊如出一辙。小羊是特为过年而赶来的，却不知自己的寿命只有十天八天，只
是在黑暗中发出"固执而柔和的声音"。这只等待命运判决的羔羊，正象征着
这些安于天命的湘西下层民众。他们是自然之子，依靠天地自然而生存，生得
被动，活得艰辛，经济上困窘，生活上举步维艰，然而他们对自身的人生际遇
和命运一无所知，毫无自觉，只是茫然而执着地将生命继续下去。而这只羊生
命的即将终结，也象征着湘西平凡男女卑微琐屑的生活，终将难以为继，作者
"预感到他们明天的命运——即这么一种平凡卑微生活，也不容易维持下去，
终将受一种来自外部另一方面的巨大势能所摧毁"[1]。因而，作者听到这黑
暗中咩咩的羊鸣，只觉得忧郁，心里软和起来。这种忧郁与软和，源于作者对
故乡湘西深切的爱怜和悲悯，源于对湘西民众过去和当前生活的沉痛和隐忧，
也源于面对湘西现实无力改变的无奈和悲哀。

　　湘西世界在维持上千年的"常"的同时，也悄然发生着不尽如人意的
"变"。固然湘西下层民众保持着朴素正直的人性美，但不得不说，这些美丽
而善良的人性，跟沈从文建设"希腊小庙"的主观情感不无关系。封闭落后的
湘西，在时间和历史奈何不得的同时，也不可避免地走向衰落和腐烂。沈从文
在《长河》的题记中写道："表面上看来，事事物物自然都有了极大进步，试
仔细注意注意，便见出在变化中那点堕落趋势。最明显的事，即农村社会所保
有那点正直素朴人情美，几乎快要消失无余，代替而来的却是近二十年实际社
会培养成功的一种唯实唯利庸俗人生观。敬鬼神畏天命的迷信固然已经被常识
所摧毁，然而做人时的义利取舍是非辨别也随同泯没了。"[2]

　　这种"唯实唯利的庸俗人生观"在《湘行散记》中多有显示。在《一个
爱惜鼻子的朋友》中，作者注意到几个同乡青年学生，在大城市求学过程中，
迷失于政府出台的政策和各种报纸小道消息里，陷入进退两难和无所适从的境
地，成了精神颓废、举止庸俗的人物，既对社会毫无贡献，又对生存毫无信

---

[1]　沈从文：《〈散文选译〉·序》，《读书》1982年第2期。
[2]　沈从文：《长河·题记》，《沈从文全集》第10卷，北岳文艺出版社2002年版，第3页。

仰。《箱子岩》中那位跛脚什长，年纪轻轻，却满脸兵油子的傲气，似乎在乡下人中位高一等。靠卖烟土走私来赚钱发财，在辰州地方吃喝发财玩女人，彻底腐烂了灵魂。

就整个民族的发展前景而言，湘西似乎也走向了衰颓的边缘。"这个民族，在这一堆日子里，为内战，毒物，饥馑，水灾，如何向堕落与灭亡大路走去，一切人生活习惯，又如何在巨大压力下失去了它原来的型范！"[1]在各种天灾人祸面前，湘西人民经受着多灾多难的人生。人们在内战反复不断被派捐拉夫，在应付差役中混过了漫长的日子。《藤回生堂今昔》里的那座长桥，原本二十四间铺子，如今一共有十家烟馆，其中有三家可以买黄吗啡，另外还有五家卖烟具的杂货铺。时间和鸦片烟损害了人们的身体健康，湘西人民也在现实社会的冲击下走向"堕落和灭亡"。沈从文对此抱有无限的忧愁与哀戚。他在《一个爱惜鼻子的朋友》中如此感慨，"时间正在改造一切，尽强健的爬起，尽懦怯的灭亡"[2]。他担忧着湘西人们的命运，为那些"与自然妥协"的人终将被自然淘汰而感到伤悲。因此，在对同乡青年学生感到失望的同时，他反而欣赏青年军官了，尽管他们暂时也无力解决眼前糜烂与腐蚀的一切，但至少有着康健的体魄，一旦有机会，迫使他们在生存和灭亡间进行选择时，他们便会奋发振作，创造新一片天地。

沈从文不满于那些与自然妥协的人，他鼓励湘西人民反抗自然、改造自然。"另外尚有一批人，与自然毫不妥协，想出种种方法来支配自然，违反自然的习惯，同样也那么尽寒暑交替，看日月升降。然而后者却在改变历史，创造历史。一分新的日月，行将消灭旧的一切。我们用什么方法，就可以使这些人心中感觉一种'惶恐'，且放弃过去对自然和平的态度，重新来一股劲儿，用划龙船的精神活下去？"[3]作者追忆了十五年前人们玩龙船竞渡的场景，锣鼓喧天，橹歌悠然，就连围观的妇女小孩都快乐兴奋不已。直至晚饭后，看船的都已散去，划船的还不尽兴，毫不扫兴示弱，最终热闹激情直到夜半。沈

---

[1] 沈从文：《辰河小船上的水手》，《湘行散记》，开明出版社1992年版，第56页。
[2] 沈从文：《一个爱惜鼻子的朋友》，《湘行散记》，开明出版社1992年版，第94页。
[3] 沈从文：《箱子岩》，《湘行散记》，开明出版社1992年版，第62页。

从文试图唤醒湘西人民面对自然的斗志，他渴望湘西能够将龙船竞渡的狂热劲儿和勇敢拼搏的精神，转移到支配自然、改变湘西历史的大事中来。

为了促使湘西民众的觉醒，拯救他们麻木的灵魂，沈从文甚至念着那个用"辰州符"治好腿的跛脚什长了。"生硬性痈疽的人，照旧式治疗方法，可用一点点毒药敷上，尽它溃烂，到溃烂净尽时，再用药物使新的肌肉生长，人也就恢复健康了。这跛脚什长，我对他的印象虽异常恶劣，想起他就是个可以溃烂这乡村居民灵魂的人物，不由人不。"[1]在沈从文看来，这个跛脚什长就是湘西社会中的一颗"毒瘤"，他试图以这颗毒瘤唤醒乡村民众的精神和灵魂，希望湘西民众能够不再一味麻木的承受，面对恶劣的人物和事迹能够奋起反抗，走向觉醒，鼓起勇气和激情来改造自己的生活，打破现实社会的卑劣不堪。这是他的"幻想"，又何尝不是一种渴望改变湘西生存状态的迫切愿望？

事实上，20世纪30年代，除沈从文外，诸多京派散文作家都不约而同地返回故乡。如李广田、芦焚、何其芳等，他们为读书也好，求生也罢，都是从遥远的乡村迈入京城。乡村和城市之间的巨大差异，给这些壮志酬筹、年轻蓬勃的心带来了无情的冲击。城市人之间的冷漠与隔阂，都市生活的快节奏与各方面压力，一股脑儿向这群"乡下人"涌来。在"城市中人""狭窄庸懦的生活"里，他们逐渐感受到一股难言的苦闷与失落；在与城市文化格格不入的同时，又感到一股难言的孤独与哀戚。在这种巨大的精神压力之下，他们对城市感到不满，对城市中人也充满敌意，变得"忧郁强悍不像一个'人'的感情了"[2]。

在这种情况下，他们纷纷向遥远的故乡，以及逝去故乡里的童年寻求安慰。沈从文1934年踏上去往湘西的归途，作《湘行散记》；芦焚也在1932年到1935年间数次还乡，写出散文名篇《失乐园》等诸多作品；何其芳在1936年暑期也回归故土，结成《还乡杂记》等。他们试图用记忆中的故乡来抵抗来自城市严酷环境的压迫，自觉将城乡对立，身在城市，心在故乡。也因此，他们笔

---

[1]　沈从文：《箱子岩》，《湘行散记》，开明出版社1992年版，第64页。
[2]　沈从文：《从文自传·怀化镇》，《沈从文全集》第13卷，北岳文艺出版社2002年版，第306页。

下的乡村，不再是客观的、现实的乡村，而是沾染了散文作家们浓烈主观情感的、精神上的"圣土"。

但当他们将"归乡"见闻与思绪付诸铅字时，他们对故乡的文化态度和价值取向又变得截然不同。芦焚虽然怀念故乡广大的原野，但故乡农村的溃烂和人民正在遭受的苦难，使得他实在不喜欢自己的故乡，呈现出"失乐园"的精神状态。与芦焚不同，何其芳的《还乡杂记》并没有突出今昔对比，这部散文集记录了故乡的冷淡和凋敝之色，充斥着凄凉、陌生之感。何其芳记录下的童年往事，也都蒙上了一层老旧、颓朽的尘霾，如果说芦焚是"失乐园"的话，何其芳则自始至终"无乐园"。

沈从文与芦焚、何其芳皆不相同。他的童年和青少年时代既过得放荡恣意，丰富多彩，返乡经历也显得生机盎然，趣味丛生，因此《湘行散记》呈现出"得乐园"的喜悦基调。沈从文正是通过描写湘西人民朴素美丽的自然本性和旺盛坚韧的原始生命力，来向"狭窄庸懦"的城市生活和城市中人宣战，也表现了沈从文对死气沉沉的现实社会的不满，以及想要唤醒麻木沉闷的民族的一种努力。

第三节　内心的独语与文体的独立：《画梦录》

从"五四"时期到20世纪三十年代上半叶，新文学各部门蓬勃发展。新诗历经文学研究会（人生派）、创造社（早期浪漫主义）、湖畔诗派、新月派、象征诗派、现代派等的探索和实践，涌现出郭沫若、汪静之、徐志摩、闻一多、李金发、戴望舒、卞之琳等著名诗人。小说方面，产生了鲁迅、冰心、叶圣陶、郁达夫、丁玲、萧红、茅盾、巴金、老舍、沈从文等一系列小说大家，"问题小说"[1]、乡土小说、浪漫抒情小说等多种类型，以及中国左翼作家联盟、京派、海派、东北作家群、新感觉派等不同作家群体和流派。戏剧

---

[1]　"问题小说"是"五四"时期出现的为探讨某种社会人生的现实问题而创作的小说，是中国现代文学史上最早的小说群体，以冰心、庐隐、叶绍钧为代表。

方面，民众戏剧社、上海戏剧协社、人艺戏剧专门学校、南国社、上海艺术剧社等纷纷崛起，1930年更是成立了"上海戏剧运动联合会"和"中国左翼剧团联盟"。与此同时，在鲁迅、周作人、林语堂、郁达夫、朱自清等人的努力下，散文也开出一片新天地，发展成为与诗歌、小说、戏剧并肩的新文学四大体裁之一，出现了周作人的"美文"[1]理论和王统照、傅斯年、冰心、朱自清、郁达夫、俞平伯、徐志摩、钟敬文等一大批散文作家，作为"美文"的白话叙事抒情散文也取得了不俗的实绩。

然而，从普遍的文学形式和文学地位上来看，散文常混杂于杂文、幽默小品等体式之间，多被视为顺手拈来的即景文章，常为人所轻视。即便是朱自清这样的散文大家也将散文视为"闲话"，即闲暇业余时间的絮语，在他看来，"所谓'闲话'，在一种意义里，便是它的很好的诠释。它不能算作纯艺术品，与诗，小说，戏剧，有高下之别"[2]。朱自清对散文的认识，很大程度上反映了特定时代下散文并未得到应有的重视、其社会地位和文学地位相对低下的现状。

在此背景下，尚且20岁出头的青年何其芳[3]，对散文尤其是作为"美文"的抒情散文的现实处境有所洞察。他说，"在中国新文学的部门中，散文的生长不能说很荒芜，很孱弱，但除去那些说理的，讽刺的，或者偏重智慧的之外，抒情的多半流入身边杂事的叙述和感伤的个人遭遇的告白"。[4]要想改变这种"荒芜""孱弱"的散文现状，何其芳认为当务之急，应该是确保散

---

　　[1]　周作人于1921年发表《美文》，从西方引入"美文"（Essay）概念，提倡"记述的""艺术的"叙事抒情散文，致力于"给新文学开辟出一块新土地"。之后，王统照、傅斯年、胡适等撰文应和，冰心、朱自清、郁达夫、俞平伯、徐志摩、钟敬文等，与周作人一起大量创作"美文"，彻底打破了美文不能用白话写作的迷信。美文作为一种独立的散文文体，在文学史上占有一席之位。

　　[2]　朱自清：《〈背影〉自序》，《文学周报》第345期，1928年11月25日。

　　[3]　何其芳（1912-1977），四川万县（今重庆万州）人。1936年他与卞之琳、李广田的诗歌合集《汉园集》出版，被称为"汉园三诗人"。同年7月，出版第一部散文集《画梦录》，因其"独立的艺术制作"和"超达深渊的情趣"，于1937年获得《大公报》文艺金奖。1939年，出版散文集《还乡日记》，散文笔法更趋成熟。1945年，他陆续出版了诗集《预言》《夜歌》《夜歌和白天的歌》，以及散文集《星火集》《星火集续编》。其中《汉园集》《画梦录》《还乡杂记》成为何其芳的代表作，《画梦录》（上海：文化生活出版社，1936年7月）更是引领了抒情散文创作的风尚，即"散文当诗一样写"，书写了自己独特的情感韵致，形成独树一帜的"何其芳体"。

　　[4]　何其芳：《我和散文（代序）》，《还乡杂记》，文化生活出版社1949年版，第Ⅲ页。

文创作的纯粹性和独立性。他明确提出，散文并非诗歌、小说、戏剧创作之外的闲情笔趣，也非其他文学形式的变体，它是与诗歌、小说、散文居于同等地位的、独立的文学创作形式。何其芳自述其创作散文集《画梦录》的目的，是"愿意以微薄的努力来证明每篇散文应该是一种纯粹的独立的创作，不是一段未完篇的小说，也不是一首短诗的放大"[1]。

何其芳以拯救抒情散文的独立性和纯粹性为创作使命，目标在于展现散文独立的审美价值，树立白话抒情散文艺术形式的典范。在《画梦录》的创作中，何其芳大胆地将西方现代文学的抒情艺术和叙事技巧与中国古典诗歌的意境构造和创作手法相结合，大量采用象征暗示、通感移觉、意象堆砌、意境营造、自由联想、意识流动等表现手法，再加上主观情感的投入，创造出极具色彩和画面感的意象，建构起唯美伤感的意境，创制出精致流丽的情调，由此拨开抒情散文"流入身边杂事的叙述和感伤的个人遭遇的告白"的魔障，呈现出独属于何其芳的华美精致的散文文风。可以说，《画梦录》是何其芳有意识地革新散文艺术的产物。

《画梦录》是孤独者的呢喃，是幻想者的低吟，是寂寞灵魂的独语。何其芳在这本集子中主动向世人展现了他的思想意趣和情感波动，为自己创造了一个美丽、安静、充满寂寞的欢欣的小天地，里面有幼稚的伤感、辽远的幻想，隐约但沉重的苦闷，《画梦录》也因此被称为"一位孤独者的自我表现"。

《画梦录》表现出的孤独和伤感，与何其芳的自我经历和情感倾向有关。何其芳出生在四川万县一个辽远偏僻的乡下，读书科举进仕成为父辈的希望。何其芳断断续续接受了数年的家塾教育。十五岁时才在他的极力要求和亲戚援助下，正式接受学校的现代教育。这期间，父亲望子成龙的严苛，私塾教育的呆板枯燥，家塾先生的迂腐平庸，生活的颠沛流亡，给少年何其芳带来的是"一幅地狱里的景象"。老旧的、颓朽的童年记忆，在何其芳幼小的心灵投射下沉重的阴影，以至于"没有什么手指"能从他心上抹去[2]，使他养成了

---

[1] 何其芳：《我和散文（代序）》，《还乡杂记》，文化生活出版社1949年版，第Ⅲ页。
[2] 何其芳：《私塾师》，见《还乡杂记》，文化生活出版社1949年版，第79—80页。

孤僻、忧郁、敏感的性格。

这种性格一直伴随着他成长。进入县里初级中学时，何其芳看到的世界一如既往的阴暗、湫隘、荒凉、庸俗不堪。尤其是同宿舍高年龄学生发动的任免校长的风潮，更使他深刻地意识到人的不可亲近、不可信任，也更加深了他的孤僻独立。他后来记叙说："我第一次看见人可以变成如此疯狂，如此可怕"[1]，他由此逐渐"遗弃了人群而又感到被人群所遗弃的悲哀"[2]。进入大学，何其芳依然陷入偏执和孤僻的泥沼，他对"干燥的紊乱的理论书籍"没有趣味，所学的哲学专业遂使他兴致全无，以致百无聊赖。生活上，千余人的学校里，他只和弄文学的两三位同学有所往还，像一座远离陆地的孤岛，始终与人隔绝。

"孤独"是何其芳无可奈何的人格气质，也是何其芳作品中挥之不去的情感意蕴。何其芳直言，孤独是自己唯一的伴侣，"颓废色彩"和"悲观意识"，与其说源流于波澜起伏的人生经历，莫如说根源于自己内心深沉的孤独。因此，在创作《画梦录》时，他笔下的众多人物、事态、意象，无可避免地披上了孤独、寂寞的衣裳。如《墓》里的铃铃是在"寂寞的快乐里长大的"；耽于幻想的雪麟，瘦长的影子充满了孤独。《秋海棠》里的思妇寂寞地独自凭栏；发出银样声音的蟋蟀，悲哀的样态也是属于"孤独的早秋"的。《黄昏》中古老的黑色马车自远驶来，马蹄声孤独而忧郁；自己的脚步也发出"凄异的长叹"。《独语》里爬到窗纸上的昆虫在秋天里发出孤独的鸣声。《岩》半山腰的松树"孤立得很"；那些挺立在山坡上的白杨呈现出"悲风"和"绿得那样沉默"的精神状态……类似饱含"孤独"的事象，在《画梦录》中不胜枚举。

当然也有例外，《伐木》中就出现了很多"快乐"的字眼。如"锯子下响着快乐的语言""树倒下了，发出一声快乐的叫喊""树又对锯齿作一种快乐的抗拒"。然而纵观全篇，在林间穿行的白雾，使人感到的是冷峭和迷障，

---

[1]　何其芳：《街》，见《还乡杂记》，文化生活出版社1949年版，第22页。
[2]　何其芳：《给艾青先生的一封信》，《何其芳全集》第6卷，河北人民出版社2000年版，第472页。

锯子伐木的坎坎声和树木倾倒的折断声，使人感觉肃杀和清冷。伐木工人的工作是单调无聊的，他们总是对坐着、不言语地推拉送迎。休息的伐木工人也显得很是寂寥：他们巴着烟，谈着话，谈曾经在县城里修马路的工作，谈一天走几百里路的汽车，谈昨夜死在木厂里的工人等等，这个穷劳无归之人的结局该是所有伐木工人的共同命运。在何其芳忧郁的笔调下，整篇散文始终环绕着迷蒙悠远的气韵，使人在伤感寂寥的同时，不自觉地想象和思索伐木工人的贫瘠生活和人生走向，这其中"孤独"的情致与前述散文并无二致。

一如《伐木》，《画梦录》中的其他散文篇目中也不乏"快乐""欢欣"之类的字眼，但总是与寂寞、忧郁相伴出现。例如《墓》中的铃铃是在"寂寞的快乐里长大的"；《哀歌》中令人感动的古时代少女形象是"在憔悴的朱唇边浮着微笑"，年青美丽的姑娘的笑声是"快乐的但又流出眼泪的笑声"，"忧郁的微笑伴着独语"。何其芳营造的意境是安静而美丽的，然而就连欢欣都是寂寞的。

孤独和书籍为何其芳打开了想象的大门，神话传说等奇异的故事又为何其芳的想象插上了腾飞的翅膀。何其芳在《静静的日午》里写道："寂寞的小孩子常有美丽的想象。"[1] 在别的孩子享受童真童趣的时候，孩童时代的何其芳已经在品尝寂寞的滋味了。他在《一个平常的故事》中说："我用来保护我自己刺毛的是孤独和书籍。"[2] 在"唯一的伴侣"孤独的陪伴下，遗弃了人群的何其芳，一头扎进书籍的世界，醉心于"一些神秘的东西"，由此开启了想象的大门。正如他在《街》中所说："书籍给我开启了一扇金色的幻想的门，从此我极力忘掉并且忽视这地上的真实。我生活在书上的故事里，我生活在自己的白日梦里，我沉醉、流连于一个不存在的世界。"[3] 他喜欢看《搜神后记》《聊斋志异》《安徒生童话》以及各种魔术书。看神异小说，他在大人们为乱离中如何避祸发愁时，于心灵深处找到了安稳之地；看《美人鱼》，他从小美人鱼悲惨的经历中，学会了美、思索、为了爱的牺牲；看《卖火柴的

---

[1] 何其芳：《静静的日午》，见《画梦录》，文化生活出版社1936年版，第86页。
[2] 何其芳：《一个平常的故事》，《何其芳全集》第2卷，河北人民出版社2000年版，第74页。
[3] 何其芳：《街》，见《还乡杂记》，文化生活出版社1949年版，第26页。

小女孩》，他希望在寒冷寂寥的时候，也能窥见幸福的眩耀。这些文学书籍，或神异志怪，或梦幻传奇，既为何其芳提供了心灵安慰，又为《画梦录》提供了想象的源泉。

《画梦录》对神话传说、传奇幻想的故事极为感兴趣。何其芳在《魔术草》中，向往能打开任何锁的魔术草，羡慕定身法和隐身术。尽管对学法术者必须以不幸的缺陷作为代价心生畏惧，但他仍然难以抗拒魔术的魅力，并对传说中自己的远祖会定身法和巫术神往不已。同名散文《画梦录》以三篇独立的神异志怪故事为蓝本，或扩展、或缩写、或改写，在表现不同情感的同时，表现了何其芳对充满想象和幻想的传奇传说的热情。《丁令威》是陶渊明《搜神后记》的开篇故事，原文不足一百字，简述了丁令威学道成仙，千年后化鹤归乡，站在华表柱上歌唱，遭城郭人民驱逐的故事。《淳于梦》是对唐传奇《南柯太守传》的缩写，章节极为跳跃，选择性地概述了"南柯一梦"：淳于梦醉酒酣睡，向朋友讲述梦中经历，同朋友寻梦至大槐树下。文中增加了淳于梦对时间久暂之辨、大小之辨的感受，以及对沉迷于梦境、生了贪恋之心的反思。《白莲教某》则取材于蒲松龄《聊斋志异》，截取《白莲教》的前半段故事，叙说白莲教某法术高强，能够编草为舟，半盆清水为海，屋中烛为夜路灯。丁令威成仙化鹤经历让人神往，淳于梦槐安国奇遇令人浮想联翩，白莲教的高强法术更是使少年何其芳倾心。

这三篇神话传说故事的改写充分体现了何其芳个人化的情绪体验。《丁令威》着重强调丁令威的心灵体验：先是化鹤归乡的喜悦，再是看到昔日友伴不再的落寞以及故乡小城荒凉冷寂后的悲哀，之后是呼唤陌生后代人的噪急，最后是被城郭人民威吓驱逐的失望和悲哀。丁令威久别归乡的心理路程，正是何其芳、李广田、芦焚等一类人的共同心声。他们大都是出于学习或谋生的目的，从乡村步入都市。在亲历现代都市的冷漠隔阂，以及快节奏、高压力的生活之后，乡土情怀被催化，记忆中的童年与乡村也在无形中被不断美化，他们不由得燃起重归故土之心。然而他们早已习惯了大都市的文明进步，当真正回到久违的故乡，对故土进行重新关照时，封建落后的现状扑面而来，故园之梦也就彻底破碎了。《淳于梦》则是延续我国传统文人对于时间和生命的感慨。

《白莲教某》里的高强法术，是何其芳面对这个阴暗、湫隘的世界时梦寐以求的能力。在《魔术草》结尾，他就直抒胸臆，"我真想有一种白莲教的邪术：一盆清水，编草为舟，我到我的海上去遨游"[1]。

辽远的神话传说还为何其芳打开了新世界的大门。《炉边夜话》借第一个少年之口，说"辽远使我更加渴切了"。"辽远"使何其芳走出了世俗社会的禁锢，迫不及待地在想象的世界里遨游。长久以来，人们执着于看得见、摸得着的东西，视觉、听觉、味觉、嗅觉成为人们赖以生存发展的感官。与人群隔绝、时常处于孤岛状态的何其芳却与此不同，他真切地感受到视觉听觉等对人类的限制，相比于这些所谓的现实切肤之感，虚拟的想象似乎更能使他得到精神的升华和心灵的满足："我倒是喜欢想象着一些辽远的东西。一些不存在的人物。和许多在人类的地图上找不出名字的国土。"[2]依靠想象，何其芳专心营造专属自己的"充满着寂寞的欢欣的小天地"，坚定而执着地走完"太长、太寂寞的道路"[3]。

何其芳敏感多思、富于幻想的特点，也如实反映到散文的创作之中。散文《墓》通过章节之间的跳跃，华丽深沉的辞藻，营造出一种凄楚神秘的情调。何其芳无意情节叙事，无意人物塑造，但其中仍穿插着若有若无的故事，即铃铃与雪麟的情感交集。然而铃铃与雪麟之间的交流并非现实行为，都是雪麟在看到少女铃铃的墓碑后想象出来的。在幻想中，孤独、瘦长、憔悴、忧郁的雪麟，从外面世界回到久别故乡的雪麟，与美丽的家乡少女铃铃，实现了发自灵魂深处的爱情。而这种对纯粹的爱情的向往，又何尝不是作者寤寐思服的呢？何其芳也曾有一段爱而不得的初恋。他爱上了二外公家的孙女，一个眉清目秀、温柔多情的表姐，但被封建守旧的父亲棒打鸳鸯，凄惨收场。这"带着眼泪的爱情"给何其芳带来莫大的打击，因此雪麟与玲玲"带伤感之黄色的欢乐"又何尝不是幻想家何其芳的恋爱迷想呢？

何其芳以孤独为舟，以幻想为帆，整部《画梦录》都带着浓重的幻想色

---

[1] 何其芳：《魔术草》，《画梦录》，文化生活出版社1936年版，第70页。

[2] 何其芳：《扇上的烟云（代序）》，《画梦录》，文化生活出版社1936年版，第Ⅱ页。

[3] 何其芳：《一个平常的故事》，《何其芳全集》第2卷，河北人民出版社2000年版，第72—73页。

彩。有时，何其芳甚至直接将想象和幻想故事作为创作对象。"墓"和"秋海棠"都是中国古代的传统意象，不论是雪麟看到铃铃之墓后幻想出的爱情故事，还是夜晚独自凭栏的思妇所牵引出的古代的甜美故事，都来源于作者的想象，故事中始终萦绕着的，那些深深的孤独与淡淡的哀愁，都是作者情感的化身。也正是何其芳浓重的孤寂和忧郁，才能创作出这样动人心弦的凄美爱情篇章。《黄昏》是作者青春期的"甜蜜的想象"以及破灭后的"惆怅和怨抑"，萦绕的是虚无的幻想与缥缈的情绪；《独语》是作者在咀嚼孤寂时，思想和灵魂的"独语"；《梦后》则是作者夜半失眠后的狂想和思索，缭绕着梦的无力与跳脱。

至于"有意写散文"而创作的散文，如声称讲"山间的故事"的《岩》，以睡前故事的形式进行的《炉边夜话》，描写伐木工人工作的《伐木》，哀叹旧家庭少女的闺阁生活和命运悲剧的《哀歌》，讲述高楼大宅里少女悲惨故事的《楼》，回忆总是背着三弦琴的算命老人的《弦》，记录等待孩子从远方归来的柏老太太与邻居女孩子闲聊的《静静的日午》……或是直接以想象为创作主体，或是叙述能够引起想象的小故事，或是记叙作者情思的波动，都是在孤独的底蕴上，乘上想象的翅膀，再注入作者丰沛的情感与哀愁的情致而成。因此，《画梦录》这部散文集，无一不是何其芳耽于幻想和敏感多思的产物，它也由此实现了纯粹的柔和与纯粹的美丽的审美理想，成为一部"美丽而忧郁"的精致之作。

如果说周作人开启了散文即"美文"的新天地，那么何其芳则是开创了散文当诗一样写的新时代，其标志是：《画梦录》篇篇有诗境。从创作方程看，《画梦录》（包括序文在内）17篇散文的完成历时两年多，写法和情调上呈现着由诗歌向散文递进的趋势。何其芳虽自觉追求纯粹的独立的散文创作，但一件工作的开始总是不那么得心应手的。据何其芳自述，写《墓》时他甚至不曾想到"散文"这个名字，而《独语》《梦后》纵然是以散文之名行事，其实更像是他的诗歌写作的继续。自《岩》之后，方才开始何其芳纯粹的散文创作。[1] 显然，何其芳的散文创作与他的诗歌创作一脉相承。

何其芳怀抱自觉的散文理念，追求纯粹的柔和与美丽，以引起人们辽远的想象；或者他寄寓自己的浅虑深思与情感波动为要旨，力求用很少的文字创造出一种独特的情调。如此，在散文中追寻诗一样的意蕴和意境，彰显了何其芳把散文当诗一样写作的创作特色，这也使得《画梦录》成为中国白话散文自觉造境的开创之作。

正如范培松所说，《画梦录》的造境有两种情况。一种是寓情于景，情景交融，如《雨前》《黄昏》《秋海棠》等。例如《雨前》，最后的鸽群叫声低弱地飞回，树梢上的嫩绿则"被尘土掩埋得有憔悴色"，大地和树根干裂着，都市的河沟在长时间的干旱下呈现不洁色，而在河沟里划行的鸭子也躁烦而焦急地叫着，疲劳的鸭子则把长颈弯到背上准备站着睡眠了，远来的鹰隼鼓扑着双翅向天空作愤怒的攻击，这一系列的景色描写，将雨前的躁郁、沉闷和压抑的意境刻画得入木三分。而作者内心深处的孤独和压抑，以及枯涸的心灵对"雨"焦灼的渴望，也在种种意象中展现得淋漓尽致。

再如《秋海棠》，作者虚构出一个古代甜美的爱情故事：夜深露重而又静静的庭院，独自凭栏的思妇，早秋孤独鸣叫的蟋蟀，散发清冷光辉的新月和繁星，以及阻隔了牛郎织女的银河，再加上从石栏下横斜出的秋海棠，无一景不在叙说着孤寂与凄冷，无一物不在哀叹着离别与思念。这种凄美的意境与中国古诗中对思妇的描写如出一辙，这也是何其芳把散文当诗一样写的铁证。

另一种情况是对实写的人和事造境。这样的文本有《伐木》《哀歌》《货郎》《弦》《静静的日午》等。正如范培松所分析的那样，《画梦录》造境最纯熟、最经典的一篇莫过于《货郎》。关于此篇的故事框架，何其芳在《弦》中就已设计妥当："假若我们生长在乡下落寞的古宅里，那么一个老仆，一个货郎，一个偶来寄食的流浪人，于我们是如何亲切呵。"[2]《货郎》就描写了这样一个"亲切"的故事：在层层树叶包围下的古宅，相识的货郎林小货，半掩的古宅门，负责接待的老女仆，跟着迎接的一条黄狗，吩咐买

---

[1]　何其芳：《我和散文（代序）》，《还乡杂记》，文化生活出版社1949年版，第vii页。
[2]　何其芳：《弦》，《画梦录》，文化生活出版社1936年版，第79页。

点货物的老太太，以及有着富足田产而缺乏一点康健的宅主人，中间穿插着平淡无奇的家常对话。在这个环境中，人与人之间的"亲切"有多么浓烈，这个古宅里的"落寞"与孤寂就有多么浓重。

在造境的过程中，何其芳似乎特别喜欢使用声音来以动衬静。《货郎》的开篇和结尾处都写道，货郎举起手里的小鼓，摇得绷绷绷地响。货郎是这所巨大的宅第迫切需要的刺激，仿佛只有货郎的鼓声方能增添一点热闹的人气。《秋海棠》用孤独的早秋的蟋蟀的叫声，衬托出庭院深深和思妇寂寞。《黄昏》自远而近的马蹄声，则衬得暮色更加的荒凉与寂静。《伐木》中树对锯齿做出的"快乐的抗拒"，烘托出伐木工人工作的无聊与单调，等等。总之，不论是借景抒情，还是实写具体的人和事，何其芳都能通过对事物材料和想象幻想的精心协调，实现情景交融，构造出辽远而柔和的诗一样的意境。

一直以来，何其芳被认为是一个"书斋里的悲观论者"[1]。纵观《画梦录》，每篇散文几乎都是作者孤独寂寞情绪的流露，在遗弃人群与被人群所遗弃的双重隔离之下，充溢作者内心的，是满满的悲哀。

本章第二节我们说过，如果说沈从文的散文所表现的是"得乐园"，李广田的是"失乐园"的话，那么何其芳的《画梦录》呈现出的则是"无乐园"的精神状态。在何其芳看来，他自己似乎在根本上就绝无进入乐园的可能。《画梦录》很多篇目涉及有关"乐园"的描写，但无一例外，大都是面对乐园无望进入的状态。例如《魔术草》中，"许久来我悲哀得很神秘，仿佛徘徊在自己的门外，像失掉了乐园的人"[2]。在《楼》中，作者回忆童年时的自己毫无野孩子气，从来没有跟着叔叔们去山林中打猎，文中这样说："许多事情别人做着，我想象着很喜欢，一到我自己手里就成了一个损失……现在回想起来很悲哀，仿佛狂欢之门永远在我面前关闭，我无论如何也想象不出黑夜的林子里火把高烧的景象。"[3]说到"仙人好楼居"，作者似乎又得到一个真理，"唯有在这地上才建筑得起一座乐园，唯有用我们自己的手，但我总甘愿

---

[1]　何其芳：《我和散文（代序）》，《还乡杂记》，文化生活出版社1949年版，第ⅷ页。
[2]　何其芳：《魔术草》，《画梦录》，文化生活出版社1936年版，第66页。
[3]　何其芳：《楼》，《画梦录》，文化生活出版社1936年版，第72页。

生活在最荒凉的地方……"[1]这似乎表示了对追求乐园的放弃和主动远离。单就何其芳对"乐园"的态度上而言，《画梦录》被视为"悲观的作品"似乎不足为怪。

何其芳承认自己当时的心境趋于微妙而纤弱，也认可《画梦录》"只是颓废主义的一种变相"[2]，坦言自己是一个"拘谨的颓废者"[3]。可是，将何其芳定义为纯粹的"悲观主义者"，他是不同意的。他是颓废，但绝然不是一个悲观主义者。《炉边夜话》里三个少年出去寻找他们的运气，何其芳借第一个少年之口这样说道："'人'并未赋有这种选择（灵魂的乡土）的预知，我们以为幸福在东方，向之奔逐，却也许正在西方。然而错误的奔逐也是幸福的，因为有希望伴着它。"[4]何其芳当时正如《炉边夜话》中的少年一样，时刻寻找着自己的"灵魂的乡土"，即使是在想象的国土中，也不忘"伴着希望"追逐着幸福的光耀。这样的何其芳又岂能用"悲观主义者"来评判呢？

在浮面的颓废和悲观之下，何其芳对人生、对人类世界实际上充满了热情与渴望。可以说何其芳是怀着悲观与热情交织的人生观念。他在《给艾青先生的一封信》的末尾写到，"我收到了一个并不认识的青年朋友(我愿意称他为朋友)从浙江寄来的一封信。他说他在关心着我，而且他给了我这样一个形容词：'热情的'"[5]。"我在思索着：为什么他能够感到我是热情的，而书评家们却谁都没有找到这个字眼吧？"[6]不可否认，《画梦录》中有着浓重的虚无主义倾向，但这并不表明何其芳就是一个厌世者。何其芳在《梦后》表露："在万念灰灭时偏又远远的有所神往，仿佛天涯地角尚有一个牵

————————

　　[1]　何其芳：《楼》，《画梦录》，文化生活出版社1936年版，第75页。
　　[2]　何其芳：《我和散文（代序）》，《还乡杂记》，文化生活出版社，1949年版，第viii页。原出自李健吾的评论之作《〈画梦录〉——何其芳先生作》（《咀华集·咀华二集》，复旦大学出版社，2005年版，第88页），原文为："因为这种精致，当我们往坏处想只是颓废主义的一个变相。"何其芳对此评语表示认可。
　　[3]　何其芳：《我和散文（代序）》，《还乡杂记》，文化生活出版社1949年版，第viii页。
　　[4]　何其芳：《炉边夜话》，《画梦录》，文化生活出版社1936年版，第37页。
　　[5]　何其芳：《给艾青先生的一封信》，《何其芳全集》第6卷，河北人民出版社2000年版，第479页。
　　[6]　何其芳：《给艾青先生的一封信》，《何其芳全集》第6卷，河北人民出版社2000年版，第480页。

系。"[1] 颓丧、朽败的人生经历，使得何其芳与现世人生充满隔阂，在熙熙攘攘的繁世，却只得"孤独"这唯一的伴侣。然而心墙难消的何其芳，面对现实世界和现世人生，仍然有所牵系，心向往之。

从《画梦录》中的部分细节描写中，我们可以探知何其芳对人生、对世界的牵挂。就散文《岩》而言，"一只飞蛾之死就使我心动"；对于目睹同类将入于井而无从救援的情况，作者更是"感觉到人在天地之间孤独得很"。这种孤独并非主动隔离人世的孤独，而是一种深切的怜悯之心，是一种无法对世界、对人类、对人生作出行动的无奈。散文《楼》将垂钓能否有所收获置之度外，引他关心的反倒是"那尾受惊的鱼"，"那细圆的嘴若是挂在我的钩上是多么可怜呵"[2]。《墓》固然是幻想中弥漫着爱情的悲剧，然而对雪麟和铃铃的爱恋的感情倾注，又何尝不是一种对人生的热切呢？何其芳对人生的"热情"更为突出地表现在他对女子命运的关切，比如《秋海棠》中对思妇的垂怜，《哀歌》中对旧家庭旧婚姻下的少女的哀怜，《弦》中对童年邻居家女孩子的挂念，等等。在《画梦录》中，"嫁了，或者死了，一切少女的两个归结"[3]，无一不令作者心生怜悯。

由此看来，何其芳对人生、对世界的态度，绝不是《扇上的烟云》中所说的那样，"对于人生，我动心的不过是它的表现"[4]。这样的说法，只不过是作者的年少轻狂和一时愤激，实在不足以成为"悲观主义者"的证据。《楼》的说法更加贴近何其芳的心境："但我总甘愿生活中在最荒凉的地方，冰天雪地，牧羊十九年，表示我一点忠贞之心"[5]，而这颗"忠贞之心"正是何其芳在背向这个世界的寒冷之后，对人生的热切和爱恋。从这个向度来说，在直击何其芳颓废和悲观的外表之下，我们不妨拥抱一下这个为孤独环绕但充满热情的灵魂。

1937年，何其芳的《画梦录》与芦焚的短篇小说《谷》、曹禺的戏剧

---

[1] 何其芳：《梦后》，《画梦录》，文化生活出版社1936年版，第28页。
[2] 何其芳：《楼》，《画梦录》，文化生活出版社1936年版，第73页。
[3] 何其芳：《弦》，《画梦录》，文化生活出版社1936年版，第81页。
[4] 何其芳：《扇上的烟云（代序）》，《画梦录》，文化生活出版社1936年版，第II页。
[5] 何其芳：《楼》，《画梦录》，文化生活出版社1936年版，第75页。

《日出》一同赢得《大公报》的首届文艺奖金。文艺奖金委员会这样评价《画梦录》："在过去，混杂于幽默小品中间，散文一向给我们的印象多是顺手拈来的即景文章而已。在市场上虽曾走过红运，在文学部门中却常为人轻视。《画梦录》是一种独立的艺术制作，有它超达深渊的情趣。"[1]

一如所说，《画梦录》不仅是一部自觉的独立的散文创作的成果，也是何其芳纯粹的散文意识的结晶，更是何其芳独特的个人气质的凝结。《画梦录》通篇萦绕着孤独的人格气韵，杂以辽远的幻想与想象，整体呈现出柔和绮丽的精致文风，是开创了白话"散文当诗一样写"的新路径。《画梦录》通过对事物和想象的精心协理，实现了情景交融，几乎篇篇有境，展现出散文纯粹的、独立的审美价值，树立了白话抒情散文艺术的新典范。一直以来，何其芳与《画梦录》都因颓废、悲观、虚无的思想倾向备受争议，人们常常忽视了何其芳热情的一面，以及对人生、对世界的热情和哀切之恋。尽管《画梦录》存在过于精致、雕琢痕迹明显等不足，但它作为"纯粹独立的文体意识"的产物，无愧于跻身白话经典散文之列，值得在中国白话散文百年史中留下浓墨重彩的一笔。

第四节　战时背景下的世俗人生：《流言》

20世纪40年代，战争的阴霾始终笼罩中华大地，上海沦陷区尤其如此。人们处在随时会发生战争、随地会受到火力轰炸的威胁当中。但全民抗战的热潮似乎刚来到上海市民的头顶，就蒸发殆尽了。"救亡"的呼声，市民们高喊不起，但"图存"的紧迫，使得他们心有戚戚。战争带来的未知与惶惑，在市民阶层不断扩大。房子、街道，每一眼都可能是最后一面，亲人、朋友又随时可能失联或此生永诀。再加上，日常出行时常遇见的封锁，这些都加重了市民们的失落与绝望。生活能否安然继续，生命可否得到善终，战争何时停止，抑

---

[1]　萧乾：《鱼饵·论坛·阵地——记〈大公报·文艺〉，1935—1939》，《新文学史料》1979年第2期。

或是自己能否见证战争的终止，在种种不安与疑虑中，日子变得煎熬，显得异常地缓慢悠长。在这种情况下，1943年春天，20岁出头的张爱玲[1]在上海隆重登场。

自从在《紫罗兰月刊》发表第一个短篇小说《沉香屑：第一炉香》之后，张爱玲一跃成为家喻户晓的明星级人物。此后，相继出版的短篇小说集《传奇》[2]和散文集《流言》[3]，更是直接奠定了张爱玲的文学地位，使她成为当时最炙手可热的文化人士。短短两年之内，张爱玲创造了出道即巅峰的神话，并度过了她作为一位职业作家写作生涯最为辉煌的年华。

这种"辉煌"的余波荡漾得悠远绵长。从20世纪80年代开始，张爱玲研究一度成为一门显学。但在多年的"张爱玲热"中，不论是研究者还是"张迷"，对张爱玲的小说和散文往往存在"厚此薄彼"的现象。人们在有意无意中常常将《流言》视作《传奇》《倾城之恋》等小说作品的延伸读物，或借此为小说主人公生活的时代背景及生存现状作注解，或据此管窥这位很可能空前绝后的女作家的私生活及内心世界，从而常常隐去了对散文集《流言》、对张爱玲散文创作成就的艺术观照和客观评价。

《流言》究竟有无文学研究的艺术价值？张爱玲又能否在散文史上占有一席之地？即使没有立场鲜明的质疑之声，但不免产生有无研究必要的疑惑。包玉刚在讲座中谈张爱玲的散文时，曾站在公众的立场倾吐这样的议论：

> （光以量言之，）散文是张爱玲的副产品。张爱玲的文名，是建立于小说之上的。如果她一生没有写过《金锁记》和《倾城之恋》这样的小说，我们今天会不会拿她的散文作"专题研究"？[4]

---

[1]　张爱玲（1920—1995），原名张煐，笔名梁京，祖籍河北丰润，生于上海公共租界。有小说集《传奇》、散文集《流言》、长篇小说《十八春》等，另有红学论集《红楼梦魇》等。

[2]　《传奇》的初版时间是1944年8月，上海"杂志社"印行，收入了10个张爱玲在1943—1944年发表的中、短篇小说，分别是：《沉香屑·第一炉香》《沉香屑·第二炉香》《茉莉香片》《心经》《花凋》《年轻的时候》《倾城之恋》《金锁记》《封锁》《琉璃瓦》。

[3]　《流言》的初版时间是1944年12月，张爱玲对此书颇为重视，由她自己当"发行者"，五洲书报社当"总经售"，自己亲自找纸张，跑印刷厂，可谓"郑重付刊"。

[4]　刘绍铭：《到底是张爱玲》，上海书店出版社2007年版，第18页。

其实不然，张爱玲的散文虽然不比小说名噪一时，但其艺术魅力不减分毫。谭惟翰在1944年8月26日的"《传奇》集评茶会记"上发言称：

> 读她（张爱玲）的作品，小说不及散文……读其散文比小说有味，读随笔比散文更有味。[1]

张爱玲的小说是否比散文"稍逊一筹"，无须探究，其散文品质自是首屈一指。需要说明的是，尽管当时散文集《流言》尚未出版，但收录篇目多已陆续发表在《天地》《万象》等杂志上。谭惟翰对张爱玲散文和随笔的高度评价，《流言》也当适用。无独有偶，贾平凹对张爱玲的散文也诸多赞誉：

> 先读的散文，一本《流言》，一本《张看》；书名就劈面惊艳。天下的文章谁敢这样起名，又能起出这样的名，恐怕只有个张爱玲。……张的散文短可以不足几百字，长则万言，你难以揣度她的那些怪念头从哪儿来的，连续性的感觉不停地闪，组成了石片在水面的一连串地漂过去，溅一连串的水花。[2]

贾平凹为张爱玲的散文所吸引，方才找来小说看。由此可见，将张爱玲的散文视作小说的附属品，实在是辱没了其散文的文学价值，抹杀了《流言》在20世纪40年代不可取代的文学风骚。

从内容上来看，张爱玲的《流言》收录的三十篇散文，可以分为"私语"和"张看"两大类。"私语"类主要包括《私语》《童言无忌》《烬余录》三篇，在这类文章中，张爱玲将散文体裁似乎变成了自传体书写，直接记录了她的人生经历。例如《私语》叙说了自己童年和少年时期"可爱又可哀的岁月"；《童言无忌》分模块讲述了自己从小的经历和如今的趣味取向；《烬

---

[1]　转引自刘绍铭：《到底是张爱玲》，上海书店出版社2007年版，第19页。
[2]　贾平凹：《朋友：贾平凹写人散文选》，重庆出版社2005年版，第157页。

余录》追记了在日军占领后身陷香港的日子。"张看"类则囊括了余下的多数篇目，不是其人生经历的追述与回忆，但表现了她对现世人生最细微直接的观察和体悟，如《公寓生活记趣》《更衣记》《洋人看京戏及其他》《诗与胡说》《忘不了的画》《谈音乐》，等等。"张看"本是张爱玲的另一部散文集的书名，表意是张的看法，表达她对事物的见解。"张看"一词本身又呈现了主体对世界、对人生、对生活的张望和观看。"张看"类散文，展现了那个时代大千世界的波诡云谲，流泻出张爱玲的处世智慧和情感波澜。

从语言上来看，《流言》，尤其是"私语"类散文，呈现出辞藻华美、意象繁复的特点。究其原因，在于张爱玲文本中呈现出来的丰盈感觉和缤纷语象，尤其是比喻性语象。张爱玲总能调动自己所有的感官，给人描绘出充满感觉化的、使人身临其境的画面。例如，《童言无忌》中写她对"穿"的热衷，回忆童年时期捡继母穿剩的衣服：

> 永远不能忘记一件黯红的薄棉袍，碎牛肉的颜色，穿不完地穿着，就像浑身都生了冻疮；冬天已经过去了，还留着冻疮的疤——是那样的憎恶和羞耻。[1]

再如《烬余录》里说香港沦陷，大多数学生面对战争抱怨但不甚反抗的态度：

> 至于我们大多数的学生，我们对于战争所抱的态度，可以打个譬喻，是像一个人坐在硬板凳上打瞌睡，虽然不舒服，而且没结没完地抱怨着，到底还是睡着了。[2]

《私语》中忆起母亲与姑姑一同出洋，临行前的场景：

---

[1]　张爱玲：《童言无忌》，《张爱玲全集》第1卷散文卷，海南出版社1995年版，第115页。
[2]　张爱玲：《烬余录》，《张爱玲全集》第1卷散文卷，海南出版社1995年版，第121页。

> 上船的那天她伏在竹床上痛哭了，绿衣绿裙上面钉有抽搐发光的小
> 片子……她睡在那里像船舱的玻璃上反映的海，绿色的小薄片，然而有
> 海洋的无穷尽的颠簸悲恸。[1]

弟弟继她之后投奔母亲而来，但母亲解释自己的经济力量只能负担一个
人而无法收留他，弟弟只得带着自己所有的家当——一双报纸包着的篮球鞋回
父亲家，张爱玲这样形容回忆的感觉：

> 何干偷偷摸摸把我小时的玩具私运出来给我做纪念，内中有一把白
> 象牙骨子淡绿鸵鸟毛毛扇，因为年代久了，一扇就掉毛，漫天飞着，使
> 人咳呛下泪。至今回想到我弟弟来的那天，也还有类似的感觉。[2]

周芬伶在《在艳异的空气里——张爱玲的散文魅力》中，这样评价张爱
玲的散文："散文结构是解甲归田式的自由散漫，文字却是高度集中的精美雕
塑。她的语言像缠枝莲花一样，东开一朵，西开一朵，令人目不暇给，往往在
紧要的关头冒出一个绝妙的譬喻……"[3]前面贾平凹所说的"连续性的感觉
不停地闪，组成了石片在水面的一连串地漂过去，溅一连串的水花"，也应是
对张爱玲散文语言上纷繁复杂又巧妙多思的赞叹。

张爱玲语言运用的独具匠心还体现在散文篇目的命名上。她广泛地使用
或朴素或隐晦的双关，使得读者在初初接触她的文题，便可一窥横溢而出的才
情。例如"私语"，可以是指私密的谈话，也是在模仿人们谈论私密生活时刻
意压低的声音、凌乱的语法和跳跃的意识，即"嘁嘁切切絮絮叨叨"的窃窃私
语。再如"童言无忌"，本是传统过年时贴在墙上的吉祥话，意为"小孩儿说
话无遮拦"，但张爱玲将这个熟语转而变成讲述自己可哀童年的标签。关于
"烬余录"篇名的来源，邵迎建在《张爱玲的传奇文学和流言人生》中猜测，

---

[1]　张爱玲：《私语》，《张爱玲全集》第1卷散文卷，海南出版社1995年版，第102页。
[2]　张爱玲：《私语》，《张爱玲全集》第1卷散文卷，海南出版社1995年版，第109页。
[3]　转引自刘绍铭：《到底是张爱玲》，上海书店出版社2007年版，第22页。

该是从日本人市河三洋记述关东大地震的《烬录》而来。市河三洋这样解题：
"秋暑如焚，挥汗著文，词句拙陋杂驳恰如烬中所取，故曰烬录。"[1]香港
沦陷后张爱玲及市民们的绝望处境，相比关东大地震，当是过之，烬中所取、
烬后逢生的慨叹也当是无不及的。至于散文集《流言》的命名，张爱玲在《红
楼梦魇》的自序中称，"流言"一词来自于英文——诗"Written on water（水
上写的字）"，一是说"流动的言语"不持久，意即不指望自己的作品能永
恒，二来也希望自己的作品像"流言蜚语"一样传得广泛迅速。探究起来，张
爱玲的散文可谓步步精思，处处巧思，令人叹服。

　　《流言》集中，"私语"类的散文作品叙述腔调和张爱玲的小说相近，
是一种特有的回忆式的叙述，这使得她的作品始终萦绕着一股子荒凉的气氛。
当然，这种气氛来自于她荒凉的人生底色。张爱玲4岁时，母亲即离家出走英
国，8岁时父母不耐争吵，终至于离异。后来父亲续娶后母孙蕃，张爱玲与其
不和，又因为亲近母亲的缘故，被父亲和后母打骂，甚至被监禁了半年，期间
差点因为痢疾死掉。最后张爱玲逃往了母亲家，脱离了那个"懒洋洋灰扑扑"
的生活境地。但即便在母亲的家，张爱玲也没有得到想象中的温情蜜意。在
母亲担负其生活的牺牲中，母亲对其"西式淑女"的培养中，以及三番两次
向母亲要零花钱的过程中，张爱玲感受到母亲的怀疑和惶惑，体会到的是一
种日积月累的难堪和屈辱。而母亲的家，在日复一日的生活中也不复以前的
柔和。

　　在张爱玲的印象中，"父亲的房间里永远是下午，在那里坐久了便觉得
沉下去，沉下去"[2]；她讲父亲和她谈亲戚间的笑话时这样说："我知道他
是寂寞的，在寂寞的时候他喜欢我。"[3]就连在她出生的老洋房里，也只觉
得那是一个"怪异的世界"，"有太阳的地方使人瞌睡，阴暗的地方有古墓的
清凉"[4]；被监禁在空房里时，感到"这座房屋忽然变成生疏的了，像月光

---

　　［1］　永井荷风：《荷风全集》第16卷，日本岩波书店1964年版，第407页。
　　［2］　张爱玲：《私语》，《张爱玲全集》第1卷散文卷，海南出版社1995年版，第106页。
　　［3］　张爱玲：《私语》，《张爱玲全集》第1卷散文卷，海南出版社1995年版，第106页。
　　［4］　张爱玲：《私语》，《张爱玲全集》第1卷散文卷，海南出版社1995年版，第106页。

底下的，黑影中现出青白的粉墙，片面的，癫狂的"[1]；她想起父亲为了一点小事打了弟弟一嘴巴子，而弟弟习惯并忘记了这种屈辱，使得她"只感到一阵寒冷的悲哀"[2]；她追述向原本辽远而神秘的母亲要钱，那些琐屑的难堪一点点地摧毁了她的爱，直言"能够爱一个人爱到问他拿零用钱的程度。那是严格的试验"[3]。张爱玲的回忆，带着时间的阴影，在童年时光的过滤下，折射出犀利而颓败的光芒，从而显得迟慢而悠长。童年时光本该像老棉鞋里晒着的阳光，但在张爱玲那里似乎没有温暖，只剩寒凉。

如果说"私语"类散文是心酸的过去式，那么"张看"类散文则绝大多数是着眼于庸常生活而欢欣的"现在进行时"。对"家"、对凡俗的人事生活缺乏真切的、温暖的体验，这些促成了张爱玲对俗世、对温情的热烈渴望。她极力向往温暖而亲近的家庭生活，喜欢切实的、能抓在手上的、真切可感的事物。比如她喜欢颜色和气味，而不大喜欢音乐。因为颜色是长久存在的，使人安心；气味是世俗人间的烟火气，使人踏实；而音乐总是刚听到就划过去了，是浮在表面的，使人悲哀。她喜欢穿，唯一一次喜欢姨太太胜过母亲，是因为姨太太会用整幅的丝绒为其做时髦的新衣裳；不愿选择做男子的原因，则是男子在衣服的颜色、图案和样式的选择上有诸多不自由。她喜欢生活中一些平凡的气味，诸如雾的霉气，雨后尘土气，油哈气，葱蒜味，廉价香水和粗肥皂的气味，汽油和油漆的呛人味，牛奶烧糊和火柴烧黑后的焦香味，等等。

生在炮火纷飞的年代，张爱玲却将笔力倾注于对俗世生活细密的切肤感受上。反映在文学观上，张爱玲认为"清坚决绝的宇宙观，不论是政治上的还是哲学上的，总未免使人嫌烦。人生的所谓'生趣'全在那些不相干的事"[4]。战争和革命固然反映了时代的主题和主旋律。但直观的革命书写，往往失之生命的灵动与韵味。这是因为描写战争和革命，相比于情感的支持和艺术的成分，似乎对才智和技术成分的要求更高。而这种对人生飞扬一面的描写，往往走向壮烈或者悲壮，在增强了文章张力的同时，往往失却了美的成

---

[1] 张爱玲：《私语》，《张爱玲全集》第1卷散文卷，海南出版社1995年版，第108页。

[2] 张爱玲：《童言无忌》，《张爱玲全集》第1卷散文卷，海南出版社1995年版，第119页。

[3] 张爱玲：《童言无忌》，《张爱玲全集》第1卷散文卷，海南出版社1995年版，第113页。

[4] 张爱玲：《烬余录》，《张爱玲全集》第1卷散文卷，海南出版社1995年版，第120页。

分。这是张爱玲所不甘愿的，她更愿意书写战争和革命背景下人们的世俗生活。她认为，世俗男女的恋爱比战争和革命更能表现人生的放恣，也更能展现具有永恒性的"人生安稳"的一面。张爱玲就致力于描写世俗人生的苍凉，留下具有深长回味的启示，从"不相干的事"上展现时代风云变幻的总量和生命意趣。

因此，张爱玲散文的最大特点就是对庸常的市民日常生活的记叙和谈论。张爱玲曾毫不讳言说自己是一个"俗人"，并称明知自己的名字恶俗不堪，但并不打算换一个，目的在于"向我自己作为一种警告，设法除去一般知书识字的人咬文嚼字的积习，从柴米油盐、肥皂、水与太阳之中去找寻实际的人生"[1]。这反映了张爱玲的创作主张和文学道路，即热衷于平民生活，在鲜活的人生形态和任性体验中寻找真实朴素的现实人生。

张爱玲的文学旨趣与"五四"时代宣扬的平民意识、新文学倡导的"人的文学"有异曲同工之妙。但是"五四"以来文人作家们多有着深厚的传统文化根基，因此文风上多存在端庄雅致的局限。例如林语堂、周作人、梁实秋等描写平民生活的散文作家，他们或多了点游戏人间的名士气，或少了点人间烟火气，或添了些机智透彻的学者气，对平民生活的表现也始终呈现一种"雾里看花"的隔膜感。但是张爱玲抛弃传统文人优于常人、卖弄文采的下意识心理，主动接近俗世，投入现世人生的怀抱。再加上张爱玲新旧相和、中西交通的文化底蕴，以及现代都市生活长时期的耳濡目染，使她对凡俗生活、世俗人生的描写，达到了肌肤相亲的境界。

《公寓生活记趣》中，她记录了很多俗人俗事，展现了世俗生活的凡俗趣味。如晚上专做下班电车售票员生意的小贩，总是曼声兜售着面包；讲究体面的开电梯的人，天再热，坐电梯的人再着急，他也得在汗衫背心外添上一件熨得溜平的纺绸小褂，方才出现；看门的两个巡警，都是木渣渣的黄脸、木渣渣的黄膝盖，也都是在上班时间横在藤椅上睡觉；年龄不小的美丽的女孩子们，在屋顶花园锉过来锉过去的溜冰，使人牙龈发酸，等等。

---

[1]　张爱玲：《必也正名乎》，《张爱玲全集》第1卷散文卷，海南出版社1995年版，第26页。

除了对公寓生活感触颇多外，张爱玲在日常出行的"道路以目"中，也发现很多值得一看的俗人俗物。黄昏中，在路旁歇着的人力车上，斜欠坐着的女人，以及手里挽着装有柿子的网袋，还有蹲着点油灯的车夫，共同构成了一幅静谧的归家图。小饭铺门口煮南瓜时热腾腾的瓜气和红色氤氲在一起，给人一种"暖老温贫"的感觉。寒早，人行道上生的小火炉，扇出滚滚白烟，穿身而过，在呛人之外，只觉香而暖。绿衣邮差骑自行车载着一个小老太太，做母亲的人满脸心虚，但依然在风中笑得舌头发凉。封锁中，企图冲破防线的女佣，大叫"不早了呀！放我回去烧饭吧"，以及无聊的路人"可怜，也可爱"的哈哈大笑……

张爱玲在对世俗生活的观察和体会中，看到了俗世人生的挣扎、焦愁、慌乱和冒险，看到了浓厚的"人的成分"。面对现时现世的人事，张爱玲一边以旁观者的审美眼光进行欣赏，一边又身临其境、携着一身烟火气沉溺于世俗人间。下笔时，更是专注人生安稳的一面，记载超越时代的、带有永恒意味的人生旨趣。因此，在对凡俗生活的描绘中，张爱玲显得温情脉脉，甚至流露出浓浓的依恋。

从这个角度来说，张爱玲的散文和小说呈现两种不同的世界。她的散文，尤其是"张看"类散文，构造的多是繁华热闹的、充满俗世情味的世界，而小说中则是充满挣扎、了无生趣的人生。两相对比，呈现出"热与冷""生机与死寂"的强烈反差。然而，不可忽视的一点是，张爱玲的所有作品，都是以"苍凉"为情感底蕴。她在《〈传奇〉再版的话》中说：

> 个人即使等得及，时代是仓促的，已经在破坏中，还有更大的破坏要来。有一天我们的文明，不论是升华还是浮华，都要成为过去。如果我最常用的字是"荒凉"，那是因为思想背景里有这惘惘的威胁。[1]

因此，张爱玲固然对最平凡、最普通的生活细节满目慈光，然而这些终

---

[1] 张爱玲：《〈传奇〉再版序》，《张爱玲全集》第1卷散文卷，海南出版社1995年版，第297页。

究只是"心酸眼亮的一刹那"。她对自己生活的时代总是感到惴惴不安，"这时代，旧的东西在崩坏，新的在滋长中"[1]，而这时代的前途和命运，又总是扑朔迷离。

在这种无能为力、无所依靠的情况下，在巨大的绝望和死亡阴影的背后，市民们爆发出的是对"生"之欲望、对"活"之热切，以及对世俗生活的极端真挚。在《烬余录》中，张爱玲描写了一个尻骨生了奇臭的蚀烂症的病人，"痛苦到了极点，面部表情反倒近于狂喜"[2]。处于战争威胁下的上海和香港市民亦如是。在长时间的惶惶不安下，尽管生活的城市陷落，但市民们所能切身感受到的是，战争的危险已经过去了，自己也"暂时可以活下去了"，劫后余生的人们不由地"欢喜得发疯"。人们对于日常的物质生活也狂热到了"发烧"的地步。

《流言》集对这种"发烧"状态进行了解释。在《自己的文章》中，张爱玲描写人们感觉到日常生活的一切不对劲，时代也在一步步没落，"影子似的"往下沉，感觉到自己被时代抛弃了的人们，不得不"为要证实自己的存在，抓住一点真实的、最基本的东西"[3]。而这"真实的、最基本的东西"主要体现在物质生活的享受。在政治混乱、时代衰朽期间，人们无力改变自己的生活场景，所余的只是对能把握住的物质生活最单纯的爱。

战时的香港和上海，正处在这种单纯的、畸形的物质繁荣时期。"去掉了一切的浮文，剩下的仿佛只有饮食男女这两项。"[4]香港陷落后，人们重新发现了"吃"的乐趣，对买菜、做饭和调情极为投入，日子过得温和而伤感。为了摆脱无依无靠的孤独感，更多的人争先恐后地选择了结婚。

至于张爱玲这些学生，对于物质生活的殊死追求也是如此。吃，成了宿舍里男女学生们永恒的话题。张爱玲记录了香港陷落后他们满街寻找冰淇淋和唇膏的场景，挨家挨户地"撞进每一家吃食店"，甚至不惜步行十来里路，去吃一盘满是冰屑子的昂贵的冰淇淋。而"我们立在摊头上吃滚油煎的萝卜饼"

---

[1] 张爱玲：《自己的文章》，《张爱玲全集》第1卷散文卷，海南出版社1995年版，第281页。
[2] 张爱玲：《烬余录》，《张爱玲全集》第1卷散文卷，海南出版社1995年版，第127页。
[3] 张爱玲：《自己的文章》，《张爱玲全集》第1卷散文卷，海南出版社1995年版，第281页。
[4] 张爱玲：《烬余录》，《张爱玲全集》第1卷散文卷，海南出版社1995年版，第129页。

的同时，"尺来远脚底下就躺着穷人的青紫的尸首"[1]。除了对"吃"的狂热外，物质方面的其他享受也成了学生们的头等大事。香港开战的消息刚传到学校，宿舍里的女学生就为"没有适当的衣服穿"而发愁。宿舍隔壁被炸弹击中，大家都在紧急逃亡时，女学生苏雷珈还是用一只笨重的行李箱装下了最显焕的衣服。香港陷落后，学生们更是天天上城逛街，满眼都是风靡街头的吃、穿、用、装饰物等物件。

在这里，张爱玲没有刻意塑造青年学生们的光辉形象，拔高青年们的家国情怀和社会责任感，反而直写在战争的环境下自然呈现的人性，以及无处隐藏的自私与残缺。他们都在浮华乱世、人心惶惶中，投入对物质生活的追求和享受。但是她的笔锋没有指向批判，也没有站在道德和启蒙的高度进行谴责。正如张爱玲所说："极端病态与极端觉悟的人究竟不多。时代是这么沉重，不容那么容易就大彻大悟。"[2]为时代惊醒而觉悟的英雄和超人毕竟是少数，这些"时代的广大的负荷者"，所能想到的不是觉悟和奋起抗争，而是如何在生死难测的日子里过好余下的生命，如何将仅剩的时光过得此生无憾。张爱玲如此描绘战时人们的精神状态：

> 时代的车轰轰地往前开。我们坐在车上，经过的也许不过是几条熟悉的街衢，可是在漫天的火光中也自惊心动魄。就可惜我们只顾忙着在一瞥即逝的店铺的橱窗里找寻我们自己的影子——我们只看见自己的脸，苍白，渺小；我们的自私与空虚，我们恬不知耻的愚蠢——谁都像我们一样，然而我们每一个人都是孤独的。[3]

因此，对张爱玲来说，这是当时特殊的时代背景下人们生活的常态，甚至她自己也是"发烧者"中的一员，她只是对此做了如实的记录。

张爱玲对这些"能够代表这时代的总量"的"凡人"满怀爱怜，对他们

---

[1] 张爱玲：《烬余录》，《张爱玲全集》第1卷散文卷，海南出版社1995年版，第125页。
[2] 张爱玲：《自己的文章》，《张爱玲全集》第1卷散文卷，海南出版社1995年版，第280页。
[3] 张爱玲：《烬余录》，《张爱玲全集》第1卷散文卷，海南出版社1995年版，第130页。

投以极大的关注，从而也窥探到市民们人性深处的劣根性。但张爱玲对市民劣根性的呈现，与鲁迅不同。鲁迅是一个斗士，批判国民劣根性，揭露沉积于国人灵魂深处的人性缺憾，目的在于病态社会病态人群的病苦，引起国人自醒、自救的注意。因此，文笔犀利，饱含"恨铁不成钢"的愤懑，批判来得入木三分。但张爱玲则像一位慈母，她从市民们稀松平常的、细小琐碎的甚至不足为道的行为中，品尝生命的乐趣，并获得心灵的享受。面对市民们无意中流溢出的缺陷，张爱玲也只是觉得"可怜，也可爱"。

《道路以目》写市民们幸灾乐祸，没有同情心。封锁期间捕房"捉强盗"，这人命关天的事件，只是沦为了路人们无聊生活的调味剂。《公寓生活记趣》写到市民们稀薄的公德心。孩子们在屋顶花园上溜冰，溜冰鞋锉来锉去的声音，听得人牙齿发酸。打扫阳台也是直接扫到楼下去，最大的慈悲也不过是等楼下人把东西收了再打扫。《走！走到楼上去》提到国人稀缺的版权意识。发表过的作品，抄袭者改编者甚多，而一般被抄袭者也只是认为这是对自己最高的赞美和推崇。《更衣记》中则写年轻人为了吸引别人羡慕的目光，而卖弄自己的烟斗，小孩放松自行车的扶手，卖弄车技。《洋人看京戏及其他》也对国人的精神胜利法进行了描写，行人追赶电车，确定追不上之后，便恶狠狠地叫道："不准停！叫你别停，你敢停么？"中国人被骂了，也会想尽办法在口头上取得便宜，比如"你敢骂我？你不认识你爸爸？"以此获得精神上的满足。

纵然乍看下来，市民们随时暴露着自己的浅薄无知。但是这种认真经营世俗人生的努力与执着，透露出现世生活的素朴与真实，使得他们平凡而寡淡的人生，显得任意恣肆，彰显了人生安稳的一面，显示了人性的永恒。

张爱玲不掺和政治，不与革命交锋，但并非与社会现实问题完全脱节。作为当时上海最火的女作家，张爱玲自然绕不开女性这个话题，她对女人天性的洞察可谓驾轻就熟，并且有一套独特的女性话语。与感性地看待市民阶层的人性缺憾不同，张爱玲在对待女性问题上显得异常的理性与严肃。在《私语》中，张爱玲坦言，家里负责领弟弟的女佣张干，因为带的是男孩，总是趾高气昂，处处占先，激得她很早就思考男女平等的问题。正如张爱玲在《论写作》

中所说，写作就是发表意见，所需要的不过是一点真切的生活经验，加上一点独到的见解。张爱玲通过咀嚼自己独特的生命体验，站定自己的女性立场，使得女性话题也成为《流言》的主要表现内容。

有学者将女性的存在划分为三个时间维度：即女神时代、女奴时代、女人时代。[1]远古时期，当人类生存生活的需求由种族繁衍，转而变为物质生产后，女人逐渐屈服于男人的力量和权威之下，由母系社会正式进入父系社会。女人地位随之一落千丈，"女神时代"结束，随着文明社会的发展逐渐滑向女奴一端。进入现代社会，随着西方女权主义的引进，不少女性作家走向觉醒，冰心、冯沅君、庐隐、萧红、丁玲等纷纷登上文坛，用一支生花妙笔为女性自醒擂鼓呐喊。她们或者张扬女性精神的崇高，或者与男权社会正面对抗。这两种女性文本并驾齐驱，女性要么褪去"人"的特性被神化，有时甚至成为男性玩味的新模式，要么撕下"女"的标签而走向男性化，成为失去个性特征、压抑真实人性的"第三种人"。

这是为张爱玲所不愿的。她通过对世俗人生的观照，还原女性本原的生活状态，剖析女性的内心隐秘。张爱玲始终坚定女性作为"女人"的本真价值，因此"将女神拉下神坛"，对女性的"奴性"进行批判。

张爱玲对古今中外的"女神"进行了透视化肢解，她不承认"女神们"高高在上的地位，以及被"神化"而失去凡俗味的女性形象。她对一切艺术的要求，是"人间味"。在她看来，失去了"人性"的各路"女神"，都不具有让人敬仰的价值。比如《谈女人》中她这样说：

> "翩若惊鸿，宛若游龙"的洛神不过是个古装美女，世俗所供的观音不过是古装美女赤了脚，半裸的高大肥硕的希腊石像不过是女运动家，金发的圣母不过是个俏奶妈，当众喂了一千余年的奶。[2]

这些所谓的女神，莫论人间烟火气，甚至没有生命的活力。她们不过是

---

[1] 详见禹燕《女性人类学》，东方出版社1988年版，第70—98页。

[2] 张爱玲：《谈女人》，《张爱玲全集》第1卷散文卷，海南出版社1995年版，第17页。

"绣在屏风上的鸟"，连挣扎的"笼中的鸟"也不如，除了供人观摩瞻仰，在人性发展上毫无作为，一无是处。真正的"女神"应该是怎样的呢？张爱玲格外推崇《大神勃朗》里的地母娘娘，她是一个"强壮、安静、肉感"的妓女，"皮肤鲜洁健康，乳房饱满，胯骨宽大"，"大眼睛像做梦一般反映出深沉的天性的骚动"，"说话的口吻粗鄙而熟诚"[1]。这样的"地母"有着强烈的生命意识，充满着旺盛的生命力，流动着生而为人的强烈欲望，是饱含人性特征的、具有世俗风采的真正"女神"。张爱玲始终认为，"在任何文化阶段中，女人还是女人……女人是最普遍的，基本的，代表四季循环，土地，生老病死，饮食繁殖。女人把人类飞越太空的灵智拴在踏实的根桩上"[2]。就这样，张爱玲将"女神"的神性褪去，赋予其凡俗的、世俗的人性，重新将女性拉回人间。

张爱玲对凡夫俗子永远抱有一腔热忱，欣赏世俗生活的生命欲望。女性作为"人"的存在，应该是人间的、世俗的；作为"女"的存在，应该有着自身的欲望表达与需求。她不赞成将女性神化，而丧失俗世人情味；也不赞成女性一味刚强，而丧失纯粹的精神享受。《童言无忌》中引用苏青的话："我自己看看，房间里每一样东西，连一粒钉，也是我自己买的。可是，这又有什么快乐可言呢？"[3]张爱玲将其奉为至理名言，直言女性如果过于坚强刚毅，反而不美，只觉得无尽的苍凉。张爱玲最欣赏的女性，是在世俗生活尽情释放的女性。她们不论是上街买菜，还是吃饭穿衣，抑或是逛街购物，都显得生机勃勃，充满了生命的激情与活力。

因此，在张爱玲看来，女人始终是女人，不是"女神"，地位被捧得高高在上，实则是男性设立的理想标杆，甚至暗地里被幻想狎昵。张爱玲冷眼看世界，对女性采取平视的眼光，彻底消解女性神话，撕下男性社会对女性的伪装，还原女性"为人"和"为女"的生存价值和本真面貌。从这一点来说，张爱玲比前辈女性作家们做得都好。她超越了"五四"以来偏执促狭的女性文

[1]　张爱玲：《谈女人》，《张爱玲全集》第1卷散文卷，海南出版社1995年版，第16页。
[2]　张爱玲：《谈女人》，《张爱玲全集》第1卷散文卷，海南出版社1995年版，第15页。
[3]　张爱玲：《童言无忌》，《张爱玲全集》第1卷散文卷，海南出版社1995年版，第113页。

本，达到了现代文学中少有先例的高度，并为现代人重新看待女性提供了新的眼光和思路。

张爱玲消解了女性身上崇高的神话色彩，打破"女神"的虚假面纱，是对"女神时代"的反叛。然而回到世俗生活中来，张爱玲又对女性自身的劣根性进行了揭露。女人们天生小性儿、矫情、作伪、目光短浅。《有女同车》一文中，电车上的女人，不论是非本土的洋装女子，还是本土的中年太太，所有的话题都是围绕着男人在进行。这使得张爱玲感到悲怆，"女人——女人一辈子讲的是男人，念的是男人，怨的是男人，永远永远"[1]。女人们生活的焦点是男人，日常生活也围着男人打转。久而久之，女性丧失了自身的价值立场和独立的生存空间。对大多数女人来说，'爱'的意思是'被爱'。她们整日都在为提升自己的魅力而生活，而魅力的评判标准则在于是否吸引了男人的目光，挑拨了外界的诱惑。因此，女人显得十分矛盾：

> 正经女人虽然痛恨荡妇，其实若有机会扮个妖妇的角色的话，没有一个不跃跃欲试的[2]。
>
> 普通女人对于娼妓的观感则比较复杂，除了恨与看不起，还又有羡慕着，尤其是上等妇女，有其太多的闲空与太少的男子，因之往往幻想妓女的生活为浪漫的。[3]

张爱玲对女性的内心隐秘进行了大胆的揭示。女人虽然仪礼上节制端庄，实则天性向往追求解放。实质上，这种生命欲望和求爱天性无可厚非。但当女人的生活交际和全副身心都在男人身上时，女人也就消磨掉了自身独立的精神价值。在数千年的男性的铁拳教化下，这种自甘为男性附庸的心理变得根深蒂固。张爱玲对此有所不齿，并且极力反对。

张爱玲对这种自觉依附于男人的行为极为敏感，因此在讨论"母爱"话

---

[1]　张爱玲：《有女同车》，《张爱玲全集》第1卷散文卷，海南出版社1995年版，第4页。
[2]　张爱玲：《谈女人》，《张爱玲全集》第1卷散文卷，海南出版社1995年版，第13页。
[3]　张爱玲：《忘不了的画》，《张爱玲全集》第1卷散文卷，海南出版社1995年版，第234页。

题时，她说：

> 母爱这大题目，像一切大题目一样，上面做了太多的滥调文章。普
> 通一般提倡母爱的都是做儿子而不做母亲的男人。而女人，如果也标榜
> 母爱的话，那是她自己明白她本身是不足重的，男人只尊敬她这一点。
> 所以不得不加以夸张，浑身是母亲了。[1]

母爱被广泛歌咏，并且神圣化。然而，对于母爱的过度宣扬，其实又是
男人对女性价值的狭隘认可，反映了男权社会对女性的道德约束。张爱玲不赞
成女人自身对"母爱"进行自我标榜，更不赞成女人将"母爱"作为实现人生
价值的唯一途径。因为女人对"母爱"的唱和，往往是对男权社会的自觉依
附，是女人千百年来"奴性"的象征。在张爱玲看来，女性在家庭之外，应该
有多样的价值实现方式，有更自由的选择、更充分的生存发展空间。

通过对女性天性、女性劣根性的披露，显示了张爱玲对女性独立和自主
意识的追求，同时也显示了张爱玲领先于时代的独特视角。关于女性问题，张
爱玲不是偏颇地一味指责男性，而是选择两性问题双向看待。她的锋芒既指向
男人，又指向女人。

张爱玲坦诚女人的"劣根性"归根结底是男子一手造成的，应该归罪于
男子。"在上古时代，女人因为体力不济，屈伏在男子的拳头下，几千年来始
终受支配，因为适应环境，养成了所谓妾妇之道。"[2]《更衣记》中，张爱
玲通过历数衣服的时代变化，窥探出男权社会女性的生存处境和社会地位。满
清入关，采取"男降女不降"的策略，故而女子的服装几乎没有变化。在统
治阶层的逻辑里，女人似乎是不足为虑的，只要收服了中原的男人，早已被男
性社会驯化的女人自然就会跟着归降，直观地反映了女性"附属地位"。至于
女人的服装则是以"不触目""不出众"为基本原则，在层层衣衫的重压下，
女人变成平庸的、隐形般的存在。衣服也多是公式化的体格，女人普遍成为住

[1]　张爱玲：《谈跳舞》，《张爱玲全集》第1卷散文卷，海南出版社1995年版，第209页。
[2]　张爱玲：《谈女人》，《张爱玲全集》第1卷散文卷，海南出版社1995年版，第13页。

在衣服里的套中人。至于晚清末年，女人的标准装扮则是"似脚非脚的金莲"和"铅笔一般瘦的裤脚"，根源在于这种伶仃无告的感觉容易引起男性的保护欲。从衣服上窥乾坤，女人的穿着打扮上，也不得不贴合男性审美和品味。张爱玲为女性抱不平，女人的缺点是父系男权社会的大环境造成的。

不过，男子的强权固然有错，女性也有着内在的责任。"女人当初之所以被征服，成为父系宗法社会的奴隶，是因为体力比不上男子。但是男子的体力也比不上豺狼虎豹，何以在物竞天择的过程中不曾为禽兽所屈伏呢？"[1]这一追问，使张爱玲对女性进行了深度剖析。她通过对女性日常行为的观察，对女性潜在意识的挖掘，深入到女性的精神深处，找出女性天性和劣根性后固有的奴性。张爱玲开掘女性的心理痼疾，期望引起现代女性自警自省。在女性觉醒和男女平权的问题上，她不像萧红、丁玲等自觉承担起救亡、启蒙和革命的重任，她的散文中也绝少辛辣的指责和批判，甚至于对女性劣根性的改变也显得不是那么迫切。"几千年的积习，不是一朝一夕可以改掉的，只消假以时日。"[2]张爱玲面对女性问题时，虽然有自己的独特而超越性的立场，然而在哀其不幸之后，还是呈现出无限的悲凉。

在战火纷飞的年代，在革命如火如荼的当口，张爱玲其实是漠然的。她远离时代的主流，对革命和政治可以说是冷眼旁观的，这自然与她的生活经历和个性体验有关。张爱玲认为文人的写作路径并没有充分选择的余地。在《写什么》中，她把文人比喻成文坛上的一棵树，写作路径和表达内容是天生的、固定的，所以文人只需要老老实实生活着，写自己能够写的内容，而不是为了应和时代或潮流，非要往别的题材内容去发展。张爱玲恰好对凡俗生活怀着热切的殷勤，热心于对世俗人生"道路以目"。她积极投入市民的平凡普通的生活之中，并在充实自身的生命感悟和情感体验之外，获得对市民生活市民观念独到的见解。这样，在华洋交错的上海、香港，在乱世倾城的混乱年代，张爱玲通过对都市市民日常生活状态的描写，对人心、对女性精神向度和内心隐秘的挖掘，再现了时代背景下市民生活的本真状态。

---

[1]　张爱玲：《谈女人》，《张爱玲全集》第1卷散文卷，海南出版社1995年版，第13页。
[2]　张爱玲：《谈女人》，《张爱玲全集》第1卷散文卷，海南出版社1995年版，第13页。

张爱玲笔下，"这都是中国，纷纭，刺眼，神秘，滑稽。多数的年青人爱中国而不知道他们所爱的究竟是一些什么东西。无条件的爱是可钦佩的——唯一的危险就是：迟早理想要撞着了现实，每每使他们倒抽一口凉气，把心渐渐冷了……用洋人看京戏的眼光来观光一番罢。有了惊讶与眩异，才有明了，才有靠得住的爱"[1]。可以说，《流言》即是用这种近似于"旁观者"的眼光"冷眼"看中国。张爱玲用散文承载永恒的民族记忆，她希图用这些"潇洒苍凉的手势"给予周围的现实以些许的启示，用世俗人情温暖时代的心灵，用繁杂荒芜的现实扣响现代人的灵魂。借用余凌的评价，张爱玲实在是以她的《流言》，奏出了四十年代中国散文的一阕华美的乐章。[2]

第五节　另一种抗战文字：《雅舍小品》

"雅舍小品"在辑录成册之前，原是一个报纸专栏。1940年，好友刘士英在重庆主办《星期评论》，梁实秋[3]在盛情难却之下，用"子佳"的笔名为其写稿，每期一篇，两千字许，均冠以"雅舍小品"之称，遂成引人注目的专栏。《星期评论》停刊后，"雅舍小品"的创作也并未中断，梁实秋在《时与潮》副刊（重庆）、《世纪评论》（南京）、《益世报·星期小品》（天津）等报刊陆续发表多篇。1947年，《雅舍小品》的编订出版已在计划当中，但因战事未能如期印行，直至1949年底才由台北正中书局出版。其中收录1939—1947年间的"雅舍小品"共34篇。

"雅舍小品"名称的由来，与梁实秋的住所密切相关。抗战期间，梁实秋入蜀，在重庆担任参政员，并在北碚国立编译馆担任教科用书编辑委员会主

---

[1]　张爱玲：《洋人看京戏及其他》，《张爱玲全集》第1卷散文卷，海南出版社1995年版，第250页。

[2]　余凌：《张爱玲的感性世界——析〈流言〉》，《回望张爱玲·镜像缤纷》，金宏达主编，文化艺术出版社2003年版，第354页。

[3]　梁实秋（1903—1987），本名梁治华，字秋实，原籍浙江钱塘，生于北京。有《雅舍小品》（一至四集）、《雅舍杂文》《槐园梦忆》《英国文学史》，以及译作《莎士比亚全集》等。散文集《雅舍小品》，正中书局1949年11月出版。

任。彼时，他与清华大学同学吴景超先生及其夫人龚业雅女士于重庆郊区北碚主湾合资购买一处平房，取龚业雅女士之"雅"字，命名雅舍。梁实秋在蜀期间一直寓居此处。据梁实秋长女梁文茜所说，梁实秋1939年至1948年的全部著作几乎都是在"雅舍"完成。除了众所周知的《雅舍小品》，就连莎士比亚戏剧的多种译本，也都出于"雅舍"。

正如梁实秋在《雅舍》一文中所说："我不论住在那里，只要住得稍久，对那房子便发生感情，非不得已我还舍不得搬。"[1]梁实秋对"雅舍"情感浓厚，及至1949年后梁实秋去台，创作散文时仍然冠以"雅舍小品"之名，并分别于1973年、1982年、1986年在台湾陆续出版《雅舍小品》续集、三集、四集。"雅舍小品"系列出版后一版再版，《雅舍小品》成为中国白话散文史上最受欢迎的散文作品之一。梁文茜在《忆雅舍》中就曾说："据说'雅舍小品'风行全世界，先后印出300多版了，至今销售不衰。"[2]不过，最为人称道、质量最上乘的还是1949年编定出版的《雅舍小品》。此集出版后不久，著名美学家朱光潜就曾致函梁实秋，并大胆预言："大作《雅舍小品》对于文学的贡献在翻译莎士比亚的工作之上。"不出所料，散文家梁实秋由此在中国白话散文史上熠熠生辉。

在那个抗战年代，几乎全民族都在为动员抗战、宣传抗战大声疾呼，报纸刊物充斥着抗战的口号和标语，印刷出版也呈现出粗制滥造的局面。就散文内容而言，展现爱国热情和战斗激情的"怒吼式散文"，以及描绘抗战艰辛、哭诉民生疾苦的"受难式散文"，分别占据半壁江山。就文学地位而言，文学被视为抗战宣传的工具，彻底沦为政治的附庸。由此，文学的艺术性功能及其独立性受到严重的挑战。这是时代的附属品，也是时代的必然产物，无可厚非。

在轰轰烈烈的救亡图存浪潮中，梁实秋显示出对文学的异常坚守。他自觉跳脱出抗战救亡的背景之外，抛开时代的束缚，不合时宜地表示反对以功利的眼光看待文学。他做了一个形象的譬喻，人在情急时固然可以抄起菜刀杀

---

[1] 梁实秋：《雅舍》，《梁实秋雅舍小品全集》，上海人民出版社1993年版，第3页。
[2] 梁文茜：《忆雅舍》，收在《雅舍散文》，文化艺术出版社1998年版，第5页。

人，但杀人毕竟不是菜刀的使命。同样，在抗战的非常时期，文人固然可以借用文艺这把"菜刀"去图谋救国，然而这终究不是文学的最终归途。梁实秋郑重主张，文学应当表现普遍的、永久的人性。但是人性从何而来？梁实秋通过《雅舍小品》的创作给出了答案——从"与抗战无关的材料"中来，从形形色色的世相人生中来。

梁实秋的笔触指向的是日常生活和现实社会的方方面面，呈现出一种去政治化去阶级化的"中间色彩"。从《雅舍小品》的许多散文题目来看，即可见一斑。例如雅舍、孩子、女人、男人、谦让、衣裳、病、握手、下棋、中年、送行、旅行、汽车、讲价、理发、穷等等。这些衣食住行、起居行乐之类，无一不是日常景、家常事。既不议及国事政治，也不高谈中西文化问题。这在无形当中安抚了深陷战时紧张情绪中的国民，由此，"雅舍小品"栏目名声大噪，轰动一时。

梁实秋善于选取日常生活中的琐事片段，从日常景和家常事入手，散文作品往往散发着浓厚的生活气息。例如《理发》，文本描述的无非是人们日常理发时所感受到的不愉快。

> 理发匠俟你坐定之后，便伸胳膊挽袖相度你那一脑袋的毛发，对于毛发所依附的人并无兴趣。一块白绸布往你身上一罩，不见得是新洗的，往往是斑斑点点的如虎皮宣。随后是一根布条在咽喉处一勒。当然不会致命，不过箍得也就够紧，如果是自己的颈子大概舍不得用那样大的力。头发是以剪为原则，但是附带着生薅硬拔的却也不免，最适当的抗议是对着那面镜子狞眉皱眼的做个鬼脸，而且希望他能看见。人的头生在颈上，本来是可以相当的旋转自如的，但是也有几个角度是不大方便的，理发匠似乎不大顾虑到这一点，他总觉得你的脑袋的姿势不对，把你的头扳过来扭过去，以求适合他的刀剪。我疑心理发匠许都是孔武有力的，不然腕臂间怎有那样大的力气？[1]

---

［1］　梁实秋：《理发》，《梁实秋雅舍小品全集》，上海人民出版社1993年版，第92页。

如此，通篇几乎都是梁实秋针对理发匠粗鲁行为所发出的牢骚。其间像说布条箍得很紧"当然不会致命"、剪头发时"生薅硬拔"、理发匠把人的脑袋"扳来扭去"等的描述，不无夸张之嫌，但有过理发经历的人看过后，都不免深以为然，点头称是。这也是"雅舍小品"系列能够吸引众多读者的重要原因。

再如《病》，梁实秋主要讲述了自己的住院经历和所见所闻。文中这样说道：

> 病人到了医院，就好像是到了自己的别墅似的，忽而买西瓜，忽而冲藕粉，忽而打洗脸水，忽而灌暖水壶。与其说医院家庭化，毋宁说医院旅馆化，最像旅馆的一点，便是人声嘈杂，四号病人快要咽气，这并不妨碍五号病房的客人的高谈阔论；六号病人刚吞下两包安眠药，这也不能阻止七号病房里扯着嗓子喊黄嫂。[1]

梁实秋三言两语将医院里混乱喧哗的环境和氛围描写了出来，住院之人原本需要的是安心静养，然而人们文明意识薄弱，常常是来来往往吵吵嚷嚷，实在使人感到不方便和不痛快。这种心情和心境，恐怕又会引来不少的同感和共鸣吧！

诸如此类，《讲价》写了现代社会尔虞我诈的交易"战争"，将"漫天要价，就地还价"的日常现象付诸纸上，而作者总结出的四条"讲价的艺术"，简单精练地展示了日常购物活动中的普遍现象，侧面勾勒了顾客和店员的基本形象。这种伴随着"讲价"的社会交易，更是每一位"顾客"所司空见惯的。再如《下棋》，描绘了随处可见的沉迷于象棋的下棋人士和观棋人士的众生相；《送行》主要写社会上一些虚伪而麻烦的送别现象；《结婚典礼》则就现存的繁缛的、奢华的、隆重的而又不甚合理的婚礼习俗发表了见解。

---

[1] 梁实秋：《病》，《梁实秋雅舍小品全集》，上海人民出版社1993年版，第36—37页。

梁实秋将目光投向日常生活和世俗人生，不仅仅取决于他真切自然的文学旨趣和艺术审美，还与他所受到的"与抗战无关论"的批判有关。

1938年，梁实秋应刚刚接办《中央日报》的程沧波之邀，主编文艺副刊《平明》。12月1日，梁实秋发表《编者的话》，意在征稿。文中说："现在抗战高于一切，所以有人一下笔就忘不了抗战。我的意见稍为不同。于抗战有关的材料，我们最为欢迎，但是与抗战无关的材料，只要真实流畅，也是好的，不必勉强把抗战截搭上去。至于空洞的'抗战八股'，那是对谁都没有益处的。"[1] 由此，掀起了梁实秋与"无产阶级文学"的论战，罗荪、宋之的、姚蓬子、魏猛克等人相继著文[2]挞伐之。在批判梁实秋的政治立场和"险恶用心"之外，最响亮的声音莫过于："生于抗战的时代，没有一个人，没有一件事，在现在是'与抗战无关'的。"[3] 大多数批评者都坚持认为，在这个抗战的年代，"与抗战无关的材料"是不存在的。

早在罗荪发表《"与抗战无关"》的第二天，梁实秋就撰写了《"与抗战无关论"》，针对此等意见进行反驳。梁实秋认为"人生中有许多（与抗战无关的）材料可写"，他这样举例说："在重庆住房子的问题，像是与抗战有关了，然而也不尽然……讲到我自己原来住的是什么样的房子，现在住的是什么样的房子，这是我个人的私事。不过也很有趣，不日我要写一篇文章撰写这一件事。"[4] 这篇要撰写房子的文本就是《雅舍小品》的开篇之作《雅舍》。不惟如此，《雅舍小品》中的散文，除了上述列举的纯粹的日常见闻，即便是政治和阶级文学当中经常涉及的话题，在梁实秋有意的艺术处理之下，呈现出来的都是超阶级、超时代、超政治、与抗战无直接相关的内容。由此可知，梁实秋的《雅舍小品》就是他上述文学主张的艺术实践，或者说，这是梁

---

[1]　梁实秋：《编者的话》，《中央日报》，1938年12月1日。见江苏古籍出版社（影印版），1994年版，第338页。

[2]　罗荪的《"与抗战无关"》，1938年12月5日发表于《大公报》，宋之的的《谈"抗战八股"》、姚蓬子的《什么是"抗战八股"》、魏猛克的《什么是"与抗战无关"》等发表于1938年12月10日出版的《抗战文艺》第3卷第2期。

[3]　宋之的：《谈"抗战八股"》，《抗战文艺》第3卷第2期，1938年12月10日，转引《文学运动史料选》（第四册），上海教育出版社1979年版，第248页。

[4]　梁实秋：《"与抗战无关论"》，《中央日报》，1938年12月6日。

实秋对空洞的"抗战八股"的"无言的反抗"。

梁实秋力求超脱于阶级之外,在将笔触指向日常生活和现实社会时,有意无意地避开了与时代、与政治相关的诸多因素。例如上面所说的《雅舍》,写的是梁实秋在战时寓居重庆的住所,这里外观简陋(火烧过的砖砌起四根砖柱,上面盖上一个木头架子,四面编了竹篦墙)、位置偏僻(在半山腰,下距马路约有七八十层的土阶)、环境恶劣(篦墙不固、门窗不严、隔音效果差、蚊鼠猖獗)、陈设单一(一几一椅一榻),这对住房经验丰富的梁实秋来说,条件不可谓不恶劣了。这本应该是一个完美地感叹抗战时期,人民流离失所,居不安寝不定的"受难式"素材。然而,在这种不尽如人意的生活环境之下,梁实秋看到的是"雅舍"雅致有趣,呈现出的是雅舍生活的雍容自在。例如"雅舍"的月夜和雨境:

> "雅舍"最宜月夜——地势较高,得月较先。看山头吐月,红盘乍涌,一霎间,清光四射,天空皎洁,四野无声,微闻犬吠,坐客无不悄然!舍前有两株梨树,等到月升中天,清光从树间筛洒而下,地上阴影斑斓,此时尤为幽绝。直到兴阑人散,归房就寝,月光仍然退进窗来,助我凄凉。细雨蒙蒙之际,"雅舍"亦复有趣。推窗展望,俨然米氏章法,若云若雾,一片弥漫。但若大雨滂沱,我就又惶悚不安了,崖顶湿印到处都有,起初如碗大,俄而扩大如盆,继则滴水乃不绝,终乃屋顶灰泥突然崩裂,如奇葩初绽,砉然一声而泥水下注,此刻满室狼藉,抢救无及。此种经验,已数见不鲜。[1]

梁实秋没有顺应当时的创作潮流,控诉战争罪恶,疾呼抗战口号。在这种简陋和朴拙的环境里,他仍然拥有闲情逸致去观月赏雨,就算大雨滂沱也能面不改色,直言"数见不鲜"。这种积极达观和随遇而安的生活态度,令人肃然起敬的同时,也氤氲出这篇脍炙人口的散文佳作。

---

[1] 梁实秋:《雅舍》,《梁实秋雅舍小品全集》,上海人民出版社1993年版,第4—5页。

再如《穷》，又是一个典型的慨叹战时生活艰辛、呼吁翻身革命的"嘶吼式"素材，然而梁实秋只是单纯地描写现实生活中有关"穷"的现象——穷人、穷事、穷酸，以及人们对穷所持的态度。没有革命的呼号，更没有阶级和贫富差距的批判。又如《乞丐》，这种往常出现在街头巷尾的人群，由于战时经济萧条，人民生活困苦，连残羹剩饭都无法随便施舍，竟然渐渐趋于绝迹。这不得不说是对现实社会的一种极大讽刺。然而，洞悉这种现象的梁实秋，仍然撇开政治或阶级因素，淡然地描写乞丐一业日渐式微的客观现象、乞丐生活的穷与乐，以及乞丐乞讨的"艺术"。

1929—1930年，梁实秋在与鲁迅等左翼文学作家们的首次争锋中，就明确表示"文学是没有阶级性的"，他对"把文学作为阶级斗争的工具而否认其本身的价值"的口号和创作十分反感。在梁实秋看来，文学应当是"从人心中最深处发出来的声音"，"文学就是表现这最基本的人性的艺术"[1]，"文学发于人性，基于人性，止于人性"[2]。在《文学与革命》中，他也特别强调："人性是测量文学的唯一标准""伟大的文学乃是基于固定的普遍的人性"。[3]"固定的"，即为永久的，永久方能超越时间的限制；"普遍的"，唯有普遍才能不受空间的约束。梁实秋的作品始终以描写人性、表现人性为第一要义，《雅舍小品》也因其对"永久的、普遍的人性"的刻画，超越时间和空间的限制，在世界各地畅销不止，经久不衰。

《雅舍小品》在书写形形色色的世态人生之时，深入剖析了传统文化和中国国民的惰性和劣根性，在嬉笑怒骂中揭示了"丑陋的中国人"的精神面貌。

一方面，梁实秋对不同类型的人进行了细致的观察和描绘，挖掘人性的弱点和缺憾，并且鞭辟入里，直击要害。如《女人》《男人》《诗人》《乞丐》《医生》等。《女人》一文，对女人的性格进行了高度概括，将女人爱说谎、善变、爱流眼泪、爱嚼舌、胆小的天性，揭露得淋漓尽致。谈到女人善

---

[1] 梁实秋：《文学是有阶级性的吗？》，《新月》，1929年第2卷第6、7期。

[2] 梁实秋：《浪漫的与古典的·文学的纪律》，人民文学出版社1988年版，第122页。

[3] 梁实秋：《文学与革命》，《偏见集》，上海书店1988年版，第6页。

变，梁实秋这样说：

> 女人善变，多少总有些哈姆雷特式，拿不定主意；问题大着如离婚结婚，问题小者如换衣换鞋，都往往在心中经过一读二读三读，决议之后再复议，复议之后再否决，女人决定一件事之后，还能随时做一百八十度的大转弯，做出那与决定完全相反的事，使人无法追随。……女人不仅在决断上善变，即便是一个小小的别针位置也常变，午前在领扣上，午后也许移到了头发上。三张沙发，能摆出若干阵势；几根头发，能梳出无数花头。讲到服装，其变化之多，常达到荒谬的程度。[1]

由此可见，梁实秋对女人的性格特点可谓了如指掌，这也是他对生活、对人性的观察细致入微的直接映射。如果说梁实秋对"女人"的描写，批评中不乏温和，调侃中不乏幽默，那么他对"男人"可就没那么仁慈了。《男人》一文，集中描写了男人"脏、懒、馋、自私、好色"的特性。关于男人的"脏"：

> 有些男人，西装裤尽管挺直，他的耳后脖根，土壤肥沃，常常宜于种麦！袜子手绢不知随时洗涤，常常日积月累，到处塞藏，等到无可使用时，再从那一堆污垢存货当中捡出比较干净的去应急。有些男人的手绢，拿出来硬像是土灰面制的百果糕，黑糊糊粘成一团，而且内容丰富。男人的一双脚，多半好像是天然的具有泡菜梅干菜再加糖蒜的味道，所谓"濯足万里流"是有道理的。[2]

对于男人的批判不可谓不辛辣，简直一泻千里，给人以酣畅淋漓之感。
至于《诗人》，这个群体往往游离于世俗之外，与现实世界格格不入。

---

[1] 梁实秋：《雅舍》，《梁实秋雅舍小品全集》，上海人民出版社1993年版，第17页。
[2] 梁实秋：《男人》，《梁实秋雅舍小品全集》，上海人民出版社1993年版，第20页。

虽然不乏聪慧感性，然而常常不修边幅、游手好闲、哭笑无常、开销无度等，这些性格特点在梁实秋的三言两语中得到了彻底呈现。《乞丐》则精要地概括出乞丐乞讨时的手段，即"引人怜"和"讨人厌"，刻画出乞丐市侩狡黠的性格，极具幽默讽刺意味。《医生》一篇道出庸医故弄玄虚、虚与委蛇、左右逢源等虚伪面貌，同时也无情地揭露了人们讳疾忌医、以医药为不祥的封建迷信思想。

另一方面，梁实秋善于从日常生活和社会现象中捕捉人性的侧面。前面我们说，梁实秋热衷于对形形色色的世态人生进行描绘，在体验和感受社会生活的同时，他往往能够洞悉人们的内心，针砭人性弱点。因此，对日常生活和社会现象情有独钟的表象背后，是梁实秋对国民性格、对"永久的、普遍的人性"作出的深层探索。如前所述，《理发》所描写的不愉快的理发经历，背后是对理发匠没有职业道德、粗鲁无人道的不满；《病》固然是作者住院期间的所见所闻所感，其中不难看出人们公德心的缺乏、自私冷漠；同时这种旁若无人的态度，在《"旁若无人"》中表现得更为彻底；《讲价》更是以幽默的手法升华"讲价的艺术"，其实不乏对尔虞我诈、不讲诚信、自私残忍的人性的批判；《送行》则直观再现了现代社会人际交往过程中的虚情假意和形式主义，呼吁"你走，我不送你；你来，无论多大风多大雨，我要去接你"的淳朴真挚、潇洒自然的交往。

再如人们在宴会入席时，往往争先恐后地发扬中华民族"谦让"的传统美德。梁实秋从人们"谦让"的场合中，察觉了人性的深意。这种"你让座来我寒暄，我推脱来他'岂敢'"的谦让行为，其实只是"辈分不小、官职不低、自以为有占首座或者次座的人"的一种小游戏，既无伤大雅，又颇占体面，何乐而不为？但是在长途公共汽车站售票，这种更需要谦让的场合，人们却往往你推我赶，挤挤攘攘，唯恐没有座位，自己身体受委屈。由此，梁实秋得出结论："可以无需让的时候，则无妨谦让一番，于人无利，于己无损；在该让的时候，则不谦让，以免损己；在应该不让的时候，则必定谦让，于己有利，于人无损。"[1]简直一语中的，不可谓不精辟！

梁实秋还将批判的锋芒直指封建社会遗留下来的陈规陋习。例如《结婚典礼》，在梁实秋看来，在社会陋俗遗留和参酌西法的双重影响下，现代社会的"文明结婚"就像是一出"文明新戏"，是人生中一场隆重的"戏中戏"。结婚本来是男女双方你情我愿的事，本不需要第三个人的参与，然而法律规定必须要有公开仪式，结婚典礼的举行也就成为这出戏的必备曲目。渐渐地，就形成了这样一种局面："婚姻大事，不可潦草。单凭父母之命媒妁之言就把一对无辜男女捏合起来，这不叫做潦草；只因一时冲动而遂盲目地订下偕老之约，这也不叫潦草；惟有不请亲戚朋友街坊四邻来胡吃乱叫，或不当众提出结婚人来验明正身，则谓之曰潦草，又名不隆重。"[2]这种繁缛的、奢华的、隆重的而又不甚合理的婚礼习俗，在现代社会失去了其原本的庄重和严肃意味，而真正的"文明结婚"还需要去探索。

不惟如此，梁实秋对各社会阶层中人根深蒂固的势利虚伪的人性深感不满。因此，《雅舍小品》中很多散文都直指阶级批判，如《信》《脸谱》《握手》《汽车》等。散文《信》中，从信的开端称呼，便可对人情世态窥探一二。若是有求于人，称呼不免隆重，以期传达尊敬和钦佩之感，显得低声下气，大费周章；若是飞黄腾达位高权重，称呼不免轻浮，甚至枉顾师生辈分，直接称兄道弟，显得忘乎所以，趾高气扬。这种根据阶层来定位人际关系的方式，暴露了阶级社会中人们虚伪势利的阶级思想，这是现代社会的通病，读来让人唏嘘。散文《脸谱》集中描写了仕途中人面对上司、下级截然不同的神态：面对下级，一副驴脸，面无表情，显得高深莫测；面对上级，则变成柿饼脸，满面堆笑，变得诚惶诚恐。这种媚上欺下的可恶嘴脸，实在是令人不快！《握手》也是如此，做大官或自以为做大官的人，往往挺起胸膛，伸出巨灵之掌，等人去握；而权小位卑者则往往握手最大力，妄图给人一种对你另眼相看的错觉，由此攀上交情。阶级地位不同，人们的交往态度和社交方式，也在不知不觉中显示着巨大差异。

---

[1] 梁实秋：《谦让》，《梁实秋雅舍小品全集》，上海人民出版社1993年版，第27页。
[2] 梁实秋：《结婚典礼》，《梁实秋雅舍小品全集》，上海人民出版社1993年版，第33页。

《汽车》一文就更过分了，汽车被人看成一种身份的象征，甚至于以汽车为基准，人也被分为两种：一种是有汽车坐的人，另一种是没汽车坐的人。因此，拜访贵友或者大机关时，第一种人去，只需揿两声喇叭，便可长驱而入；第二种人要想进得门去，便需要花费偌大的功夫：按门铃后鹄立很久，被门人扫描查看，再用喝令的语气盘查，再等候门人向主人请示等等。如此一来，许多女人把汽车列为择偶的基本条件，以期获得优裕、娱乐、虚荣心的满足、他人的殷勤奉承。在这里，人们根深蒂固的阶级思想以及虚荣势利的人性缺陷暴露无遗。

梁实秋对人性的揭露是深刻的，他始终将人性视为文学的核心表达，就是面对真正的艺术时也毫不例外。一直以来，梁实秋秉持"享受生活，把生活当作艺术来享受"的生活态度。然而，面对真正的艺术，如"音乐""写字""画展"时，梁实秋没有一味炫耀自己的艺术造诣，反而直接深入人性探析，进行文化批判。例如，《音乐》批判了人们"旁若无人"的态度，对粗制滥造的音乐提出质疑，讽刺了艺术教养低下，却试图用音乐来粉饰自身的达官显贵。《写字》则讽刺了四处显摆、热衷于为人题字的人。

不同于《音乐》《写字》的只言片语，《画展》对人性的揭露和对绘画艺术的文化批判显得汹涌猛烈。参展的人为了附庸风雅，往往不懂装懂："一幅枯树牛山，硬标上惊人的高价，观者也许咋舌，但是谁也不愿对于风雅显著外行，他至少也要赞叹两声，认为是神来之笔，如果一时糊涂就许订购而去。"[1]由此，不免上当受骗，这显示了人们虚荣、好面子的庸俗心态。

从画家这一方来看，标价也成为一门"艺术"。画作的标价多少无关质量优劣，重要的是纸张的质料与尺寸、颜料的种类与分量、裱褙的款式与工料、绘制所用之时间与工力，以及题识者的身份和官阶。这些原本无关紧要的外在因素，竟然堂而皇之地成为画家衡量画作艺术价值的标准。画展结束后，不免得出结论："着色者易卖，山水中有人物者易卖，花卉中有翎毛者易卖，工细而繁复者易卖，霸悍粗犷吓人惊俗者易卖，章法奇特而狂态可掬者易卖，

---

[1]　梁实秋：《画展》，《梁实秋雅舍小品全集》，上海人民出版社1993年版，第62页。

有大人先生品题者易卖。"[1]为了迎合市场，画家难免不顾艺术创作规律，枉顾画法技巧。画作的价格提高了，但艺术价值和欣赏价值却泯灭了。这里，梁实秋批判了艺术为阶级意识、金钱意识所玷污的文化现象，对利欲熏心的社会施与强力一击。

综上可知，梁实秋在用心体会现实社会纷纭复杂的世态世相时，始终坚持对"永恒的、普遍的人性"进行深浅不一的抒写。《雅舍小品》或指向实实在在的人群进行性格批判，或直指陈规陋习进行社会批判，或剑指达官显贵作阶级批判，或着眼具体艺术形式作文化批判。批判的类型不一而足，然而其背后都是对现代人自私、冷漠、虚伪、势利、虚荣等人性弱点的无情揭露。如此说来，由"永久的、普遍的人性"作为文本的精神内核，《雅舍小品》可算是一部以"丑陋的中国人"为主题的素描合集。

前面我们说，《雅舍小品》力求揭露永久的、普遍的人性，刺痛国民的性格弱点，因此，几乎每篇散文都是一幅"丑陋的中国人"的速写。然而，《雅舍小品》非但没有激怒国人，引起反击和谩骂，反而大受追捧，且至今在国内外畅销不衰。这是因为在梁实秋独特的美学追求下，《雅舍小品》寓批判于闲适之中，隐严肃于幽默之下，呈现出一种独特的文调。

何为"文调"？梁实秋借用喀赖尔（Calyle）和伯风（Buffon，现在通译为布封——编者著）的说法："每人有他自己的文调，就如同他自己的鼻子一般。""文调就是那个人。"[2]他提出，文调是作者内心的流露，是作者性格气质的真实展现，有一个人便有一种文调。

梁实秋认为完美的散文，应该先有高超的思想，再配上高超的文调。散文的文调应该像一泓流水活泼的流动，重在真切自然，而非刻意堆砌。"高超的思想"在抒写永久的、普遍的人性时做到了，那么高超的文调从何而来？

在《论散文》中，梁实秋明确提出，"（散文）最高的理想也不过'简单'二字而已。""散文的美，美在适当。"[3]那么如何做到"简单""适

---

[1] 梁实秋：《画展》，《梁实秋雅舍小品全集》，上海人民出版社1993年版，第62页。
[2] 梁实秋：《论散文》，《新月》第1卷第8号，1928年10月10日。
[3] 梁实秋：《论散文》，《新月》第1卷第8号，1928年10月10日。

当"呢？梁实秋认为散文艺术中的根本原则，就是"割爱"。要想简单，必须对素材和文字进行选择芟翦，删去枝枝蔓蔓，旁枝末节。再有趣的俏皮话、再美丽的典故、再漂亮的字眼，只要与题旨无关，或与全文不甚洽合，都要果断"割爱"。如此文章方能脉络清晰，读者也不致云里雾里不知所云。在梁实秋看来，"散文的美，不在乎你能写出多少旁征博引的故事穿插，亦不在多少典丽的辞句，而在能把心中的情思干干净净直接了当的表现出来"[1]。这表现在《雅舍小品》的创作当中，最为突出的便是散文的开头和结尾。

梁实秋很注重散文的开头，几乎每篇都是开篇切题，直接点明所说之事。他或引用古今中外名人名言，或化用典故，或引具体事实，或什么也不凭借，开门见山直接端出所论之事，减少了弯弯绕绕，凸显散文的中心主题，简洁凝练，真切中肯。

如《孩子》，开篇即是："兰姆是终身未娶的，他没有孩子，所以他有一篇'未婚者的怨言'收在他的'伊利亚随笔'里。他说孩子没有什么希奇，等于阴沟里的老鼠一样，到处都有，所以有孩子的人不必在他面前炫耀。他的话无论是怎样中肯，但在骨子里有一点酸——葡萄酸。"[2]梁实秋引用英国散文家兰姆的话，既道出了文本的叙述中心是"孩子"，同时又在点评中说明了"孩子"的重要性，为下文父母"孝子"做铺垫，简洁明了，而又引人入胜。再如《洋罪》的开头："有些人，大概是觉得生活还不够丰富，于顽固的礼教、愚昧的陋俗、野蛮的禁忌之外，还介绍许多的外国的风俗习惯，甘心情愿的受那份洋罪。"[3]没有任何的语言堆砌，也没有故事穿插和旁征博引，直截了当地表达了自己的不赞同，称其白白受累，活受洋罪。如此一来，下文直接便是对新引进的外国的风俗习惯的举例，单刀直入，绝无藕丝牵连。

与此相应的，《雅舍小品》的结尾也常常删繁就简，由博返约，即使展现了自己的博学强识，也绝不"横生枝节"偏离主旨，或一味华章藻蔚卖弄文采，常常在直截了当之外，多点睛之笔。

---

[1]　梁实秋：《论散文》，《新月》第1卷第8号，1928年10月10日。
[2]　梁实秋：《孩子》，《梁实秋雅舍小品全集》，上海人民出版社1993年版，第6页。
[3]　梁实秋：《洋罪》，《梁实秋雅舍小品全集》，上海人民出版社1993年版，第23页。

如前面所说的《孩子》："谚云：'树大自直'，意思是说孩子不需管教，小时恣肆些，大了自然会好。可是弯曲的小树，长大是否会直呢？我不敢说。"[1]点出"孝子"的父母们的教育观念和对孩子成长的幻想，以反问的方式提出疑惑，给家长们敲响警钟。简单明了，而又意味无穷，发人深思。再如《客》的结尾："人是永远不知足的。无客时嫌岑寂，有客时嫌烦嚣，客走后扫地抹桌又另有一番冷落空虚之感，问题的症结全在于客的素质。如果素质好，则来时想他来，既来了想他不走，既走想他再来。如果素质不好，未来时怕他来，既来了怕他不走，既走怕他再来。虽说物以类聚，但不速之客甚难预想。'夜半待客客不至，闲敲棋子落灯花，'那种境界我觉得最足令人低徊。"[2]一语道破人们"好客来"和"怕来客"的矛盾心态。最后以诗作结，营造出一种岁月静好、静待君临的安谧意境，表达了自己对"佳客"的期许，同时激发了读者的想象，引人自省。

《雅舍小品》多数如此，无论是开头、结尾，还是主体部分，都做到了简洁雅致，不作复杂叙写，亦不作冗长大论。文本中固然不乏古今中外的名人名言、传奇典故，但都是以作者的价值取向和精神向度为依据。与主旨相去甚远、与原意联系无多的繁词丽句，梁实秋绝不多做考虑，果断"割爱"。由此，文本往往言简意赅，文简意丰。读《雅舍小品》，往往有一种长驱直入之感，既真切自然，又晓畅通透，有"简单""适当"之趣。

不过，既然文调是作者性格的流露，那是否意味着任何人的散文都是确切的、不可改变的？梁实秋认为并非如此。文调的妙处固然不可捉摸，无以言喻，然而艺术都是人为的，散文的艺术是作者的自觉选择，文调的恰当呈现是作家艺术加工与创造的产物。具体而言，文调是通过遣词造句、用字用典来体现的。因此，散文的"简单""自然""适当"除了需要"割爱"之外，还离不开语言的自如运用。梁实秋有着高超的语言艺术，《雅舍小品》的散文创作，语言简洁典雅含蓄蕴藉，在自然流韵的同时，又幽默风趣，诙谐成趣。

《雅舍小品》以白话文写作，但也不排斥文言的使用。梁实秋的写作常

---

[1]　梁实秋：《孩子》，《梁实秋雅舍小品全集》，上海人民出版社1993年版，第8页。
[2]　梁实秋：《客》，《梁实秋雅舍小品全集》，上海人民出版社1993年版，第52页。

常亦文亦白，文白夹杂，既不失白话的质朴自然明白晓畅之风，又不乏文言的典雅清丽简约生动之趣；同时也消除了白话淡而无味之语感，弥补了文言枯燥艰涩之缺憾。读来浑然天成，真切自然。其中令人拍案叫绝者，便是《雅舍》的"月夜雨景"一段，文白相携，长短句相间，平仄声交错，读来朗朗上口，声律活泼，流泻出一泓清泉式的"高超的文调"来。再如《客》中一段："我常幻想着'风雨故人来'的境界，在风飒飒雨霏霏的时候，心情枯寂百无聊赖，忽然有客款扉，把握言欢，莫逆于心，来客不必如何风雅，但至少第一不谈物价升降，第二不谈宦海浮沉，第三不劝我保险，第四不劝我信教，乘兴而来，兴尽即返，这真是人生一乐。"[1]读来朗朗上口，一泻千里，给人以自然灵动之感。

除了简洁典雅的语言风格之外，幽默也被看做《雅舍小品》的一大语言特色。梁实秋的幽默，纵然不脱于闲适散文恬适、冲淡、轻松的格调，然而还是与周作人、林语堂有所区别。周作人的幽默以淡淡的苦涩为底色，"幽默大师"林语堂往往被指摘流于油腔滑调，而梁实秋的幽默则呈现出从容指点人生、笑看人生百态之感。例如《女人》，谈到女人爱说谎，喜欢拐弯抹角，以此顾全体面，梁实秋这样形容："运用小小的机智，打破眼前小小的窘僵，获取精神上的小小胜利，因而牺牲一点点真理。"[2]通过叠词的使用，形成一连串的排比，对女人的"说谎艺术"及喜欢"拐弯抹角"的心理进行调侃，既准确地刺到了女人的性格弱点，又不失俏皮活泼，显得诙谐风趣。纵然是女性读者，也难免点头称是，一笑泯之，而不至于花容失色，怀恨在心。相比于对女人的温和式调侃，梁实秋对男人的描写则在幽默中颇显辛辣。写男人耳后脖根脏，"土壤肥沃，宜于种麦"；写不常洗涤的手绢，则"像是土灰面制的百果糕"；写男人的一双脚，则是"天然的具有泡菜霉干菜再加糖蒜的味道"；写男人草草洗脸，是"专洗本部，边疆一概不理"……比喻之生动贴切，不难想见，梁实秋的观察之细致入微。在合理的夸张、适度的幽默之余，也浮现梁实秋新颖深刻的见解。这种例子在《雅舍小品》中不胜枚举。

---

［1］　梁实秋：《梁实秋雅舍小品全集》，上海人民出版社1993年版，第50页。
［2］　梁实秋：《女人》，《梁实秋雅舍小品全集》，上海人民出版社1993年版，第16页。

　　梁实秋在散文《鸟》中表达对鸟的喜爱之情，说"几乎没有例外的，鸟的身躯都是玲珑饱满的，细瘦而不干瘪，丰腴而不臃肿，真是减一分则太瘦，增一分则太肥，那样的秾纤合度"[1]，其实，这样的赞美对《雅舍小品》同样适用。梁实秋恪守"割爱"的散文创作原则，通过对素材和文字进行芟荑，删去繁冗枝节，力求做到"简单""适当"。同时，在语言艺术上，通过文白相携，长短句相间，平仄声交错，塑造出简洁典雅、流畅自然的文风，再加上寓严肃于幽默、寓机智于风趣之中的语言风格，流泻出"如一泓流水"般真切自然的散文文调，实现了散文"美在适当"和"文调高超"的美学追求。

　　在政治斗争和阶级斗争激烈的战争年代，梁实秋远离政治和阶级文学的中心，背离"怒吼式文学"和"受难式文学"，将目光投射于形形色色的世相百态，深入挖掘永久的、普遍的人性，笔锋或指向具体的性格缺憾，或对陈规陋习发起挑战，或讽刺阶级社会的达官显贵，或对现代艺术作文化批判，由此刻画出一幅幅"丑陋的中国人"的素描图。并且在"美在适当"的美学追求下，坚守"割爱"原则，删繁就简，由博返约，塑造出直截了当、简洁流畅的散文风格，以及典雅含蓄、幽默风趣的语言艺术，洋溢出真切自然的文调，实现了"高超的思想"和"高超的文调"双重的散文之美。同时，《雅舍小品》的创作，总体上归于周作人所开拓的闲适主义文学。但是不同于周作人消极颓废的避世态度、林语堂玩世不恭的幽默与油滑，梁实秋克服了闲适主义的基本弱点，在思想阐发的深刻性、人性刻画的深度、现代社会感受的敏锐度等方面，都取得长足进步。由此，《雅舍小品》成为白话散文百年史上不可多得的璀璨明珠。

---

　　[1]　梁实秋：《鸟》，《梁实秋雅舍小品全集》，上海人民出版社1993年版，第95页。

第三章

革命与国家的认同

第一节　灵魂革命狂澜下的散文运动

中国白话散文的这一百年，可谓"革命"的一百年。只是从新中国成立后到"文革"结束，革命的目标锚定在了新的民族国家认同，形式是"文化"的，内容是"思想"和"灵魂"的，姿态则是激进的。

"革命"一词最早见于《周易》，"天地革而四时成，汤武革命，顺乎天而应乎人。"[1]考其词源，兽皮治，去其毛，为"革"。"命"者，使也，从口从令。[2]中国古代，天子受天命而称帝，"革命"一词的最初含义，是变更天命，主要指政权的变革或朝代的更迭。到了近代，"革命"的词义逐渐扩大，泛指自然界、社会界或思想界产生的深刻质变。而对于中国白话散文的这一百年，革命则从不断进行的外在暴力革命，逐渐演变成内在的思想

---

[1]　高亨：《周易大传今注》，齐鲁书社2009年版，第358页。
[2]　见《说文解字注》，上海古籍出版社1981年版，第211页、第119页。

革命。新中国成立以后，在探索社会主义道路上进行了一系列深刻的革命，而文艺作为这种探索的重要组成部分，更是在不断地自我革命，其目的是为了在政治上尤其是在文化上实现民族国家的认同。

1940年，毛泽东在陕甘宁边区的文化协会上做了题为《新民主主义论》的演讲，在这个演讲中，毛泽东把这个阶段的中国文化定义为"新民主主义的文化"，也就是"无产阶级领导的人民大众的反帝反封建的文化"。随着中国革命进程的变化和社会主义共和国的建立，社会主义文化成为新中国文化发展的方向。这迫切需要作家们进行思想改造、灵魂革命，转变为社会主义的新人，以创造出真正属于社会主义文化的文艺。

延安文艺整风运动拉开了这场革命的大幕。1941年，随着抗战进入相持阶段，局势相对平稳，毛泽东决定对党内存在的问题进行整顿。1941年5月，毛泽东在延安高级干部会议上作《改造我们的学习》的报告。1942年2月，毛泽东先后在中央党校的开学典礼以及中宣部和中央出版局联合召开的宣传工作会议上做了《整顿学风党风文风》和《反对党八股》的报告，全面系统地提出了反对主观主义以整顿学风、反对宗派主义以整顿党风、反对党八股以整顿文风的任务，拉开了延安整风运动的帷幕。1942年5月，正值整风运动高潮，毛泽东和凯丰联名邀请在延安的作家、艺术家举行座谈会。数百名文艺工作者应邀出席了这次座谈会。座谈会于5月2日、16日和23日共举行了三次全体会议。在5月2日的第一次大会上，毛泽东作了"引言"的讲话，说明这次会议的目的在于研究文艺工作和一般革命工作的关系，求得革命文艺的正确发展，求得革命文艺对其他革命工作的更好的协助。他提出文艺工作者的立场问题、态度问题、工作对象问题、学习问题，这是当时关系革命文艺发展因而亟待解决的问题。在5月23日的第三次大会上，毛泽东又作了"结论"的总结讲话，指出为了革命文艺的正确发展，中心问题"是一个为群众的问题和一个如何为群众的问题"。他特别强调"为什么人的问题，是一个根本的问题，原则的问题"，提出文艺为工农兵服务的方针。针对当时延安文艺界存在的一些理论、思想问题，毛泽东做出了剖析，并且提出文艺界开展无产阶级对非无产阶级思想斗争的任务。[1]毛泽东《在延安文艺座谈会上的讲话》（下称《讲话》）奠定了中国革命文艺的理论基础，对此后当代文学以及白话散文的走向和发展产生了深远的影响。

新中国高举延安文艺的旗帜。在1949年的第一次文代会上，周扬在所作的题为《新的人民的文艺》的报告中就明确指出："毛主席的《在延安文艺座谈会上的讲话》规定了新中国文艺的方向，解放区文艺工作者自觉地坚决地实践了这个方向，并以自己的全部的经验证明了这个方向的完全正确，深信除此之外再没有第二个方向了，如果有，那就是错误的方向。"[2]毛泽东的文艺思想自此被确定为中国社会主义革命与建设时期的文艺方针，它全面而深刻地支配了随后的文学艺术的创作实践、制度建立与各种运动的开展。

《讲话》强调了作家的立场与态度问题。毛泽东指出："我们是站在无产阶级和人民大众的立场。对于共产党员来说，也就是要站在党的立场，站在党性和党的政策的立场"[3]，而"随着立场，就发生我们对于各种具体事物所采取的具体态度。比如说，歌颂呢，还是暴露呢？这就是态度问题"[4]。毛泽东明确要求，文艺要为工农兵服务，"政治是第一位的，文艺是第二位的"。正是从这种政治立场出发，形成了延安散文独特单一的审美风范：光明、乐观的颂歌基调，朴实、浓厚的生活气息，鲜明的时代精神，刚健的战斗风格，客观写实的体制[5]。延安文艺规范既成为新中国文学的正宗，也成为新中国散文审美规范的主流。

"老作家"要进入新时代，必须进行立场转换、思想改造和表达转型。"京派"作家沈从文的手记《五月卅下十点北平宿舍》，生动地展示出了这一时期作者"转变"的内心挣扎。

---

[1]　有关延安文艺座谈会的内容，参见毛泽东的《在延安文艺座谈会上的讲话》，《毛泽东选集》第3卷，人民出版社1991年版。

[2]　见《中华全国文学艺术工作者代表大会纪念文集》，新华书店1950年版，第70页。

[3]　毛泽东：《在延安文艺座谈会上的讲话》，《毛泽东选集》第3卷，人民出版社1991年版，第848页。

[4]　毛泽东：《在延安文艺座谈会上的讲话》，《毛泽东选集》第3卷，人民出版社1991年版，第848页。

[5]　佘树森：《中国当代散文报告文学发展史》，北京大学出版社1996年版，第5页。

中华人民共和国成立初期的散文，作为延安散文的延续与发展，充分体现出延安散文的种种特点。这一时期的散文创作，以迅速快捷反映社会和时代生活的通讯、特写为主，在客观叙事中穿插主观的议论与抒情，以并光明、乐观为基调，吟唱出一首首具有鲜明时代特征的颂歌。

新中国、新时代、党和国家的领袖成为主要歌颂对象。如老舍的《我热爱新北京》，通过新旧北京对比，突出新政府领导下北京这座古老的城市所焕发出的美丽生机，并以此热情歌颂今天的北京，歌颂党和国家领袖："我爱北京，我更爱今天的北京——她是多么清洁、明亮、美丽！我怎么不感谢毛主席呢？是他，给北京带来了光明和说不尽的好处哇！"[1]。巴金的《在奥斯维辛集中营的故事》则通过对在奥斯维辛集中营参观时的所见、所想、所感，来歌颂英雄的人民，歌颂新的时代。

抗美援朝战争是此一时期通讯、特写、报告文学关注的一个焦点。最具代表性的当属魏巍的《谁是最可爱的人》。虽然这篇作品在发表的时候被标为"朝鲜通讯"，实际上它更像是一篇抒情散文。在这篇散文中，作者选取了三个典型的细节：一是在松骨峰战斗中，战士们奋勇杀敌，英勇不屈的情形；二是战士马玉祥冒火抢救朝鲜儿童；三是战士们虽然在战场上过着"吃一口炒面就一口雪"的艰苦生活，但是不仅毫无怨言，反而能为保卫祖国、保卫人民而骄傲自豪。从对这三个典型细节的描写中，作者表达了对抗美援朝战场上那些可爱的战士们的赞美之情。

农村的改革与发展是这一时期通讯、特写、报告文学聚焦的另一个重点。如秦兆阳的《王永淮》，通过一个对王永淮熟识的人之口，讲述了王永淮为了山区的社会主义建设，宁愿放弃在大城市工作的机会，回到山区，带领人们全心全力建设社会主义的故事。最后得出一个结论——"哪儿有人，哪儿有共产党，哪儿就有道儿，就能往社会主义走"[2]，也由此赞美了像王永淮这样有理想、又踏实肯干的好干部。再比如柳青的《一九五五年秋天在皇甫村》，描写农村合作化运动的成功，以及农民们争先恐后加入合作社的情形。

[1]　老舍：《老舍散文》，人民文学出版社2013年版，第33页。
[2]　《散文特写选（1953.9—1955.12）》，人民文学出版社1956年版，第5页。

作者开篇便对皇甫村的秋收景象进行了一番描绘，"老年人手执鞭子，牵着牲口碾场；妇女们有的从庄稼垒起的墙壁上拉下来稻捆子，有的用木杈抖场；精壮的庄稼人——男的和女的，赤脚上穿着蔴鞋，从稻地里挑来新的稻捆子，放在场边，一边走着，一边朝着跟老奶奶要的自己的小孩笑笑，又到稻地里去了。……所有这些紧张的劳动，都是在扬粮食的尘雾底下进行着"[1]。生动地展现出社会主义合作化运动中农村的发展和变化。

社会主义建设的方方面面，也在此一时期的通讯、特写、报告文学中表现出来。如李若冰的《在柴达木盆地》，就是对在柴达木盆地辛勤劳作的石油勘探者的赞美。李若冰从20世纪50年代开始在青海、甘肃和新疆一带从事石油勘探工作，在此过程中，他创作出极具特色的"西部系列"散文。《在柴达木盆地》起因于作者在柴达木盆地的所见所闻。在这个美丽但又严酷的环境中，连有沙漠之舟之称的骆驼，也常常因为"不服水土，时常会在半路上倒卧下去"[2]。而且"柴达木的春天是一个风暴的时候。夏天和秋天之间是大蚊虫和牛虻逞凶的季节。在这里，流传着大风暴把羊儿吹上天空的故事；也真有着大蚱蜢咬得骆驼和马儿流血和嚎叫的事情"[3]。可是如此艰苦的环境，并没有阻挡住乐观、坚强的勘探者们不断前进的脚步。

杂文，成为新中国直接、迅速反映社会事变或动向的文艺性论文。夏衍于1949年8月至1950年9月，在《新民报·晚刊》上开辟《灯下闲话》栏目，为这一时期的杂文创作提供了舞台。由于杂文是针砭时弊、暴露矛盾、反击黑暗的利器，面对欣欣向荣的新中国，杂文是否还有存在的必要，引起了作家的质疑。1950年，黄裳在《杂文复兴》一文里就提到："解放以后，大家都在怀疑：是不是杂文的时代已经过去了？问题似乎并未得到结论，然而事实则是杂文的沉默。"[4]由此引发了一场关于"杂文复兴"的讨论。但随着对萧也牧《我们夫妇之间》的批判、对电影《武训传》的批判、对俞平伯《红楼梦研究》的批判、对胡风文艺思想的批判，以及对"胡风反革命集团"的斗争等一

---

[1]　《散文特写选（1953.9—1955.12）》，人民文学出版社1956年版，第59页。
[2]　《散文特写选（1953.9—1955.12）》，人民文学出版社1956年版，第268页。
[3]　《散文特写选（1953.9—1955.12）》，人民文学出版社1956年版，第268页。
[4]　《文汇报》，1950年4月4日。

系列运动的开张，短暂的杂文复兴仅是昙花一现，一度几乎销声匿迹。

"胡风反革命集团案"也强烈地警示作家去思考一个问题，如何以文艺来革命，或者何种文艺才是革命文艺。"革命"一词被空前地提到了文艺前头。因为，"胡风的悲剧在于他与革命文艺运动的本质产生抵牾，他始终是以文艺来进行革命的，而革命文艺的本质则是以革命来进行文艺。前者不过是文艺化的政治，而后者则是政治化的文艺，本质上是彻底的政治化"[1]。革命文艺的本质是以革命来进行文艺，目的是最大限度地实现民族国家的政治认同和文化认同。

接连不断的思想文化领域的批判，发展成为大规模的政治运动，造成文艺界巨大震动。1956年，毛泽东在最高国务会议上正式宣布："在艺术方面的百花齐放的方针，在学术方面的百家争鸣的方针，是必要的。""双百方针"的提出有效地促进了作家们的创作，散文创作也迎来了中华人民共和国成立后的第一次高潮，无论是艺术散文还是杂文，都涌现出不少优秀的作品。

艺术散文方面，比如杨朔的《香山红叶》、秦牧的《社稷坛抒情》、丰子恺的《庐山面目》、老舍的《养花》等各有特点，百花齐放。杨朔的《香山红叶》记叙作者虽然登香山看红叶未果，但是却遇到老向导这一片更可贵的红叶，散文以红叶为意象，通过描写红叶来赞美老向导，字里行间充满诗情画意，已初具诗化散文的特征。老舍的《养花》通过写养花的过程，传达了养花的乐趣："有喜有忧，有笑有泪，有花有果，有香有色，既须劳动，又长见识。"[2]散文按照由事到理的顺序，层层递进，字里行间洋溢着作者对美的事物的喜爱和对生活的热爱，文笔自然流畅，不饰雕琢，如清泉般流泻出来，篇幅简短却意趣隽永。丰子恺的《庐山面目》是一篇游记散文，作者记叙了自己游览庐山的过程，融写景与叙事于一体，语言文白交杂，富有诗情画意。

杂文方面，巴人的《论人情》《况钟的笔》等有相当的代表性。巴人的杂文不仅思想深沉，且常常切中要害，文笔犀利。《况钟的笔》通过对昆剧《十五贯》中况钟的笔三起三落的过程的描写，说明了一个道理，况钟的笔的

---

[1]　陈晓明：《中国当代文学主潮》，北京大学出版社2009年版，第90页。
[2]　老舍：《养花》，《文艺报》1956年12月12日。

可贵之处，在于他的笔底下有"人"，有对人敢于负责的精神。以此批判了现实生活中的主观主义者和官僚主义者。《论人情》尖锐指出当时文艺界的弊端，成为空洞呆板的教条主义。而文学作品是需要人情味的，要能"通情"，才能"达理"，呼唤文艺作品中人情的回归。

1958年，以"鼓足干劲、力争上游、多快好省地建设社会主义"为目标的"大跃进"运动兴起，宣传"大跃进"运动、歌颂社会主义建设成果的报告文学再度兴盛。《文艺报》发表了《大搞报告文学》的专论，以及《迫切需要反映人民公社新气象的报告文学作品》的短评，号召作家们用报告文学的形式，来反映轰轰烈烈的"大跃进"运动。文艺界很快便涌现出了一批歌颂"大跃进"运动的报告文学，如李若冰的《祁连雪纷纷》展现大西北的飞跃，刘白羽的《万炮震金门》叙写福建海防战斗的动人情景，刘凤玉的《人人搞生产，户户无闲人》描写农村"大跃进"的景象。

报告文学不同于一般的新闻报道文章，本是一种特殊的文学体裁，既叙写现实生活中确实存在的先进人物，反映多彩多姿的生活，又揭露人们嗤之以鼻的丑恶事物，既具新闻性，又具文学性。

1961年，《人民日报》专门开辟《笔谈散文》专栏，开展散文理论方面的探讨，老舍的《散文重要》、李健吾的《竹简精神》等重要文章。当时肖云儒提出的"形散而神不散"的散文创作观念，对此后的散文创作产生了长远的影响。这一时期，抒情散文呈现出繁荣景象，出现了以杨朔、刘白羽、秦牧、吴伯箫、袁鹰等为代表的杰出的散文作家。

杨朔是诗化散文的提出者，也是诗化散文最好的实践者。杨朔在其散文集《东风第一枝》的小跋中对诗化散文做了说明："你在斗争中，劳动中，生活中，时常会有些东西触动你的心，使你激昂，使你欢乐，使你忧愁，使你深思，这不是诗又是什么？凡是遇到这样动情的事，我就要反复思索，到后来往往形成我文章里的思想意境。动笔写时，我也不以为自己是写散文，总是像写诗那样，再三剪裁材料，安排布局，推敲字句，然后写成文章。"[1]杨朔的

---

[1]　杨朔：《东风第一枝》，作家出版社1964年版，第147页。

《荔枝蜜》《茶花赋》《雪浪花》等一批清婉优美、富有诗意的散文，在当时产生了广泛的影响，许多作家纷纷效仿。

寻找生活的诗意美也迅速成为这一时期散文创作的一种风向。一批注重营造意境、酿造生活诗意的作品涌现出来。如严阵的《牡丹园记》，以"牡丹"作为核心意象，记叙战争年代中，长庚和白妹所种植的那棵出奇的牡丹，以及两人的悲惨遭遇，再对比如今繁荣美丽的狮子山牡丹园，从而表达出对新中国的赞美。语言幽美典雅，比如："路两旁新拔节的翠竹，被碎雨星罩着，绿蒙蒙的，望不着边际，路下的山冲里，一片桃林，笼在这四月的烟雨里，洇出一片水润润的红雾。这蒙蒙的绿意，这团团的红雾，真像刚滴到宣纸上的水彩一样，慢慢地浸润开来。"[1] 寥寥几笔，细雨中狮子山的景致便显出诗情画意。

刘白羽的散文色彩绚丽、气势磅礴，如《长江三日》和《日出》以宏伟的意象，营造宏大的气势。秦牧的散文，则往往平白流畅，意象的选择也常常是生活中平凡的事物，如《土地》《社稷坛抒情》《花市》等，充满知识性、趣味性和思想性，写出平凡之物的不平凡之处。吴伯箫的《记一辆纺车》，通过对自己所使用的一辆纺车的描写，回溯了延安时期的军民生活。日寇重重封锁，陕甘宁边区的军民"自己动手，丰衣足食"，纺车作为"丰衣"的工具，具有了战斗的意义。文章通过对纺车的构造、使用以及纺线竞赛的描写，突显出延安人民坚强乐观的精神。语言平实流畅，娓娓道来。除此之外，李健吾的《雨中登泰山》也写得文笔秀美、意趣盎然。

在许多作家回避现实生活矛盾、一心在散文中酿造生活的诗意时，杂文却露出锋芒。

从1961年3月开始，邓拓以马南邨为笔名，在《北京日报》开辟《燕山夜话》专栏，接着又与吴晗、廖沫沙合用笔名吴南星，在《前线》上开《三家村札记》栏目，发表大量杂文。这些杂文，针对社会生活中的一些现实问题，以古论今，旁征博引，虽尖锐辛辣，却往往分析透彻，切中要害。邓拓的《"伟

---

[1]　《散文特写选（1959—1961）》，人民文学出版社1963年版，第144页。

大的空话"》批评社会上某些喜欢夸夸其谈还自鸣得意地认为这是在遵循古人
"语不惊人死不休"的遗训的人。这些人用了许多大字眼，却是重复的同义
语，而且说了半天不知所云。作者将这样的话讽刺为"伟大的空话"，指出滥
用这种空话的可怕之处。作者表明，"任何语言、包括诗的语言在内，都应该
力求用最经济的方式，表达最丰富的内容"[1]。要多读、多想、少讲空话。
《专治"健忘症"》一文，引经据典，看似在探讨古人如何治疗健忘症，实际
是讽刺社会上那些"见过的东西很快就忘了，说过的话很快也忘了，做过的事
更记不得了"[2]的自食其言、言而无信之人。《文丑与武丑》针对社会上有
些人看不起丑角的现象，举古代著名的丑角李可及的例子来说明，丑角不仅比
其他角色更为难得，而且同样需要很高的思想、文化和艺术水平，不应当轻视
丑角，应平等对待每一种角色。

　　红色颂歌式散文在这一时期也被发挥到了极致，成为了"致敬电"的模
式。在这一时期公开发表的散文作品大都是对社会主义和对"文化大革命"的
赞颂与宣传，如赵丽宏的《笛音缭绕》、余秋雨的《路》等。除此之外，尚有
一些作家仍坚持地下写作。如因"胡风案"而被牵连的张中晓，在穷困潦倒之
际，仍然孜孜不倦地学习和写作，留下厚厚一摞《无梦楼随笔》手稿。《无梦
楼随笔》对现实的清醒认识，对历史、政治等的精妙见解，经过时间的洗礼和
岁月的沉淀后反而历久弥新。再比如著名作家、漫画家丰子恺，在"文革"紧
张的政治气氛中，写下了极富情趣意蕴和文学价值的散文集《缘缘堂续笔》，
彰显出知识分子的气节与情操。

第二节　艺术与政治之间的艰难抉择：《五月卅下十点北平宿舍》与
《奥斯维辛集中营的故事》

　　沈从文和巴金都是现代著名作家，活跃在20世纪三四十年代的中国文坛

---

[1]　吴南星：《三家村札记》，人民文学出版社1979年版，第9页。
[2]　吴南星：《三家村札记》，人民文学出版社1979年版，第60页。

上，创作出了一批优秀作品。但是两人无论在创作风格还是人生道路的选择上，都走上截然不同的方向。沈从文在时代的动荡中遥望着家乡的自然美好，而巴金却努力冲破家的束缚走向时代的广阔天地；沈从文的写作如水一般淡雅从容，而巴金的创作却似火一样激情涌动。两位截然不同的作家，也在新中国的建立这一伟大的分界线上走向了截然不同的人生。沈从文被拦在了这条分界线之外，而进步作家巴金则跨过这条分界线，在毛泽东文艺思想的号召下努力地进行自我灵魂的革命，走向了艺术与政治的夹缝之中。

沈从文是20世纪30年代"京派"文学的代表作家，他的文学创作主要以描写家乡湘西的生活和风土人情为主，通过对湘西人原始、自然的生命形式的描写，展示原始强力赞美人性之美，带有理想主义与浪漫主义的风格。正如本书第二章所讲，沈从文以三十年代创作的《湘行散记》《湘西》奠定了他在散文创作上的地位，他以其独特的抒情方式和语言表达记叙了故乡的景物印象和人事哀乐，以优美从容的笔触和流动诗意的叙述，呈现出湘西的人性之美，同时也对其衰败、保守的一面予以批评。

随着抗战的胜利，以毛泽东《在延安文艺座谈会上的讲话》为指导思想的延安文艺成为文学之正统，沈从文代表的资产阶级个人主义的文学注定一开始就会受到排斥和拒绝。早在抗战之初，沈从文便遭到来自左翼文学的批判，而随着抗战的胜利，这样的批判也越来越激烈，1948年郭沫若在《斥反动文艺》中更是将其称为"一直是有意识的作为反动派而活动着的"作家。外界的压力很快便摧毁了这位大名鼎鼎的作家那敏感而脆弱的神经，从1949年1月开始，沈从文便开始陷入精神失常的状态。而《五月卅下十点北平宿舍》这篇散文正是作者当时这种精神状态的真实写照，深刻体现出一个知识分子在时代的转型中所呈现出的一种精神裂变。

《五月卅下十点北平宿舍》这篇散文看似是一个病人的病中呓语，然而却真实地反映了文人知识分子在时代的动荡中所经历和遭受的精神危机。它虽是沈从文病中随意的手记，却保持其一贯的行文风格：结构松散，如流水一般从容随性。它还带有很强的意识流色彩，整篇散文虽以"很静"二字开篇，却是以作者听到、感觉到的声音作为意识的线索，读者跟随层层声音的流动，把握住作者思绪的流脉，触摸到作者此时的精神状态。

散文以"很静"开篇，这是一种奇异的静谧，时间才不过十点钟，而周围的一切似乎都进入一种奇怪的安静之中。作者在这样的安静之中似乎也深深地感受到，这与平时很不一样，所以连续用了两个"十分奇怪"来形容此时的境况。在这样的安静中，作者以听觉来搜寻，跟随着声音去发现到底发生了什么。此时，作者似乎只有在这个安静的世界中发现声音，才会感觉到与这个世界的联系。

首先入耳的是窗下灶马的振翅声。这是昆虫发出的声音，也是作者以前从未注意到过的声音，正是在这样的声音里，作者感觉到与自然世界的关联，因为他能够感知到昆虫的声音，自然也就能够感知到自然世界的存在。紧接着，作者似乎听到远处有连续的鼓声。鼓声是来自人类世界的声音，是人类创造出来的声音，在这似有若无的鼓声中，作者感觉到了与人类世界的联系，因为他感知到人类世界的存在。鼓声也让人联想到激烈的战鼓、欢庆的锣鼓，联想到战火中诞生的新中国，表明作者在内心渴望与新中国建立联系，渴望能够融入其中。

作者听到了声音由远而近，从自然界到人类世界，再来到身边，作者听到了两边房中孩子的鼾声，这是亲人的声音，也是他所熟悉的声音，在这样熟悉的声音中，作者联想到熟悉的事物，联想到曾经熟悉的朋友丁玲，这是作者与自己熟悉的生活世界的联系，因为作者能够感知到自己所熟悉的这个生活世界的存在。看到桌上的照片，作者联想到丁玲以及当年为丁玲送遗孤回湖南去的情景。作者与丁玲是多年前的好友，丁玲的丈夫胡也频牺牲之后，沈从文曾冒着危险千里护送丁玲和胡也频的孩子回到湖南老家。后来丁玲被捕，作者亦全力营救，先后发表了《丁玲女士被捕》《丁玲女士失踪》，以期唤起社会的广泛关注。可是时过境迁，1936年便奔赴延安的丁玲如今已经身居高位，而作者自己却成为了"反动文人"。从1949年北平解放后，作者就一直希望能够见一见丁玲，希望通过这位昔日的好友，能够让党明白他并不是什么"反动文人"，希望党能够给他一个改造的机会。

最后，作者想起了刚刚听到的音乐的声音，《卡门》序曲、《蝴蝶夫人》曲、《茶花女》曲，而这些音乐的声音所代表的显然是艺术世界的声音。这些音乐的声音也将作者带回到往日熟悉的情景之中，这表明作者与艺术世界的联系，作为一个著名作家来说，这也是作者最为熟悉的世界了。但值得注意的是，音乐所代表的艺术的声音并非作者此刻听到的声音，而是作者回想起来的，"我希望继续有音乐在耳边回旋，事实上只是一群小灶马悉悉叫着"[1]。从这句话也可以看出，作者已经深深地意识到，自己可能再也没有办法进行文学创作了，他的精致的"希腊小庙"已经被历史的车轮碾得粉碎，如今只剩下小灶马的声音"悉悉"响个不停了。

顺着这一系列声音的流动，我们看到作者意识的流动。作者通过不同层次的声音，对这个自己无比熟悉的世界的感知，发出了痛苦而困惑的哀叹："为什么家庭还照旧，我却如此孤立无援无助的存在。为什么？究竟为什么？你回答我。"[2]连续三个"为什么"，深刻地表现出作者面对这个世界的茫然无助。为什么自己明明能够感知这个世界，能够听到这个世界的所有的声音，自然的声音、人类的声音、亲人的声音，甚至艺术的声音，为什么这个世界明明看上去还是一样的，还是自己所熟悉的那个世界，可是自己又如此的孤立无援呢？通过作者连续三个"为什么"的发问，我们清楚地看到一颗善良敏感的灵魂，此时在这个崭新的世界面前的无助、痛苦与迷茫。

穿越眼前的迷茫与痛苦，作者似乎也已经明白，眼前这个看似熟悉的世界，可能已经不是他所熟悉的那个世界了。虽然他的家表面上看起来还是一样的，虽然"兆和健康而正直，孩子们极知自重与自爱，我依然守在书桌前"[3]，但"世界变了，一切失去了本来的意义"[4]。是的，这个世界正在发生翻天覆地的变化，但是在这样的变化中，作者却只感到很静，感到一种十分奇怪的静，"世界在动，一切在动，我却静止而悲悯的望见一切，自己却无分，凡事无分"[5]。在这个正在发生着翻天覆地变化的世界中，作者被迫

---

[1] 沈从文：《沈从文全集》第19卷，北岳文艺出版社2002年版，第43页。
[2] 沈从文：《沈从文全集》第19卷，北岳文艺出版社2002年版，第43页。
[3] 沈从文：《沈从文全集》第19卷，北岳文艺出版社2002年版，第42页。
[4] 沈从文：《沈从文全集》第19卷，北岳文艺出版社2002年版，第43页。
[5] 沈从文：《沈从文全集》第19卷，北岳文艺出版社2002年版，第43页。

陷入到一种"和一切幸福隔绝，而又不悉悲哀为何事，只茫然和面前世界相对"[1]的情境之中，被抛弃在这个运动的世界之外去了，只能感受静，一种十分奇怪的安静。

对于即将成立的新中国，怀着一颗赤诚之心的沈从文和所有人一样，热切地盼望着它的到来，盼望着和平，也盼望着祖国的统一。沈从文14岁便投身行伍，浪迹于湘、川、黔交界的地区，在这民风彪悍的地方，他目睹了太多杀戮，太多麻木而愚昧的灵魂，很早就明白了战争的残酷。而此后的许多年里，他和家人也因为战乱而四散流离，所以在沈从文的作品中，时时流露出对于和平安宁的田园牧歌式生活的向往，因此面对即将成立的新中国，沈从文也和所有人一样兴高采烈迎接它的到来。然而，他的赤诚之心却被认为是别有用心，他怎么也想不明白，为什么自己突然就变成了一个"反动派"，为什么深爱着的祖国却要拒绝它的孩子。而这一切也让他陷入了自我怀疑之中，"什么是我？我在何处？我要什么？我有什么不愉快？我碰着了什么事"？

这样的自我怀疑，使作者陷入幻想之中，去搜寻丧失了的自己。端午将至，作者回想起家乡的端午盛景，还是有龙船下河吧；想到家乡那些可爱的人们，翠翠、三三，作者笔下那些聪慧纯洁的少女似乎又都出现在眼前了；甚至想到了死亡，想象着自己死去以后，妻子是否会在杜鹃声中回想起自己。其实早在此前，作者就已然明白，出于环境上和性格上的限制，自己终必牺牲于时代过程中。[2]可是对于作者而言，痛苦并不仅仅在于死亡，在于牺牲于时代进程中，而在于失去自己，在于在这个时代将自己彻底抹去，在于所有的一切都变得没有意义。所以在这个孤立而寂静的世界里，作者仍然在苦苦地搜寻自己，"想不出我是谁，原来那个我在什么地方去了呢"[3]？可是作者没有意识到，他之所以找不到原来的那个自己，正是因为原来那个自己正在被自己所毁灭着。

此时的沈从文处在一种极端的矛盾之中。一方面他明白，他之所以处于

---

[1]　沈从文：《沈从文全集》第19卷，北岳文艺出版社2002年版，第43页。

[2]　沈从文：《沈从文全集》第19卷，北岳文艺出版社2002年版，第25页。

[3]　沈从文：《沈从文全集》第19卷，北岳文艺出版社2002年版，第43页。

这样一个被隔绝的世界里，是因为过去的自己并不为这个世界所接受，对于这个世界而言，原来的自己是"反动的"，是"有意识的反动的"，所以他想要让自己被这个世界所接纳的唯一的方法，就是毁灭掉过去的自己，接受新的时代的改造，成为一个符合现在这个世界的全新的人。可是另一方面，对于作者来说，要毁灭掉原来的自己实在是太难了。他要毁灭掉自己曾经写下的所有作品，毁灭掉自己所拥有的、所珍视的一切。对于作者而言，最让他骄傲的，最让他珍视的，便是他的作品，然而在现在这个世界里，他的作品变成了完全没有意义的东西了。曾经那些灿烂美好的文字，在现在这个世界里，已经失去了所有的光彩，每个字都像是冻结在纸上似的，完全失去了相互间的关系，失去了意义。这于作者而言，是极大的打击。在张兆和写给田真逸、沈岳锟等的信中，也提到失去文学对于沈从文来说是多么大的打击，"一个人从小自己奋斗出来，写下一堆书，忽然社会变了，一切得重新估价，他对自己的成绩是珍视的，想象自己作品在重新估价中将会完全被否定，这也是他致命的打击"[1]。这也许才是真正让作者迷茫、痛苦的地方：一方面想要现在的世界接受自己，就必须毁灭掉、抛弃掉原来的自己，必须让自己接受现在社会的改造，从而变成一个全新的自己，这是一种自我毁弃，也是一种自我重生；可是另一方面他又在极力地寻找自己，寻找原本的自己。作者不明白，过去的自己到底有什么过错，为什么过去的自己就变成必须被毁弃、被抛弃的呢？显然，此时的沈从文难以找到答案，所以在这个被孤立隔绝的世界中，他只能不断的反问自己，"很奇怪，为什么夜中那么静"[2]。

《五月卅下十点北平宿舍》开篇，作者便反复强调"很静"这个概念，因为此时对于作者而言，自己已经与这个正在发生翻天覆地变化的世界完全相隔绝了，这个变化着的世界对他而言，已经是一种绝对的静止的状态，因而觉得这个世界是一种十分奇怪的静。然而在作者的内心，又是无比渴望能够与这个变化着的世界相接触，能够触碰这个变化着的世界，融入这个变化着的世界。在这篇散文中，作者以声音作为线索，希望通过感知到的各种声音来建立

---

[1] 沈从文：《沈从文全集》第19卷，北岳文艺出版社2002年版，第23页。
[2] 沈从文：《沈从文全集》第19卷，北岳文艺出版社2002年版，第43页。

与这个变化着的世界的联系。声音表明了作者对于现实世界的渴望，而静，则表明他现在被现实世界所隔绝的状态。而在这样的动静之间，也形象地展现出一个真挚善良而又敏感脆弱的灵魂，在时代动荡面前的无助、痛苦、迷茫。

与沈从文不同，巴金[1]早年信仰国际共产主义运动中的无政府主义理论，参加过不少社会活动，他的代表作《激流三部曲》就是以强烈批判封建家族制度、鼓励青年反抗而受到青年们热烈追捧的。新中国成立后，巴金作为一位有声望的进步作家，并没有像沈从文那样被共和国拒之门外。他不仅被邀请参加了1949年7月召开的第一次文代会，还当选为文联委员。但是与沈从文一样，此时的巴金也意识到自己原来的政治理想已经变得不合时宜了，必须放弃，而要以热情的文风书写新政权和新时代的歌颂。对于能够被邀请参加文代会，巴金一方面当然是开心的，能够参加文代会至少在某种程度上是得到承认的，但是另一方面巴金也是小心翼翼的。作为现代著名作家，在文代会上巴金反复强调自己只是"来学习的"[2]，一面颂扬来自延安解放区的作家们的成就，一面对自己的创作进行批评，并表达出自己的学习之心。而这一时期巴金的文学创作，也可以看出他通过这种"努力学习"来改造自己，在政治和文化上认同新的民族国家的心迹。

《奥斯维辛集中营的故事》这篇散文的写作本身就带有任务性质。1950年巴金随中国代表团出访波兰参加在华沙举行的第二届世界保卫和平大会，回国之后，巴金将此次出访波兰的过程写成了《华沙城的节日》一书。《奥斯维辛集中营的故事》一文则是记叙了巴金在波兰期间，巴金和代表团一起参观位于波兰的奥斯维辛集中营的故事。文章按照作者参观奥斯维辛集中营的顺序，一共分为四个部分，主要表达了作者对纳粹残忍暴行的批判，对牺牲于奥斯维辛集中营中的无辜平民的同情，而最终所要表达的则是对英雄人民战胜法西斯主义的歌颂，对社会主义的歌颂，对青年的歌颂。

在《奥斯维辛集中营的故事》这篇散文中，作者主要采用的是纯客观的

---

　　[1]　　巴金（1904—2005），原名李尧棠，作家，翻译家，社会活动家。代表作品《家》《寒夜》《随想录》等。
　　[2]　　见《中华全国文学艺术工作者代表大会纪念文集》，新华书店1950年版，第392页。

叙述方式，以平白流畅的文字，带领读者与自己一起走入奥斯维辛集中营，一起回顾在这座集中营中曾经发生过的令人发指的暴行。正如西奥多·阿多诺所说，"在奥斯维辛之后，写诗是野蛮的"，的确，在这样的历史面前，任何表达也许都是苍白的、野蛮的，所以在这篇文章，巴金并未有过多的情绪表达，而是采用一种纯客观的叙述方式让历史事实呈现出来。当然作者也无须有太多的情绪表达，奥斯维辛的存在，本身便是对战争、对法西斯主义、对帝国主义的无声控诉。

这篇散文一共分为四个部分，详细记叙了作者参观奥斯维辛集中营的全过程。第一部分，作者抵达奥斯维辛，这座历史上臭名昭著的集中营，建造在一座荒凉的欧洲小镇上。一下车，作者便感受到迎面而来的寒风，而头顶上则盖着一个阴沉的灰天，一个"盖"字便形象生动地将这种压抑的气氛表现出来。作者和代表团坐车从火车站前往集中营，车子还没有到集中营，作者便远远地看到了高高地横挂在门口的一行德国字：劳动使人自由。这当然是当初纳粹为了将无辜的平民骗到此处的伎俩，此时看到这样一句话，无疑是个巨大的讽刺。作者想笑，但是觉得脸上的肌肉在抽搐，笑不出来了。这样一个简单的动作也将作者此刻的感受表现出来。一方面，作者想要对德国纳粹这种荒谬的言语露出嘲讽的表情，但另一方面，想到有多少无辜的平民，因为这样一个谎言命丧于此，作者的心情也异常沉痛。由此也可以看出，巴金在写作时，尽量采用这种纯客观的叙述风格，而不直接抒写自己当时的心情与感受。

第二部分记叙作者和代表团走进了奥斯维辛参观模范营。整座模范营正如门上的那句"劳动使人自由"一样，不过是一个巨大的讽刺。这里看似中产阶级舒适的住宅区，其实是实实在在的监狱、囚笼，周围遍布的双层电网，让模范营这个巨大的谎言昭然若揭。作者以纯客观的叙述描写了这些电网和整个模范营的布置，并借阿来克斯的语言来表达出自己的愤怒。

在阿来克斯和说明员的带领下，作者走进了奥斯维辛集中营博物馆，记叙了参观一间一间陈列室的过程。这里有图片、有模型、有实物、有文字、有图表，还有操着不同语言的说明员，一切都在讲述着五百万无辜者是怎样在这里死亡的。作者除了介绍集中营中残酷的人体试验、各式各样的杀人方式，还介绍了集中营中的生活运动以及饮食等，详细展现了集中营中对无辜平民的迫害。名为"人民的谋杀"的陈列室，展示了法西斯主义和帝国主义所犯下的血腥罪行，以及英勇无畏的受难者为"保卫和平的斗争"面对暴行所付出的种种努力。

作者笔下的"杀人工厂"布惹秦加让人触目惊心。布惹秦加距奥斯维辛集中营仅三公里，是奥斯维辛集中营的附属机关，又被称为奥斯维辛第二，因为毒气室、焚尸炉、焚尸坑等杀人机器，成为惨无人道的"杀人工厂"。而纳粹为了掩盖自己的滔天罪行，在撤退的时候已经将这里所有的焚尸炉炸毁烧光，如今这里已经一片荒凉，但是即便如此，仍然无法掩盖纳粹在这里犯下的罪行，因为这片土地上，布满了白色的小粒，这些都是烧剩的人骨头。站在这片荒凉的土地上，作者显然受到了极大的震动，这里是被死亡覆盖的土地，无数无辜的平民在这里被迫害，然后变成灰烬。满怀人道主义精神的作者，久久不愿离开这片受难的土地，最后在阿来克斯的一再催促下，才转身前往社会主义新城克拉科。

《奥斯维辛集中营的故事》不仅以纯客观的叙述方式记叙了作者参观奥斯维辛集中营的所见所感，还融入了大量的历史材料，而且在材料的选择与剪裁上颇具匠心，使得整篇散文不仅材料丰富，富有层次而又不显得杂乱，也使得这篇散文的语言富有文学性和抒情性。文章还十分巧妙地塑造了阿来克斯这个人物形象。阿来克斯是波兰人，二战中在奥斯维辛集中营中被关了五年，直到战争结束才被解救出来，但他的父母都死在了集中营中，他自己的左膀上还留有一个永远都洗不掉的蓝色号码。作者正是通过对这样一个亲身经历过、见证过集中营中残酷生活的人的描写，通过他的情感的波动，来间接地表达出自己的心情。

作者表现了阿来克斯丰富的情感。刚开始阿来克斯面对近在眼前的集中营时，表面看似平静，然而随后面对模范营中的电网和纳粹的谎言时，阿来克斯表现出愤怒和憎恨。而在博物馆中的陈列室里，当同行的人都因为眼前的暴行而流泪的时候，阿来克斯却表现得十分勇敢，昂着头，声音坚定。面对集中营中的种种残酷的刑罚和非人的待遇，阿来克斯更多的是表现出愤怒而非伤痛，这也可以看出阿来克斯的勇敢、坚定，以及面对敌人的暴行时的无所畏惧。但是当面对布惹秦加这座"杀人工厂"，面对包括自己的父母在内的无数无辜之人被残杀的地方，倔强的阿来克斯却显得沉静了，沉静里饱含阿来克斯对于亲人同胞的爱与同情。最后催促大家离开奥斯维辛前往克拉科的时候，阿来克斯脸上露出了对未来，对社会主义充满信心的笑容。在阿来克斯身上既有面对敌人时的坚强、勇敢和无所畏惧，也有面对亲人、同胞时的爱与同情，还有对建设社会主义的信念和对未来充满希望的信心。

《奥斯维辛集中营的故事》可以看到作者在毛泽东文艺思想的指导下，将自己的创作转向社会主义文学一次努力的实践。这篇散文看似是对法西斯主义、帝国主义罪恶行径的揭露与抨击，其实是作者努力站在光明的位置上表达出对英雄的人民、对社会主义的歌颂。

作者在描写黑暗的过去的时候，是时时站在现在光明的立场上的。比如当作者在陈列室中看到帝国主义对中国人民的屠杀的时候，本来异常激愤，但是当想到现在的胜利，整个中国已经站起来将帝国主义魔鬼赶走了的时候，立刻觉得可以吐一口气，迈着轻快的脚步离开了。当作者站在布惹秦加，想象着几年前在这里发生的种种，想象着这些无辜的受难者不仅被纳粹追得东奔西走，流亡于欧洲的各个城市，最后被骗到这里，东西被抢劫一空，身体也变成这里的灰土；想象着他们在这里遭到惨无人道的虐待后，又如何被送进毒气室里的时候，作者再也难以压抑自己的情绪，"我不能再想下去了。我是一个人，我有人的感情啊！我的神经受不了这许多"[1]。最后，作者面对惨淡历史时的沉痛的心情，被现实中阿来克斯的催促，他的笑容，以及他对接下来要参观的社会主义新城克拉科的描述所消解掉了：过去的黑暗与不幸，反而更能凸显出现在的光明与希望。

《奥斯维辛集中营的故事》除了文末作者想到来到奥斯维辛集中营的受难者如何被欺骗、被折磨、被杀害时流露出激动、悲痛的心情之外，作者很少再有个人情感的表达。显然作者是想要努力地按照毛泽东《在延安文艺座谈会

---

[1]　巴金：《巴金全集》第14卷，人民文学出版社1990年版，第76—77页。

上的讲话》中所规定的，不能站在个人的小资产阶级的立场上，而是要站在工农兵立场上，将抒发自我感情的"小我"置换成符合时代要求的"大我"。所以在这篇散文中也可以看到作者努力摆脱所谓的小资产阶级个人主义的情感表达，转而站在工农兵的立场上，表达人民大众的情感的努力。

沈从文和巴金都是中国现代著名作家，面对新中国却表现出不同的境遇。被排斥在外的沈从文在痛苦中苦苦思索，虽然《五月卅下十点北平宿舍》这篇散文只是作者的随记，但是从中可以看到作者在时代转变中的思考与反思，这是一种"小我"的写作，一种个人的写作，也带有作为自由主义者的痕迹，追求文学性、艺术性，将文学作为自我的体验与反思。巴金这位得到共和国接纳的作家，一方面是欣喜的，另一方面也是小心翼翼的。在写作上，巴金努力向延安文艺靠拢，努力将"小我"式的写作转变成"大我"式的写作，站在工农兵的立场上，表现对和平、对战士、对社会主义的歌颂。从《奥斯维辛集中营的故事》这篇散文中也可以看到这种努力的痕迹，只是巴金在这篇散文的最后，努力将沉痛的心情转变为对社会主义、对青年的歌颂，将自我的感受置换成时代的脉搏时仍显得生硬。对于此时的作家们来说，这种为了思想的纯洁的革命，还需要付出很长的时间和很大的代价。

第三节　意识形态洗礼后的自然胜景：《雪浪花》《土地》与《日出》

对于大自然的歌颂，不论是巍峨的高山，还是雄伟的大海，抑或只是平凡的一草一木，可以说都是散文不朽的主题。对于当代散文来说，这当然也是一个难以忽视的主题，但是与那些寄情山水式的散文创作不同，当代散文中的大自然，已不再是纯粹的大自然，而是经过意识形态洗礼的大自然，是社会主义的大自然，所以在当代散文关于自然胜景的书写中，也处处彰显着社会主义的新风尚。杨朔、刘白羽和秦牧三人的散文创作，可以说是其中的佼佼者，他们三人也被并称为当代散文的三大家。虽然他们三人在风格上不尽相同，但是却含有相同的基调：在对意识形态洗礼后的自然胜景的歌颂之中，赞美新时代、新中国。

杨朔[1]可以说是20世纪60年代"散文复兴"的第一人。他最擅长在平凡的事物中发现诗意，发现不平凡。杨朔早期主要是小说写作，从50年代中期开始集中转向散文创作。从《香山红叶》开始，杨朔开始构建诗化散文的写作模式。杨朔的散文结构清晰，语言优美，讲究诗的意境的营造、布局的精巧、语句的锤炼，构建出富有诗意的散文风格。他的代表作诸如《荔枝蜜》《茶花赋》等，不仅延续了何其芳的《画梦录》把散文当作诗一样来写的传统，而且开创了另类诗化散文的写作风格，而且还使得这种风格迅速兴起，几乎成为一种创作时尚。

《雪浪花》创作于1961年，作者以景写人，描写刻画了作者在北戴河休养时认识的一位叫做老泰山的渔民。整篇散文结构简单、清晰、精致，语句精炼，塑造了老泰山这样一个形象生动的人物形象。与杨朔其他散文一样，这篇散文充分实践了他把散文"当作诗一样来写"的主张。体现了杨朔散文清逸秀美的风格。

杨朔的散文善于通过环境描写来营造一种诗意的氛围。散文《雪浪花》的开篇便写道："凉秋八月，天气分外清爽。我有时爱坐在海边礁石上，望着潮涨潮落，云起云飞。月亮圆的时候，正涨大潮。瞧那茫茫无边的大海上，滚滚滔滔，一浪高似一浪，撞到礁石上，唰地卷起几丈高的雪浪花，猛力冲激着海边的礁石。那礁石满身都是深沟浅窝，坑坑坎坎的，倒像是块柔软的面团，不知叫谁捏弄成这种怪模怪样。"[2]海浪、礁石这些本是海边的常见之景，然而在作者的描写之下，却呈现出一种"海上生明月"的壮观，让原本普通的海岸富有诗意。文章的最后，作者写道，"西天上正铺着一片金光灿烂的晚霞，把老泰山的脸映得红彤彤的。老人收起磨刀石，放到独轮车上，跟我道了别，推起小车走了几步，又停下，弯腰从路边掐了枝野菊花，插到车上，才又推着车慢慢走了，一直走进火红的霞光里去"[3]。以灿烂的霞光与老泰山的

---

[1] 杨朔（1913—1968），山东蓬莱人，著有长篇小说《帕米尔高原的流脉》，中篇小说《红石山》，散文集《亚洲日出》《东风第一枝》《生命泉》等。

[2] 杨朔：《雪浪花》，《红旗》1961年第20期。

[3] 杨朔：《雪浪花》，《红旗》1961年第20期。

背影融为一起，这不正是一幅"岸远沙平，日斜归路晚霞明"的画面吗？同时以一片金光灿烂的晚霞也映衬出老泰山那光辉灿烂的形象。

《雪浪花》在谋篇布局上，追求一种如诗般的曲幽之美。这篇散文虽以雪浪花为题，但是实际上却是为了写人。在对老泰山这个人物的描摹塑造上，作者也并非平铺直叙，而是循序渐进、层层深入，努力做到曲折起伏，最后将老泰山这个人物形象呈现在我们面前。虽要写人，但作者开篇并不急于写人，而是先写景，以景来烘托出气氛。文章开篇写那些被海浪冲刷得奇形怪状的礁石，接着写几个年轻姑娘对这奇形怪状的礁石的好奇之心——礁石硬得跟铁差不多，怎么会变成这样子？是天生的，还是錾子凿的，还是怎的？未见其人，先闻其声，紧接着便听到老泰山欢乐的声音和幽默的回答。这种先声夺人的出场方式，不仅让读者产生好奇心，引起读者的兴趣，而且从老泰山的欢乐的声音以及他的回答中，也可以看出他是一个乐观而幽默的人。作者也自然地将目光转向老泰山，对他的动作和外貌进行了描写，他虽然上了年纪，有一把花白的胡子，但是长得高大结实，动作从容利落，而且他的眉目神气，就像秋天的高空一样，又清朗，又深沉。短短几句话，便勾勒出老泰山老当益壮、精神矍铄的形象。对于老泰山出场的描写，作者也许借鉴了古典小说《红楼梦》中王熙凤的出场，只不过与王熙凤相比，老泰山的形象则明显要可爱得多了。有了这一曲一折的描写，老泰山的形象已经跃然纸上了。作者转身向身旁的渔民打听老泰山，从渔民的口中，不仅对老泰山的基本情况有所了解，而且还知道老泰山十分喜欢年轻人，见多识广、乐于助人，得到大家的倚重，被大家称为老泰山。

有了以上的铺垫之后，作者才第一次真正接触到老泰山。那是在几天之后，作者在院子里碰到老泰山正在给人磨剪子。通过与老泰山的交谈得知，老泰山不仅十分热爱劳动，即便是上了年纪，仍然不愿意闲着，哪怕自己的力量微薄，也要为社会主义建设贡献出自己的力量来。不仅如此，老泰山还对我讲述自己在解放前被美国人欺压的故事，由此联想到今日美国对我国的挑衅和偷袭，这也充分显示出老泰山的反抗帝国主义的革命精神。当老泰山磨完剪刀之后，还自信得说道，"瞧我磨的剪子，多快。你想剪天上的云霞，做一床天大的被，也剪得动"[1]。这也可以看出老泰山的幽默自信。最后当老泰山推着独轮小车离开，我看着他在霞光中慢慢走远，还在路边掐了枝野菊花插到车上，这个小小的举动，让老泰山原本光辉灿烂的形象更添了几分诗意美。这是一个富有雅趣的劳动人民。文末，我问老泰山叫什么名字，老泰山却以"山野之人，值不得留名字"而拒绝告诉我，这也充分体现出老泰山不慕名利、甘于平淡的高尚情操。至此，作者通过这样曲折起伏的描写，由我的所见所闻、旁人的描述、再到与老泰山的交流这种循序渐进、层层深入的结构布局，由外到内的呈现出老泰山的形象，赞美了老泰山乐观幽默、勤劳善良的品格。

杨朔十分注意对文字的运用和对语言的锤炼。他力求用简练、干净的文字表现出凝练清丽之美。古典诗词十分注重炼字，常常精心挑选最贴切、最富有表现力的字来表情达意，以获得简练精美、形象生动、含蓄深刻的表达效果。比如在《雪浪花》中，面对年轻姑娘们的疑问，老泰山回答道："是叫浪花咬的"。一个"咬"字不仅形象生动地表现出浪花对礁石的冲击，这样的比喻，极富有趣味，体现出老泰山的幽默，也将浪花拟人化，为后文将浪花比作老泰山，比作无数勤勤恳恳的劳动人民做铺垫。篇尾，作者问老泰山的名字，老泰山"竟不肯告诉我"，一个"竟"字也用得十分巧妙。"竟"字是"居然"之意，表示出乎意料。用一个"竟"字既表现出惊讶意外，也突显出老泰山不愿留名的淡泊随性。

除了炼字之外，杨朔还十分注重语言的凝练。散文虽然不能像诗歌语言那样省略、跳跃，但杨朔在语句上总是尽力修剪枝蔓。在对口语的提炼和加工上，既保留口语的平白质朴，又做到简洁凝练。老泰山对我的提问回答道："嘻，硬朗什么？头四年，秋收扬场，我一连气还能扬它一两千斤谷子。如今不行了，胳膊害过风湿痛病，抬不起来。磨刀磨剪子，胳膊往下使力气，这类活儿还能做。不是胳膊拖累我，前年咱准要求到北京去油漆人民大会堂。"[2]老泰山的这段回答中，既保留着口语的语气，又有书面语的凝练，而且经过作者的删减，不枝不蔓，干净流畅。另外，作者在语言文字的安排

---

[1] 杨朔：《雪浪花》，《红旗》1961年第20期。
[2] 杨朔：《雪浪花》，《红旗》1961年第20期。

上，以结构错落的短句为主，间以流利的长句相辅，这一来符合人们说话的方式，二来长短句的交错，也使得语言错落有致，富有节奏感，读起来轻快而有韵律。

散文本来应该是个人心灵的真实记录，散文中的"我"也应该是作者自身的表现。但是在《雪浪花》这篇散文中，作品中的"我"却总是给人一种虚构之感，这主要是因为在这篇散文中，老泰山这个明显带有理想诗化痕迹的人物和作者笔下描绘的自然环境都给人以虚幻化的感觉，因此让人觉得"我"也是虚幻的。而作为抒情主体的"我"的虚幻感，也让整篇散文在情感表达上产生一种疏离感，读者难以感受到作者发自内心的真情实意。而且在杨朔的许多散文中，这个抒情主体"我"也往往像是一个生活的局外人，在劳动人民，诸如老梁、普之仁或者老泰山等人的点播、教育之下，突然顿悟，明白生活的真谛。这也形成了杨朔散文中人物关系的一种模式："我"（一个知识分子）不懂得美——劳动人民（体力劳动者）才懂得美——在他们面前，"我"只有接受教育的份——只有这样，灵魂才能够净化，才能够明白生活的真谛。[1] 从这里也可以看出杨朔在文学创作中对于毛泽东文艺思想的实践，让知识分子到人民中去，向工农兵学习，向人民大众学习，以此来改造自己的世界观，从而站在工农兵的立场上创作出真正的社会主义文学。而杨朔也正是以散文中的这种人物关系，来象征"我"作为一个知识分子在接受劳动人民的教育和改造，最后明白生活真谛，看到生活的美好。

杨朔的散文大都是以这样富有诗意的方式来描写自然的一景一物，托物言志、借景抒情，赞美劳动人民，歌颂社会主义。但杨朔在创作时，有意忽视了社会的矛盾和阴暗，只抓住社会中光明美好的一面，描摹出一幅自然美好的理想画卷。他在创作上的这种有意回避也使得他的散文缺少发人深省的力量，所以杨朔的散文虽然看似精巧优美，却缺乏精神内涵，虽灵动清逸，但却难有深邃隽永之感。在艺术性上，杨朔的散文虽然意境优美，结构精巧，语言澄澈，但有时雕琢太过，缺乏一种自然平白的真挚，而且随着这种诗化散文的创

---

[1]　杨福生：《杨朔创作论》，《文艺理论与批评》1989年第2期。

作成为一种模式，杨朔自己也难以跳出这种窠臼，久读反而让人生厌。

刘白羽[1]的创作始于1936年。早期的文学创作充满着浪漫主义气质。1938年奔赴延安，投身到革命生活以后，他的心灵、情感和审美发生了深刻的变化。新中国成立后，他的散文和报告文学中，常常飞扬着气势磅礴的浩然之气，文风雄健洒脱，意境壮美瑰丽，展现出革命浪漫主义的豪情逸致。《日出》这篇散文主要描写了作者几次看日出的经历，在结构布局、语言运用上，都深刻地体现出刘白羽的这种风格。

《日出》在散文的结构布局上，交错使用"欲扬先抑"与"欲抑先扬"的手法，使得文章情感起伏波动，摇曳多姿。作者开篇先表述自己对于日出之景的向往之情，紧接着引用古诗词中描写日落之景的美丽诗句，进而以日落之景的壮美做铺垫，来说明日出之景比日落之景更美、更令人向往。随后作者引述海涅与屠格涅夫对日出之景的描绘，再次深化对日出之景的向往之情，可是在这时，作者却转而诉说自己两次观日出而未得的经历，运用这种欲抑先扬的手法，形成第一次的情感的波动。

第一次观日出而未得是在印度的科摩林海角，这里是观日出的胜地，因为从南极到这里都是一望无际、碧绿的海洋，中间再没有一片陆地，科摩林海角因此成为迎接太阳的第一位使者。前往科摩林观日出时，作者已经想象到"那雄浑的天穹，苍茫的大海，从黎明前的沉沉暗夜里升起第一线曙光，燃起第一支火炬，这该是何等壮观"[2]。而在这一系列的铺垫之后，作者迎来的却是灰蒙蒙的云雾。同样是运用欲抑先扬的手法，造成了情感的第二次波动。

作者第二次观日出而未得，是在黄山的狮子林。这里同样是观日出的胜地，"从这儿俯瞰江浙，一直到海上，当是历历可数。这种地势，只要看看黄山泉水，怎么像一条无羁的白龙，直泄新安江、富春江，而经钱塘江入海，就很显然了"[3]。况且在作者登山的过程中，一直天气晴朗，连气象广播也说

---

[1]　刘白羽（1916—2005），北京市人，有小说集《草原上》《在五台山下》《早晨六点钟》《火光在前》，长篇小说《第二个太阳》《风风雨雨太平洋》，散文集《早晨的太阳》《红玛瑙集》《海天集》《秋阳集》等。

[2]　刘白羽：《刘白羽散文选》，人民文学出版社1979年版，第172页。

[3]　刘白羽：《刘白羽散文选》，人民文学出版社1979年版，第172页。

这两三日内天气无变化。正是在这样的情况下，作者却碰到了和徐霞客一样的遭遇，只听得风声雨声，也没有看到日出。这同样是运用欲抑先扬的手法，再次造成情感的波动。

虽然两次看日出而未得，作者却偶然看到了一次最雄伟、最瑰丽的日出景象。通过前两次观日出而未得来积蓄情绪，为最后看到的这一最壮美的日出做铺垫。通过欲扬先抑、欲抑先扬这样的手法的交错使用，作者充分调动起读者的情绪，让读者的情绪随着作者的叙述而波动起伏。

《日出》使用气势磅礴的意象来造成雄奇的气势。比如在作者看到日出的那一刻，"突然间从墨蓝色云霞里蠢起一道细的抛物线，这线红得透亮，闪着金光，如同沸腾的溶液一下抛溅上去，然后像一支火箭一直向上冲，这时我才恍然大悟，原来这就是光明的白昼由夜空中迸射出来的一刹那"[1]。用沸腾的溶液、一冲而出的火箭来做比喻，磅礴的气势跃然纸面。再比如，在太阳出来之后，作者"向下看，云层像灰色的急流，在滚滚流开，好让光线投到大地上去，使整个世界大放光明"[2]。这里将云层比作灰色的急流，在阳光的照射下滚滚流开，一方面从作者在飞机上这个角度来看，可以说是十分生动的了。另一方面，作者也巧妙地突显了阳光的力量，面对灿烂强烈的阳光的照射，灰色的云层只能如急流一般迅速的流开，这烘托出太阳的气势，又表现日出的雄伟壮观。

除了对气势磅礴的意象的运用之外，刘白羽还喜欢用绚丽的色彩，使得他的散文灿烂多彩，"就像一副色彩斑斓的调色板，展现出一种绚烂美"[3]。比如作者在描写日出之景的时候，就运用了丰富的色彩，生动地呈现出日出那一刻绚丽壮美的光彩。作者坐上飞机的时候，看到的还只是黑沉沉的浓夜，上空一线微明，如同一条暗红色长带，带子的上面是一片清冷的淡蓝色晨曦，晨曦上面高悬着一颗明亮的启明星。短短几句话，作者通过黑沉沉的浓夜、暗红色的微明、淡蓝色的晨曦和明亮的启明星，便将日出之前的景色如

---

[1] 刘白羽：《刘白羽散文选》，人民文学出版社1979年版，第173页。

[2] 刘白羽：《刘白羽散文选》，人民文学出版社1979年版，第174页。

[3] 吴周文：《散文十二家》，人民文学出版社1992年版，第119页。

画卷般展现在读者眼前。随着太阳的出现，一线暗红色的红带变成了红云，再变成了红海，而晨曦也由淡蓝色转变为磁蓝色，再到墨蓝色。太阳喷薄而出那一刻，从墨蓝色的云雾里抛出一线金光，从红得透亮的线里冲出来的金光像火箭一样迅速地冲出去。当太阳出来了之后，晶光耀眼，火一般鲜红，火一般强烈，在它的照耀之下，所有的一切瞬间都红了，飞机的翅膀红了，窗玻璃红了，机舱座里每一个酣睡者的面孔红了。很快所有的红色、灰色、黛色、蓝色都不见了，只剩下一碧万顷的天空了。作者运用这些华彩绚丽的词汇和色彩斑斓的颜色，生动地将整个日出的绚丽盛景呈现在了读者面前。

刘白羽的散文是紧跟时代脉搏的，他说："从英雄的战争到沸腾的建设生活，我的心随同时代脉搏而跃动，我也就一直继续写下来。"[1]他的散文善于通过对大自然中奔放壮美的事物的描绘，表现出一种崇高美，并在这种崇高之美中进入一种庄严的思索，这种庄严的思索，也往往是对时代脉搏的把握而不是对自我人生的体验。在看完这最雄伟、最瑰丽的日出之后，作者体会到的是"我们是早上六点钟的太阳"这一句诗那最优美、最深刻的含义。而这句话是从毛泽东的一次讲话演化而来的。1957年11月17日，毛泽东在莫斯科会见中国留学生和实习生时讲过一段极其生动、形象而鼓舞人心的话："世界是你们的，也是我们的，但是归根结底是你们的，你们青年人朝气蓬勃，正在兴旺时期，好像早晨八九点钟的太阳，希望寄托在你们身上……世界是属于你们的，中国的前途是属于你们的。"

正如刘白羽自己所说，在延安文艺座谈会后，他开始把散文当作武器为当前的政治斗争服务[2]，在《日出》这篇散文中，作者虽然表面上是在写自己看日出的经历，实际上却是在借日出之景表达对新生的民族国家的认同和赞美："我深切感到这个光彩夺目的黎明，正是新中国瑰丽的景象"。[3]所以这篇散文中的日出，不仅指现实生活中的日出之景，是寓意着刚刚诞生的新中国光彩炫目，正饱含着蓬勃的激情冉冉升起。作者将大自然的美景意识形态

---

[1]　刘白羽：《刘白羽散文选·前言》，人民文学出版社1979年版，第2页。
[2]　刘白羽：《刘白羽散文选·前言》，人民文学出版社1979年版，第2页。
[3]　刘白羽：《刘白羽散文选》，人民文学出版社1979年版，第174页。

化，使之转化为对新中国的赞颂。而在抒情主体上，虽然作品中始终都贯穿了"我"，但是与杨朔的散文一样，刘白羽的散文中的抒情主体也只有共性的"大我"，而缺少独具个性的"自我"。

刘白羽的散文气势磅礴，意象雄奇壮美，色彩华美绚丽，流宕着革命的浪漫主义激情，抒发了作者热爱自然、热爱祖国的思想情感。

与杨朔的诗意优美、刘白羽的磅礴大气不同，秦牧的散文往往比较平实质朴。秦牧的散文讲究理趣，他常常通过对自然事物和社会现象的观察，以平白流畅的语言抽绎出某些哲理，融知识性、思想性与趣味性一炉，令人耳目一新。

秦牧[1]最初的创作主要在杂文方面。1947年由开明书店出版的《秦牧杂文》便是他早期杂文创作的结集。50年代后，他的创作逐步转向散文方面，到了60年代，由于受散文"诗化"的影响，秦牧的散文中也有了更明显的抒情意味，但是依然保持着他杂文写作时冷静分析、议论说理的特点，这也形成了秦牧散文的独特风格，夹叙夹议，融理于情，情理并重，饱含一种独特的理趣之美。

《土地》这篇散文，围绕"土地"这个核心意象展开。作者开篇即说，"我们生活在一个开辟人类新历史的光辉时代"[2]，在这样的时代里，"人们对许许多多的自然景物也都产生了新的联想、新的感情"，而对于"土地"这样一个平凡普通的事物，作者同样产生了一系列新的联想、新的感情。作者思想的野马从"土地"出发，古今中外，一路奔驰。作者驰骋想象、旁征博引、涉古述今，《土地》看似杂乱，实则结构清晰，层层递进，将主旨凝聚在一起，真正做到了所谓形散而神不散。关于土地，作者"想起它的过去，它的未来，想起世世代代的劳动人民为要成为土地的主人，怎样斗争和流血，想起在绵长的历史中，我们每一块土地上面曾经出现过的人物和事迹"，想起在这片土地上人们的苦难、希望和期待。[3]在阶级社会里，土地像被戴上镣铐，

---

［1］　秦牧（1919—1993），广东澄海人，著有散文集《星下集》《贝壳集》《花城》等。

［2］　秦牧：《土地》，《人民文学》1961年第1、2月合刊。

［3］　秦牧：《土地》，《人民文学》1961年第1、2月合刊。

劳动人民为了获得和保护土地进行了一系列的斗争。获得土地后，土地才在劳动人民的手里焕发出新的生机，才有了充满光明和希望的未来。

《土地》引述《左传》中重耳逃亡中的故事，描写古代中国皇帝把疆土封赠给公侯时的"菆茅"仪式，以及殖民者在太平洋岛屿上强迫土人的投降仪式，转而写到漂流海外的中国农民随身带着的"乡井土"。这几个例子看似散乱，古今中外混杂一起，却说明了剥削阶级和劳动农民对于土地的不同态度。剥削阶级想方设法掠夺土地，只是把土地作为压榨财富的工具，而只有亲自播种五谷的劳动者，才对土地怀有真挚而强烈的情感，把它当作命根子，当作哺育自己的母亲。通过这样的对比，使人们深刻地认识到，土地应该是属于劳动人民的，而不是剥削阶级的。

《土地》讲述了中外英雄志士们为了保卫土地而进行的一次次悲壮的斗争。不论是明末御倭还是抗清，或是反抗帝国主义和美蒋反动派，英勇的劳动者们为了土地而进行着坚持不懈的斗争。这也再次深刻地表现出作者想要在这篇散文中表达的主旨，土地是劳动人民用鲜血去斗争，去守卫的，所以它必然是属于劳动人民的，它也只能属于劳动人民。

新社会开辟了土地的新纪元，带来了土地的新面貌。《土地》以饱含深情的笔调，描绘了几千年来披枷带锁的土地，在中国共产党的领导下，全国人民在革命斗争中打垮反动统治者，推翻剥削制度，进行土地改革，彻底砸碎土地的镣铐，劳动人民成了土地真正的主人之后，土地上所发生的翻天覆地的变化："沙漠开始出现了绿洲，不毛之地长出了庄稼，濯濯童山披上了锦裳，水库和运河像闪亮的镜子和一条条衣带一样缀满山谷和原野。"[1]作者又一次通过现代革命的历史表明，土地是属于劳动人民的，只有在劳动人民手里，它才会焕发出如此的生机与美丽。

至此，作者通过层层递进的方式，通过理性的分析和情感的铺垫后，喊出了"土地是属于劳动人民的"这一核心主旨。从劳动人民对土地的深情，到他们为保卫土地、维护每一寸土地而做出的英勇的斗争，再到土地终于属于人

---

[1] 秦牧：《土地》，《人民文学》1961年第1、2月合刊。

民，并在劳动人民的手中创造出神仙般的奇迹，《土地》通过层层推进的方式，不仅将作者对土地的感情层层深化，而且将"土地"是属于劳动人民的这一核心主旨表达得淋漓尽致。最后作者饱含深情地写道："让我们捧起一把泥土来仔细端详吧！这是我们的土地啊！"[1]

秦牧的散文总是以平白流畅的口语为基础，既不像杨朔的锤炼雕琢，也不似刘白羽的荡气回肠。秦牧的散文语言朴素自然，流畅明白，如一位老朋友坐在对面，向你娓娓道来，这使得秦牧的散文在风格上显得平易近人，有一种真挚亲切的情趣美。比如在面对这个新的时代的自然景物时，作者说道："这里我想来谈谈大地，谈谈泥土。"[2]在写到一寸土的时候，作者又说道："提到了一寸土这几个字，我又禁不住想到一些岛屿上的人民战士。"[3]以如此这种平实的口语提起话头，然后展开叙述，既亲切自然，仿佛就坐在你身边与你亲切地交谈，让人感受到作者思想的脉动。

用古今中外知识为主题服务是《土地》的一大艺术特色。这当然是以作者广博的知识与丰富的见识为基础的。而且在散文中，作者并非将这些枯燥的知识进行单纯地罗列，而是经过作者的消化吸收之后，用平白晓畅的语言向读者一一道来。比如作者引用重耳逃亡途中发生的这段故事，并没有直接从《左传》中的原文引出，而是用自己的语言将这个故事生动地讲出来，以表达自己独特的见解：在封建贵族的心中，土地代表着上天不可思议的赏赐，代表着财富和权力，只要掌握了土地的所有权，就可以永无休止地榨取农民的血汗。通过第二次讲述，作者为这个古老的故事赋予了新的现实意义。行文中，不论是古代的"菹茅"，还是帝国主义对于土人的迫害，作者都信手拈来，丰富的历史知识和生活见识，如百川汇海聚之笔底。不仅如此，作者还非常注意知识引用和化用的方式。对于《左传》中故事的引用，作者选取现代汉语进行转述，避免文言文使得原本流畅的散文变得佶屈聱牙；而对民歌《红旗歌谣》的引用，作者则选择直接引用原文，因为民歌的歌词本身就通俗活泼，整个散文的

---

[1]　秦牧：《土地》，《人民文学》1961年第1、2月合刊。

[2]　秦牧：《土地》，《人民文学》1961年第1、2月合刊。

[3]　秦牧：《土地》，《人民文学》1961年第1、2月合刊。

风格，也使得文风更加轻松活泼。

《土地》还可见出秦牧散文思想锋芒。早期杂文创作冷静分析、见微知著的特点依然是他的散文底色。秦牧十分善于在平凡的事物中发现不平凡，比如在这篇散文中，泥土原本是十分常见而又普通的事物，秦牧却"骑着思想的野马奔驰到很远很远的地方，然后，才又收住缰绳，缓步回到眼前灿烂的现实中来"[1]。纵古涉今地回溯了土地饱经忧患的过往，回溯了英勇的人民为了保卫土地而进行的艰苦奋斗，见解独到的表达出土地是属于劳动人民的"这一真理。

杨朔、刘白羽和秦牧三人的散文创作各有特色，风格不一，但往往都是以自然景物为意象，通过对事物的细致观察，表现出对新中国、新时代和英雄人民的赞美之情。从他们三人的创作中，我们也可以看到新时代的作家们为创作出真正的社会主义文艺，进行自我改造与灵魂革命，并《雪浪花》《日出》和《土地》中的抒情主体已然变成时代的"大我"，着眼于光明，从而吟唱出时代的赞歌。

第四节　苦难中绽放的人性之花：《缘缘堂续笔》

"文化大革命"期间一些作家在默默耕耘，以人道主义的情怀，将人间情味融于笔端，用散文写出真正的人间事、人间情，以自身的苦难浇灌出绚烂的人性之花。丰子恺的散文集《缘缘堂续笔》正是这样的作品。

丰子恺[2]最早的文学创作，可以追溯到1914年他在《少年杂志》上发表的寓言四篇，其正式的散文创作应始于20年代的白马湖时期。1931年，开明书店出版了他的第一部散文集《缘缘堂随笔》，从此一发不可收拾，先后出版了

---

[1]　秦牧：《土地》，《人民文学》1961年第1、2月合刊。
[2]　丰子恺（1898—1975），本名丰润，字子恺，浙江人，有散文集《缘缘堂随笔》《随笔二十篇》《车厢社会》《缘缘堂再笔》等，学术著作《西洋美术史》《绘画与文学》《近代艺术纲要》等，漫画集《子恺漫画》《子恺画集》《阿Q正传漫画》，译著《苦闷的象征》《艺术概论》《源氏物语》等。

《随笔二十篇》《缘缘堂再笔》《子恺小品集》《率真集》等，哪怕是在"文化大革命"的高压环境之中，他还写下了散文集《往事琐记》，收散文33篇，1992年收入《丰子恺文集》时改名为《缘缘堂续笔》。丰子恺的散文创作往往注视于日常琐碎的小事或平凡世俗的普通人，但在琐屑细微之处，作者总是能体味出悲悯的人性之光，而在语言文字上，丰子恺又力求质朴明白，这使得他的散文散发出朴实疏朗的味道。

《缘缘堂续笔》的写作大致是从1971年开始的，丰子恺之所以要在艰难的环境中依然要坚持创作这样一本散文集，其实是为了在文学中"暂时脱离尘世"。

《暂时脱离尘世》一篇可以看作整本散文集的点睛之作。这篇散文开篇便引用了夏目漱石的小说中的一段话："苦痛、愤怒、叫嚣、哭泣，是附着在人世间的。我也在三十年间经历过来，此中况味尝得够腻了。腻了还要在戏剧、小说中反复体验同样的刺激，真吃不消。我所喜爱的诗，不是鼓吹世俗人情的东西，是放弃俗念，使心地暂时脱离尘世的诗。"[1]这段话不仅仅是夏目漱石的感想，恐怕也是作者的心声。

在这篇散文中，作者认为夏目漱石是一个最像人的人，而现今世上的许多人，虽然外貌是人，实际上却不像是人，倒像是一架机器。在这架机器里装满着苦痛、愤怒、叫嚣、哭泣等力量，随时可以应用。作者借此批判许多人正如这样的一台机器，他们的情感可以随取随用，而且这样的"冰炭满怀抱"的当世士，还认为做人应当如此。作者在批判这些人的同时，又觉得他们非常可怜，因为他们毕竟还是人，而不是机器，他们也需要暂时脱离尘世的乐趣，正如铁工厂的技师回家后不要看《冶金图》，军人回家不要看战争图，科技师索要儿童游戏画，律师索要西湖风景画，他们也想要暂时脱离尘世。人是需要暂时脱离尘世的，暂时脱离尘世是快适的，是安乐的，是营养的。

《缘缘堂续笔》就是为了暂时脱离尘世而作的。脱离尘世的方式便是回到往事之中，回到那些健康、快适的环境之中，所以《缘缘堂续笔》的大部分

---

[1] 丰子恺：《缘缘堂续笔》，海豚出版社2014年版，第7页。

篇什是回忆家乡的生活、风俗，以及记叙一些作者所遇到的小人物的。

这部散文集中有记叙家乡的生活或习俗，展现民间生活场景的散文，比如《过年》《清明》《放焰口》等。《过年》记叙作者小时候过年的情景。从十二月十五后年味渐浓，开始封染缸收账预备过年，作者从腊月二十三送灶神一直写到正月十五过完元宵，再到二十开门做生意，学堂开始上学为止。其中记述了许多江浙一带过年时的习俗和游戏，比如腊月二十三送灶神这一天家家都要烧赤豆糯米饭，送灶之后要忙着打年糕，除夕夜玩"毛糙纸揩窋"的游戏，等等。整篇散文语言流畅，风格质朴，意趣盎然。

《清明》则是记叙作者小时候清明扫墓踏青之事。清明扫墓本是悲哀之事，但是可以借扫墓游春，清明扫墓于作者便是一件无上的乐事。清明三天作者一家每天都要去上坟，第一天去上杨庄坟，第二天去上大家坟，第三天上私家坟，三天上坟给了作者以去三个不同地方游春的机会。因为终年住在市井尘嚣低小狭窄的百年老屋中，所以来到乡村田野的作者感到异常新鲜，心情特别舒畅，好像遨游五湖四海。作者将清明扫墓当作无上乐事，不正是因为这时可以暂时脱离尘世吗？而作者在特殊时期创作这样一篇散文，是否也是借回忆往事，以期像儿时一样暂时脱离尘世呢？散文的结尾，作者想起自己的父亲孜孜兀兀地在穷乡僻壤的蓬门败屋之中度送短促的一生，心生无限的同情，这同情里面是否也包含了作者对当时自己处境的某些悲悯？

除了记叙家乡的生活和风俗之外，丰子恺在这部散文集中还记叙了许多小人物。作者笔下的这些小人物有人情、有人味，与那种没有人情味、只是空洞符号的样板人物大相径庭。比如《癞六伯》中，癞六伯孑然一身，自耕自食，自得其乐。他每天早上提着新鲜的食材去卖，卖完后便坐在河边喝酒，等到喝好了酒便提着篮子走到桥上开始骂人。癞六伯的骂人大家都已经习以为常了，就像是听到鸡啼一样是一种自然现象了。后来我有一次出门散步无意中遇到癞六伯，癞六伯邀我到他的家中做客。他家虽然萧索，但是竹园倒是一派生机，我既羡慕癞六伯怡然自得的生活方式，又感慨于他孑然一身、孤苦伶仃的身世。癞六伯既是一个超然物外、旷达洒脱之人，又是一个身世孤苦的世俗之人，作者把这两种形象交融于一起，刻画出癞六伯这样一个有人情、有人性、有人味的真实生动的小人物形象。

《阿庆》讲述柴主人阿庆的故事。阿庆同样也是一个单身汉，但与癞六伯不同，他既不喝酒也不抽烟，只喜欢拉胡琴，而且颇有天赋，凡是听过几遍的曲子，阿庆便能用胡琴拉出来。阿庆孤独一身，无家庭之乐，生活的乐趣完全寄托在胡琴上。他以精神生活代替物质生活，却过得怡然自得。《吃酒》一篇记钓虾人。作者寓居杭州时，在西湖边上遇到一个钓虾人。这人上午在湖滨旅馆门口摆刻字摊，下午收了摊便到西湖边用饭米钓虾。每次也不多钓，仅钓三四只，钓好了便到酒店去买一斤酒，将虾用烫酒的热水烫熟后蘸着酱油下酒吃。在作者看来，这钓虾人如一位出世的隐者，自得其乐，甚可赞佩。在1970年作者写给幼子新枚的信中，还念念不忘当年自己在西湖边上遇到的这个钓虾人，而作者在《缘缘堂续笔》中再次写到这个钓虾人，一方面是其生活与作风让作者羡慕，另一方面也是因为在当时的环境中，再难有这样的人、这样的生活了，又怎么不让人怀念呢？

《缘缘堂续笔》还写到一类人物，他们不像癞六伯、钓虾人或者阿庆一样，有着超然世外的洒脱或者精神上的寄托，而不过是俗世生活中的芸芸众生，是有血有肉的平凡人。比如《王囡囡》中的王囡囡。王囡囡名叫复生，是贴邻豆腐店里的小老板，小时候作者常常和王囡囡一起玩耍。在作者心里，他就好比鲁迅笔下的闰土，他戴着银项圈，手里拿着一支长枪的样子也宛若闰土。王囡囡很会玩耍，也教会作者种种玩意。但因受封建礼教的阻碍，王囡囡的母亲不能嫁给钟老七，这让王囡囡背负着私生子的骂名，最后酿成家庭之不幸。《算命》一篇则记叙了作者的一位老友钱美茗。他原是一个小学教师，后读了一些关于星命的书，转而成了算命先生。作者与钱美茗一起吃饭，他坚持要为作者算命，并断言作者活不过四十。但当作者五十二岁再遇钱美茗时，提起当年算命的事，钱美茗不仅不尴尬，反而巧言辩解，作者只好付之一笑，感叹吃江湖饭的果然能言善辩。《S姑娘》中的S姑娘，虽然长得貌美，但是常常打骂丈夫，经常偷汉，养有两个情夫。后来S姑娘生了儿子R，娶的老婆也同样偷汉，而且本领还不亚于S姑娘，真是因果报应。

作者所记叙的这一类人物，身上都有很多的缺陷。比如王囡囡长大后再见到作者也如成年后的闰土再见鲁迅一般，不再叫"慈弟"而改口称"子恺先生"，甚至还常常打他的母亲。钱美茗妄言妄语，S姑娘偷汉，乐生捉弄他人甚至招摇撞骗，宽盖骗财等等，但恰恰是这些缺陷，显出《缘缘堂随笔》中人物的真实与鲜活，作者在写这些人物的时候，并非站在高处俯视他们，对他们身上的缺陷或行为进行挑剔批判，而是站在一个平等的位置，平实地记叙他们的生活，从而展现出民间生活的真模样。这一方面可能是因为丰子恺受佛教思想的影响，明白人世无常，众生平等，所以能够以平等的眼光去观看周围人的生活。另一方面也是作者在散文创作中坚持真实的创作原则。当时的文学作品大都放弃了对真实生活的描摹，而倾向于创作出符合意识形态的高大全的完人，丰子恺则特立独行，在《缘缘堂续笔》中给我们留下了特定历史时期一批有缺陷、有人性的真实的人物画像，弥足珍贵。

如上所述，《缘缘堂续笔》记叙的大多是平凡生活中的琐屑之事，但作者往往能从这些琐屑往事中得出人生之意趣与哲理。比如《老汁锅》一篇，记叙乡里一个叫做朱老太爷的老翁，家道富裕却生活十分简朴，家人除了初二和十六可以吃荤外，平日只能吃素。朱老太爷有一只老汁锅，平日吃剩的鱼、肉、鸡、鸭一并倒在里面，每天放在炭火上烧沸。如此，即使是夏天也不会坏，而买些豆腐干放入这老汁锅中一煮，便有了鱼、肉、鸡、鸭之味。朱老太爷生前十分节俭，但当他去世后，家里人不仅取消了老汁锅，还大肆铺张地为其做丧事。作者的岳丈徐芮荪先生则与朱老太爷完全相反，平日则尽情享乐，过分旷达，待他去世之后，其子孙又不免饥寒。作者通过对朱老太爷和岳丈徐芮荪先生两种不同的人生态度以及后代的遭遇的对比，所蕴含的人生意趣，耐人寻味。

《歪鲈婆阿三》中的阿三是王囡囡豆腐店的司务，是一个贫穷的单身汉，每天穿着褴褛的衣服坐在店门口包豆腐干。一次偶然的机会，阿三居然中了头等彩票，一下子变得十分阔绰。拿到这些钱后，阿三很快便挥霍一空，没多久阿三又穿回原来的旧衣服，坐在店门口包豆腐干了。如此一个短暂的轮回，旁人都觉得阿三就这样把一大笔钱挥霍一空，什么也没做成，很没出息，作者却看到阿三的明达之处：货悖而入者，亦悖而出；来路不明，去路不白。

作者明白那些不费劳力就可以得到的东西，也会很快就失去的，况且荣华本就难于久居，大观园不过十年，金谷园更为短暂，更别说那些来路不明之荣华。当然，这与其说是阿三明达，倒不如说是作者自己明达，他不过是借阿三之事，说明一个人生道理，对世人敲一记警钟。

《缘缘堂续笔》还记叙一些令人发指的惨案和为非作歹的恶人。比如《砒素惨案》《三大学生惨案》《陶刘惨案》三篇叙述的就是作者了解到的三次惨案。《砒素惨案》讲的是杭州师范学校一个叫俞章法的学生，为了掩盖自己私吞校友会费，而在学校的饭菜中下砒素，结果毒杀了二十四人。《三大学生惨案》中的三个浙江大学的学生，谋财害命，杀死了银行送款员。《陶刘惨案》讲述画家陶元庆的妹妹陶思堇，砍杀好友刘梦莹的故事。还有《旧上海》记叙抗战以前上海的险恶生活。电车上有揩油的卖票人，而卖票人一不留心又被查票人抓住罚钱。黄包车夫不仅被路警欺压，还时时有可能被外国人撞杀。路上到处都是骗子和扒手，以至于上海有"打哈欠割舌头"的说法。妓女也是那时上海的一大名产，由于生活艰辛，不少女子被迫出卖肉体。生意场上，旧上海也是乌烟瘴气，到处是高明的骗局。这篇散文通过描写旧上海生活的混乱，从侧面揭示了旧社会的黑暗。

丰子恺的散文看似漫不经心，不饰雕琢，艺术上却别具匠心，这在《缘缘堂续笔》中表现得相当充分。比如《塘栖》，作者先借夏目漱石的小说《旅宿》表达了自己对火车这样的物质文明的嫌恶、对个性的重视，然后说自己每次去杭州，本来坐轮船或火车只要一小时，却偏偏要坐两三天的客船。这种客船是江南水乡地区特有的一种船，内部装备极好，十分讲究。整条船可以分为船艄、船舱和船头三部分，给客人坐的船舱里设有一榻、一小桌，两旁还开有玻璃窗户，舱内隔壁上都嵌着书画镜框，可称之为画船了。作者十分喜欢这种船，在船上凭窗闲眺两岸景色，自得其乐，傍晚船到塘栖后便上岸去喝酒。塘栖的建筑很有特色，家家门前建着凉棚，下雨天淋不着，所以一到下雨天，在别处可能多有不便，但是在塘栖却是别有趣味的。塘栖的酒店也很有特色，酒菜的种类多而分量少，这是真正的酒徒方能赏识的。待吃好酒后，作者便买一些塘栖有名的白沙枇杷到船上去。在船上吃枇杷既不用担心弄脏桌子，又方便洗手，在作者看来可以说是一件十分快适的事情了。最后作者说，自己谢绝20世纪文明产物火车，坐客船去杭州，实在并非出于顽固，这其中的缘由情趣也许只有夏目漱石能够明白。散文由夏目漱石起兴，又由夏目漱石做结，形成首尾呼应的结构。作者在翻译《旅宿》时，看到夏目漱石对现代物质文明的嫌恶，还笑其顽固，但文尾又说也许只有夏目漱石能够理解自己，这一抑一扬之间，情味尽显。作者介绍塘栖，选取了三个非常有特色的地方。一是塘栖的建筑，家家门前建凉棚，在多雨的江南，这可以说是一大方便。二是塘栖的酒菜，作者是爱酒之人，塘栖酒菜种类多而分量少的特点自然得到他的格外赏识。三是塘栖的枇杷，枇杷是塘栖的特产，而坐在船上吃枇杷又实在是一件快适的事情。塘栖的这三大特色，将作者的喜好和感悟联系在一起，使得这篇散文格外真实细腻、充满个人的感情与意趣。

丰子恺散文多是平白流畅的白话，以质朴的语言表达出率真的情感。他一向反对在散文中用生僻、晦涩的词语，也不提倡所谓的炼字造句，而是力图让语言如流水一般干净清晰，追求一种生动通俗、自然流畅的语言风格。《酆都》记叙抗战时期作者避寇居住重庆时游览酆都的情形，所使用的几乎全是短句，语言干净，富有节奏。比如在作者刚到酆都时，"入市一看，土地平旷，屋舍俨然，行人熙来攘往，市容富丽繁荣，非但不像阴间，实比阳间更为阳间"[1]。没有复杂的句式，也没有什么生僻的词汇，语言简洁干净，读来活泼而富有韵律。赵景深在《丰子恺和他的小品文》一文中，就称赞丰子恺不故意把文字写得很艰深，只是平易地写，自然就有一种美，文字的干净流利和漂亮，怕只有朱自清可以与之媲美了。

《缘缘堂续笔》是作者"暂时脱离尘世"的出口，但又并非只是构建了桃花源一样的美好所在，而是记叙了实实在在充满烟火气息的民间世俗生活之景。当人们的世俗生活环境变成了一种非正常的状态，暂时脱离尘世，恰好是让人们回到尘世生活本身，回到那有喜有悲、有善有恶的凡尘俗事之中去。这部散文集中的许多篇目，都以"不知下落""不得而知"作为结尾。比如《菊

---

[1]　丰子恺：《缘缘堂续笔》，海豚出版社2014年版，第38页。

林》中"但不知菊林下落如何"[1]；《算命》中"至今二十多年，不见钱美茗其人，不知今后得再见否而"[2]；《吃酒》中"可惜不久我就离开杭州，远游他方，不再遇见这钓虾的酒徒了"[3]；《S姑娘》中，S姑娘的儿子R被日本鬼拉去，"不知所终"[4]；《乐生》中乐生早死了，儿子舜华也"现在不知怎样，几十年没消息了"[5]；《宽盖》中，对于宽盖的下场作者也是"不得而知了"[6]。往事故人已不知所终，而现实生活却又如此清晰如在眼前，两相对照，为整部散文集增添了一抹悲伤的色调。

《缘缘堂续笔》的33篇散文中的绝大部分篇什都是写人的，这充分体现了作者对人的关注。既有像钓虾人、阿庆、癫六伯等那样的旷达洒脱之人，也有像王囡囡、钱美茗、阿三、四轩柱等普通世俗之人，还有像俞章法、三个大学生等凶残罪恶之人，通过对不同人等的描写，表现了丰富的人性，与"无人""无人性"的散文形成了鲜明的对比。《缘缘堂续笔》虽然是作者为暂时逃离尘世而作，却又时时回到尘世生活之中，表达了他无声的批判与反抗。

丰子恺的散文创作，从一开始就包含着较浓的人道主义色彩。他在《东京某晚的事》中，就表达出对"天下如一家，人们如家族，互相亲爱，互相帮助，共乐其生活"[7]的理想世界的向往。1927年拜弘一法师为师皈依佛门后，丰子恺的作品更多了几分悲悯情怀，并且一直表现出对纯真的儿童世界的向往。在《给我的孩子们》一文的开头作者写道："我的孩子们！我憧憬于你们的生活，每天不止一次！我想委屈地说出来，使你们晓得。可惜到你们懂得我的话的意思的时候，你们将不复是可以使我憧憬的了。这是何等悲哀的事啊！"[8]

丰子恺的散文充满佛理童心、人间情味，但到了《缘缘堂续笔》时期，

————————

　　[1]　丰子恺：《缘缘堂续笔》，海豚出版社2014年版，第43页。
　　[2]　丰子恺：《缘缘堂续笔》，海豚出版社2014年版，第55页。
　　[3]　丰子恺：《缘缘堂续笔》，海豚出版社2014年版，第83页。
　　[4]　丰子恺：《缘缘堂续笔》，海豚出版社2014年版，第138页。
　　[5]　丰子恺：《缘缘堂续笔》，海豚出版社2014年版，第143页。
　　[6]　丰子恺：《缘缘堂续笔》，海豚出版社2014年版，第147页。
　　[7]　丰子恺：《缘缘堂随笔》，人民文学出版社2000年版，第31页。
　　[8]　丰子恺：《缘缘堂续笔》，海豚出版社2014年版，第3页。

作者的审美情趣也在"常"中表现出"变"，抒情意味明显减少了。《缘缘堂续笔》中的散文，更多的是对往事的客观记叙，少了几分飘逸洒脱的天真，多了几分严肃冷峻的思考，"血腥"气也明显增加了。《砒素惨案》中，俞章法偷砒素毒杀二十四人；《三大学生惨案》中浙江大学学生为谋取钱财，一斧头砍得送款人"脑破血流，立刻致命"[1]。《陶刘惨案》中刘梦莹被陶思堇"连砍十余刀，倒在青草地上的血泊中"[2]；在《元帅菩萨》中，贪得无厌的庙祝，为扩大生意，买嘱一流氓实施骗计，又毒杀流氓，使其"七孔流血，死在神前"[3]。血腥味、人性恶、现实性的文学，反映出这一时期作者心境的变化。

1957年"反右"，丰子恺就已经成为被批判的对象。作为著名漫画家，他被迫扔下画笔，除了偶有的应酬之作，以及为完成对恩师弘一法师的承诺而偷偷做的《护生画集》第六集之外，几乎再无真正意义上的绘画艺术创作，甚至在《缘缘堂续笔》中，也无一幅漫画插图，这在以前是绝无仅有的。对绘画艺术的放弃，使得丰子恺对现实的批判都在《缘缘堂续笔》中得到集中体现。《缘缘堂续笔》一方面作为作者"暂时脱离尘世"的出口，一方面也是作者在表达不满与抗议。正如丰子恺在写给幼子新枚的信中所说，"韶华之贱，无过于今日"。

《缘缘堂续笔》可以说是特殊时期中闪现出的人性之光。作者在这部散文集中营造了一个充满人情、人性的民间生活空间，既展现出人性中旷达洒脱的一面，表现出对桃花源一般的自由理想生活的向往之情，同时又表达作者对只见"高大全"的样板形象和无真正的"人"的艺术状况的反叛。

---

［1］ 丰子恺：《缘缘堂续笔》，海豚出版社2014年版，第89页。
［2］ 丰子恺：《缘缘堂续笔》，海豚出版社2014年版，第94页。
［3］ 丰子恺：《缘缘堂续笔》，海豚出版社2014年版，第150页。

第四章

新启蒙与精神的解放

第一节　精神解放与散文运动

　　白话散文的新时期，是与再一次启蒙分不开的。启蒙，曾是五四运动的关键词。狂飙突进的五四运动高举"民主""科学"的大旗，似乎已经用启蒙的利剑，刺破中国数千年愚昧的黑暗。而后的几十年中，启蒙数次被"救亡""民族""革命"等主词所遮掩。这种种表象，一度让人忽略了继续进行启蒙的必要，然而历史证明这是一种误解，十年内乱结束，新时期与新启蒙一同到来。之所以是新启蒙，是因为这时的启蒙与"五四"启蒙不同，它是把人从新的蒙昧中解放出来，重新获得自主理性，实现独立与自由。

　　新时期散文的启蒙是从表达哀思开始的。作家创作出许多哀悼故去亲友的散文作品，以寄托哀思、怀念亲友、抒发悲情，唤醒理性。毛岸青、韶华的《我们爱韶山的红杜鹃》，通过咏赞韶山的红杜鹃，借物抒情，表达了对毛泽东以及其他革命先烈的无限怀念和崇敬之情。陶斯亮的《一封终于发出的信》，以第一人称讲述父亲陶铸的故事，他是一个一心向党为民的忠诚干部，却在"文革"期间遭受非人待遇，最终被迫害致死。父亲去世后，陶斯亮深深怀念和思念着爸爸却不能公开表达，直到"四人帮"被逮捕，才终于发出这封满怀深情、怀念与悔恨的信。杨绛的《记傅雷》则以一种相对客观、平静的笔调，记述了一些"我们夫妇"与傅雷夫妇交往的事件，从这些事件中反映出傅雷坦荡、刚毅的禀性，使得傅雷含冤而逝显得更加遗憾和冤屈。除此之外，巴金的《怀念萧珊》、黄宗英的《星》、荒煤的《阿诗玛，你在哪里？》、夏衍的《悼念田汉同志》、孙犁的《亡人逸事》、丁一岚的《忆邓拓》、丁宁的《幽燕诗魂》、宗璞的《霞落燕园》等都是悼念散文中的感人篇章。作者怀着或遗憾、或沉痛、或不舍的心情，将真情付诸文字，使得这类散文成为新时期散文作品中颇具代表性和佳作频出的一类。

除了哀悼散文，这一时期还涌现出大量的反思散文，二者一起构成新时期散文的双翼。在《我代表我自己》中，邵燕祥疾呼："我以为，我只代表我自己，而且，只有代表我自己。自己的代表权，是没有人能替代的。"[1] 林放在《江东弟子今犹在》中警醒人们，要提防"造反派"这类江东弟子卷土重来。韦君宜的《思痛录》则体现了知识分子的责任和担当。这些作者秉承着中国知识分子忧国忧民的入世精神，在国家遭受如此重创时，拿起笔来对历史错误进行追问，在新时期的散文创作中率先进行反思和批判。

新时期的散文中，还有一类记录特殊历史时期生活的散文。这类散文的作者于云波诡谲的政治环境中坚持记录生活的点滴、趣味，超然于政治之外，在艰难的环境中，体味生命的本真、生活的本味，保持知识分子不与世俗同流的气节。杨绛的《干校六记》，收录《下放记别》《凿井记劳》《学圃记闲》《"小趋"记情》《冒险记幸》《误传记妄》六篇，描写了自己和丈夫钱钟书在下放期间的衣食琐事、同志友谊、夫妻感情等生活内容。作者随着大时代的裹挟而被下放至干校，但仍然能够在艰苦的环境中找寻到生活的趣味，体现出知识分子的超然心态和良好的文化素养。丁玲的《牛棚小品》立意不在记录苦

---

[1] 邵燕祥：《邵燕祥杂文自选集》，百花文艺出版社1996年版，第100页。

难，而是记述她和陈明在牛棚里点点滴滴的患难夫妻情，传达在艰难的处境中仍不放弃理想和信念的精神品格。

巴金的《随想录》是这一时期散文的重要收获。1978年底巴金在香港《大公报》开辟《随想录》专栏，直到1986年8月，巴金在这八年间写下散文一百五十篇，后将这些散文集结成为《随想录》。《随想录》真实地记录了巴金的人生经历和情感体验，作者记录自己生病和治病的情况，写下《病中》；怀念妻子，写下散文名篇《怀念萧珊》；悼念故友，写下《怀念胡风》和《怀念老舍同志》。文贵真情，《随想录》以说真话的勇气，记录了一个时代的真实声音。作者在《随想录》中进行了反省和反思，痛斥"四人帮"，批判了残暴的"行凶者"以及懦弱虚伪的"奴才"和"帮凶"。巴金不仅对他人进行批判，还将批判的矛头指向了自己，并进行了痛定思痛的忏悔，将《随想录》的深刻和犀利推向新高度。

关于特殊历史时期的见证文学还有不少。王西彦的《炼狱中的圣火》，叙述巴金、张天翼、魏金枝、丰子恺、丽尼等人的悲惨遭遇以及在困境中表现出来的高尚品格。吴强的《我的戒烟》、陈白尘的《云梦断忆》也从不同角度记录了那段历史。不同作者笔下表现的历史样貌是不同的，每一份感性的记录，合在一起，留给读者和后人的，便是更加立体的纸上博物馆。

新时期散文体现了人道主义的诉求。个人的"小我"总是嵌套进国家的"大我"中显得微不足道，个人的情感也总是被昂扬的革命激情所掩盖，进入新时期，作家的情感通过散文喷薄出来。初期的散文仍然没有跳脱出革命思维，所表达的主题，也多与"文化大革命"相关联。在很多哀悼散文当中，结尾总不忘加上一条意识形态的光明尾巴，反思大多停留在表面。直到80年代中期，新启蒙才真正走向时代中心。刘再复提出文学的主体性问题，要求"把人放到历史运动的轴心，把人作人看"，"要特别注意人的精神主体性，注意人的精神世界的能动性、自主性和创造性"。[1]这一时期，随着"走向未来丛书"和"中国：文化与世界"丛书的出版，大量外国理论涌入中国，人道主义

---

[1]　刘再复：《论文学的主体性》，《文学评论》1985年第6期。

的影响力增大，内涵得到拓宽。散文创作由关注集体的"大我"转向注视个体"小我"，追求个人情感的真实表达。

这一时期涌现出不少体现人道主义观念的优秀散文。张洁的《拣麦穗》，讲述一个农村的小姑娘对卖灶糖的老汉所产生的纯洁天真的感情，而老汉也回报以宽容的体谅和真切的关怀。作品中表达的不是昂扬的集体主义精神，而是温暖人心的情感力量。贾平凹的《月迹》《爱的踪迹》等用意识流的手法，让思绪追随景物的步伐，在观景中过程中融入哲思与遐想。廖静仁的《纤痕》以"我"的视角，叙述了以姐姐纤妞儿为代表的资水河畔劳动人民的故事，展现资水河旁艰辛的底层生活，同时赞颂了底层人民朴实、勤劳、热爱生命的品质。宗璞的《霞落燕园》和《哭小弟》，将议论与抒情结合，在叙述事实的同时表达自己的观点和情感，在意境的营造和文化内涵的展示上，保留古典散文的神韵，作品具有传统与现代的双重韵味。

散文在此一时期得到多元发展。黄裳的《秦淮拾梦记》描写作者三十年后重回秦淮河畔的所见、所思、所感，于游历中重拾往昔记忆，在记忆中串联历史与今朝。虽然描写历史与现实，但着意不在做介入现实的批判，而是在平和的心境中回忆历史点滴。汪曾祺《端午的鸭蛋》《葵·薤》《四方食事》，用朴实的笔调描写了生活中与"吃"有关的记忆和风俗，体现出作者的生活趣味和文化素养。冯骥才的散文名篇《珍珠鸟》也创作于这一时期，文章篇幅虽短小，却通过生动的文笔记录了饲养一对珍珠鸟的趣事，并由此探索出生活的哲理。同时是状物名篇的，还有周涛的散文《巩乃斯的马》，文章详细地描写了巩乃斯草原的骏马，并赞扬了骏马身上高贵的精神品质。同类佳作还有张抗抗的《地下森林断想》《瞬息与永恒的舞蹈》，分别描写长在深坑的地下森林和在瞬间绽放美丽凝成永恒的昙花，借物抒情、以物喻人，进而赞美高贵的人格。

女性主义散文在新时期得到复苏。这一时期的女性散文除了记录女性的情感和生命体验以外，增加了探究女性生存状态的新内涵；在肯定女性自我价值的同时，不忘指出女性自身存在的弱点，并积极呼吁寻找解决办法，对于女性解放的思考开拓出更深广的维度。叶梦、王英琦、唐敏、斯予都是这时期女性作家的代表。叶梦以一篇《羞女山》成名，文章描述了羞女山巧夺天工、状似裸女的外形特征，探析了羞女山背后的文化意涵，讽刺了道学家的封建意识和行为。《今夜，我是你的新娘》则初步尝试了性爱题材的写作。王英琦描绘了男权社会下女性艰难的生存状况，同时也在《那有形的和无形的……》、《美丽地生活着》等作品中反思作为女性的可悲之处和其不自知的状况。曹明华的散文《一个女大学生的手记》通过对人物内心世界的书写，展示了这个时期女大学生内心的隐秘世界，以及对人生、哲学和自我的思考。

散文理论在新时期也得到了新的发展。曾盛行的"形散神不散"散文创作观念，在新的历史时期显示出局限性，并引发争鸣。1987年，林非在《散文创作的昨日和明日》中对"形散神不散"提出批评："问题是在于如果只鼓励这一种写法，而反对主题分散或蕴含的另外的写法，这实际上就是意味着用单一化来排斥和窒息丰富多彩的艺术追求，这种封闭的艺术思维方式是缺乏马克思主义的辩证法所致。主旨的表达应该千变万化，有时候似乎是缺主题的很隐晦的篇章，对人们也许会产生极大或极深的思想上的启迪，这往往是那种狭隘的艺术趣味所无法达到的。"[1] 1988年《河北学刊》发表四篇与此相关的论文，批判"形散神不散"，《文汇报》并对此作了报道。对"形散神不散"的反思和论辩，是白话散文的一次自我启蒙和理论自觉。

20世纪80年代中后期，出现过"散文消亡"论。主要文章有王干等人的《散文命运的思考》、黄浩的《当代散文：从中兴走向末路——关于散文命运的思考》等文章，认为新时期以来散文的发展情况和受欢迎程度都不如小说和诗歌，文体界定也并不明晰，在文学蓬勃发展的年代竟然没有什么作为，恐怕命运不容乐观，因此对散文的发展情况作了消极的预测，甚至是消亡的论断。对此，林道立在《散文世界》发表《与"散文解体论"的对立》、汪帆发表《解体，并非散文的命运》、傅德岷在《重庆社会科学》发表《散文创作的新崛起》等文章予以反驳，表示相信散文必将以新的面貌和姿态出现在读者面前。90年代，"散文热"的出现作为一个事实和结果，为这场论争划上了句号。

---

[1]　林非：《散文创作的昨日和明日》，《文学评论》1987年第3期。

第二节　纸上博物馆：《随想录》

1978年，巴金在香港《大公报》开辟《随想录》专栏，一直到1986年8月20日，历时八年，发表了150篇随笔，后30篇为一集，陆续出版了《随想录》《探索集》《真话集》《病中集》《无题集》，总题为《随想录》。《随想录》是20世纪80年代散文的重要收获，年逾古稀的老作家以不懈的斗争精神和巨大的勇气，在晚年提起笔来解剖自己，叩问历史，为还原历史的真实、寻回知识分子的良知，贡献自己最后的力量。

《随想录》题材丰富，主题各异。有对电影等艺术作品的评论；有记录自己出访异国他乡见闻感想的文章；有怀念妻子、悼念朋友的悼亡之作；也有抒发自己对文艺政治问题见解的杂文。虽然题材多种多样，却共有一个主题——"文化大革命"。1966年，巴金遭到批斗，被关进"牛棚"。十年内乱间，巴金遭受了人生的磨难，经历了许多事情，写《随想录》的目的，就是想要把自己经历和感悟记录下来，以警醒后代。

巴金在《随想录·合订本新记》中集中表达了自己的写作观念。在《新记》第一部分，巴金便写到，写作《随想录》是在用刀剜自己的心。写作触碰了老作家的痛处，巴金在年逾古稀之际一点一滴去回忆、触碰、反思那些揪心的痛苦。悼念自己的亡妻写出《怀念萧珊》；悼念逝去的同志朋友，写出《纪念雪峰》《怀念老舍同志》，这都无疑是在自己伤口上撒盐。孙犁在怀念亡妻的作品《亡人逸事》中曾写道"选择一些不太使人伤感的片断，记述如上。已散见于其他文字中者，不再重复。就是这样的文字，我也写不下去了"[1]。而巴金却直面伤痛的历史，将回忆中最沉痛的部分拿出来书写，混合着血泪完成那些文字。这样的痛苦尤甚用刀剜在心上。除此之外，作者的痛苦还在于不仅回忆那些伤痛的记忆，也用审判的皮鞭无情地抽打自己。

《随想录》在反思历史上达到了一定的深度，其中重要的一点就表现在作者勇于解剖和批判自己。在《怀念胡风》《怀念非英兄》中，作者坦白地承

---

〔1〕　孙犁：《孙犁文集续编》，百花文艺出版社1991年版，第27页。

认在反胡风运动中，为了自保，曾写过划清界限之类的文章，作者为自己这样的行为感到深切的懊悔和耻辱。因此作者深刻地忏悔。在作者看来，"文化大革命"不仅仅是"四人帮"的错误，也是因为当时的中国有它生长的土壤，它才会发生。而自己，也曾经做过助长"文化大革命"气焰的事情。这个发现让作者痛心和悔恨，他声称自己对于悲剧的发生自己也有着脱不开的责任。《随想录》不仅是老作家记叙自身经历的散文作品，更是作者生命弥留之际反思过往和历史，忏悔自己罪过的一本忏悔录。作者对于历史的反思，对于灵魂的拷问，都达到了更深的层次。

　　巴金在《合订本新记》第二部分发出了要"讲真话"的呼吁。在十年内乱中，人与人之间缺乏信任，在不断的欺骗与防备中，人们的心像是糊上了层层的猪油，越来越被蒙蔽了起来。如何才能让人们的眼睛重新明亮，头脑逐渐清醒，心房重新打开，在作者看来，只有人人都敢于说真话才行。作者在《说真话》中回忆到，曾经有一个时期，人们见了面总是要先谈一阵大好形势，运动一个接一个的搞，人们的心也越来越往内缩："在那荒唐而又可怕的十年中间，说谎的艺术发展到登峰造极的地步，谎言变成了真理，说真话倒犯了大罪。"[1] 在《再论说真话》《三论讲真话》等文章中，巴金批判越来越多的假话使人心麻木了、蒙蔽了，并最终发出"人只有讲真话，才能够认真活下去"的彻悟和呼吁，由此奠定了《随想录》的基本立场之一——"真"。《随想录》每一篇文章中记录的都是作者自己亲身经历的真人真事，抒发的也是自己的真实感想，通过真实的书写和记录，为子孙后代还原一个真实的历史。

　　经历了十年内乱，作者希望能为子孙后代留下一些宝贵的资料。他希望能将民族的历史写进自己的散文中，留存下来，让子孙后代记住过去的事，以便于能够走好未来的路。巴金晚年曾有两个愿望，一是建立现代文学馆，二是建立"文革"博物馆。在《"文革"博物馆》中，巴金断言"我并没有完备的计划，也不曾经过周密的考虑，但是我有一个坚定的信念：这是应当做的事情，建立'文革'博物馆，每个中国人都有责任"，"建立'文革'博物馆是

---

[1]　巴金：《随想录》，作家出版社2005年版，第198页。

一件非常必要的事，惟有不忘'过去'，才能做'未来'的主人"。[1]人类总是健忘的，经历过的伤痛，如果不铭刻下来，后辈有可能在几十年之后就会将其遗忘。而遗忘历史会带来重蹈覆辙，如此深重的灾难，这个国家不能够再承受一次。虽然历史不可逆，但是我们应该对历史仔细研究，清醒认识，认真总结经验教训，防止悲剧重演。

可以看出，巴金是怀着真诚的信念、巨大的勇气、坚定的决心执笔写下《随想录》，想要在生命弥留之际，将自己完完全全奉献出来，为子孙后代留下自己十年深刻的血泪教训。在《合订本新记》的最后，巴金说，"讲出了真话，我可以心安理得地离开人世了。可以说，这五卷书就是用真话建立起来的揭露'文革'的'博物馆'吧"[2]。

《随想录》在艺术上具有很高的水准，其中很多篇章都是艺术性与思想性兼备的佳作，《怀念萧珊》就是一个典型的例子。《怀念萧珊》原载1979年2月2—4日的香港《大公报》副刊《大公园》，后收于《随想录》第一集。文章记录了巴金与妻子萧珊的相识相知，在"文革"中的患难与共、相互扶持，一辈子的相濡以沫、相敬如宾。巴金与萧珊1936年相识于上海，当时萧珊19岁，是一位天真烂漫的少女，作为读者对巴金产生了感情并主动接近了他，从此以后，两人的命运就紧密地连在一起。从贵阳到重庆、广州、广西、昆明……几十年辗转的岁月里，萧珊一直支持着巴金，在每一次困难的时候，也从来没有离开过他。夫妻俩的伉俪情深，一直是文坛佳话，冰心曾盛赞巴金对于感情和婚姻认真的态度，说："他对萧珊的爱情是严肃、真挚而专一的，这是他最可佩处之一。"[3]与萧珊相处的记忆是幸福而深刻的，但是生活对待夫妇二人却并不温柔，萧珊的受苦和离世，对于巴金来说是沉痛的打击，作者怀着混合了血和泪的真情写下这篇文字，记录了一个时代的过往，怀念一个人的平凡与伟大。

文章从作者参加完萧珊的葬礼，准备动手写文章的心理活动开始写起，

---

[1] 巴金：《随想录》，作家出版社2005年版，第601、604页。
[2] 巴金：《随想录·合订本新记》，作家出版社2005年版，第8页。
[3] 冰心：《一位最可爱可佩的作家》，《中国作家》1989年第3期。

在回忆中逐渐展开萧珊的人生遭遇。在"文化大革命"中，萧珊遭受到非人的待遇，作者回忆起来充满心痛和自责，"一句话，是我连累了她，是我害了她。""即使减少我几年的生命来换取我们家庭生活中一个宁静的夜晚，我也心甘情愿！"[1]在巴金"靠边站"的那几年，旁人的冷嘲热讽、每日的思想汇报，使这个家庭承受了沉重的思想负担。但是萧珊一直坚定地维护着这个家庭和巴金，在每次巴金觉得日子难捱的时候，都鼓励他要坚持下去，即使内心再痛苦翻腾，也努力保持表面的平静。萧珊去世前两个月，病情已经发展得很严重，仍然不能及时就医，就连作者想留在妻子身边陪伴也不能，要按时回干校改造。萧珊临终前住院的20多天的日子，对于巴金来说，是既痛苦又幸福的一段时间，他终于可以在妻子身边陪伴着。在医院的日日夜夜对于萧珊来说是难捱的，但是她并没有多抱怨什么，表现得平静而坚强。生命的坚韧，情感的深沉，人情的冷暖，都在这时体现了出来。文章最后，作者怀念了和萧珊的相识相遇相伴。萧珊从初识巴金的天真少女到去世，三十多年的人生经历，在巴金笔下缓缓流过。巴金亲切地称萧珊为："我自己最亲爱的朋友，一个普通的文艺爱好者，一个成绩不大的翻译工作者，一个心地善良的人。"[2]褪去所有的光环，以最朴实和平凡的样貌展现出来的形象，才是最真实和深情的。

《怀念萧珊》以萧珊去世前六年的生活为主要表现内容，依托的又是"文化大革命"的大背景，面对这样的主题和情感，作者的情感是激烈的。他困惑，为什么上天对妻子这样不公平？"我想，我比她大十三岁，为什么不让我先死？我想，这是多不公平！她究竟犯了什么罪？她也给关进'牛棚'，挂上'牛鬼蛇神'的小纸牌，还扫过马路。究竟为什么？"[3]他体谅，自身在受着痛苦的折磨时，也因感受着萧珊的痛苦而痛苦，"我看出来她的健康逐渐遭到损害。表面上的平静是虚假的。内心的痛苦像一锅煮沸的水，她怎么能遮盖住！怎样能使它平静！"[4]他自责，觉得是自己害了萧珊和家人，如果说还有比自己受难而更令人痛苦揪心的，就是看到最亲爱的人因为自己受到牵

---

[1]　巴金：《随想录》，作家出版社2005年版，第16、18页。
[2]　巴金：《随想录》，作家出版社2005年版，第24页。
[3]　巴金：《随想录》，作家出版社2005年版，第16页。
[4]　巴金：《随想录》，作家出版社2005年版，第17页。

连，"'孩子们说爸爸做了坏事，害了我们大家。'这好像用刀子在割我身上的肉。我没有出声，我把泪水全吞在肚里"[1]。痛苦让他忍不住高呼："一切都朝我的头打下来吧，让所有的灾祸都来吧。我受得住！"[2]文章中，作者多次使用感叹、反问的语气，表现出了作者情感的激烈。痛苦、挣扎、内疚、愤怒、恐惧……各种各样的情绪，交织成作者笔下情感喷涌的文字，震颤着读者的心灵。

《怀念萧珊》多以直白的语言抒发激烈的情感，但有时也会运用一些艺术手法进行委婉地表达。例如"头头"要求自己回去改造时，作者写道："可是那个头头'执法如山'，还说：他不是医生，留在家里，有什么用！'留在家里对他改造不利！'他们气愤地回到家中，只说机关不同意，后来才对我传达了这句'名言'。"[3]"执法如山""名言"都是褒义词，可作者用在这里绝非是表扬人的意思，而是用幽默的反讽批判了"头头"的不近人情，并透露出自己的无奈和鲜明的情感倾向。除此之外，作者也运用了对比、比喻等艺术手法，表现萧珊受苦受难、任劳任怨的形象。作者因为自己每天在"牛棚"里劳动、学习、写交代、写检查、写思想汇报，被人责骂和教训而感到日子难过。萧珊则因为看到批判巴金的大字报，一家人的名字被写出来示众，而感到日子难过。这里，通过"我的"日子难过和萧珊的日子难过作比较，突出了萧珊的难过不仅为自己难过，更为整个家庭、为巴金而难过。作者还通过周信芳夫人的事例，将萧珊与周夫人类比，表现萧珊全心全意为丈夫着想。这些比较，都表现出萧珊的善良和无私，一心为丈夫和家庭着想，让巴金心疼和感动。

文章写萧珊大半生的经历，并没有按照时间顺序平均用力，而是着重写了萧珊得病和去世前的经历。文章以作者的感受和写作本文的缘起开头，一篇八千多字的散文，作者写写停停历经半年才完工，可见感情的凝重。散文对萧珊经历的集中描写，根据抒情和表达主旨的需要取舍材料，事件典型，结构合

---

[1] 巴金：《随想录》，作家出版社2005年版，第20页。
[2] 巴金：《随想录》，作家出版社2005年版，第22页。
[3] 巴金：《随想录》，作家出版社2005年版，第19页。

理，安排详略得当。前三部分感情都很激烈，但是到了第四部分，作者笔锋一转，将自己与萧珊几十年的相处经历娓娓道来，更像是一种表白与释怀，而不是一直沉浸在悲痛当中。由最初的沉痛回忆到最后的平静表白，如九曲回肠，使文章完成升华，给读者留下心灵的震颤与思考。

　　《怀念萧珊》为我们塑造了一个有血有肉的萧珊形象。我们能够看到她的痛苦和忍耐，在面对苦难时的坚强和软弱；我们体谅她女子本弱的盲目和妥协，也敬佩她为母则刚的勇气和爱心。作者既为我们展示了天真烂漫的少女萧珊，眼睛很美很亮的妻子萧珊；也书写了那个为茶米油盐生活琐事操心的萧珊。作者虽然对妻子充满深情，但并未把她塑造成一个完美的人，既表现了她坚韧的一面，又表现了她平凡的一面。"文化大革命"中，作家遵循着"三突出""三陪衬"的创作原则，选取典型事件，突出英雄人物。人物形象的创造非善即恶，人物形象是扁平的，故事的主人公往往高大威猛、金光闪闪、完美无缺。随着新时期的到来，作家们的观念发生了变化，他们意识到，人并不是简单、非善即恶的，人性有更复杂的层面。巴金在《观察人》中写道："人是十分复杂的。人是会改变的。绝没有生下来就是'高大泉（全）'那样的好人，也没有生下来就是'坐山雕'那样的坏人。"[1]在创作中，作者也遵循着这样的创作理念。在《家》中，高老太爷被视为封建毒瘤，固执地坚守着自己的一套封建作风，对家庭造成了许多戕害。但作者并没有安排他对封建一套"从一而终"，在高老太爷去世时，他终于感到了妥协、幻灭。"反面角色"的最终妥协，使得他有了一丝"从良"的意味，彰显出人性以及可恨之人的可怜之处。被解读为软弱的中间人物的觉新，作者也写了他身上优秀、善良的品质；而觉慧，虽然是新时代的斗士，但身上仍不可能完全抹去封建主义的影响。对于笔下的人物，巴金始终以细致的观察、真诚的态度去塑造他们，既有感于他们的斗争，也同情于他们的软弱，并体谅他们的错误。作者塑造有血有肉的人物形象，真诚的歌颂他们的善良，同情或批判他们的不足，正是作者具有人道主义精神的表现。《怀念萧珊》仍然遵循着这样一种创作理念，它是作

---

　　[1]　巴金：《随想录》，作家出版社2005年版，第109页。

者作为一个有良知的知识分子心中悲悯情怀的流露，为读者塑造了一个更加感人和真实的萧珊。

八年写作《随想录》的过程，对于作者来说，也是反思人生、反思历史的过程。通过对过往经历的重新审视，作者的思想和看问题的视角都发生了巨大的改变。

《随想录》灌注了作者自己的独立思考，他用自己的眼睛看待历史、用自己的思想去辨别是非、用自己的脑子去思考对错，对历史进行了重新的审视。作者不再人云亦云，而是表达自己的真实看法以及自己进行独立思考后作出的判断。作者在《毒草病》《遵命文学》《长官意志》《文学的作用》等文章中，提出了自己的文学观点。在《遵命文学》《长官意志》中，作者表达了反对写文章见风使舵，唯利是图，而是应该遵循自己的内心，表达自己意志的观点，集中批判了长官意志。在《毒草病》中，作者又批判了将文艺定为"文艺黑线""毒草病"的不实之词，认为文艺并没有那么大的危害，如此给文艺定性反而是对于文艺发展的戕害。

在《随想录》中，巴金跳出惯性思维，重新思考原来习以为常的事情，在不断讲真话、解剖自己的过程中，重新找回知识分子独立思考的能力。在特殊年代中，人们没有独立思考的能力和条件，人云亦云，唯唯诺诺。进入新时期，巴金通过《随想录》以身作则同时呼吁大家，表达自己的真实感受、独立思考，在每一次紧要的关头，都能勇敢地站出来捍卫生命的珍贵，以启蒙的姿态重新出发。

第三节　理想人格的赞颂：《巩乃斯的马》与《地下森林断想》

新时期散文，在人道主义和精神解放思潮的影响下，不仅抒发私人的情感，反思历史的是非对错，也通过赞美人的高尚品格来重新"立人"。《巩乃斯的马》和《地下森林断想》是两篇状物类的文章，分别描写和赞颂了巩乃斯的骏马和生长于地下深坑的森林。然而作品并非简单地状物。巩乃斯的马，以其优美的体魄、蓬勃的生命力给了人以美的启发和享受，标榜了一种理想人格。地下森林，以其坚忍不拔的毅力，在贫瘠的土地上、幽暗的深谷里，茂盛生长，创造了生命的奇迹。两篇文章托物言志，以物喻人，以骏马和森林，赞美理想品格。

马，一直是中国文化和精神构建的重要参与者。自古以来一直不乏与马有关的艺术作品和文章典故，在当代，周涛[1]创作于1984年的散文《巩乃斯的马》是写马的著名篇章。作者亮相文坛首先是以诗人的身份。1978年，周涛发表诗作《天山南北》受到好评，在文坛崭露头角。随后，又陆续出版了《牧人集》《神山》《野马群》等诗集。1990年，周涛出版了散文集《稀世之鸟》，标志着作家开始进行创作转型，并获得一定成功。之后，周涛又发表了《游牧长城》《山河判断》等散文作品，受到读者和评论家的好评，逐渐跻身中国当代优秀散文家之列。

周涛的散文具有强烈的生命意识，多取材于西部生活。西部苍茫的自然环境、艰苦朴素的生活、强韧蓬勃的生命都给了周涛以文学的启发。他在散文中赞美生命的坚韧与旺盛，发现强劲生命体现出来的美与力，探索生命的本真与奥秘，他的文章气势雄健，意境开阔，笔力锋锐。《巩乃斯的马》就是周涛以自己在巩乃斯当知青的经历为背景创作的作品，作者少年随父迁徙新疆，也许正是这样的经历影响了作者，产生了对于马的偏爱。

周涛对马情有独钟。他宣称："虽然我一生从来没有拥有过一匹自己的马，但我对马的兴趣却终老未变。基于这种天性和爱好，我对马就格外留心观察，我对马的注意程度往往超过他人。我觉得马不仅是一种会奔跑的动物，它更是有性情、有品格、通人性、知人意的朋友，它非常匀称，非常美，它能赢得人长久的倾慕和爱心，这很不简单。"[2]在《巩乃斯的马》中，作者将自己对马的观察与到巩乃斯当知青的经历结合起来，在文章中不仅描绘了马的外形和生存状态，还将马的精神上升到理想人格的高度，赞扬了马自由蓬勃的生

---

[1]　周涛（1946—　），原名周小涛，有诗集《神山》《野马群》，散文《巩乃斯的马》《哈拉沙尔随笔》等。

[2]　周涛：《一生偏爱马文章》，《语文学习》2008年第5期。

命力与进取精神，并且从中国历史文化中寻找马，阐发了中国的龙马精神。

《巩乃斯的马》的主角，是新疆大草原的骏马。但作者首先描绘的是黄牛、骆驼、毛驴和南方的马。在作者笔下，黄牛安贫知命，骆驼畸形丑陋，毛驴滑稽小气，而南方的马则偏矮小孱弱，这样的形象透露出来的是弱者对于生命的屈服，它们是人类的奴仆而不是朋友，这些形象都不是作者所欣赏的。然而，巩乃斯的马与它们不一样，它蓬勃有力却毫无凶暴之相，温顺懂事却不逆来顺受，表现出的是生命强者的姿态。接下来，作者便将笔触转向巩乃斯，带读者去领略茫茫天地之间的尤物。

作者对不爱马的人怀有一点偏见。他认为那是由于生气不足和对美的感觉迟钝所造成的，作者对于马的喜爱正在于它的"生气"和"美感"。雪天的夜晚，作者和"蓝毛"偷偷摸进马棚，解下骏马，骑着马奔驰在旷野的雪地里。马儿先是小跑，后面则狂奔起来，尽情地释放生命力，随着马儿的狂奔，骑马人的心境也逐渐开阔舒展起来。正是马强盛的生命力感染了作者，与作者内心对生命的热爱相合拍，让作者感受到驾驭自己生命的力量，从而达到生命的自由状态。这样的"生气"怎么能让作者不动心。同时，马的生气又不是暴怒和残忍，它懂得体会主人的心意。在主人栽倒在雪地里时，马儿怜悯地停在主人身边，在主人抚摸它之后与主人和解，并乖巧地跟在主人身后慢慢走回去。人们常说马是通人性的，不无道理。

在作者笔下，马不仅是有生气的，也是美的。在作者的眼中，马群首领"是无与伦比的强壮和美丽。匀称高大，毛色闪闪发光，最明显的特征是颈上披散着垂地的长鬃，有的浓黑，流泻着力与威严；有的金红，燃烧着火焰般的光彩"[1]。这是不仅将马当作普通的动物，更是发现了它身上的美感，甚至将它当作一种艺术品来看待。作者赞赏马能够给人以勇气和幻想，这样的能力恰是生活中的美、爱和艺术才能够给予人的。在巩乃斯的日子，茫茫的原野，使人感觉到单调和空旷，压抑的氛围，又让人觉得无聊和寂寞。作者于是欣赏着草原上奔腾的骏马，马成为了作者生活中的画卷和诗韵，在苍茫的原野中奔

---

[1]　周涛：《巩乃斯的马》，《中华散文珍藏本丛书：周涛卷》，人民文学出版社1995年版，第25页。

驰、嘶鸣，给人以无尽美的感受和想象。马这时候不单单是一种动物，而成为奔驰的诗韵、兀立于荒原的群雕、铺散在山坡上的好文章。生活中是不能够缺乏美和艺术的品格的，作者于是从马的身上寻找到它们。

艺术被看作是"无用"的，却是人类不可或缺的一部分，它构筑了人的精神世界，尤其对于像作者这样深受艺术熏陶的人来说，有对于艺术更深的渴望。在巩乃斯的日子，作者的精神世界却如干涸的土地，好在可以观马，马优美的形体和高尚的品格使它成为一种艺术品，而给了作者以滋养。因此作者才会在文中深情地感叹到："哦，巩乃斯的马！给了我一个多么完整的世界！凡是那时被取消的，你都重新又给予了我！"[1]

作品中间部分描述了作者在巩乃斯草原见到的骏马展现其英姿的几个典型场景。其中描写马群在雨天的山谷中奔腾一段最为精彩。在苍茫的自然环境中，马群奔腾、咆哮、抗争，释放出生命的大美境界，成为当代散文中的著名段落。作者首先写雨势之大，使得马群的出场具有了滂沱的背景。奔腾的马群与倾泻的暴雨相映生辉，突显雄伟之势。在这一段中，作者没有丝毫节制，将语言的华丽发挥到极致，密集地运用多种艺术手法，将场面描写得淋漓尽致。运用排比"长鞭抽打着""怒雷恐吓着""闪电激奋着"来描写暴雨倾泻、马群奔腾的场面；运用比喻"像一对尖兵""像临危不惧、收拾残局的大将"、拟人"小马不再顽皮、撒欢""变得老练了许多"来形象地展现马群在雨中的情态；也运用对比：牧人的声音，在这样的场面下，宛如落在海里的水滴，悄默了声息，以人类声音的渺小，衬托出场面的喧嚣与壮阔。接下来一段，更是比喻、通感等多种艺术手法混合，交织出一幅惊心动魄的万马奔腾场面。马群与自然交相辉映，马群的力与美被完全激发和展示了出来，震撼了作者的心灵，也给了读者以美的享受。

在作者笔下，马不仅拥有健美的外形，还是崇高品格的化身。文章写道："马就是这样，它奔放有力却不让人畏惧，毫无凶暴之相；它优美柔顺却不任人随意欺凌，并不懦弱，我说它是进取精神的象征，是崇高感情的化身，

---

[1]　周涛：《巩乃斯的马》，《中华散文珍藏本丛书：周涛卷》，人民文学出版社1995年版，第25页。

是力与美的巧妙结合恐怕也并不过分。"[1]如狮子老虎之类的动物,虽然威猛有力,却欺压弱者,是"暴君";而如黄牛骆驼,却处处展现出对于艰苦命运的妥协和被欺压。唯有马,被作者称为力与美的完美结合,它柔美却又有力量,乐天知命却又奋发进取,可以说,马所展现出来的英姿正是对于它高尚品格的投射,作者喜欢马,与喜欢它的精神品格是分不开的。

《巩乃斯的马》写马、赞马,通过将马与其他动物对比,自己在巩乃斯对马的观察,表达了对于马蓬勃生命力和进取精神的赞美,对生命的热爱。正是因为热爱生命,所以像黄牛、骆驼、毛驴一般逆来顺受、卑躬屈膝,在作者看来,便是一种对于生命的浪费而引起他的反感。作者心中现代意义的理想人格,应如马一般,不要被苦难所压趴下,不要展现出愁眉苦脸的面貌,当然也不要露出凶狠的攻击性,而是充满蓬勃的生命力,努力拼搏、进取,全面释放生命的美与力量。

进一步,作者不仅描写马,还借机交代了自己"下乡"到巩乃斯的时代社会背景和人生际遇。那是1970年,作者在一个农场接受"再教育",遭遇了人生的低谷。"1970"这个时间背景,是中国社会上一个特殊的历史时期。1968年12月,毛主席发出了"知识青年到农村去,接受贫下中农再教育"的号召,从此,城市千百万的知识青年来到了乡村。这场运动的发生并非偶然,而是有着深刻的社会和历史根源。作者也正是在这样的背景下来到巩乃斯草原,并以在巩乃斯的经历、观察,结合自己平时对马的喜爱,创作出了散文《巩乃斯的马》。

知识青年在农村生活得并不顺心顺意,许多青年并不能很好地适应农村贫穷、艰苦的生活条件和高强度的体力劳动。在这样的环境下,知识青年恐怕也很难有闲情逸致去体会农村淳美的风景。因此在散文中,巩乃斯具有了双重的含义。一方面是天苍苍野茫茫的大草原,具有自然的雄伟壮阔,有奔腾的骏马,淳朴坚毅的人民,相对于复杂的政治斗争中心的城市而言,似乎是一个乌托邦一般的存在。另一方面,政治的风云并不是换一个地方就能够避免的,虽

---

[1] 周涛:《巩乃斯的马》,《中华散文珍藏本丛书:周涛卷》,人民文学出版社1995年版,第27页。

然水和草看起来是那样不受污染，但是心灵不纯洁的人却能够走到任何地方。

在1970年的巩乃斯，作者就接触到了冷酷、丑恶的生活实体。政治生态反常，像潮闷险恶的黑云一样压在头顶上，令人十分压抑。在这样寂寞和充满丑恶的环境中，作者看到马的世界是那么优美、公正、有活力，就不免将马类社会与人类社会作对比。马群通过追逐、撕咬、拼斗等方式，米选出自己公认的首领，它们秉持公平竞争的原则，不讲关系，不搞指定。然而在人类社会中，则会出现"搞指定、凭关系"的现象，作者以马世界喻指人世界，以马的公正无私，反讽人类社会中讲裙带、搞关系的不良风气。马虽然是动物，但有的时候却比人类做得好，我们从马的身上，应该受到启发。

巩乃斯的日子看似天高地阔、自由自在，实际上与世隔绝。人与人之间又因为缺乏信任，很少交流，作者的心灵其实是寂寞的，于是培养出一个乐趣："看马"。"好在巩乃斯草原马多，不像书可以被焚，画可以被禁，知识可以被践踏，马总不至于被驱逐出境吧？"[1]这里，作者又揭露和嘲讽了人类社会的一些荒谬行为。艺术的生命力之所以得到张扬正在于百花齐放，而思想和知识能够取得进步也于百家争鸣。作者作为一个知识分子，看到对于知识的戕害行为是不能够不痛心的，虽然无可奈何但仍要做一点反抗，便通过写作的方式来发出自己的声音。在《巩乃斯的马》中，马不仅本身是有灵性的动物而受到作者的喜爱，更是寄托了作者美好的愿景。作者认为马身上所具有的品格与力量，正是在当时的环境所缺乏的，便将这种希冀赋予在了马的身上，塑造出令人神往的马的形象。

然而，作者的写作时间与在巩乃斯当知青又已经有了一段距离，《巩乃斯的马》写于1984年，此时，"文化大革命"已经结束。结束了紧张压抑的政治氛围，知识分子和作家有太多的话想说。一方面是对于"文化大革命"的控诉。伤痕文学作为新时期文学第一阶段典型的文学思潮，以刘心武的《班主任》和卢新华的《伤痕》为开端，后又出现了从维熙《大墙下的红玉兰》、张洁《从森林里来的孩子》、宗璞的《弦上的梦》等一些艺术上更为纯熟的作

---

[1]　周涛：《巩乃斯的马》，《中华散文珍藏本丛书：周涛卷》，人民文学出版社1995年版，第25页。

品。伤痕文学的主要特点是运用现实主义的手法批判"文化大革命"、揭露伤痛，它作为一个文学流派在文学史上并没有存在很长时间就转化为反思文学，并被80年代接踵而来的各种文学流派所掩盖。但是"文化大革命"作为一种创伤，仍然留在作家的记忆当中，并在他们后来的作品中表现为一种个人情结。《巩乃斯的马》虽然发表于80年代，以写马、赞马为主，但在作品涉及"文化大革命"的部分，仍然是最初伤痕文学所表现出来的对"文化大革命"控诉的姿态。因此，《巩乃斯的马》即使作为一篇状物的散文，在特定的历史时期，仍然没有跳脱出控诉"文化大革命"的主题。

新时期被看作又一个"五四"，"文化大革命"的教训让人们认识到，虽然封建的社会体制已经被推翻，但在极端的社会条件下，人们仍然会做出不理智、不科学、不人道的行为，因此启蒙在当时的中国仍是必要而且必须的。文学高扬人道主义的旗帜，号召重视个体、个性与自由，张扬个人的精神品格。《巩乃斯的马》虽然没有写人，但是托物言志，马被赋予了人的品格，表现的还是对理想人格的赞美和追求。作者选择马的精神作为理想人格，正好与"文化大革命"期间所展现出来的人性恶是对立的。因此，张扬马的品格在新一轮的启蒙当中显得合理而且必要。在那样的特殊历史背景下，观马、骑马、爱马成为作者寻求安慰与喘息的一方天地，马的品格也愈显出其高尚和珍贵。

作者还把马从巩乃斯大草原带到了历史上那些伟大人物的身边。他借屠格涅夫的口说出托尔斯泰爱马、写马、懂马，他更到中国历史当中去寻找马，寻找成吉思汗的铁骑。"从秦始皇的兵马俑、铜车马到唐太宗的六骏，从马踏飞燕的奇妙构想到大宛汗血马的美妙传说，从关云长的赤兔马到朱德司令的长征坐骑……纵览马的历史，还会发现它和我们民族的历史紧密相连着。"[1]散文中提到的一些马的典故以外，还不难从中国的历史、传说中找到马的踪迹。马总是与英雄人物联系在一起，与英雄人物并肩作战，是他们忠实的助手、朋友，也与他们一起分享历史的荣光。对于某些动物的刻板印象，在中国历史中总是负面的，如"偷鸡摸狗""狼心狗肺""狐朋狗友"。而与马有关

---

[1] 周涛：《巩乃斯的马》，《中华散文珍藏本丛书：周涛卷》，人民文学出版社1995年版，第28页。

的，诸如"马到成功""金戈铁马""一马当先"等都是褒义词。可见，马不仅参与了中国历史的建构，马的精神已经成为中国精神的一部分。

作者将寻找精神资源的触角伸向中国历史，就将马的审美内涵、精神内涵扩展到文化内涵、民族品格，是具有文化寻根意识的表现。《巩乃斯的马》远离庙堂、政治中心、经济繁华地带，到民间、大草原，从马的身上寻找散落的理想人格。同时又将马的形象、精神与历史联系起来，在文化寻根中寻求那种理想人格建构的合法性。

马的品格正是中华民族的宝贵品质，"文化大革命"期间，我们将传统文化抛弃了，好在它还散落在民间，散落在每一个人中国人做人做事的习惯当中，散落在了巩乃斯的马身上。作者从马的身上将中华民族宝贵的龙马精神拾拣起来、挖掘出来，在新时期的曙光重新照耀中国大地的时候，将宝贵的传统文化、精神传承下去。

《地下森林断想》是新时期散文的又一佳作。其作者张抗抗[1]是中国当代重要的女作家，创作了长篇小说《隐形伴侣》《赤彤丹朱》《作女》等，但她爱自己的散文胜过小说。她认为："散文更能表现我对生活的认识和思索，以及对真善美的追求。"[2]张抗抗于20世纪70年代开始散文写作，创作出《夜航船》《埃菲尔铁塔沉思》《地下森林断想》《你对命运说：不》《牡丹的拒绝》等散文佳篇。作为女性作家，张抗抗的散文具有女性独特的感性、细腻风格，她在散文中进行对生命的探索和追问，也表达对于生活、历史、现实的沉思。然而，除了女性的温婉细腻之外，张抗抗的散文还具有男性大气洒脱、富有哲理的特点。张抗抗的作品，行文洒脱，气势磅礴，少了一些女作家的柔弱细腻，而多了些笃定、激昂的气势。她的许多作品，不仅仅是情感的抒发、生活的记录，也是生命的感悟、历史的反思。张抗抗认为，散文作品带一点哲理为好，在她的作品中，就经常体现出这种哲思意味。

《地下森林断想》1980年7月27日发表于《文汇报》。这篇散文描绘了一

---

[1]　张抗抗（1950—），浙江杭州市人。著有《隐形伴侣》《赤彤丹朱》《情爱画廊》《作女》等。

[2]　杨治经：《北大荒文学艺术》，北方文艺出版社1988年版，第330页。

片独特的森林，它没有得天独厚的自然条件，不是长在阳光和雨水都很丰盛的平地上，而是生长在火山爆发后留下的深坑里。在这样的深坑里，没有阳光的眷顾，没有肥沃的土壤，只有时间的公正，有滴水穿石的毅力。经过几千几万年以后，人们在昔日的死火山口发现了一个奇迹，幽暗的深谷里长满了郁郁葱葱的森林，而又因其生长的地势独特性，被人们称之为"地下森林"。

普通森林雄伟壮丽、遮天蔽日，是植物界的骄傲，而地下森林却长在幽暗的深谷里。作者疑惑："可是你，却为什么长在这里？你从哪里飞来？你究竟遭受了什么不幸，以致使你沉入这黑暗的深渊，熬过了那么漫长的岁月？"[1]文章开头通过问题设置悬念，接下来用大量的篇幅，描绘贫瘠的深谷孕育出茂盛森林的过程，为读者逐渐解开地下森林形成的奥秘。

诚然，作者不是植物学家，不会从科学角度分析几万年的自然变迁，而是融入自己的想象力，以拟人的手法，为读者描摹出森林成长的漫长艰辛岁月。在描绘森林生长的过程中，作者尤其讽刺了阳光。此时在作者笔下，阳光一反常态，成为了态度傲慢的权威者，长在幽暗深谷里的地下森林当然引不起它的眷顾，它高昂的头颅不会为地下森林低下，为它送去温暖。而地下森林，是与阳光相对的弱者形象，条件恶劣，身处低谷，不占任何优势。然而，就是这样弱小的森林种子，在艰难的环境下，凭借着自身的努力，最终对抗住命运的不公，赢得阳光的青睐。阳光并不眷顾自己，但是风把岩石磨成粉末吹落到谷底，溪水将粉末浸润成泥土，树木送来种子，终于，恶劣的环境淘汰掉孱弱的种子，生命的强者携手长成苍天的森林，创造出生命的奇迹。

作者被地下森林所震撼，抒情性的语言，无不显示出作者澎湃的情感。文章用第二人称"你"称呼森林，将森林作为直接的抒情对象，表现出作者感情的激烈与丰沛；这种称谓又可看作是一种拟人手法，使得森林的品格被人格化，由此作者称赞森林坚韧的意志力、旺盛的生命力时，表达的乃是对这样一种人格的欣赏。因此，作者在结尾点明："大自然每一次剧烈的运动，总要破坏和毁灭一些什么，但也总有一些顽强的生命，不会屈服，绝不屈服啊！地下

---

[1]　张抗抗：《地下森林断想》，《文汇报》1980年7月27日。

森林，我们古老的地球生命中新崛起的骄子，谢谢你的启迪。"[1]

作品由此完成了对于文章情感和主旨的升华。地下森林给作者带来震撼不仅仅是自然景观的雄奇，还有坚韧的生命意志。地下森林顽强的精神、坚韧的意志、对生命的热爱，在它们经历了漫长的艰难岁月后最终成就了它们，同时也给我们以深刻的启迪。森林的奇迹尚且如此，作为人更应当拥有对于生命的热爱与坚持，张扬生命的力与美，在逆境与低谷中不自暴自弃，而是愈显生命的坚韧与宽容。

作者能于自然之中发现人性启迪，并将文章写得如此深刻感人，离不开作者的自身经历。作者在文章中对于生命涅槃重生、坚忍不拔的感慨和赞赏是与时代背景结合在一起的。国家刚刚历经劫难，痛定思痛、重整旗鼓，朝着新的目标和征程迈进。正是这种咬牙坚持、坚忍不拔扛过苦难的力量，帮助我们一次又一次度过危机，在磨难中锻炼了地下森林般的筋骨。

新时期，抽离了空洞的宏大想象和叙事，作家们将关注的眼光，重新回到了与生命有关的事物，怀念一个故人、赞美一片森林、颂扬一个马群等。张抗抗以女性感性优美的笔触，讲述了一个与森林有关的故事，赞扬了生命与人格。对于人格的发现、肯定，是新时期散文向启蒙、人道主义复归的表现。人格，不再是作为一颗称职的"螺丝钉"，被纳入集体主义和意识形态的机器时才值得重视，它本身具有美，具有力量，能够创造出生命的奇迹。诚然，作者对于坚韧、旺盛生命力的赞扬，不仅适用于个人，也适用于集体和国家，但正是新时期所具有的时代意义，赋予了它被多种解读的可能性。

第四节　个人情感的表达：《拣麦穗》与《亡人逸事》

新时期散文中，作家们的叙述不再限于宏大的家国叙事，有的以朴实的

---

[1]　张抗抗：《地下森林断想》，《文汇报》1980年7月27日。

笔调书写个人的"小情感"，挖掘生活中平凡却动人的一面。张洁[1]的散文《拣麦穗》就是这样的作品。它讲述了发生在"我"与卖灶糖老汉之间一段天真淳朴、温馨感人的故事，表现了人性的善良、纯洁与无私。作品以其细腻的感受，独特的视角，优美的语言，为文坛注入一股清新的风。孙犁[2]悼念亡妻的散文《亡人逸事》，以平实的语言，记述了作者与妻子在琐碎生活中相濡以沫的情感，表现了妻子对家庭的付出以及自己对妻子的怀念。脱离了宏大的、集体的叙述方式，作家将关注的眼光和倾听的声音都向内转，更加注重个人情感的表达。

《拣麦穗》发表于《光明日报》1979年12月16日。散文以"拣麦穗"为题目，讲的却不是拣麦穗劳动的故事，而是以拣麦穗为线索，讲述了"我"与卖灶糖的老汉之间一段真挚的感情。

农村姑娘拣麦穗的风俗，虽然只是普通的农务活儿，姑娘们却在拣麦穗时投射了自己对于爱情的幻想。作者就是由这种幻想出发，描述了自己作为懵懂少女时对美好爱情的向往，并进而引出自己与卖灶糖老汉之间的故事。在"我"纯洁天真的童年时期，对卖灶糖的老汉产生了懵懂的情感。二姨问"我"要嫁谁的时候，"我"便凭着孩子的直言不讳和天真幼稚，说出了要嫁给卖灶糖老汉的话。起初只是因为想要天天吃到灶糖，但后来随着卖灶糖老汉对"我"的关心，"我"对老汉的情感也产生了变化。老汉没有嫌弃"我"的天真无知，也没有把"我"的出言不逊当成是一种冒犯，而是经常关心我，路过"我们"村时给我带些灶糖、甜瓜、红枣等小礼物，还和"我"开玩笑，"乐呵呵地对我说：'来看看我的小媳妇呀'。"随着"我"的渐渐长大，知道了小时候说过的话是幼稚的，但是对卖灶糖的老汉仍然有朦胧的依恋。直到有一天，有人告诉"我"老汉去了，在思念和感激中升华了情感。

《拣麦穗》充分展现出女性作家的才情，文章温婉细腻，匠心独具，通过一份幼时的幻想，引出一个温馨的故事，收获一份纯真的感情。文章用一种

---

[1] 张洁（1937—），祖籍辽宁抚顺，生于北京。有《爱，是不能忘记的》《方舟》《祖母绿》《沉重的翅膀》《无字》《只有一个太阳》等作品。

[2] 孙犁（1913—2002），原名孙树勋，河北省人，有《荷花淀》《芦花荡》《晚华集》《秀露集》《澹定集》《无为集》《如云集》等。

独特的视角，来展现人性的美好，渗透了作者的生命意识。年少天真，并不懂得思考什么人生大道理，却在不经意间感悟到了生命的真谛、情感的力量。"我"与老汉之间的情感，很难在世俗的情感分类中找到清晰的定位，有朦胧的爱情、忘年的友情，更有长辈对晚辈的关心、晚辈对长辈的依恋之情。这份感情并没有因为难以界定而受到玷污，甚至比一些名正言顺的感情还要纯洁无私。

新时期伊始，刚刚结束思想的禁锢，许多作家都急于一吐心中的压抑，在情感表达上澎湃而激烈，《拣麦穗》却与此不同，显得含蓄婉转。在描写"我"与老汉的情感关系时，多次使用烟荷包、火柿子等意象进行情感寄托。"我"学着大姑娘绣烟荷包的样子，虽然绣工粗糙被母亲嘲笑，但仍然当作宝贝收藏起来，想要等出嫁的时候送给"我"男人。烟荷包，是"我"亲手制作想要送给未来丈夫的信物，里面装满了自己的心意。彼时与老汉的接触，让"我"把对于丈夫的幻想投射到老汉的身上，于是这个烟荷包代表了"我"对于老汉朦胧的情感。作品中"像猪肚一样"粗糙的烟荷包，代表了"我"思想和情感的不成熟，虽然不成熟、不完美，却真实、真挚。直到老汉去了，"我"也没有把这个属于自己男人的烟荷包送给他，老汉成为"我"男人这一想法，便始终停留在了幻想阶段。这样的结局安排和人物关系设定，就使得"我"与老汉的关系始终没有越界，保持了这段关系的纯洁和无私。第二次提到烟荷包，是在老汉去世之后，"我常常想念他，也常常想要找到我那个像猪肚子一样的烟荷包。可是，它早已不知被我丢到哪里去了"[1]，与老汉一同遗失的，还有自己天真懵懂的感情，这种遗憾之感，使故事带上了些许凄美的色彩。

另外一个象征意象是火柿子。作品中这样写到："那棵树的顶梢梢上，还挂着一个小火柿子。小火柿子让冬日的太阳一照，更是红得透亮，那柿子多半是因为长在太高的枝子上，才没让人摘下来。真怪，也没让风刮下来、让雪压下来。"[2]大树的叶子都已经落光，火柿子却还执着地挂在树枝上，显得

---

[1]　谢冕主编：《百年青春·散文卷》，天津教育出版社2002年版，第394页。
[2]　谢冕主编：《百年青春·散文卷》，天津教育出版社2002年版，第393页。

鲜艳、诱人。这颗挂在树上的火柿子，就像那份情感对于"我"一样，在生活中是那么耀眼。这里的火柿子，不仅是那份情感的象征，还象征着"我"对待那份感情的态度，是执着的，甚至怀有某种期盼。作品中两次提到火柿子，第二次在结尾处，"我仍旧站在那棵柿子树下，望着树梢上那个孤零零的小火柿子。它那红得透亮的色泽，依然给人一种喜盈盈的感觉"[1]。火柿子依然耀眼，但是这次，却变成了孤零零的，因为老汉已经离开了。

张洁是新时期成就颇高的作家，连续获得短篇、中篇、长篇小说三项全国大奖，并凭借《沉重的翅膀》和《无字》两次获得茅盾文学奖。张洁对于散文领域的涉入，同样给文坛带来一阵清新的风，她以其独步卓然的风姿，创作了《拣麦穗》《挖荠菜》《盯梢》等优秀的散文作品。张洁的作品，以感情细腻，善于把握人物心理特征而著称，在许多小说中，张洁都将人物的心思、情绪表现得婉转而透彻，并带了女作家的细腻、柔美之感。《拣麦穗》中，同样保持了这样的风格，文章秀丽而精巧，有女性独有的细致在里面，虽然没有宏大的主题，深刻的思想，但将人性的幽微、爱与善良都表现得淋漓尽致。

在感动于"我"与老汉真挚情感时，读者也会注意到两人关系存在一层特殊性。"我"与卖灶糖老汉之间的感情虽然是纯洁无私的，但由于"我"与老汉在身份尤其是年龄上的悬殊，这种对与自己年龄差距颇大的老汉产生的情感，无疑类似于一种恋父情结。散文中的小主人公，一方面有着对于美好感情的向往，另一方面还有一层特殊的心理："等我长大以后，总感到除了母亲，再没有谁能够像他那样朴素地疼爱过我——没有任何希求、也没有任何企望的。"[2]"我"有被疼爱的需求，来自母亲单一的爱，不足以填满"我"的心，"我"还企望有另外一种深沉博大的爱包容自己。《拣麦穗》中，出现过让"我"跟在身后一起拣麦穗的大姐姐，出现过问"我"拣麦穗干啥的二姨，出现过笑话"我"做烟荷包的母亲，但始终缺失一位男性角色。作者的生活看似无忧无虑，但内心深处呼唤着这样一份感情，父亲角色的缺位，使得"我"的这部分感情一直是空缺的，遇到卖灶糖的老汉，便将情感寄托在了老汉的

---

[1] 谢冕主编：《百年青春·散文卷》，天津教育出版社2002年版，第393页。
[2] 谢冕主编：《百年青春·散文卷》，天津教育出版社2002年版，第394页。

身上。而这种情结，在张洁的另外一篇小说《爱，是不能忘记的》当中也有体现，文章以第一人称进行叙述，作为女儿回忆了母亲的生活。在女儿眼中，母亲有很多行为让人不能理解，例如：珍藏着一套不让别人翻看的契诃夫小说选、一本题着"爱，是不能忘记的"笔记本子。在女儿的回忆与审思中，才渐渐明白，原来母亲钟雨爱上了一个比自己年长许多的老干部，并在思念和想象中耗尽了自己的一生。

作品往往有作家个人经历和气质的影子。张洁在作品中所投射的恋父情结，与自己的经历分不开。张洁在年幼时遭到了父亲的遗弃，与母亲在陕北艰辛地生活在一起。幼时的经历造成了她心理的缺失，她自己曾经坦言到，想找一个能够疼她，又是丈夫、又是兄长、又是朋友、又是父亲般的男人。弗洛伊德认为，女孩由于过早失去父爱，常常会将缺失的父爱情感，转移到现实中的某位成年男性身上，这个与父亲年纪相仿的男人，便会成为其缺失父爱的替代品。张洁将自己的恋父情结，投射到作品当中，便有了《拣麦穗》中小女孩对于卖灶糖老汉的依恋，便有了《爱，是不能忘记的》中叙述者的母亲对老干部一生的苦恋。从"恋父情结"理论视角出发，能对作品有更深入的理解。

不过，她们所向往和沉溺的感情都是柏拉图式的精神恋爱。在散文《拣麦穗》中，老汉和"我"之间的感情并没有被挑破，一直是处于一种朦胧的状态，"我"和老汉，都是以无私的心去对待对方，为对方着想，珍视这份感情。在小说《爱，是不能忘记的》中，钟雨和自己一生苦恋的老干部在一起相处的时间，加起来不超过24小时，两人也没有过任何亲密接触，钟雨的一颗心就完全牵挂在对方身上。两位主人公，都将感情置于一种崇高和纯粹的位置。不少作家书写爱情，都会掺杂进欲望、占有、习惯、自私、忍耐等一些人性的弱点、复杂性，他们笔下的爱情往往并不纯粹的，而是多面人性的一种表现，有时甚至将人性丑恶、自私的一面揭露给读者看。而《拣麦穗》和《爱，是不能忘记的》中的爱情，则都是纯粹的、无私的、奉献的，散文中的"我"和小说中的钟雨，都是心思单纯的理想主义者，所向往的爱情也纯粹的。她们对精神世界有很高的追求，对爱情有美好的幻想，而当这种幻想不能在现实当中得到满足的时候，便将它寄托在一个父亲似的人物身上。

　　孙犁悼念亡妻的散文《亡人逸事》，也是新时期表达个人情感的优秀作品。作为中国当代著名的散文家，孙犁出版了《津门小集》《晚华集》《秀露集》《澹定集》等散文集，并创作出《采蒲台的苇》《亡人逸事》等散文名篇。孙犁的散文有一个显著的特点，正如他自己所说，便是"所见者大，而取材者微"。他的散文，经常取材于一些生活中的小事、琐事，而又从这些小事当中，引申出对于生命的大感悟，是一种高境界、大手笔的创作手法。

　　孙犁散文崇尚真实。他认为散文应该取材于现实世界，而表达的也应该是自己的情感真实。他崇尚古代散文大家司马迁、欧阳修、柳宗元的散文，认为其散文贴近现实，而不是一味抒发矫饰的情感。孙犁散文中表现出来的情感是含蓄节制的，叙述是清淡朴实的，一切的风云激荡、浓烈情感，都藏匿于生活细微的琐事。

　　《亡人逸事》创作于1982年。同样是悼亡文字，却与巴金的《怀念萧珊》不同，它摒除了动荡的历史背景，选取与妻子相处几十年间的几件生活小事进行铺陈，于细微之处见真情，用平淡的笔调叙述了妻子勤劳、善良、辛苦的一生。

　　孙犁与妻子是通过旧式婚姻的方式结合的。1929年结婚时孙犁17岁，妻子21岁，直到1970年妻子去世，两人共同走过了40多年的岁月。孙犁的妻子是农村妇女，本来应该跟进步青年、知识分子孙犁没有太多的共同语言，但实际上，妻子在生活和写作上都给了孙犁帮助甚至灵感，孙犁许多作品中的人物形象都有妻子的影子。

　　《亡人逸事》由一件小事入手。孙犁的老丈人在一个雨天邀了两位媒婆来家里躲雨，正是这件事情开始促成了两人的婚姻。妻子在看到洞房喜联横批"天作之合"四个字时便说："真不假，什么事都是天定的。假如不是下雨，我就到不了你家里来！"[1]下雨天相遇本来是偶然，但在妻子心中却看成是一种注定的缘分，一句话既写出了妻子心思单纯又将她对这桩婚姻的满意表现了出来。《亡人逸事》篇幅短小，不过两千字，却写尽了妻子的一生，生动塑

――――――――――

[1]　孙犁：《孙犁文集续编》，百花文艺出版社1991年版，第24页。

造了妻子的形象，充分表达了作者对妻子的深情。文章布局精巧，结构紧凑，事件典型，于平淡中凸显匠心和真情，高度的艺术概括，再现了妻子一生的生命历程。

《亡人逸事》选取两个典型事件来展现妻子形象。第一件事是婚前两人的第一次见面。姑姑安排了他们一起去村里看戏，当时还是未婚妻的妻子，在见到孙犁后，却用力盯了"我"一眼，从板凳上跳下来钻进了一辆轿车里走了。第二件事是结婚多年后作者路过妻子家，想叫她一同回家去，妻子却严肃地说："你明天叫车来接我吧，我不能这样跟着你走。"[1]这两件小事十足地表明，妻子是一个礼教观念很重的人，并且具有她乖巧、老实、腼腆的性格特点，正因如此，才能任劳任怨地与孙犁相互扶持，走过一生的岁月。

妻子在家是小女儿，没太做过活，刚嫁过来时，每天早起下地很辛苦，"她弯下腰，挎好筐系猛一立，因为北瓜太重，把她弄了个后仰，沾了满身土，北瓜也滚了满地。她站起来哭了"[2]。这个时候的妻子还是由一位"肩不能扛，手不能提"有些娇气的女人。后来因为生活的打磨，她变成了独当一面的坚强母亲，战争期间一个人带孩子，并承受了大儿子盲肠炎不治而亡的巨大打击。这些事件的描写，使得岁月的残忍、妻子的辛劳跃然纸上。

艰苦的岁月消耗了妻子的生命和青春，但是孙犁在作品中几乎没有对于历史背景的描写，就是在战争中独自带孩子这样的辛劳，也只是以"后来，因为闹日本，家境越来越不好，我又不在家，她带着孩子们下场下地"，"几个孩子也都是她在战争的年月里一手拉扯成人长大的"[3]。这样简单的话语带过，愈发体现出妻子的辛劳。

孙犁对妻子是怀有愧疚的。两人虽结为夫妻，但分离之日多，相聚之日少。在《亡人逸事》的结尾，孙犁写道："我们结婚四十年，我有许多事情对不起她，可以说她没有一件事情是对不起我的。在夫妻情分上，我做得很差。"[4]孙犁为了革命、为了文学，整日在外奔波，家中的事需要妻子一人

---

[1]　孙犁：《孙犁文集续编》，百花文艺出版社1991年版，第24页。
[2]　孙犁：《孙犁文集续编》，百花文艺出版社1991年版，第25页。
[3]　孙犁：《孙犁文集续编》，百花文艺出版社1991年版，第25页。
[4]　孙犁：《孙犁文集续编》，百花文艺出版社1991年版，第27页。

操劳。然而辛劳还不是最苦的，长子的病逝、孙犁在1956年的神经衰弱、在"文化大革命"期间轻生的想法等都给妻子巨大的打击，也是妻子生病最直接的原因。

孙犁在妻子王氏去世后曾有过一次续弦的经历。续弦的对象叫张保真，是一位美丽风韵、有文化的社交型女性，但是孙犁与张保真的婚姻并没有得到善终，结合后仅几年就离婚了。离婚后，孙犁在给朋友韩映山的回信中提到，张保真"不地道，不可靠，不懂事"。理应与孙犁志同道合的知识新女性没能和他走到一起，反倒是农村里那个21岁就和他结婚的妇女勤勉地一直陪在他身边。

《亡人逸事》用朴实的语言，描写了一位任劳任怨、用心付出的妻子。夫妻相处几十年的岁月，并没有做流水账似的记录，而是挑选典型事件来表达主旨，展现人物，而且所选择的都是一些不太感伤的人生片段。孙犁的妻子经历了十年内乱，甚至还有抗战这样的历史大事件，也在这些事情中饱受磨难，但孙犁却避开对大历史的书写，选取生活琐事来表现妻子的性格和两人的情谊，语言上也更加平稳，加入了一些对话和人物描写，娓娓道来，感情含蓄而节制。作品表达的也是个人的小情感，自己对妻子的愧疚，以及妻子走后自己的孤独感。晚年孙犁，在回忆往事时自我总结到："我这个人对于家庭里的那些事，也不善于处理，不善于处理这种关系。……我觉得，只有我那个天作之合并主张从一而终的老伴，才能坚忍不拔、勉勉强强地跟我度过一生。换个别人，是一定早就拜拜了。"[1]感愧与孤独之情溢于言表。

《拣麦穗》和《亡人逸事》都是新时期表达个人情感的散文。《拣麦穗》创作于1979年，是一篇具有女作家气质和特点的散文。"文化大革命"中，个人长期淹没在集体的洪流里，而女性也在男性中心的光环下被忽视。新时期以来，虽然杨绛、宗璞、丁玲等女性作家创作出许多优秀的作品，但是由于汇聚在"伤痕文学""反思文学"等潮流里，夹杂在记录"文化大革命"、控诉"文化大革命"的主题中，女性群体的特性并不明显。《拣麦穗》虽然创

---

[1] 孙犁：《与郭志刚的一次谈话》，《如云集》，山东画报出版社1999年版，第121页。

作于同时期，却撇开历史的宏大叙事，抒写个人情思，凸显女性特征，是作家的需求，也是一种超前的意识。在题材上，它涉及了爱情。虽然散文中的感情是朦胧的，算不上真正的爱情，但女作家开始向她们最熟悉和最喜欢的题材靠近。《亡人逸事》创作于1982年。1970年，孙犁的妻子在"文化大革命"中因病去世，给孙犁带来雪上加霜的打击。十二年后，借着新时期文学开始书写个人情感的东风，孙犁以深情的笔墨写下《亡人逸事》，表达对亡妻的怀念。同样是书写爱情，在张洁笔下朦胧的感情被她书写得如诉如泣、婉转细腻，而孙犁虽写的是与妻子的感情，却很少给人儿女情长的柔弱感，而多了生命逝去的沧桑感。

"文化大革命"期间，散文创作奉行"政治标准第一，艺术标准第二"，散文多表现宏大题材和高大全的人物形象。"杨朔模式"所提倡的"从生活的激流里抓取一个人物、一种思想，一个有意义的生活片断，迅速反映出这个时代的侧影"颇为那个时代的散文所青睐。人们被参与历史、见证历史、创造历史的自我幻觉所激励着，全身心投入到参与历史当中，忽略了渺小的个人。

新时期以来，文学的创作观念发生转变，越来越注重其审美功效，文学从"政治本体论"向"文化本体论"转向，不再以浮夸的感情塑造"高大全"的人物形象，而是越来越注重人性，展现个人情感。《拣麦穗》与《亡人逸事》就是在这样的环境下创作出来，两篇散文都没有注目宏大的历史背景，波澜壮阔的历史风云被隐去，高大威猛的英雄人物不再是主角，作家从平凡生活出发，抒写小人物的小情绪。卖灶糖的老汉和孙犁的妻子都是没有任何丰功伟绩的普通人，但作者以细腻的笔触写了他们善良、温柔的内心，朴实、勤勉的一生。这样的人物比起那些为祖国建设做多很大贡献的、击退了敌人的、建功立业的英雄来说，显得微不足道，但作者仍愿意投入真实的情感和精力去书写、记录甚至是歌颂他。两篇散文都写得朴实无华，风格是平淡的，感情是含蓄的，语言是简练的，题材是琐碎的，并无复杂的情节、激烈的情感、华丽的语言，却于平淡中凸显了匠心和真情，以精巧简练的布局和高度的艺术概括性，再现了作者生命中重要的人物，并将深情寓于平淡的叙述中。作者以朴实平淡的笔调记录生活的琐事，没有忧国忧民的感叹，表达的都是个人的小情感，褪去光环，展现生活的另一种本质。

《拣麦穗》和《亡人逸事》中个人情感的真实表达，对于人性美好的真实书写，是新时期人道主义的重要内容。有学者指出："新时期文学的启蒙人道主义，其特点可以表述为：深切同情在极左政治暴力下被侮辱、被迫害、被冤屈的受害者和不幸者；批判极左思潮、传统文学的消极因素以及僵化荒诞的现实处境对人的伤害，对人性的扭曲异化；抒写逆境中的美好人性，张扬人道主义精神。"[1]新时期的散文中，前期哀悼散文、反思散文等书写的都是同情不幸者，批判极左思潮的内容，而《拣麦穗》《亡人逸事》则是后者，书写的是真实美好的人性，这同样是一种启蒙。前者告诉我们什么是错的，而后者则告诉我们什么是美好的、善良的，如果人人都向善，都为善，那么就不会有悲剧发生。这正是在"在'同情'和'批判'的二维结构中生长出超拔向上的人道主义精神的第三维，即在苦难叙事或悲剧处境中正面书写美好人性，张扬人道主义精神[2]"。《拣麦穗》《亡人逸事》便是这样一种人道主义精神，这是一种浪漫的人道主义精神，强调的是人在苦难面前表现出来的坚韧力量和人性的美好。散文中表达的情感，平淡、简单，却丝丝入扣，是慰藉人心的温暖力量。在见惯了人性中的恶，人与人之间的互相伤害、互相猜忌之后，这样的感情让人相信世间还有值得信赖的美好存在，呼唤着人性中善良的一面重新醒来。

第五节　女性意识的复苏：《羞女山》

巴金等老作家以敢于讲真话的气魄，翻开了新时期散文崭新的一页，抒

---

[1] 王达敏：《从启蒙人道主义到世俗人道主义——论新时期至新世纪人道主义文学思潮》，《文学评论》2009年5期。

[2] 王达敏：《从启蒙人道主义到世俗人道主义——论新时期至新世纪人道主义文学思潮》，《文学评论》2009年5期。

写了自己的真情实感。张洁、孙犁等则将文学由宏大的主题和叙事，带回到写作个人的小天地中，注重个人经验和情感的表达。到了叶梦，这种个人体验更加深入和私人化。

叶梦[1]是新时期重要的女性散文作家，以一篇发表于1983年《青春》第12期的散文《羞女山》成名，在接下来的几十年中，仍然笔耕不辍，陆续发表了《不能破译的密码》《今夜，我是你的新娘》《我不能没有月亮》《走出黑幕》《护生草》等作品，集结出版了《小溪的梦》《灵魂的劫数》《月亮·生命·创造》《遍地巫风》等散文集，为中国当代文坛创作了不少优秀作品。

叶梦的散文在新时期散文中是独树一帜的。新时期被看作是经历了"文革"之后的又一次启蒙，在文学创作上，延续了"五四"许多理念、功能、方法。女性文学是"五四"文学的重要内容，作为某种程度上被看作"五四"文学继承者的新时期文学，讲真话的、反思历史的、书写个人生命体验、歌颂高尚人格的散文都已经出现，却迟迟不见女性散文的复苏。虽然有杨绛、丁玲、张抗抗、张洁、宗璞等女性作家活跃在文坛上，但并未创作出特别引人瞩目的女性主义散文。楼肇明曾总结过女性散文的三个特点："（一）对女性社会角色的思考；（二）这种思考是以自己的经历体验为基础的，换句话说是以自身的经历体验和女性的心理特征作为观察社会人生、历史自然的视角和触觉；（三）其想象方式具有女性的心理特征，偏爱或擅长顿悟，直觉，联觉等等。"[2]以上提到的女性作家，只是从一个普通人的角度来记录生活中的事件，抒发情感，即使带了女性的视角和情绪，但这种特点并不突出，也没有独一无二，因此算不上真正意义上的女性散文。直到叶梦以自己的亲身经历和体悟写下了《羞女山》，虽然是游记题材的散文，但是渗透了女性自身的心理——生理的体验，以及对女性生存状况的思考和生命意识的觉醒。作者将女性意识和生命体验融入到散文创作当中，探究女性奥秘、价值，形成自己独特的风格以及对女性生命的独特关照。

---

[1]　叶梦（1950—），原名熊梦云，湖南益阳人，代表作有《啊，绿色的荔枝树》《小溪的梦》《遍地巫风》等。

[2]　楼肇明：《女性社会角色、女性想象力、巫性思维》，《散文选刊》1990年第1期。

　　叶梦出生于湖南，从湘西这片土地中得到了滋养。徜徉于湘西的山水中，激发了叶梦的许多灵感，使她写出了《羞女山》《青岩山遐想》《天平山之谜》《汨罗江边的金橘林》《幕阜重阳雨潇潇》《南岳瘦月之夜》等山水游记作品，并在作品中融入自己的文化哲思，湖南的山水在她笔下得到灵动的呈现。叶梦散文涉猎广泛，刘锡庆将叶梦的散文分为四类："第一类'生命体验'散文；第二类'诗化'散文；第三类'山川游记'散文；第四类'怀人'散文。"[1]《羞女山》是"山川游记"中的代表作，也是叶梦的成名作。它以一次游记经历为出发点，记录了和友人们到羞女山游历的过程，描写了山水秀丽的外貌，并从中感悟和抨击了封建思想对于女性的禁锢，赞美了狂放不羁、乐天知命的生命强者。

　　散文的开头，作者首先用简短的语言介绍了羞女山的文化和自然典故，"羞女山""羞水""桃花江美人窝"首先让读者对羞女山有了期待。作者写道："为了却这多年的夙愿，我和一帮朋友相约去了一趟羞女山。"最初这次游玩并没有显示出什么特别之处，它和普通的旅游一样，饱餐一顿，嬉戏山水。正当"我们"带着普通的满足感离开时，车开到距离羞女山某个特定位置，羞女山才呈现出了她作为羞女的真正面貌。从这个特定的位置看过去，羞女山宛如一个躺在江边的富有生气的少女。少女身体的线条、每个部位的轮廓、温柔的姿态，都在夕阳斜照中突然展现在了作者眼前。

　　作者以拟人的手法，描绘了羞女山作为一个"女人"的身体形态特征，同时融入遐想、比喻，展现了一个女人的身体能带给人的审美和幻想。此时，作者已经不仅仅是在描写自然景物，实际上已经是在描写一个实在女人的身体。而对于女性身体的大胆描写，是作品中灌注了女性意识的明显表现。新时期女性主义散文，即使具有一定的女性意识，涉及的也只是女性的情感体验。而在《羞女山》中，作者则回到了女性不同于男性的身体特征，回到了性别最基本的区分，是对女性最灵敏也最基础的关注。作者描写的羞女山极具"丰腴""柔和"之美，满足了人们一般对于女性的认知和期待，从而更加突出了

---

[1]　刘锡庆：《品评叶梦——与友人聊叶梦散文》，《南方文坛》1997年第5期。

女性特质。在封建道学家的眼中，羞女四仰八叉裸身躺在光天化日之下是有失体统的。但是作者却将羞女的姿态细致地描绘了出来，这是对于女性身体的一种认可和正视。作者通过对于女性身体、生理特征的关注和正视，发出了新时期女性主义复苏的宣言。

　　散文通过对登山行程的回忆，分别描写了羞女山各个位置的景致，表现了羞女山的秀丽、柔美，并在回忆中感受到柔情——"我们曾经投身她那温软的怀抱。"散文主要围绕羞女山外形特征，并结合作者爬山的亲身体验，以拟人的手法，对羞女山及其具有的女性身体特征进行了描写，这是女性重新认识自身，女性意识萌发和复苏的表现。但作者的女性意识并不只停留在观察女性生理特征的层面，她还将笔触伸到女性角色的社会、历史背景当中：

　　　　传说中的羞女原是一个美丽的村姑，贪色的财主得见，顿生邪念。作为弱女子的村姑，眼前只有一条路，逃！奔至江边，无路。财主赶上来扯落了她的衣裳，她纵身往江中一跳，'轰'地化成了石山。[1]

　　传说中，羞女是一位遇到强暴只会用跳崖、自尽等这些消极的方式来抵抗的弱女子。这种行为在古代会被认为是一种有节操、有骨气的行为，受到颂扬和标榜。这种所谓"饿死事小，失节事大"观念的盛行有两方面的原因。一方面，在古代，女性被认为是男人的附属品，她们的人格和尊严没有受到充分的尊重，坚决捍卫自身贞洁被看作是一种对于自己所属的绝对忠诚和依附，因而受到称颂。另一方面，之所以形成这样的格局，与社会给予女性的生存、发展空间狭小是分不开的，女性没有在社会上自立自强的能力和机会，一旦离开了男人，便很难生存下去，这在客观上造成了女性的附属地位。同时，长期的附属关系又导致了女性性格的软弱。因此，在古代，很多女性总是难以逃脱悲剧的命运，除了是被强暴后自尽这样的悲剧外，还有在爱情中被抛弃，以及嫁人以后受苦受累、积劳成疾外，女性在社会中总是充当被牺牲的角色。

---

　　[1]　叶梦：《羞女山》，《青春》1983年第12期。

叶梦不仅认识到造成女性悲剧命运的社会历史原因，也从女性自身寻找导致悲剧的性格弱点，并从这些弱点出发进行了批判和思考。她在《啊，绿色的荔枝树》中，就塑造过外婆这位传统女性形象。外婆兼具传统女性善良、隐忍、无私奉献的优点，但同时又具备了传统妇女所具有的弱点。她们任劳任怨，为家庭付出很多，但又因为一门心思牵挂在丈夫和孩子身上而失去自我，并且这种"过度关心"有时还引起丈夫和孩子的反感；她们由于没有经历过科学、民主的洗礼，通常表现得封建愚昧，遇到问题时不能冷静分析，理性解决，并且由于缺乏安全感，而表现得有些神经质……这些特征，都是作者通过作品挖掘出来的造成女性悲剧命运的性格弱点。叶梦作为新时代女性，认识到传统女性的性格弱点，在作品中对这些弱点进行了批判。《羞女山》对那种只会投江、上吊、变成石头的弱女子表示了否定，"大凡传说中的女子，对于强暴，只有消极抵抗的份，除了投江、上吊、变成石头，大概再没有其它法子了"[1]。作者认为跳崖是一种软弱的体现，不仅无益于问题的解决，反而落得个亲痛仇快，并不是一个好的做法。传说，羞女山是由一位跳崖女子化身而来的，在作者看来，这个传说并不可靠：

> 可眼前的羞女明明不是这样的弱女子呢！她那样安闲自若，那样姿态恣肆地躺着。哪象一个投江自尽的村姑？她那拥抱苍天，纵览宇宙的气魄与超凡脱俗的气质表明：她完完全全是一个狂放不羁、乐知天命的强者。[2]

在作者眼中，羞女山并未表现出一位跳崖弱女子的姿态，而明明是一位生命的强者。通过这样的表态，作者表明了自己欣赏的是一种与弱女子相反的类型。这样的女性是强大的，但这种强大并不表现在强烈的攻击性上，而是一种无所畏惧的泰然自若。她的心胸和气魄是博大的，博大到能够拥抱苍天，包容宇宙万象；但她又是细腻的，能够感受一朵花一株草的生长和一个人细微的

---

[1] 叶梦：《羞女山》，《青春》1983年第12期。
[2] 叶梦：《羞女山》，《青春》1983年第12期。

情感变化；她既能够无畏地付出，又能够温柔的体贴。可以看到，作者并不认为女性就应该处在弱势地位，她所欣赏的女性同样是敢于担当生命的强者，拥有旺盛的生命力和创造力，将自己的生命挥洒得淋漓尽致。

这样一种对于生命强者的赞赏与周涛在《巩乃斯的马》、张抗抗在《地下森林断想》中所赞赏的理想人格是相似的。巩乃斯的马在命运面前没有黄牛似的苦大仇深、骆驼似的奴颜媚骨，而是充分展现出蓬勃昂扬的面貌，不卑不亢的姿态；地下森林在幽暗的深谷中，不妥协，不放弃，以坚忍不拔的毅力长成茂盛的森林。新时期的这几位散文作家，他们赞颂的都是生命强有力的姿态，而不是随遇而安，更不是懒惰和软弱。

既然羞女山不是传说中的那位弱女子，那么她是谁呢？她这样古老、强大，作者认为只有女娲才配是她。人类是她创造的，她存在于是非存在之前，她就这样肆意地躺在山水之间。然而却被封建卫道士认为是不耻的，"也许，会有人抱怨她仰天八叉地躺在那，未免不成体统，未免不像一个闺阁，未免太不知羞"[1]。在散文的最后部分，作者将批判的笔锋直指封建思想和卫道士。

人的身体本来是自然而然的东西，却有卫道士认为它是不耻的。虽然人类文明的发展使人类有了知羞耻心，并衍生出许多礼仪习俗，但是文化和文明的发展并不代表要泯灭人性和欲望，走向另一个极端。人们将自己狭隘的思想强加于羞女山，甚至在录入典籍时将"羞"改为"修"，使得羞女山虽然有得天独厚的自然条件，却"养在深闺人未识"。

作者还将羞女山比作杰出的艺术品。羞女山不仅在外形上惟妙惟肖，并兼备着气质、神韵，活脱脱一件大自然的杰作。羞女山达到了近乎完美的程度，是古今中外一切艺术家苦心追求而又可望不可得的。如此，作者又将羞女山推上了一个新的高度，达到了形神兼备、天人合一的完美境界。作者对羞女山毫不掩饰自己的欣赏和推崇，因此在文末呼吁：你醒来吧，羞女山！这一句大声的呼喊，似豪放有力的宣言，加强了文章了力度，彰显了作者的勇气和信

---

[1]　叶梦：《羞女山》，《青春》1983年第12期。

心。作者呼吁羞女山醒来，不仅是对于羞女山的欣赏和赞叹，表达的更是女性精神解放的诉求。作者渴望能消灭封建道学家的愚昧和偏见，女性能摒弃身上千百年来积习的性格弱点，成为乐知天命的强者。这正是作者笔下羞女山所具有的品质，也是作者在新时期呼吁羞女山醒来的原因。

叶梦的散文标志着中国女性文学的自觉。[1]在《羞女山》中，叶梦通过对羞女山外貌特征、神话传说、历史典故、艺术遐想等多方面的描写和叙述，抒发了强烈的女性意识，并在表达了性别认同感的同时批判了封建落后的性别观念，张扬了新时代女性主义精神。《羞女山》将女性从集体的、社会的文学表达中解放出来，呼吁读者关注女性生理-心理状况，正视女性性别，张扬女性特征，"她的强烈的'创造'意识，鲜明的'女性'心理，奇颖的女性'巫性'思维，加上她在题材领域的大胆开拓，使她的散文带上了'惊世骇俗'的先锋意味"[2]。也使得叶梦的散文在新时期具有了推动女性精神解放的意义。

---

［1］　刘锡庆：《湖南文学史》，湖南教育出版社2006年版，第334—337页。
［2］　刘锡庆：《新中国文学史略》，北京师范大学出版社2004年版，第269页。

第五章

新人文与价值关切

第一节　价值关切与散文运动

当我们回顾中国白话散文的历史，很容易就会发现，虽然曾有人在80年代中期对散文的发展做出过消极的预测，但到20世纪最后十年，大多数人关于散文的看法却转而变得乐观起来。如1990年，上海《文学报》就对此发出了豪情壮志的宣言："九十年代将是散文大发展的年代，散文将在开放与多元中崛起。"[1] 而之后的事实也有力证明了这一点。每一个对散文有所关注的人，都可以毫不迟疑地指出，中国散文在90年代确然迎来了一波世纪末的热潮。

最引人注目的是大量散文作品被整理成集出版。如百花文艺出版社的"现代散文丛书"、上海文艺出版社的"新时期优秀散文精选"、花城出版社的"中国当代百家"、中国青年出版社的"青年散文选"等。

---

[1]　《散文将在开放与多元中崛起》，《文学报》，1990年5月31日。

散文发表的阵地快速壮大，相继出现了一些新的散文杂志和散文专栏，纷纷设立散文奖。贾平凹提出"大散文"创办《美文》杂志，《大家》杂志设立"新散文"栏目，《收获》杂志开辟专栏连载余秋雨的《文化苦旅》，如此等等。众多散文奖设立，如1988年设立的首届庄重文学奖、1997年设立的鲁迅文学奖以及2000年中国散文学会根据冰心遗愿设立的冰心散文奖等。

应该说，新人文是这一时期的关键词。所谓新人文是指不同于以往的人文主义精神。"人文主义"来源于英语单词"humanism"的中文译名，并未得到过清晰而准确的定义。恰如阿伦·布洛克所指出："人文主义、人文主义者、人文主义的以及人文学这些名词，没有人能够成功地作出别人也满意的定义。这些名词意义多变，不同的人有不同的理解，使得辞典和百科全书的编纂者伤透脑筋。"[1]在他看来，人文主义实际上是看待人和宇宙的三种模式之一，相比于其他两种，人文主义"不是集焦点于上帝、自然，而是集焦点于人，以人的经验作为人对自己，对上帝，对自然了解的出发点"[2]。

在中国漫长的历史中，"人文"一词早已出现。《周易》有："文明以止，人文也。观乎天文，以察时变；观乎人文，以化成天下。"[3]这里的"人文"是相对自然而言的，指社会文明秩序。汉语中的"人文"真正与西方价值观中的"人文主义"思想接轨，还要等到五四新文化运动时期。白话逐渐取代文言的正宗地位，以胡适为代表的启蒙知识分子所大力宣扬的民主、科学、自由、平等观念的重要思想资源之一，就是西方的人文主义。

人文主义可分为狭义和广义两种。狭义的人文主义，特指欧洲文艺复兴时期出现的一场文化运动。广义的人文主义则把范围扩大到整个西方文明，认为从古希腊和古罗马时期开始，人文主义就一直以不同的时代内涵延续着，深深根植于西方的价值体系。

被称为"中国的文艺复兴"的五四新文化运动，自然与人文主义有着密不可分的联系[4]。人文主义虽难以准确定义，但它的基本内涵却并未随着外

---

[1] 阿伦·布洛克：《西方人文主义传统》，生活·读书·新知三联书店1997年版，第2页。
[2] 阿伦·布洛克：《西方人文主义传统》，生活·读书·新知三联书店1997年版，第12页。
[3] 见《周易》中的《贲卦·象传》。
[4] 李怡、颜同林：《人文主义与五四新文化运动》，《福建论坛》2006年第1期。

界而改变，反而历久弥新，并随时代、环境进行自我调整和扩充。

20世纪90年代的"散文热"包括三种思潮，以及散文发展的三种趋势。三种思潮是指文化散文思潮、大众散文思潮和新生代散文思潮。三种趋势，即散文的精英化、大众化、商品化。

人文精神大讨论不仅开启了新一轮的人文思考，而且也开启了新一轮的文化散文写作。1993年，王晓明等人在《旷野上的废墟——文学和人文精神的危机》一文中认为，"今天的文学危机是一个触目的标志，不但标志了公众文化素养的普遍下降，更标志着整整几代人精神素质的持续恶化。文学的危机实际上暴露了当代中国人人文精神的危机，整个社会对文学的冷淡，正从一个侧面证实了，我们已经对发展自己的精神生活丧失了兴趣"[1]。而散文写作正好是"知识分子精神与情感最为自由与朴素的存在方式"[2]，毕竟一板一眼的报告文学已经显得不合时宜，反而渐渐演变成为名人著书立传式的市场化产物；而尖锐的杂文在此时的处境也有些无所适从的尴尬，这为学者、小说家、诗人们，把目光投向散文领域，试图用散文来实现对文化人格的重建，提供了历史契机。文化散文思潮，就是在这样的背景下诞生的。

所谓文化散文，即"创作者以文化的视角观照现实生活，再进行创作的一类散文。作品中往往有着浓厚的文化氛围，自觉的文化意识，包含了深广的文化内涵"[3]。事实上，从20世纪80年代中期起，一部分学者创作的散文就已初具文化散文的特点，如张中行的《负暄琐话》。但这些创作本身较为零散，并未形成较大的规模。直到1988年余秋雨的《文化苦旅》在《收获》杂志上以专栏的形式开始连载，文化散文才以横空出世的姿态进入绝大多数人的视线，随后又一路高歌猛进。代表作家和作品如王小波《我的精神家园》《沉默的大多数》、余秋雨《文化苦旅》《山居笔记》、夏坚勇《湮没的辉煌》、邵燕祥《历史中的今天》《说欺骗》、李国文《大雅村言》《唐朝的天空》，王充闾《清风白水》《春宽梦窄》，祝勇《旧宫殿》、周涛《游牧长城》、素素

---

[1]　王晓明：《旷野上的废墟——文学和人文精神的危机》，《上海文学》1993年第6期。

[2]　王尧：《错落的时空》，河南大学出版社2007年版，第30页。

[3]　张振金：《中国当代散文史》，百花文艺出版社2012年版，第167页。

《独语东北》等。[1]

20世纪90年代文化散文的内容，虽然看似纷繁复杂，但实则有迹可循。它主要由两大主题的作品构成。一类是对历史进行重构和再阐释，余秋雨就是个中代表。他的《道士塔》这类散文从特定的角度重新进入历史，对传统文化进行价值评判，将古与今二者有机结合，互为映衬。还有一类文化散文，在表达自我时并不像余秋雨他们一般直接，比起向外从历史中寻求答案，他们把目光转向对自我的审视和拷问。他们更多的认为人们精神的迷失是由于在都市这片"被肆意修饰的野地"中被欲望的洪流冲击而造成，所以他们试图从都市中逃离，自觉与世俗喧嚣保持距离，好为自己建造一个精神家园，史铁生、张炜和韩少功就是其中的代表。史铁生因为身体突然残疾陷入绝望，为了振作而被迫开始重新思考生命的价值。在其代表作《我与地坛》中，他笔下的地坛不仅是一个寄托着他深厚感情的意象，更是他日复一日为自己建造的精神堡垒，他在其中思考、观察，对自己的心灵进行净化。而张炜选择《融入野地》，呼吁人们重新找回与自然间的那种亲密的联系，指出人只有生活在大地上，用劳作与之沟通，才能保有纯洁的天性与平和的心境。至于韩少功，则是于《夜行者梦语》里做一位在世俗欲望洪流中踽踽独行、保持清醒的思考者。三位作家的相同之处在于，他们都在散文中放入了强烈的主体意识，以此努力尝试找出唤醒人性，通往未来的路径。王充闾、李国文两人的历史文化散文都张力十足，有着丰富的人文底蕴。他们集中于从文化的角度，重新观照历史和各类人文景观，把读万卷书与行万里路有机结合在一起，在大好河山与历史长河里不断反思与追寻。祝勇的《旧宫殿》是一本集散文、小说、史料等于一体的文集。作家在故宫博物院任职的经历，让他选取中国古代历史作为背景，但和其他热爱沉浸于历史中"怀旧"的文化散文不同的是，《旧宫殿》并非是要赞美我国的古代文明有多么灿烂，而是冷眼审视封建专制下造成的种种扭曲异化，毫不留情地批判其歌舞升平表象后的腐烂以及必然覆灭的命运。

当然，文化散文中除了这两种主要的类型之外，也有一些难以划分又独

---

[1]　参见范培松《散文脉络的玄机》，广东人民出版社2016年版，第287页。

具特色的散文作品，可将之称为"思想随笔"。比如王小波的散文，采用戏谑的笔调，对长期以来主流的、以政治为绝对中心的价值体系发出质疑和解构。他的代表作《沉默的大多数》和《一只特立独行的猪》行文夹叙夹议，富有哲理和思辨的趣味，思想性和尖锐性都比一般的文化散文更为犀利，从中我们可以感受到人文主义精神中理性的魅力。在王小波的散文中，充盈着对理性之光的赞美和推崇，对自由与独立的追求。

可以说，文化散文的兴起正是散文精英化趋势的重要标志之一。在很长一段时间内，散文都被视作一种传声筒式的工具（如"工农兵代言人"、"匕首"的说法）。而九十年代的"散文热"，尤其是文化散文，漂亮地呈现了散文被规定好的立场以外的一种可能性，最大限度地剥离了影响文本的其他外界因素，从而避免了重复以前的套路和样板。文化散文创作者大多位于精英阶层，他们的视野更多集中在文化、历史、哲学等领域，往往更追求满足对自我审美需求的表达和对社会现状的批判，并试图用自己的方式为人文精神困境探索出路。由于创作群体大多具有较高的文化素养，行文常常旁征博引，言辞优美，字里行间营造出浓厚的人文气息，打破了千篇一律的平铺直叙。

学者散文与文化散文如同并蒂双生，难以彻底分离。二者的创作主体、内容、风格均有相当多的重叠之处。学者散文的创作者，为某一领域专精研究的学者，因而往往站在学者立场进行散文创作，行文体现出丰富的知识储备与严谨缜密的逻辑。早在20世纪40年代，钱钟书、梁实秋等人的散文创作其实就已经颇具学者散文的风味。八九十年代，这一批学者散文的批判性和反思性更强，代表如南帆的《辛亥年的枪声》，通过对林觉民一生中几个关键时刻的描绘，让历史与现实交织，让英雄的浩然正气得以永存。还有张中行的《顺生论》、周国平的《人与永恒》、刘小枫的《这一代人的怕和爱》、雷颐的《被延误的现代化》、谢泳的《逝去的年代》、摩罗的《耻辱者手记》、骆爽的《"批判"文化人》等。

大众散文可以说与精英散文同时兴起，它们是对同一时代的两种不同文化的反应。事实上，在文化界围绕人文精神危机展开热烈讨论时，王蒙就曾提出过自己对此的怀疑："人文精神究竟是指什么？它干脆是指一种西方式的基督教价值标准？自由平等博爱尊重个人？这玩意不适合咱们的国情，咱们压根儿不这么讲。压根儿没有的，上哪儿失落去？"[1]连知识分子内部对于人文主义精神在中国的内涵和作用都有不同的理解，更广大范围的阅读人群，把目光投向文化散文以外的读物，就显得格外顺理成章。戴锦华就曾对当时的文化语境做出如下概括："在今日之中国，一个不容置疑的事实是——'大众'文化不但成了日常生活化的意识形态的构造者和主要承载者，而且还气势汹汹地要求在渐趋分裂并多元的社会主流文化中占有一席显位。"[2]

如果说文化散文相比之前的散文，最大的变化是文本中创作者自我意识的强烈参与感被凸显，那么大众散文就是反其道而行之，把接受者的需求放在了首位。因而在题材和内容上都摒弃了艰深晦涩或一本正经的说教，转而强调散文的休闲娱乐性；对现实的关注更多地集中在日常生活而非高屋建瓴，语言通俗、闲适。作者和读者的关系明确的建立在商品消费上。

大众散文思潮涵盖面较广。它包括"小女人散文""生活散文""新媒体散文"等，特点是通俗有趣。它的兴起以"小女人散文"为标志，"小女人散文"指的是一批女性作者创作的、以自己的生活为中心来展开叙述的散文，多描写家庭、工作中的日常琐事及感悟。跟20世纪80年代女性意识蒙眬的觉醒不同，小女人散文的创作主体虽然也是女性，但她们不太关注女性作为群体的生存处境，基本上只把目光放在个体的生活感悟上。代表作家如红尘、黄爱东西、黄茵、由叶、黄文婷、张梅、石娃、素兰妮以及莫小米等。她们大多来自广州、上海等经济发达、商业繁荣地区，最开始在各类晨报、晚报副刊上发表作品，受到广大市民们的喜爱后便迅速拥有自己在文化市场上的一席之地。上海人民出版社曾以"都市女性散文"为题出过两辑她们的散文专辑。这批作者往往有稳定的工作（以从事新闻传媒业的居多）和一定的社会地位，不关心严肃的社会话题，转而追求一种小资情调和感官享受。

新媒体散文亦是如此。所谓的新媒体散文，指的是20世纪90年代中后期以来，主要在网络等渠道发表、以新兴电子媒介为载体传播的散文。不同于传

---

[1]　王蒙：《沪上思絮录》，《上海文学》1995年第1期。

[2]　戴锦华：《隐形书写——90年代中国文化研究》，江苏人民出版社1999年版，第3页。

统的纸质出版物，它们的主要阵地是各类网络社区、博客等。代表人物有痞子蔡、王小山、胡一刀、王义军、安妮宝贝、黄咏梅等。代表作如韩小蕙的"新闻体散文"《这个年龄的女儿有点怪》，2000年由王义军主编的"东南西北中"五卷本"新媒体散文"丛书，以及湖北教育出版社结集出版的年选本《2001年最佳新媒体散文》《2002年最佳新媒体散文》等。"小女人散文"的大量涌现，也得益于自由撰稿人的增加和媒体行业的快速发展。

新生代散文的出现，与作为个体的人被突显有关。自20世纪90年代以来，后现代主义和消费主义的崛起，使整个社会的主流文化形态与从前的文化语境形成一种错位、割裂的局面。集体主义的观念开始退出历史舞台，"人"作为个体存在的价值越来越受到关注和重视，个人的自由选择前所未有地受到肯定，多样化的生活方式，更好地满足了人们张扬个性的需求。加上大众传媒的技术革新、政治色彩在日常生活中的淡化、法制的逐步健全、人与人之间岌岌可危的信任关系……一切因素叠加指向的后果正如韩少功在《夜行者梦语》谈到的："对于我们来说，个人越来越是更可靠的世界。"[1]更加注重描绘个人体验而非一味追求以前的普世性，成为新生代散文的一个特点。

新生代散文亦称新艺术散文、新潮散文、先锋散文或现代主义散文等。1991年老愚编选的中国大陆新生代散文选《上升》，在序言中他借用牛汉对新生代诗人的称谓，把1985年以后出现的青年散文作者命名为散文新生代。新生代散文较早的有刘烨园的《濛濛的年轻》和《自己的夜晚》，在后者中他通过描写自己夜里的一次沉思，领悟到白昼总是充斥着喧闹的诱惑，无意义的消耗着人的生命力；只有独处的夜晚，才能让我们看清自我，拾回生命尊严。1993年，楼肇明、老愚共同主编的新生代散文集《九千只火鸟》。1997年《散文天地》第6期推出"新生代散文专号"，发表苇岸、王开林等21位作家的作品。《散文选刊》也在1998年2月、3月号连续推出"新生代散文特辑"。

被认为是新生代散文的还有于坚的"棕皮手记"系列，他在《秋天我在泸沽湖》一文中写他逃离城市，想在泸沽湖寻觅一片家园，却因为自己闯入者

---

[1]　韩少功：《夜行者梦语》，《读书》1993年第5期。

的身份而更感到迷茫的经历。另外还有冯秋子的《太阳升起来》、王开林的《站在山谷与你对话》、张锐锋的《风》《雨》《雾》、周晓枫的《词语》《斑纹》、斯妤的《旅行袋里的故事》、张立勤的《黑色交响》、胡晓梦的《这种感觉你不会懂》《写着玩》《我只是逗你玩》、马莉的《暧昧》等，以及扎根土壤、被林贤治誉为"90年代最后一位散文家"[1]的刘亮程，代表作如《一个人的村庄》《风中的院门》等。刘亮程在散文《人畜共居的村庄》中描绘了一幅人与自然和谐共处的美好画卷，表现出万物平等的博大胸怀。同样善于描写乡土题材的贾平凹也曾在《丑石》中告诫人不要过于自以为是，以实用主义的标准去评判一切。

新生代散文有不乏值得一读的佳作。譬如苇岸的散文集《大地上的事情》，其代表作《放蜂人》以隐士的姿态描绘自然的原生态，语言优美，提醒人们不要在现代性的浪潮中忘记生命的来处，与梭罗的《瓦尔登湖》有异曲同工之妙。钟鸣上百万字的《旁观者》"融合了随笔、小说、诗歌、文论、传记、注释、翻译、新闻、摄影、手稿等等多种因素"[2]。从中可以看出，新生代散文创作风格愈发多元化，且追求更加朦胧、模糊的意识流表现手法。

90年代的散文中，还有由王英琦、铁凝、张抗抗、韩小蕙、叶梦，王安忆、赵玫等组成的女作家群等。在女性作家群中，铁凝的《河之女》和表现少女们在柴米油盐的琐碎日常中仍保留一份对真善美追求的《草戒指》；格致对在时代洪流中被无形的法则"减去"的个体进行记录的《减法》；以及迟子建的《伤怀之美》《光明在低头的一瞬》，王英琦《大唐的太阳，你沉沦了吗》等，都用女性的视角对生活、历史做出了独特的敏锐解读。

---

［1］　林贤治：《五十年：散文与自由的一种观察》，《书屋》2000年第3期。
［2］　钟鸣：《旁观者》（第1卷），海南出版社1998年版，第1页。

第二节　关于生命价值的沉思：《我与地坛》

面对史铁生[1]的作品，他的人与他的文本可以说是密不可分。如果不去了解他的经历，他的存在状态，你就很难理解他在平静语言背后试图传达出的汹涌。

史铁生的散文创作从上世纪80年代初期就已开始，虽然比不上其小说的篇幅，数量依然可观。其代表作有《合欢树》《好运设计》《我与地坛》《病隙碎笔》《扶轮问路》等。因其独特的人生经历，他的散文主要围绕生命的价值和意义展开，其写作风格被韩少功喻为"一场精神世界的圣战"。他的作品常常从自身出发，最终却能到达宗教般的彼岸世界。因为他从不局限于个体的遭遇，而是对整个人类族群的命运都充满了终极关怀。难能可贵的是，他总是能把这些问题的本质抽丝剥茧，再深入浅出地娓娓道来，既现实又象征，既抽象又具体，营造出使人心灵平静的高远境界。不仅文采飞扬，还打破了文体限制，为散文领域注入了新的活力。

1991年发表在《上海文学》第1期的《我与地坛》就是一篇这样的作品。据王安忆回忆，刚拿到《我与地坛》稿件时，"《上海文学》的编辑和主编都认为它是一篇好小说，可以作为一篇小说来发表。可是史铁生自己不愿意，他说这一定是散文，而且他说为什么要把散文看低呢？这就是散文，因此它后来还是作为散文发表了。我也同意他的话，我觉得是一篇好散文"[2]。

其实，散文和小说相当重要的一点区别，从史铁生对《我与地坛》执意的文体归类就可见一斑。因为小说中无论采取第几人称的视角，哪怕故事就是作者的亲身经历，他也始终需要在某些时刻站在故事的界限之外，做一个旁观的讲述者或是记录者。而散文则不同，作者的直接介入感会强烈许多，读者会在字里行间感受到他的存在。例如《我与地坛》这个题目，将一个人称代词和一个地点名词并列到一起，非常简洁明了，虽未透露过多信息，却更引人想象二者之间的化学反应，猜测"我"与"地坛"发生联系之后的故事。而这个故

---

[1]　史铁生（1951—2010），著有《史铁生全集》12卷。
[2]　王安忆：《心灵世界：王安忆小说讲稿》，复旦大学出版社1998年版，第240页。

事，史铁生是切身的参与者，要表达的东西都是透过他的感官所见所闻，要倾诉的都是他自己的所思所想，散文的真实性特点也由此得以体现。

许多年过去后，史铁生在《想念地坛》中这样写道："一进园门，心便安稳。有一条界线似的，迈过它，只要一迈过它便有清纯之气扑来，悠远、浑厚。于是时间也似放慢了速度，就好比电影中的慢镜，人便不那么慌张了，可以放下心来把你的每一个动作都看看清楚。每一丝风飞叶动，每一缕愤懑和妄想，盼念与惶茫，总之把你所有的心绪都看看明白。"[1]

史铁生与地坛的相遇，被他形容为"有着宿命的味道"[2]，"仿佛这古园就是为了等我，而历尽沧桑在那儿等待了四百多年"[3]。这样的句子一出，读者的感官也被瞬间唤醒调动，意识到这绝不只是一篇简单的景观纪游散文，从而更用心的沉入阅读中。只是几句话，地坛这个对大多人而言意义普通的地点，在史铁生这里一下被提升到了一个新的高度。要是按唯物主义的说法，这样夸张的句子未免有点过度自我中心的意思在里头。因为科学不厌其烦地向人证明，客观事物是不因人的意志而存在或转移的，地坛也自然不可能是为了史铁生才诞生的。事实上，史铁生一开始之所以踏入地坛这样一个安静的所在，也并非出于他最纯粹的个人意愿，而是因为他的选择实在有限。"我活到最狂妄的年龄上，忽地残废了双腿。"[4]史铁生并没有选择回避自己在生理意义上残缺的事实，没有刻意在现实之外的文本世界营造出一种他和其他人没有区别的美好假象，而是一开头就将这件事摆到了读者面前。他对自己这种近乎残忍的直白，同时也是在说明，因着他的"不完整"，他对地坛的体验从初始就不可能与常人一致。

也因着这忽然的残疾，致使他一时无法像正常人一样将日常的大部分时间投入学习和工作。在无处可去的情况下，平日不曾投注太多注意力的地坛突然显现在他眼前。如同圣歌里"曾我盲目，如今得见"那般福至心灵，没有多加考虑。他一头扎进地坛的怀抱，让这个园子成为他离群索居的避难所。而当

---

[1]　史铁生：《想念地坛》，南海出版公司2003年版，第211—212页。
[2]　史铁生：《我与地坛》，《上海文学》1991年第1期。
[3]　史铁生：《我与地坛》，《上海文学》1991年第1期。
[4]　史铁生：《我与地坛》，《上海文学》1991年第1期。

他反复咀嚼其间滋味，将选择地坛的心境酝酿发酵出"在满园弥漫的沉静光芒中，一个人更容易看到时间，并看见自己的身影。老树下或荒草边或颓墙旁，去默坐，去呆想，去推开耳边的嘈杂理一理纷乱的思绪，去窥看自己的心魂"[1]。这样的觉悟，已是十五年后。十五年过去，不再年轻的史铁生，在地坛里思考的也不仅仅局限于自身，年轻的时候总觉得自己就是宇宙的中心，自己身上发生的事就是最要紧的。当岁数渐长后，他开始从更多元的角度来重新看待走过的这一程。

《我与地坛》的叙事逻辑主要由两条线索串联而成：一是作者与地坛（和母亲）之间的深情厚谊；二是作者在地坛中观察和记录下的人与事。

通读全文，就会充分感受到地坛对作家而言的分量。它不仅存在于作家的日常生活，更贯通他的现实和精神世界，给他提供了一个心灵休憩之所，"地坛的每一棵树下我都去过，差不多它的每一米草地上都有过我的车轮印。无论是什么季节，什么天气，什么时间，我都在这园子里待过"[2]。就算是朝夕相处的亲人，恐怕也不能了解彼此到这样的程度。也正因此，地坛才能如此顺理成章地成为史铁生融入生命的重要部分。

对待这位倾心相谈的老友，史铁生并未刻意去美化它的形象，把它塑造成一个伊甸园式的乐园。他笔下的地坛是真实可触的，"园子荒芜冷落得如同一片野地，很少被人记起"[3]。同时又"剥蚀了古殿檐头浮夸的琉璃，淡褪了门壁上炫耀的朱红，坍圮了一段段高墙又散落了玉砌雕栏"[4]。这些描写充斥着一种沧桑感，却并不颓废衰败。饱经风霜的地坛在岁月的变迁中被刻上了种种痕迹，让史铁生唏嘘之余更直观感受到一种强大又沉重的力量，它不需经过任何人的允许，便可任意把事物塑造得改头换面。因为无论是谁，在时间面前都无法抗拒和阻挡其前进的步伐。在此刻反观自身，人会愈发意识到个体的渺小，连生命本身也是弹指一挥间，那么更不该浪费其中大部分时间执念于痛苦，要学会自我开解和宽恕。

---

[1]　史铁生：《我与地坛》，《上海文学》1991年第1期。
[2]　史铁生：《我与地坛》，《上海文学》1991年第1期。
[3]　史铁生：《我与地坛》，《上海文学》1991年第1期。
[4]　史铁生：《我与地坛》，《上海文学》1991年第1期。

但另一方面，地坛也绝不缺少它独有的魅力。它有的是年代斑驳的建筑物，但同时其间又满溢生机。这种生命的活力是"祭坛四周的老柏树愈见苍幽，到处的野草荒藤也都茂盛得自在坦荡"。[1]，也是"蜂儿如一朵小雾稳稳地停在半空；蚂蚁摇头晃脑捋着触须，猛然间想透了什么，转身疾行而去；瓢虫爬得不耐烦了，累了，祈祷一回便支开翅膀，忽悠一下升空了"[2]，还是"满园子草木竞相生长弄出的响动，窸窸窣窣窸窸窣窣片刻不息"[3]。明显可以看出，在懂得观察和发现的人眼里，地坛从来不只是一座废弃的荒园，它包含着比那丰富得多的意蕴和内涵。作家和地坛的一草一木都共鸣着，在这样物我不分心灵相通的境界中，史铁生充分体会到了"此中有真意，欲辨已忘言"[4]的真谛。于是写景状物皆是人情，散文中也多添了些诗情画意。

作家虽然用了相当的篇幅描绘地坛的风貌，却并未单纯沉溺在这种"游客式"的乐趣中，掉进堆砌辞藻的陷阱。毕竟"十五年中，这古园的形体被不能理解它的人肆意雕琢"[5]，但"幸好有些东西是任谁也不能改变它的"[6]。而作家唯一在意的正是地坛这未曾改变的部分，就像他们彼此之间拥有了共同的秘密，这是一份无法用言语表达，却心照不宣的默契和亲近。

如果说变故初降时，史铁生一时感到难以适应，因而变得有些怨天尤人。那么在地坛无声却坚定的回应和熏陶下，他整个人从里到外都褪去了几分敏感易怒，取而代之的多了一丝禅意。他开始把目光放到自身以外，投向了更广阔的层面，这样高远的层面虽然大多肉身都未能涉足，极少数的灵魂却有幸抵达。因此史铁生才会在地坛中产生了更超越性的顿悟："必有一天，我会听见喊我回去。"[7]我们大胆揣测，此处他应是有意省略了发出"喊"这个动作的主语，是谁会"喊"我回去，又是回到哪里呢？我们都无从得知，史铁生也并未直接给出答案，他唯一确定的是，我们每个人就像离家玩耍的孩童，终

[1] 史铁生：《我与地坛》，《上海文学》1991年第1期。
[2] 史铁生：《我与地坛》，《上海文学》1991年第1期。
[3] 史铁生：《我与地坛》，《上海文学》1991年第1期。
[4] 见陶渊明《饮酒（其五）》。
[5] 史铁生：《我与地坛》，《上海文学》1991年第1期。
[6] 史铁生：《我与地坛》，《上海文学》1991年第1期。
[7] 史铁生：《我与地坛》，《上海文学》1991年第1期。

会听到来自"父母"的召唤。即使在世间流浪已久，不复懵懂纯真的模样，也终会等到那个终极时刻的来临。当和现世分别时，或许会恋恋不舍犹如一对在站台前反复告别的情侣："时间不早了，可我一刻也不想离开你。"[1]但催促的汽笛声终会响起，"一刻也不想离开你，可时间毕竟是不早了"[2]。

而对史铁生来说，如果到了该说再见的时刻，他与之告别的名单里，地坛一定名列前茅。也怪不得他会说："我甚至现在就能清楚地看见，一旦有一天我不得不长久地离开它，我会怎样想念它，我会怎样想念它并且梦见它，会怎样因为不敢想念它而梦也梦不到它。"[3]近乡情怯也不过如此。至此，地坛实则已成为作家精神世界中母亲形象的部分延续。

现实中，作家的母亲对地坛也有着复杂的感情。儿子残疾后，她的悲伤不亚于他本人。但更艰难的是，她并不能像儿子一样将这份悲伤肆无忌惮的宣泄。因为她是儿子仅剩的支柱，便认定自己没有了崩溃的权利。所以当儿子终于找到愿意出门走走的地方，她是松了一口气的。因为一个人愿意跟外界接触，不再全然封闭自我，就会有好转的可能。然而儿子固执的不要她跟随，这又加剧了她的担忧。一方面，她知道应该让儿子一个人静静，给他独处的时间和空间；但另一方面，她心里又忍不住假设了无数可怕的后果，可她不愿再开口增加儿子的负担，刺伤他的自尊。所以终究还是没把这些忧虑宣之于口，只选择了默默守候。此时母子二人都还不曾知晓，厄运的种子已悄然埋下，万般无奈，百味杂陈交织心底，压在母亲瘦弱的身躯，最终压垮了她。

在这些担忧之后，埋藏在母亲心里更深处的愿望是：她希望儿子能找到一条路，一条通往幸福的路。苦难与幸福一直是史铁生散文中的两个关键词，他对人生的思考从日常生活出发，却从不会局限停留于谈论琐碎杂事，而是放眼到整个生命的高度。自己突然的残疾是不幸的，不仅是对他本人，也是对母亲。没有什么比孩子遭受的痛苦更让一个母亲心碎了。只是当时太过巨大的悲痛淹没了史铁生，就像他自己形容的"被命运击昏了头"[4]，使他忽视了母

---

[1]　史铁生：《我与地坛》，《上海文学》1991年第1期。
[2]　史铁生：《我与地坛》，《上海文学》1991年第1期。
[3]　史铁生：《我与地坛》，《上海文学》1991年第1期。
[4]　史铁生：《我与地坛》，《上海文学》1991年第1期。

亲的悲伤，径直关上了心门，沉浸在自我的小世界。无须责怪他的顾虑不周，这也是人之常情。生物本能让我们往往都是首先考虑自己的需求，懂得关心和体谅他人，意识到他人的付出并给予相应的回报，都是在之后的社会交往中逐渐习得的。

但有一类人例外，我们也都知道那就是全天下的母亲们。所以多年以后，渐长的阅历让作家终于明白了这一切的时候，母亲却早已永远的离他而去。这怎能让人不认为是命运再一次对他开了恶意的玩笑？他不禁开始怀疑，甚至想要推翻自己之前认定上帝给予人生命的假设。因为，如果真的有上帝存在，那么，他也未免太不仁慈了罢！

心生怨怼的作家，依然是在地坛里找到了宽慰和救赎。某天的又一次冥思中，有个声音告诉他，上帝召母亲回去的原因是她心里太苦，受不住了。在这个逻辑链条里，母亲的死不再是抛弃、离去，而是一种永远的解脱。换个角度思考，遗憾也好，懊悔也罢，死亡造成的所有后果其实都是由生者来承担。地坛里不会再有母亲寻找"我"的身影，而"我"还会日复一日，年复一年地继续循着母亲留下的脚印，继续在地坛中为自己找一个答案。因为母亲希望儿子通向的路，虽来不及再向他巨细靡遗的形容，但那一定是指向幸福的。

然而幸福是如此难以定义，没有"苦难"来对比，何谈幸福？每个人对这一命题的思考都不尽相同，在第四小节中，史铁生将笔触转向了他在地坛中认识的形形色色的过客，主要集中笔墨描写那些和他一样常常出现在地坛，给他留下了一定印象的人们。其中包括豪迈的饮酒老人、执着捕捉某一种罕见鸟的男子、一位优雅的女工程师和一对十五年间都风雨无阻，在暮色初临时分手挽手到地坛散步的夫妇，他们和作家"没有说过话，互相都没有想要接近的表示"[1]。剩下和作者产生过交集的则有一个热爱唱歌的小伙子，清晨常来地坛练嗓，曾有一次与作家擦身时彼此打过招呼；一位作家的朋友，他到地坛是为了练习长跑，希望自己的成绩能获得社会认可；一对小时候到园子里来玩的兄妹，直至偶遇长大后的他们，作家才发现其中那位美丽的妹妹竟是一个智力

---

[1]　史铁生：《我与地坛》，《上海文学》1991年第1期。

障碍者。

　　大篇幅描写自然景物后，作家与地坛的互动中，终于出现了除他自己以外新的人物，而且数量并不算少。这样的安排绝非不经意为之，毕竟前文中就有提过，虽然地坛人烟稀少，但史铁生在地坛待的时间已然超过数十年，那遇到的人绝对也不会只有文中提到的这些。那么在作者检索记忆后，筛选出的这些人物就一定"有特别的意图"[1]。尤其是作者与他们的互动，就更能体现两个生命个体间价值观的交流与碰撞，我们对自己认知形成的很大一部分也来源于此。日本著名设计师山本耀司也曾表达过类似的意思，"自己"这个东西是看不见的，只有当它撞上一些别的什么，反弹回来，才会被了解。这些生命的回音，照亮的其实是史铁生的灵魂。

　　最初，作家选择与之对话的对象只有地坛本身，因为本质上，地坛不只是实际存在的那个小公园，还是他给自己营造搭建的一方远离世俗喧嚣的天地。但拥有厚重历史积淀的地坛逐渐润物无声地以其广博无声、包罗万象的特质，赢得了史铁生的青睐和尊重。

　　当把眼界拓宽到地坛以外后，史铁生对笔下的各个人物，也是从一个观察者的视角出发。他描写的人物行为都是以他自己作为量尺，首先交代这个人跟自己的熟悉程度，是好友呢，还是只是点头问好的陌生人，或仅仅自己单方面的注视。比起地坛更多地被作为一个象征符号，这些对象当然更为具体。也因此，史铁生在他们身上得出的结论，也都与现实生活中的许多实际问题一一对应。

　　归纳起来，这些人的主题可以概括为"生命价值"，也可以称为"生存意义"。每个人针对它给出的答案又都不尽相同。首先是史铁生自己。可以说，残疾之所以让他如此痛苦，最大的原因正是令他感觉自己失去了生存价值。而当他试图用写作来重新找到生活的意义时，最开始浮现到顶端的动力就是想要成为母亲的骄傲。这点他自己在文本中也很直白的提到过，并自嘲说有些功利和世俗。但最可惜的是，即使是这样简单的愿望，最后也未能实现，原

---

[1]　汪政，晓华：《生存的感悟——史铁生〈我与地坛〉读解》，《名作欣赏》1993年第1期。

因是再一次悲剧宿命式的败给了不可抗力的时间，母亲已经没有那么多时间可以等看到史铁生获得成功的那天。于是也才有了前文中他对造物主的指责。在又一次经历过这样巨大的打击后，史铁生不禁开始怀疑人生，反思如果所做的一切都是徒劳，那么努力去追逐任何东西又有什么意义呢？而接下来在他详细展开的在地坛中遇见的几个人的经历，也正是顺着这一主题进行挖掘，让作家能继续深入思考人生存于世的价值问题，并试图从他人身上受到启发，从而找出一个合情合理的解答，最终在地坛与自己达成和解。

唱歌的小伙子天天来唱，"依我听来，他的技术不算精到，在关键的地方常出差错"[1]，可见他并不是以此谋生的专业歌手，那这样日复一日的重复练习，又是为了什么呢？还有那位长跑者，"第一年他在环城赛上跑了第十五名，新闻橱窗里挂的是前十名的照片。第二年他跑了第四名，这次橱窗里只挂了前三名的照片，他没灰心。第三年他跑了第七名，橱窗里挂前六名的照片，他有点儿怨自己。第四年他跑了第三名，橱窗里却只挂了第一名的照片。第五年他跑了第一名——他几乎绝望了，橱窗里只有一幅环城赛群众场面的照片"[2]。

歌唱者每次一唱就是一上午，在工作之余仍坚持了许多年，不过是出于纯粹的热爱。而长跑家的心路历程就更为复杂，他一开始想要参赛，是盼望用自己的实力取得成绩后，可以获得公正的待遇；而后来一次次的屡败屡战则是为了证明自己。可这些他都没有实现，也无声地说明了很多时候即使付出了努力，我们的愿望也不一定能得到满足。然而欲望依然在很大程度上影响着人们的生活，因为在我们受其指引去实践目标的过程中，往往会有意外的收获。回到最初，长跑家重新拾起长跑这件事的原因，是他出狱后"苦闷极了便练习长跑"[3]，那么对他而言这项运动是他宣泄的出口，是他解压的方式。作家说："那些年我们俩常一起在这园子里待到天黑，开怀痛骂，骂完沉默着回家，分手时再互相叮嘱：先别去死，再试着活一活看。"[4]而愿意让两人再

---

[1] 史铁生：《我与地坛》，《上海文学》1991年第1期。
[2] 史铁生：《我与地坛》，《上海文学》1991年第1期。
[3] 史铁生：《我与地坛》，《上海文学》1991年第1期。
[4] 史铁生：《我与地坛》，《上海文学》1991年第1期。

试着活一活的理由，想必长跑和写作一定在其中占据了很大的分量。

这其实也就对应了第六小节中史铁生关于写作这件事的自我纠结，当作家告诉长跑家自己开始写作的时候，"长跑家很激动，他说好吧，我玩命跑，你玩命写"[1]。长跑家在长跑中追求这件事带来的附加奖赏，却一次次在濒临曙光的边缘失败，因而愤懑不平。相较之下，同样为了排解苦闷且出乎意料获得成功的史铁生，看起来好像就幸运得多。但天行有常，福兮祸之所倚，写作不久就给史铁生带来了新的烦恼。他开始焦虑，开始担心自己总会有灵感枯竭的那一天。截然不同的结果，竟让两个人走到了殊途同归的境地，不禁使人更加困惑人到底该为什么而活。

因为终点太过遥远，前方的路又难以一眼望到尽头，人们为了不至绝望，才会切分旅程，设置阶段性的目标。我们都再清楚不过，没有人能真正的战胜时间，就像叔本华提出将人形容为一座钟摆，一生就在欲望和空虚两端来回徘徊，在实现欲望的短暂满足后转瞬空虚，紧接着每时每刻又诞生出无尽新的欲望。史铁生对这一议题的想法和叔本华的理论不谋而合，只是他用的说法是"人质"，我们每个人都被种种限制和欲望所绑架，才无法突破世俗加诸于身的藩篱。

关于束缚着我们的种种，有许多人会愿意用一个更具概括性和无奈的词称呼：命运。对于自由意志渺小而无力抗拒的情况，把它说成命运，至少让人能感到暂时的虚幻的安慰和安全。而一旦论及命运，"绝对"一词就失去了用武之地，不是所有的努力都有结果，不是所有的付出都有回报。甚至有些不公平是从出生就被注定，而且无法以人力改变。美的事物往往都有致命的缺陷，反过来，它的美也使它的缺陷愈加显现出无法忽视的残酷。

面对和自己一样遭遇不幸的少女，史铁生不由开始畅想如果人间可以消灭一切不美好，是不是就不会有这么多遗憾和悲剧？但他很快痛苦又清醒的认识到，不管是消灭哪一种残缺，都会出现另一种来替代之前的位置。而如果真有一天，"所有的人都一样健康、漂亮、聪慧、高尚"[2]，那么"怕是人间

---

[1] 史铁生：《我与地坛》，《上海文学》1991年第1期。

[2] 史铁生：《我与地坛》，《上海文学》1991年第1期。

的剧目就全要收场了，一个失去差别的世界将是一潭死水，是一块没有感觉没有肥力的沙漠。[1]"至于每次大幕重新拉开，每个人在一出出剧本被选中担任怎样的角色，就毫无规律可言了。所以，人们该怎样找到救赎之路呢？若说是要靠智慧和悟性，"难道所有的人都能够获得这样的智慧和悟性吗？"[2]

史铁生自己给出的答案虽没有直接指明，但从"我常以为是丑女造就了美人。我常以为是愚氓举出了智者。我常以为是懦夫衬照了英雄。我常以为是众生度化了佛祖"[3]中，我们是能够略见一斑的。正因为世间万物已经是不同的，这是无法改变的事实，那么为什么不从好的一面来看待这个事实呢？不同意味着有趣，意味着多样和变化，在自己身上没有的都可以在别人身上寻到，如同作家在地坛中碰见的人们。黑塞曾指出："一个人若要完全理解另一个人，大概必须有过类似的处境，受过类似的痛苦，或者有过类似的觉醒体验，而这却是非常罕见的。"[4]在他人身上，作家既看见了真、善、美的缩影，也看见了不同类型、不同程度的苦难。他为世间的所有美好真心实意的微笑，也为所有不幸感同身受的痛苦。这样的共情使他对身处的世界有了更深的"浸入感"，如果说之前的地坛是他为自己营造的世外桃源，让他相当一段时间内都能隔绝外界的喧嚣与纷扰，而十五年后，地坛已经以其带给史铁生的无数宝贵的生命体验，而上升成为他生命的动力源泉之一。他发现如果我们能通过从纯粹的认知中获取快乐，做到单纯享受往前冲刺这一过程本身，或许就可以在一定程度上跳脱出无意义的循环往复，从而实现对有限的超越。

关于这个结论，还有不得不提及的一点，即史铁生在地坛里找到了专属于自己的对抗痛苦的方式：思考和创作。虽然为了能持续的进行这两者，不得不忍受更多的煎熬："我在这园子里坐着，园神成年累月地对我说：孩子，这不是别的，这是你的罪孽和福祉"[5]，人生亦是如此。十五年间，地坛就像沧海桑田间永恒不变的固定常量，"自从那个下午我无意中进了这园子，

---

[1]　史铁生：《我与地坛》，《上海文学》1991年第1期。
[2]　史铁生：《我与地坛》，《上海文学》1991年第1期。
[3]　史铁生：《我与地坛》，《上海文学》1991年第1期。
[4]　赫尔曼·黑塞：《玻璃球游戏》，上海译文出版社2007年版，第102页。
[5]　史铁生：《我与地坛》，《上海文学》1991年第1期。

就再没长久地离开过它。我一下子就理解了它的意图。正如我在一篇小说中所说的："在人口密聚的城市里有这样一个宁静的去处，像是上帝的苦心安排。'"[1]

在地坛里，他思考得最多的还是一个问题：生与死。这实在是一个太大的议题，古往今来，全人类都在面对这个问题，试图找出一个确定的答案，每个人都可以对此滔滔不绝地发表自己的看法。因为"live"的状态是每个人都正在经历的，没人能判定对错，但也没人的看法会被所有人肯定。这里存在的悖论是，逝者无法再度开口，因此唯一有资格评论死亡的亲历者却无法对旁人讲述真正的死亡到底意味着什么。

人类自出生起，就面临着双重困境。向外延伸是毫不容情的命运推动；而向内探索，则是混沌的自我认知。要打破这种状况，大多数人的选择都是与外界抗争，却和自我的精神内核妥协。因为认识和超脱自我是一件极其困难和需要勇气的行为，本体性的困惑实际上是很难用语言来表达的。我们总在讨论我们拥有的选择以及该如何选择，可是掷骰子的到底是谁却无人知晓。不过，如果我们有日常生活中的琐事繁忙来占据我们的头脑，或许这个问题只是偶然的浮光掠影，甫一冒出水面便匆匆下沉，

而史铁生做不到。在残疾后，他的时间被无限的拉长，像电影的慢镜头，迫使他停下来，观察，思考。所以他给出的答案是在我们的头上，有一个至高无上的存在，不管它被怎样命名，姑且叫他上帝，生与死都只是它交给人类的一个事实，是所有道路的起点和终点。所以并不必着急什么时候会走到尽头，因为那终点是确定的，"死是一件不必急于求成的事，死是一个必然会降临的节日"[2]。

史铁生的这一结论，显然和存在主义有着千丝万缕的联系。海德格尔就认为，天地神人四位一体才是最和谐的生存状态，人必须在精神领域找到属于自己的家园，才能真正回归自由。自由并不是一种绝对的状态，它是当你意识到自己受到了某种束缚，并试图挣脱时才能感到的东西。你的抗争未必会成

---

[1]　史铁生：《我与地坛》，《上海文学》1991年第1期。
[2]　史铁生：《我与地坛》，《上海文学》1991年第1期。

功，可抗争的过程带来了自由。所有事情都有意义，因为我们一直都在自己能够认知到的范围里为了信仰而努力，这就是个人意志的重要性。

当看破生与死正如硬币的一体两面，永远分离却又终身相依，史铁生终于醒悟"剩下的就是怎样活的问题了"[1]。走哪一条路，怎样走，我们是无法一一规划的，充满了不能预知的变数。所以，十五年里，史铁生仍日复一日的到地坛里整理思绪，静默思考。地坛就像北极星的坐标，不论外界世事沧桑变幻，灿烂，落寞，忧郁，欣喜。它静静地矗立于此，用春夏秋冬的气味，勾起人瞬间饱满浓郁的情绪，而四季变换其实正预示着又一个轮回。

在史铁生看来，欲望是生存的重要动力之一，它推动人努力地去生活，去实现目标。但人之所以不会肆意挥霍自己的时间，最根本的原因还是在于他们所拥有时间的有限性，随之而产生的紧迫感，让人不得不活在达摩克利斯之剑般的焦虑下。但生命自有它的规律，来成全它的圆满。在地坛积年累月的思考中，史铁生对死亡的认知不断突破，直至升华到"轮回"的层面。他理解到生命的本质如同亘古不变的日升日落："当他（指太阳）熄灭着走下山去收尽苍凉残照之际，正是他在另一面燃烧着爬上山巅布散烈烈朝辉之时"[2]。一旦理解透了这一点，死亡也就像是每天都能见到的常规自然现象，可谁又能说日出日落因为常见就平凡呢？事实上，正是有了太阳万物才得以生存，因此它是如此的庄严美丽，一如生命本身。

从这样的层面来理解，生与死就像一个首尾衔接，不断转换的循环。所以史铁生也能更加从容地面对死亡，认为当它来临的那一天，"我也将沉静着走下山去，扶着我的拐杖。有一天，在某一处山洼里，势必会跑上来一个欢蹦的孩子，抱着他的玩具"[3]。这样的人生态度，正如苏轼的《定风波》，"回首向来萧瑟处，归去，也无风雨也无晴"。

《我与地坛》作为一篇长达万言的散文，却丝毫不显得臃肿赘余，因为它的每个章节都言之有物。通篇看似结构松散，实则逻辑严密。无论是写景、

---

[1]　史铁生：《我与地坛》，《上海文学》1991年第1期。
[2]　史铁生：《我与地坛》，《上海文学》1991年第1期。
[3]　史铁生：《我与地坛》，《上海文学》1991年第1期。

绘物、描人都水乳交融，娓娓道来，没有一处不充满强烈的人文关怀。史铁生在地坛里平和却冷静，温柔又清醒的感受天地之大、人生之宽。他知道人生的起点和终点是必然，过程却充满无限的可能性。我们该如何学会与自己的孤独共处，如何找到与这个世界既不妥协却又相安无事的平衡点，史铁生讲述的就是这些每个人都会遇到却永远感到无比棘手的问题。就像一位老朋友与你分享他独到的人生体悟，虽然讲的是自己的事情，却没有刻意煽情之嫌，而是以真情动人。同时最难得的是，能将抽象的问题讲得深入浅出，并保持着言辞优美。

当史铁生于现实远眺彼岸，再从彼岸回望现实，他对两个世界的认知也就都得到了升华。在现实世界中，史铁生不过只是芸芸众生中的一员，无数同他一样的人类上演着形形色色的悲欢离合。而当渡过那条生与死的界限之河，所有人的结局最终都是殊途同归，无论生时如何，都不再重要；爱人和敌人，都将再次相会。

有时候故事的结尾并不重要，毕竟生活唯一确保我们的就是死亡。所以最好不要让结尾夺走了故事的光芒。《我与地坛》的结尾，也以惊人的默契做出了绝妙的回答："有限的生命宇宙以其不息的欲望将一个歌舞炼为永恒。这欲望有怎样一个人间的姓名，大可忽略不计。"[1]

第三节　话语权力与自由意志：《沉默的大多数》与 《一只特立独行的猪》

当代学者、作家王小波[2]因其留学国外的经历，受西方文化影响颇深。他信奉的是科学与理性精神，追求自由与真相，看重个体的尊严，对集体主义和权威崇拜表示怀疑。他的散文以议论为主，对主流意识形态的不合理成分

---

[1]　史铁生：《我与地坛》，《上海文学》1991年第1期。
[2]　王小波（1952—1997），代表作有《黄金时代》《白银时代》《青铜时代》《黑铁时代》等。

进行嘲讽和消解。他最大的创作特点，是运用诙谐和黑色幽默的手法来遣词造句，善于"把复杂的理论问题放置进日常生活中进行阐释"[1]。在1996到1997年间，他将发表在各类报纸杂志的散文集结，出版了《思维的乐趣》《我的精神家园》《沉默的大多数》等散文集。王小波的散文同时兼具幽默的趣味性和严肃的哲理性，将语言的艺术发挥得淋漓尽致，延续了"五四"以来的批判传统。

在最早发表于1996年第4期《东方》杂志的《沉默的大多数》中，王小波从沉默这个现象随意漫谈开去。他的的确确是在一本正经地谈沉默，又是在谈一些冰山之下更深的东西。待你察觉到话题有些危险的时候，他又借用玩笑般的语气迅速揭过不提，好像刚刚跟你谈论的是今天的天气如何这般不值一晒的内容。作品一开始引用了《铁皮鼓》中的故事，永远想做小孩子的小奥斯卡被神秘的力量变成了侏儒，而他的愿望来源于对周围荒诞成人世界的厌恶。这个实现愿望的解决方法，实在有些令人啼笑皆非，又充满了不可知论的神秘色彩，王小波读后受此启发，提出了自己认为更现实也更容易应对的办法，即"保持沉默"。实际上，《铁皮鼓》本身就是一部向纳粹集权主义发声对抗的作品，作家在此提到它，想必或多或少也有些借此隐喻的意思。

为什么说它容易办到呢？王小波拿自己和身边人证明这一观点的可靠性，"这是中国人的通病"[2]，"对信得过的人什么都说，对信不过的人什么都不说"[3]。既然沉默并不是个案，那它当然有资格被上升到一种文化现象的高度来被解读、剖析，即作家所说的一种文化之内，往往有一种交流信息的独特方式，甚至是特有的语言，有一些独有的信息可以传播。

那么沉默是否符合这样的定义呢？王小波散文的生动有趣，很大一部分就来源于他的深入浅出，举重若轻。他并不认为所有的写作都必须"有点典故，有点考证，有点文化气味"[4]，相反，他致力于打破叙述者单方面居高临下的固有模式。以前相当多的知识分子，在写作时，往往喜欢通过掉书袋的

---

[1]　参见林贤治：《五十年：散文与自由的一种观察》，《书屋》2000年第3期。
[2]　王小波：《沉默的大多数》，《东方》1996年第4期。
[3]　王小波：《沉默的大多数》，《东方》1996年第4期。
[4]　王小波：《沉默的大多数》，《东方》1996年第4期。

方式来证明自己学富五车，王小波则不然，他偏爱把自己的观点都藏在有趣的故事里，再用诙谐的语言加以解构，这便形成了王小波独有的叙述方式。

例如此处，他立马用三个贴近生活的片段，分别论证了沉默作为一种文化的合理性。首先是"沉默有自己的语言"。王小波设置了一个日常生活的场景来帮助说明：如果有人的自行车停放挡了你的路，求助居委会或者直接找车主都会被人说你斤斤计较，这让人不禁觉得有些荒诞，维护自己的正当权益，为什么反而有错了呢？然而偷偷找车主麻烦，却是可以被大众理解的方式。也就是说，一旦什么事被摆到台面上纲上线，反而是违背了沉默圈子里的"语言"，这种格格不入，会让早已默认这些规则的大多数人浑身不舒服。那道看不见却限制着人们行动的边界线，无疑就是属于沉默自己的语言。

沉默有自己独有的信息，即某种掩耳盗铃式"公开的秘密"。戈尔巴乔夫曾语惊四座的原因，就是把这种心照不宣的事实摊开到了阳光下，他说，"假如有人想盖房子，就得给主管官员些贿赂，再到国家的工地上偷点建筑材料。这样的事干得说不得，属于沉默"[1]。沉默所管辖的事，被一个有相当话语地位的人讲了出来，就像有人当面揭穿了皇帝的新装实则赤裸不雅，令人尴尬又不自在。

沉默也可以传播。在某些年代，沉默就像野火一样四下蔓延着，但那些会破坏沉默完整性的小道消息，只会在一些特定场合被传播，比方说公共厕所。因为在主流话语体系里，公厕是污秽的，是难登大雅之堂的地点符号，所以和它有任何联系的东西也不值得被认真对待。

聊完身边的所见所闻后，王小波更是选择用自己的亲身经历现身说法。从他自己的成长过程一路解构沉默的文化：从他懂事的年代起，主流话语一直宣传这一代人肩负的使命是解放天下的劳苦大众，救世主式的英雄主义。正符合年少气盛的青年人想象。王小波思想中最可贵的一点就是保持质疑的精神。

人之所以为人，在于能独立地运用自己的理性，不盲从，不对别人塞给你的任何东西都照单全收。在王小波这里，他在甜蜜之余也有一点怀疑："这

---

[1] 王小波：《沉默的大多数》，《东方》1996年第4期。

么多美事怎么都叫我赶上了。"[1]而且，中国人骨子里的家教是教人含蓄，不要因为一小片腊肉就朝人放声大喊说自己吃上了大鱼大肉，这是极其不得体的，听在有心人耳里，难免落下话柄。同样的，对于你想解救的不幸者，比起先空喊口号的许诺，不如埋头苦干，等到成功后直接给他们个意外惊喜。

有沉默的人，那么相对的也就有喋喋不休的人，可能他们的数量比不上沉默的那部分，但存在感绝对强到令人无法忽视。这样的事例在"文革"中屡见不鲜，给当时的王小波留下了很不好的印象，更坚定了他沉默的决心。话语将原本一致的群体撕裂，将人划分为三六九等，重新分配权力。因为话语神圣的使命，就是想要证明说话者本身与众不同，是芸芸众生中的佼佼者。

那么沉默又能给人带来什么好处呢？当话语叫嚣着用它背后蕴含的东西，一股脑占领世界时，如教书育人的书本上出现的都是残酷和虐杀时，王小波认为自己得以幸免变成一个变态，就特别要感激沉默的力量指引，"人不光是在书本上学习，还会在沉默中学习。这是我人性尚存的主因"[2]。

王小波详细讲了一个令人印象深刻的事件，更深入的挖掘沉默的内涵，挖掘沉默教给他的东西，来说明沉默与人性之间的确存在着奇妙的关联。这个故事非常具有象征意义，一个大学生在争吵时咬掉了另一个人的一小块耳朵，身后跟着两队人各执一词，为他争论不休。而他双唇紧闭，一言不发。留给他的只有两个选择，或是在大庭广众之中把耳朵吐出来，证明自己的品行恶劣；或者沉默着把它吞下去，彻底消灭罪证。读至此，不禁让人感觉自己嘴里也含着这小小的罪恶的柔软肉块，甚至还能尝到它微微的咸涩。这个悬念并未搁置太久，作家很快告知我们最后的结果，倒是令人如释重负："不管怎么说，人性尚且存。同类不会相食，也不会把别人的一部分吞下去。"[3]而我们在这场惊心动魄的沉默中，得以窥见了一角人性的底线。

我们可以在沉默和话语两种文化中选择。但如果使用话语仅仅是为了便于交流的话，福柯的疑问就难以得到解答："为什么这个话语不可能成为另一

---

[1] 王小波：《沉默的大多数》，《东方》1996年第4期。
[2] 王小波：《沉默的大多数》，《东方》1996年第4期。
[3] 王小波：《沉默的大多数》，《东方》1996年第4期。

个话语，它究竟在什么方面排斥其他话语，以及在其他话语之中、同其他话语相比，它是怎样占据任何其他一种话语都无法占据的位置？"[1]对此他又给出了自己的解释："在任何特定的场域中都有一套特定的话语形成机制，使得该说的东西得到明确的言说，而不该说的东西则严格地受到排斥。结果导致一种话语的产生，必然以牺牲和剥夺其他的知识话语的资格为代价。"[2]也就是说，话语的功能远远不止于被作为我们沟通的工具。

一言以蔽之，话语即权力。两者并不完全等同，却存在着某种转换机制。权力在大部分情况下又是个好东西，所以的确有不少人挖空心思要打进话语的圈子，甚至在争夺话语权，为此他们会抓住一切能在他人面前表达和表现自我的机会。王小波对此则宣称这些机会他都自愿地放弃了，也贴心的回应了对此说法必然会存在的质疑，"选择了说话的朋友可能不相信我是自愿放弃的，他们会认为，我不会说话或者不够档次，不配说话"[3]。好在还是有不少人会相信，"主要的原因是进了那个圈子就要说那种话，甚至要以那种话来思索，我觉得不够有意思。据我所知，那个圈子里常常犯着贫乏症"[4]。

"贫乏症"究竟是什么？据王小波说："二十多年前，我在云南当知青。除了穿着比较干净、皮肤比较白皙之外，当地人怎么看待我们，是个很费猜的问题。我觉得，他们以为我们都是台面上的人，必须用台面上的语言和我们交谈。"[5]由此可见，即使当话语之间的交流和信息传递已被限制在一小块区域内，人们还是会自觉分配话语权力，以便划分出人与人之间的不同。所以当地人才会觉得一群下乡的年轻人，在交流中都比自己高一等，为了把自己提高到和他们同等的地位对话，交谈中就有必要使用他们那一套更"高级"的话语体系。但对知青地位的误解，导致老乡们连带误会他们很有钱，所以在集市上总是会向他们要高价，而知青的应对方法，就是给一大堆毛票让他们慢慢数，其中不乏浑水摸鱼少给的。终于有一天，有个学生在这样买东西时被老乡

[1]　米歇尔·福柯：《知识考古学》，生活·读书·新知三联书店1998年版，第33页。
[2]　米歇尔·福柯：《权力的眼睛》，上海人民出版社1997年版，第220页。
[3]　王小波：《沉默的大多数》，《东方》1996年第4期。
[4]　王小波：《沉默的大多数》，《东方》1996年第4期。
[5]　王小波：《沉默的大多数》，《东方》1996年第4期。

逮住了，"那位老乡决定要说该同学一顿，期期艾艾地憋了好半天，才说出：哇！不行啦！思想啦！斗私批修啦！后来我们回家去，为该老乡的话语笑得打滚"[1]。

为什么老乡的话会让人觉得如此好笑呢？一是这些词与当时语境的格格不入，二是身份的错位感带来的荒诞。前面已经强调过，在老乡们眼里，知青相对他们都算是更高等的阶层，可见他们平时使用的话语就应该是很生活化、口语化的，根本不可能出现这些拗口的政治术语。所以现在经由他们的口中讲出来，就会显得分外不伦不类。这其中还有更深层次的意味，即，使用这些话语才能掌握权力，能有资格用来批判人的必然是这种形式的话语。哪怕不真正理解其间含义的人们，也天然的敬畏着这些词语。

文字的神圣性又是中国独有的一项传统。在王小波看来，它带来的坏处是写什么都要带点圣气，就丧失了平常心。知识分子能意识到自己下笔需要承担的责任，本来是一件好事，这会让他们在发声前更谨慎，但过于束手束脚就会走向另一个极端，即寻求权威的庇护，依托更大的话语权来避免自己被纠错，"古代的方法是文章要从夫子曰开始，近代的方法是从毛主席教导我们说开始"[2]。这种方法短期内看似行之有效，但实际上是对自己和民众的极端不负责。王小波非常犀利地指出，如果他也采用这样的创作方法，其结果必然是这篇文字和他以往任何一篇文字一样，没有丝毫的神圣性。如果连创作者本身都逃避用自己真正的身份发声，那作品的可靠性必然要打个问号。

除此之外，这种对文字神圣不必要的崇敬还经常会造成信息传递时的误读误判。如作家在做记工员时，一个小伙子因病向他请假，因为想显得更书面得体，遂将屁股一词用臀部来代替，但因为发音不准错写成"电布"，以致以讹传讹，最后闹出了个更大的笑话。作者不禁感叹，本来可以很简单就表达的一件事却被复杂化，哪怕他直接到自己面前指指屁股，也比像这样硬要给话语"镀金"要强。所以作家的希望是，人人都能说真话，不要因为忌惮话语的神圣性，就胡编乱造或牵强附会，这样的虔诚是毫无必要的，话语的力量在于它

[1] 王小波：《沉默的大多数》，《东方》1996年第4期。
[2] 王小波：《沉默的大多数》，《东方》1996年第4期。

传达的内容而绝非它的形式。

　　文本的最后，王小波集中探讨了一个问题，他批判的眼光落脚点最终又转回到了自己的身上。这也是他的独到之处，并不仅仅满足于停留在列举和分析现象的层面上，而是想投身于为解决不满意现状而尝试的努力之中。曾几何时，王小波也是一个保持沉默的拥簇者，可"这一点最近已经发生了改变，参加会议时也会发言，有时也写点稿"[1]。这样的改变当然违背了他的本性，放弃了坚持已久的原则，让他有一种无法释怀的失落感。那又是什么原因促使他不惜付出这些代价，也决心放弃沉默呢？答案便是他作为一个社会科学者，在进行社会调查和研究时，发现许多少数群体"保持沉默的原因多种多样。有些人没能力、或者没有机会说话；还有人有些隐情不便说话；还有一些人，因为种种原因，对于话语的世界有某种厌恶之情"[2]。但无论原因是什么，最后导致的结果就是整个社会上，不说话的人不仅没有权力，而且会被人看做不存在。

　　但王小波认为，不沉默并不意味着要迎合之前占据主流地位的话语体系，因为完全按照话语的逻辑来生存也是不可能做到的。在那套体系中，命名者简单粗暴的定义每个概念：例如，对一个男人来说，只有他的妻子才能被称为爱人，那有人不禁要问，我们的所爱之人又该用什么词汇来表述呢？并非每一个爱的人都能成为我们的妻子，以及在结婚前我们肯定也爱着当时还是女朋友的妻子，不然也不会选择和她走入婚姻的殿堂。但若要严格按照话语来看，她当时就只能是我的女友而非爱人，这实在是有些荒唐可笑了。所以说话语的逻辑不仅存在漏洞，更是自相矛盾的。

　　人和其他生物最大的不同就是自命不凡，自己创造出很多东西并强行宣称它们的神圣性，为了让所有人都认同自己的观点，他们还要抢夺到话语权。作家反感这一做法，指出如果想让这类人清醒，故事中的"咬人耳"或许是最直接的方法，但又不可能推广，所以要有文学和社会科学。这也是为何他最终决定要挤进去这个时而激昂、时而消沉、时而狂吠不止、时而一声不吭，在

---

[1]　王小波：《沉默的大多数》，《东方》1996年第4期。
[2]　王小波：《沉默的大多数》，《东方》1996年第4期。

过去几十年里从来就没教给人一点好的东西的圈子。挤进去做什么呢？为沉默的大多数发一点声，为社会正常努一点力，为争取自由做一点抗争，如同王小波在自己生命里最后一封电子邮件中这般宣告："在一个喧嚣的话语圈下面，始终有个沉默的大多数。既然精神原子弹在一颗又一颗地炸着，哪里有我们说话的份？但我辈现在开始说话，以前说过的一切和我们都无关系。总而言之，是个一刀两断的意思。千里之行始于足下，中国要有自由派，就从我辈开始。"[1]

无独有偶，在王小波的笔下，有一只猪恰好可以看做他这番自由宣言的最佳践行者。它就是最早发表于1996年第11期《三联生活周刊》的《一只特立独行的猪》中的主人公，在王小波更加年少轻狂的知青岁月里和他相遇。

作为知青的王小波在下乡时喂过猪，也放过牛，所以关于这两种动物，有第一手经验的他实实在在是有发言权的，"假如没有人来管，这两种动物也完全知道该怎样生活"[2]。动物们都是依照自然规律，顺应天性地过日子，并不需要有人来指导。但在人看来，仅仅因为动物不会像人一样思考，这样的生活就是毫无意义的。而要让它们有价值起来，最好的办法就是由人来安排它们的一生，使它们能服务于人类，那么也是对它们极大的恩赐和幸运了。由此可见，人类惯于用自己的一套价值标准来衡量评判万事万物。也因为违反自然规律的事在那个年代并不少见，几乎成为了一种常态，导致人们反而把正常当作反常。尽管猪和牛在人类的安排下很不好过，但没有人会去在意一只牲畜的感受，"我不认为这有什么可抱怨的，因为我当时的生活也不见得丰富了多少，除了八个样板戏，也没有什么消遣"[3]。人对自己乏善可陈的生活状态都麻木了，自然更不会去关心认知中天生就低人一等的牲畜，更遑论人尤其热衷于安排同族的命运。

正是在这样的背景下，紧跟着登场的这只猪显得格外珍贵，它挣脱了人给它的种种限制，无视权力的高压，逃离了被他人设置好的生活。

［1］　艾晓明、李银河编：《浪漫骑士：记忆王小波》，中国青年出版社1997年版，第442页。
［2］　王小波：《一只特立独行的猪》，《三联生活周刊》，1996年第11期。
［3］　王小波：《一只特立独行的猪》，《三联生活周刊》，1996年第11期。

　　像是所有"绝非池中物"的主角，王小波笔下的这只猪，光是从外貌上，就不是一头平凡的猪，彻底打破了一提起猪，人们就惯常联想到的肥胖、愚蠢、懒惰等负面特质。"它是肉猪，但长得又黑又瘦，两眼炯炯有光"，"像山羊一样敏捷，一米高的猪栏一跳就过"，"吃饱了以后，它就跳上房顶去晒太阳，或者模仿各种声音"[1]。在当时的话语体系中，人的一举一动都必须按要求表现，猪就更应该有猪样。换言之，只有符合人心目中刻板印象的猪才是正常的。而"猪兄"不管是外在形象还是行为模式，都完全背离了人替它安排好的路线。

　　而在当时的大环境下，它的"出格之举"无可避免地替它招来了杀身之祸。这背后令人哭笑不得的原因，则是它善于模仿各种声音，被想偷懒的老乡们强行说它的叫声是收工的汽笛声提前回家。因此竟然被领导们判定为春耕的破坏分子，要对它采取措施。不过万幸的是，即使是在正副指导员带领的大动干戈的围捕下，小猪还是凭借自己的智慧和机警成功逃脱了，从此远离权力中心，彻底恢复了自由之身。这只猪表现出了不畏强权，完全自己把握住命运的主体性，这样的自由，正是王小波们无比羡慕却暂时不可求的。

　　值得注意的是，这里有一个往往易为读者忽略的地方，猪兄招来杀身之祸固然有它自己的原因，可直接的导火索实则还是因为人。人不满意自己被安排的上工时间，但又不敢正面反抗，就假借推脱到猪身上，"坦白地说，这不能全怪猪兄。它毕竟不是锅炉，叫起来和汽笛还有些区别，但老乡们却硬说听不出来"[2]。人的懦弱自私，竟要一只动物来为其埋单，只因为猪兄的特立独行是出了名的，没人会怀疑，也没人会为它辩护。

　　很显然，在这样的对比下，虽未直接指明，但作家的春秋笔法已显示出了他的态度：除了对猪兄敢于跳出被设置好的生活的敬佩和赞扬，实际也在表明他对那些麻木度日的其他"猪"们的看不起。它们根本不认为有必要反抗，所以也没有主动觉醒的可能。生活对它们而言是一只巨大的推手，无力抗拒的浪涛一个接一个的迎面袭来，已然让它们应接不暇，只好疲于奔命。在这样的

[1]　王小波：《一只特立独行的猪》，《三联生活周刊》，1996年第11期。
[2]　王小波：《一只特立独行的猪》，《三联生活周刊》，1996年第11期。

状态下，保持逆来顺受自然成为了最便捷的选项。就连猪兄自己也看不起这些甘心在圈里苟且一生的同类，不愿与它们为伍，因而总是单枪匹马地行动。

文中，猪兄和几类人截然不同的关系也颇为耐人寻味。"所有喂过猪的知青都喜欢它，喜欢它特立独行的派头儿，还说它活得潇洒"，猪兄对这些知己也投桃报李。"它只对知青好，容许他们走到三米之内，要是别的人，它早就跑了。"[1] 而老乡们嫌弃它不正经、领导则痛恨它破坏了规则。这也不难理解，因为文本中的知识分子代表着人类的理性光辉，因而对自由的态度是虽不能至，心向往之，自然对象征着反叛与自由的猪兄相逢恨晚，引为知己。而领导们作为现实规则下的既得利益者，当然不会放过任何一个行使权力的机会，所以他们要对小猪进行制裁，树立自己的权威。但他们没想到的是，围捕之时，"它（指小猪）很冷静地躲在手枪和火枪的连线之内，任凭人喊狗咬，不离那条线，就这样连兜了几个圈子，它找到了一个空子，一头撞出去了；跑得潇洒之极"[2]。至于作为沉默大多数的老乡们，如果这只小猪的行为不会影响到他们自己的生活，他们都会选择无视，毕竟多一事不如少一事。可偏偏它就要大张旗鼓地做一个异类，当时的人尚且被严格地时刻管束着，一头猪，何德何能可以生活得随心所欲？排除异己，是人类在感觉到不平衡时的本能反应，有些人或许不理解自由，就像井底之蛙从未见过外面的天空，自然会觉得向它展示广阔世界的人都是居心叵测；有些人或许嫉妒除自己以外的人能拥有自由；还有些人，根本不关心自由，面对特立独行的个体，只会隐隐感到恐慌，生怕自己跟对方扯上关系，影响到自己。只要能过平静的小日子，他们并不介意放弃自己的正当权利。

所有与猪兄有过接触的人当中，王小波本人和猪兄的互动最多，感受自然也最复杂深刻，"我对它则不只是喜欢——我尊敬它，常常不顾自己虚长十几岁这一现实，把它叫做'猪兄'"，甚至动过要和它倾心相谈的念头。因此在小猪被围捕时，他不禁想到，"按我和它的交情，我该舞起两把杀猪刀冲出去，和它并肩战斗，但我又觉得这样做太过惊世骇俗——它毕竟是只猪啊"。

---

[1] 王小波：《一只特立独行的猪》，《三联生活周刊》，1996年第11期。
[2] 王小波：《一只特立独行的猪》，《三联生活周刊》，1996年第11期。

但他心里清楚，自己退缩的根本原因还是由于，"我不敢对抗领导，我怀疑这才是问题之所在"[1]。和展现出高度人性化特征的猪兄相比，人类却没有表现出应有的人性，因为怯懦而不敢挺身而出，拯救自己的知己。

在围捕行动中，淡定从容的猪与严阵以待的人更是形成了强烈的对比，像极了一出狂欢式喜剧。这颠覆常识的滑稽剧本的核心来源于领导们专门以一只猪为主题召开大会，并在讨论后将其定为春耕的破坏分子；来源于他们最终还决定要对它采取手段的上纲上线；来源于在小猪与规则的正面交锋中，孤胆英雄一般的小猪却战胜了全副武装的敌人们。不要忘记，一头猪再像人，本质上也是人的想象赋予它的特质。所以将一只牲畜的行为大张旗鼓地用政治话语来解释和判决，甚至还要施以相应的整治措施，整件事从头到尾都显得是如此的荒诞。掌握话语权的人为自己精心打造的神圣光环至此消失殆尽，留下的只有一地空虚。也正是这样闹剧式的对权威的消解，对语言的精准把握，让读者能心甘情愿地在会心一笑之后，还忍不住反复回味，也就免不了自觉进入严肃思考的领域，更加意识到这件事是多么彻头彻尾的反人性。这样的阅读效果，只有看似随意实则严谨的行文结构才能实现。

王小波散文最大的特点之一，也正是像这样大量运用黑色幽默的表达方式，散文一向强调的真实性在他笔下多了些魔幻现实的色彩。在这篇散文中，"猪兄"被赋予了一只动物不会有的灵性与叛逆，对比麻木的人类，反而显得更为"人性化"。他还善于对人们已经习以为常、见惯不怪的文字表述进行重组和再创造，使之产生令人耳目一新的陌生化感受。典型如"特立独行"这个词，以往都是放在人身上，他却别出心裁的用来形容人们向来不屑一顾的动物。更妙的是，"'特立独行'本身就是一个比较性质的概念，并没有所谓的统一标准去衡量和定义"[2]。因为个体的特立独行，只有被放到群体中才会显现。尤其是这一个体身处的环境越是呆板麻木如一潭死水，就越是哪怕一点微小的出格都会引起涟漪被注意到，正如鹤立鸡群的道理。因为当时现实中不

---

[1]　王小波：《一只特立独行的猪》，《三联生活周刊》1996年第11期。

[2]　袁勇麟：《自由的真相——浅析王小波〈一只特立独行的猪〉》，《名作欣赏》2008年23期。

要说对不合理制度的反抗，即使是提出质疑，都只有极少人才能做到。大多数人丧失了主体性，无奈又木然地向所有规则妥协，变成了权力安排下"沉默的大多数"。因而猪兄的不屑与洒脱才显得如此可贵，它的特立独行也愈发值得我们铭记和怀念。

作家如此大费周章地描写"猪兄"的种种事迹，其实是在为引出全文的中心论点作铺垫："对生活做种种设置是人特有的品性。不光是设置动物，也设置自己。"[1]人想方设法控制他者，结果聪明反被聪明误，反而也压制了人替自己做选择的自由。人和动物的本质区别，就在于能否行使自由意志，当自主性被剥夺后，人类的处境和它们又有多大的不同呢？所以王小波才会感叹，"人也好，动物也罢，都很难改变自己的命运"[2]。

然而，这一切真的都全是外在环境的原因吗？猪不能改变自己的命运，尚且可以更多的归咎于客观原因。因为它们的智识很难让它们意识到自己为什么遭遇了这些，又缺乏如何成功反抗的经验，因而才会在人的力量面前毫无胜算。人不能改变自己的命运就是一个相当复杂的问题了，其中主因之一，是对权威的敬畏造成的逆来顺受和对自我的设限，以致失去了尝试改变的勇气。王小波自然不可能没有想到这点，也因此虽然他在一开始以诙谐的语言轻描淡写，一笔带过自己当时与那些被随意安排的牲畜并无太多区别的生存状态。但当一头猪不知天高地厚的行为扯下高尚、美好、奉献这些理想主义旗帜后，王小波便无法再一笑置之，自欺欺人的拿他还没沦为这条等级链的最底层来进行自我安慰了。

精神内核之外，文本的叙述方式也是引人入胜的一大亮点。在文本中，王小波采取了许多在现实生活中看来根本不可思议的话语进行书写，让作品充满了一种漫画式的夸张。因此就连一头猪的日常生活也被无处不在的权威安排指示，从非要把它生理本能的嚎叫认定成破坏春耕的罪魁祸首，再到对它实行大型武力镇压并失败。这些叙述中流露出的反理性，反而昭示了作家对理性的极度渴求，以及对制造这些荒唐局面的力量的不认同。所以他才会格外偏

---

[1] 王小波：《一只特立独行的猪》，《三联生活周刊》1996年第11期。
[2] 王小波：《一只特立独行的猪》，《三联生活周刊》1996年第11期。

爱跳出桎梏之外的猪兄，"我总是用细米糠熬的粥喂它，等它吃够了以后，才把糠兑到野草里喂别的猪"。而对大部分事都表现得麻木不仁的其他猪，此时觉察到自己的利益受损，也终于无法再无动于衷，其他猪"看了嫉妒，一起嚷起来。这时候整个猪场一片鬼哭狼嚎，但我和它都不在乎"[1]。虚与实交相辉映，相得益彰，"它不仅是理性与自由的书写，而且是对理性与自由的书写"[2]。

我们反对把文本和作者本人直接画等号，反对过多地从作者的个人经历而不是文字本身中找答案，但如果要在阅读后得出更富有洞见的思考，对一个产量颇丰的作家进行系统的阅读就是必不可少的了。于王小波，我们不难发现，"文化大革命"对他而言已经成为了一套无法绕过的前文本，因为它带来的影响是无处不在，没人能逃离它无所不及的范围覆盖。相较之下，个体即便拼尽全力对真理和自由的追求，仍然如此渺小，就像飞向太阳的伊卡洛斯，越接近，坠落得越快。因此，王小波对任何意见领袖都敬谢不敏，他宁愿更依赖和相信自己的理性。正如康德所说，一个人只有拥有了理性才能独立的思考和做出决定。但凡事皆有两面性，王小波不太从群体高度去审视整个时代的做法，也导致李洱曾一针见血地指出："他最大的问题正是大多数作品都是自己个人经验的外化，并且缺少对个人经验的质疑，"[3]以致他的批判也基本都构筑在这个历史剖面上，加深了深度，却也限制了他批判的广度。

就像鲁迅对娜拉出走以后的命运该何去何从投以冷峻的审视，王小波也给这只特立独行的猪留下了一个开放式的结局。或许他认为当时的第一要务在于向民众展示自由的美好，唤醒他们对自由的渴求，其他事项可以留待之后再提上议程，而猪过得好与不好，都不该自己以个人的身份来强行评判。

但王小波对权威的不盲从，以及对自由和理性从未停止的追求已足以让人尊重乃至敬佩。他向所有的非理性发出挑战宣言：我这一生决不会向虚无投降，我会一直战斗到死。在他看来，思考是人类能拥有的最宝贵的品质，必须

---

[1]　王小波：《一只特立独行的猪》，《三联生活周刊》1996年第11期。
[2]　戴锦华：《智者戏谑——阅读王小波》，《当代作家评论》1998年第2期。
[3]　李洱：《从反面看一看王小波》，《南方都市报》2005年6月16日。

好好加以利用。因而在他的作品中，也经常会强调"思维是一种乐趣"。他将他的所思所想和作为其载体的语言文字水乳交融，形成了自成一派、独具一格的叙述话语体系，并以此坚守着他认为一个现代知识分子应具备的独立之精神、自由之思想，怀抱着强烈的社会责任感去观察、思考生活的真相。他从未将自己拔高成"众人皆醉我独醒"的传道者，但他坚持发声，用力透纸背的文字，寻找更多志同道合的人并肩作战。

符号总是携带意义的，但这个意义在发出者和接收者两者之间往往不一致。尤其是语言组织成文本后被大规模传播的阶段，随着读者数量的增多，作者原意被引申发散的可能性就越大。以及在摒除受到外界其他因素的干扰之外，"语言和言语在传情达意上还始终存在着系统工具和个体感受的冲突"[1]。在这点上，可引入一个概念，即写作的"个人化"，它"并非特指纯粹的文学风格特征，而是对作家个性化文学话语的一种解读。个人化写作应该是捍卫个体独立人格的写作，写作主体必须具有自由意志和批判精神，必须承担与生命相始终的责任、苦难和困境"[2]。而"真正的个人化写作，正是以真正的个人的真知灼见，面对时代和历史发言，面对存在领悟存在"[3]，因此，在王小波的尖锐背后实则是知识分子宝贵的人文关怀精神。

所以说到底，这两篇散文讨论的都是话语权的问题。有话语权的人总想显示自己的与众不同，证明他说的话更正确，但表演是需要观众配合的，如果没有人重视他的发言，那话语权的重要性又从何显现呢？所以他们需要的不是有自己想法的个体，而是无条件服从话语权力的人，所有的人必须仰其鼻息以求生存。个人的独立存在实际完全消失，沦为统计表上一个无关宏旨的小数点。[4]王小波却不愿让自己变成这样的一只应声虫，他对世界的运行法则有着自己独立的思考，重视每一个个体的自我表达，这也正是人文主义精神的基础。他解构历史发展的轨迹及原因，对错误的部分没有文过饰非，用语言替其

[1] 王杰泓：《智者戏谑——重温王小波散文〈一只特立独行的猪〉》，《名作欣赏》2007年19期。

[2] 黄发有：《准个体时代的写作》，上海三联书店2002年版，第13页。

[3] 郭宝亮：《个人化写作与公共性》，桂林漓江出版社2001年版，第325页。

[4] 殷海光：《殷海光先生文集（二）》，桂冠图书有限公司1980年版，第763页。

遮掩，也没有因为巨大且持久的伤痛就选择避而不谈。作家的选择是用对部分虚伪陈旧价值观的颠覆，以及对属于他自己的精神王国的建造取而代之。

特立独行的王小波，一直试图向我们传达的是自由的美好及其不可或缺，鼓励所有人勇敢的运用自己的理性。但更值得当代人思考的是，"自王小波去世以来，对历史缺乏反思和追问的年轻一代，似乎只愿意沉浸在他趣味盎然的话语世界里进行狂欢，却早已忘记——他那戏谑轻松的调侃后面沉浸着血泪的沉痛思考，还有那份发自内心而没有回音的'恳切'[1]"。

第四节　精神家园的寻觅之路：《融入野地》

20世纪80年代前期，张炜[2]的散文创作还并不算多，在作品中常常为读者呈现的也是人与自然和谐共处的美好。而随着时间推移，到了90年代，他却渐渐失去了这样平和的创作心境，开始变得焦虑不安。

也是自这个时期起，张炜的散文作品开始增多，之后的代表作如《融入野地》《夜思》《筑万松浦记》《北国的安逸》等，主要表达了他对自然强烈的热爱眷恋以及对城市工业文明的担忧和厌恶。关于为什么会出现如此剧烈的转变，张炜也对这段心路历程作出过自我剖析："这怨不得我，起码不能全部怨我。因为接下去我们看到了社会生活中越来越多的难以克服的矛盾，看到了积累的难题太多，老问题没解决，新问题又出来了。而且历史又是惊人地相似。我们笑都没有工夫……这就是我作品中总体色调的变化。"[3]张炜的散文充斥着沉郁的思考与诗性的语言，以知识分子的责任感，表达了对城市快速发展带来的种种弊端的疑虑，引导人们开始在追求物质之余，也开始关注生态环境问题，呼吁人们要丰富自己的精神世界，找到心灵栖息地。

---

[1]　戴锦华：《智者戏谑——阅读王小波》，《当代作家评论》1998年第2期。

[2]　张炜（1956—），山东人，有《张炜自选集》6卷、《张炜文集》6卷、《张炜文库》10卷等多本文集出版。

[3]　张炜：《问答录精选》，山东友谊出版社1993年版，第30页。

1993 年发表于《上海文学》第1期的《融入野地》，正是在这样的思考中诞生的作品，这篇散文也可称作张炜的代表作之一。虽然看似仍未脱离从自然界中选取意象作为主题的创作模式，但通读全文后就会发现，"野地"已经不再是一个确有所指的自然实在，更像是一处从世俗中超脱出的心灵圣地。同时张炜的叙述方式也变得更为平和，少了些澎湃的激情，却多了一份哲思意味浓厚的思索。这种心态与九十年代初，知识分子们对广泛的社会问题的密切关注和反思，对精神家园的不懈找寻和建构的整体文化氛围不谋而合。

从这个层面上来说，我们更倾向于把《融入野地》看作是一部描写精神生态的作品。张炜主动选择远离繁华的都市，长期生活居住在远郊，仿佛一位在大地上辛勤耕耘的劳作者，关注自然的一草一木。在焦虑迷茫后终究回归纯粹平和，从现代化的忧思着眼，从自身的体验出发，并用真诚的笔调，对自己发自灵魂深处的热爱进行书写，谱写出带有生命温度的一曲自然之歌。仿佛大地上结出的芬芳馥郁的果实，也对知识分子怎样应对当前的困境，作出了自己的思考和回答。

《融入野地》共分为九个小节。《上海文学》编者曾说，可以将这篇文字看作小说，也可以看成是散文，是议论，是诗，是一种超越文体界限的文体。[1]的确，《融入野地》既有议论和抒情，但又都包裹在诗的轻盈灵动中。而谈到打开这篇作品的钥匙，可以提炼出三个关键词："故地""忍受"和"根须"。

文本中，除了"野地"这一主体对象，还频繁出现了另一个词："故地"，将近达到了20次，这两者之间究竟有着怎样的联系呢？"野地"很好理解，它是题目中就出现了的意象，可以说是整篇散文围绕展开的中心对象，在文本第一句就已出现。顾名思义，"野地"意义就是野外的，未被人为干扰的一片地域，其中又囊括着无数具体的自然生物。但在文本中，它来源于这些客观存在的事物，却又在作者的提炼和加工后脱胎换骨，成为高于它们的意象。也因此"野地"意象的内涵充满着无限的可能，每个人都可以创造出只属于自

---

[1] 转引自亦云：《喧哗声中的沉思——读张炜〈融入野地〉》，《小说评论》1993年第2期。

己的"野地"。

而之所以张炜笔下的"野地"会存在上述的特质，与他的思想转变也是密不可分的。要充分理解他对"野地"意象的再创造，就必须从现实和心灵两个维度一起入手。现实维度的"野"，指的是一种原始的、未被人工干涉过的状态，而"地"则是一块能被实际感知的土地；心灵维度的"野地"则不然，它是一个空间性的抽象概念，是张炜心中人类精神的栖息地，在现实中或许不能寻觅到，但在无限时空的某处一定存在这么个地方。

正因如此，张炜才会将自己的渴望与热爱毫无保留地向"野地"倾注，使其虽然看似云山雾罩，但读者阅读时又确实可以随着文字在脑海中勾勒出它的轮廓。因为"野地"并非凭空虚构，"它安慰了我、帮助了我"[1]。在张炜看来，"野地"上的一切都是那么的独一无二，是跟人一样有着生命力的活物，无条件包容着他快乐或失意的全部生命体验。"野地"上的生灵与张炜是精神相通的，他们彼此影响和关照着，在适当的时刻把作家带入它们自己的世界，即属于生命的秘密世界，那是一个美的世界，一个有着深厚哲思意味的世界。张炜毫不迟疑地接受了"野地"的指引，从而达到了身处自然中，与自然为邻的境界。如同梭罗所言："我在大自然里以奇异的自由状态来去，成了她自己的一部分。"[2]

值得注意的是，"野地"的概念是与"城市"一起提出的。"城市是一片被肆意修饰过的野地，我最终将告别它。"[3]在张炜眼中，城市原本也是"野地"，但它已被大肆修饰过，可见作家心中的"野地"，明显是与城市这个参照物相对而言的，城市又自然是被"人"所修饰过的。所以张炜要的是"寻找一个原来，一个真实"[4]，我们现在倒回去看第一句，一下就意识到它其实是一个引子，一个缘起。"野地"与"城市"两者在文本中，总是被作为一组典型的对立意象同时提起，这种对立是由二者本质上无法化解的冲突造成的，因此没有中间地带，每个人只能选择其一。当然作家在开篇就做出了

[1]　张炜：《融入野地》，《上海文学》1993年第1期。
[2]　梭罗：《瓦尔登湖》，上海译文出版社2004年版，第121页。
[3]　张炜：《融入野地》，《上海文学》1993年第1期。
[4]　张炜：《融入野地》，《上海文学》·1993年第1期。

"我最终将告别它（城市）"[1]的决定，他的选择不言而喻。因为他认为城市带给他的只有无尽的疲倦和损耗，而在"野地"里却能随心所欲，毕竟"野地"中"四处都是去路，既没人挽留，也没人催促"[2]。

实际上张炜想探讨的远不止于此，"野地"与"城市"两个意象的水火不容只是这个议题的冰山一角。藏在水面下更深处的二者，分别代表的是人的本真状态与高度流水线工业文明的碰撞，是两种不同的价值取向的具体表现。对于张炜而言，做出这个选择完全不必纠结，他对"野地"的热爱充分的表现在他的文本中，每一个生活在其中的生灵也都能引起作者的爱怜。选择"野地"并不需要过多的理性思考，完全是听从心灵的召唤："我凭直感奔向了土地。它生长了一切，也就能回答一切，圆满一切。"[3]所以他想要离开城市的念头一天比一天强烈，直到他无法忽视，"野地"在召唤着他，让他去到原野，山峦，去呼吸自然的空气，因为在城市待得太久，蒙尘的心灵对以前视若无睹的美丽终于重新张开了眼，看到每一片草叶不亚于星系运行奥妙的旅途，感受到每一种形态生命共通的无穷喜悦。

"故地"的首次出现，则是在文本的第二小节。"谁没有故地？故地连接了人的血脉，人在故地上长出第一缕根须。可是谁又会一直心系故地？直到今天我才发现，一个人长大了，走向远方，投入闹市，足迹印上大洋彼岸，他还会固执地指认：故地处于大地的中央。他的整个世界都是那一小片土地生长延伸出来的。"[4]诚然，不管走多远，故乡始终牵扯着人的内心最柔软的部分。《融入野地》的话语体系中，"故地"与"野地"既互相紧密关联又确然各自独存。前者是尚且带有久远的幼年气息，在记忆中一层层被美化的理想原乡；后者已经蜕变为长大成人学会权衡利弊后仍无法割舍、赖以生存的精神家园。

第三小节中，当作者终于找到了"野地"，他不禁迫切想要成为它的一

---

[1]　张炜：《融入野地》，《上海文学》1993年第1期。
[2]　张炜：《融入野地》，《上海文学》1993年第1期。
[3]　张炜：《融入野地》，《上海文学》1993年第1期。
[4]　张炜：《融入野地》，《上海文学》1993年第1期。

部分，"当我还一时无法表述'野地'这个概念时，我就想到了融入"^[1]。所以他急于寻觅一种通行四方的语言，和它交流。但在"野地"里，人类才是闯入者，所以它仅仅只是沉默着，不发一言。而作家刚以为找到了能全然接纳和包容自己的"故地"，就被熟悉和亲切的"故地"拒之门外，就像不再被认可身份的远归游子，使他一时不免感到陌生。但张炜心灵的超脱也就在此时显现：他并没有因一时打击就灰心丧气，或者直接掉头离去，"而是充满了爱心和感激，心甘情愿地等待、等待"^[2]。

张炜在第四小节里，从回想童年经历过的自然体验，想明白了他被拒绝的原因，"世俗的词儿看上去有斤有两，在自然万物听来却是一门拙劣的外语。使用这种词儿操作的人就不会有太大希望"^[3]。那人该怎样才能返璞归真到童年的状态呢，作家给出的答案是劳动，"土地与人之间用劳动沟通起来，人在劳动中就忘记了世俗的词儿。那时人与土地以及周围的生命结为一体。劳动者一旦离开了劳动，立刻操起了世俗的词儿。这就没有了交流的工具，与周遭的事物失去了联系，因而毫无力量"^[4]。

张炜对"野地"的感受是炽热的。他爱它包含的一草一木，虽然小而平淡，但自有真实的力量，"当我投入一片茫茫原野时，就明白自己背向了某种令我心颤的、滚烫烫的东西"^[5]。"融入野地"是他长久心向往之的渴求，因为"只有在真正的野地里，人可以漠视平凡，发现舞蹈的仙鹤。泥土滋生一切；在那儿，人将得到所需的全部，特别是百求不得的那个安慰。野地是万物的生母，她子孙满堂却不会衰老"^[6]。长久流浪的灵魂终于得以安放，所谓的"此心安处是吾乡"不过如此。

而"融入野地"并不能直接粗暴地闯入。它需要人一步一步地求索，追本溯源，"故地指向野地的边缘，这儿有一把钥匙。这里是一个入口，一个

---

[1]　张炜：《融入野地》，《上海文学》1993年第1期。
[2]　张炜：《融入野地》，《上海文学》1993年第1期。
[3]　张炜：《融入野地》，《上海文学》1993年第1期。
[4]　张炜：《融入野地》，《上海文学》1993年第1期。
[5]　张炜：《融入野地》，《上海文学》1993年第1期。
[6]　张炜：《融入野地》，《上海文学》1993年第1期。

门"[1]。因此，他想要寻找深深刻印在心底的"野地"，就必须把心中保留的那块无瑕的"故地"扩展到更大的范围，与"野地"相接。因为野地"令人无限感激的是，它把正中的一块留给了我的故地"[2]。"故地"属于"野地"并位于它的核心，"野地"包含着"故地"却又不仅仅等同于它，而是对它的升华。所以无视或舍弃"野地"，意味着忘记自己的来处，也无异于对自身存在的否定。但值得注意的是，张炜对"野地"的重视和推崇，与我国自古以来知识分子的隐逸传统又不一样，他追求的不是形式上的隐居，而是内心的平静，所以才会产生身心合一的美妙体验。

解决了"野地"和"故地"的关系，接下来就是对第二个关键词的解释。在《融入野地》中，张炜对自己的感受多次用了"忍受"和"不能忍受"两个对照词组，他的态度从一开始就在这二者之间徘徊不定，到最后终于还是高呼已到了"绝不能忍受"的地步。我们不禁要问，他在忍受的究竟是什么，又为何在挣扎后还是选择了坚定的拒绝？要讨论这个问题，我们就必须把目光暂时投向文本之外的现实背景。

众所周知，自从工业时代的到来，"现代性"这个词也裹挟着文明转型的洪流摧枯拉朽，呼啸而至。不可否认，现代化给人类带来了巨大的进步，然而随之而来的征服自然观、人类中心论、过分推崇科技和拜物消费文化也造成了许多新的问题。哈罗德·弗洛姆认为，生态问题是一个关系到"当代人类自我定义的核心和哲学与本体论问题"[3]。因为目前全体人类都面临着共同的危机，首先是全球日益恶化的自然生态危机，1972年罗马俱乐部发表《增长的极限》可被视作这一危机的报告，它用详细的数据，揭示了日益膨胀的人口数量和物质消耗之间不可调和的矛盾。其次是现代消费主义社会导致人类精神空虚所造成的人文生态危机，信息爆炸的现状和娱乐至上的价值取向，使人类的物质欲望成倍增长，而城乡生活的激烈对撞则造成传统文化的断层。

中国当然也面临着同样的问题。市场经济体制下，城市慢慢跃居为舞台

---

[1] 张炜：《融入野地》，《上海文学》1993年第1期。
[2] 张炜：《融入野地》，《上海文学》1993年第1期。
[3] 切瑞·格罗特菲尔蒂、哈罗德·弗罗姆：《生态批评读本：文学生态学的里程碑》，美国佐治亚大学出版社1996年版，第1页。

上绝对的主角，占据人们全部关注的视线，而那些边缘的旷野，似乎已经被人们所遗忘。但城市的野蛮生长，造就的不只有经济飞速的发展，更有随之而来的喧哗与骚动："眼下的情势是这种欲望已洪流滚滚，空前高涨。它对思想之域的冲击是非常大的。物欲若得到广泛的倡扬和解放，人就开始蔑视思想和崇高。"[1]可张炜认为，"在精神之域，人天生就应该是对抗妥协的"[2]。也因此，他才会将原本仅仅是个人愿望的"融入野地"，变成大声疾呼的口号，希望人们都能使自己的心灵强大起来，才足以和无限膨胀的物欲对抗。

作家并不认为人有欲望是可耻的，即使那是追名逐利这样常常被人嗤之以鼻的庸俗追求。相反，他最大程度的对此给予了理解："一个人有好多欲望，其中最大最强的就是使自己摆脱贫困。积累财富的欲望从过去到现在一直存在，很少人能安于清贫。"[3]很多人认为知识分子总是有些不食人间烟火的清高姿态，但在张炜看来，"知识分子的标志不仅是学历和行当上的造就，因为最重要的依据是一个灵魂的性质"[4]。这也正是人文精神真正该有的最为朴素的同理心。与无数同胞们共同经历过物质条件匮乏年代的张炜，从不会因为境遇的改善就变得傲慢，只是希望人们能学会节制，保持道德上的自省。

让张炜更倍感艰巨的是，"真正热爱艺术的人走入了一个艰难的岁月。可能在很长一段时期内，这个局面不会改变"[5]。这不仅是中国知识分子在此时此地面临的问题，事实上，自从二战结束后，新的秩序尚未也难以完整被建构，人们对过去所认定的真实，统统产生了极大的怀疑。这样没有指引的世界，免不了向混乱的深渊滑去，于是现代性应运而生。格里芬认为现代性首要的任务，即"世界的祛魅"虽然点亮了理性之光，然而"所产生的另一个后果是人与自然的那种亲切感的丧失，同自然的交流之中带来的意义和满足感的丧失"[6]。这与舍勒的观点不谋而合："世界不再是真实的、有机的家园，而

---

[1]　张炜：《沉思录（一）安于清贫》，《瞭望新闻周刊》1994年第37期。

[2]　张炜：《感谢的自语》，《当代》1995年第1期。

[3]　张炜：《沉思录（一）安于清贫》，《瞭望新闻周刊》1994年第37期。

[4]　张炜：《融入野地》，《上海文学》1993年第1期。

[5]　张炜：《沉思录（一）安于清贫》，《瞭望新闻周刊》1994年第37期。

[6]　大卫·雷·格里芬：《后现代精神》，中央编译出版社1998年版，第89页。

是冷静计算的对象和工作进取的对象。"[1]

现代性瓦解了人的原初状态，自然在它面前也变得不再神秘，人因此失去了对它该有的敬畏和谦逊，只好被迫迎接四面八方的负面情绪一拥而上，同时无比渴望着能冲破无处不在的压抑感，全身心投入最真切的体验去直接回溯生命的源头。从此意义上来说，"野地"是人挣脱枷锁的有力保障，而"融入"是抵达"野地"的唯一方式。

不光是张炜在努力寻找出路，对大多数现代的知识分子来说，眼前最迫切的需要也正是重新建立人与真实的连接。因为现代人与大地不再有着切实的联系，他们自小生长的环境就远离自然山水，取而代之的是每个城镇里无限趋同的建筑。它们完全是出于实用的目的被人工设计和建造，一如人与人之间的关系，也是建立在利益至上的基础上。人们从出生到消亡都在时空中辗转飘荡，一段段记忆被挤碎碾压成齑粉，回望亦是空白，"尤其是对于占大多数的，没有坚定有力信仰的中国人，他们无法'归家'，因为他们只有寄身之所而根本没有'家'，因而他们也无法'寻根'"[2]。

就是在这样种种不利的外界条件下，张炜仍振臂高呼"美与善有时需要独守，需要眼盯盯地看着它生长"[3]，"我们总是一再地强调人的独立性，因为没有独立性就没有思想，一个人放弃了自己思考的权利，就只能重复街上的声音。任何街上的声音都是带着风的，我们要做的就是哪怕置身于风中，也要守住自己的思想，守住自己的精神家园"[4]。他扪心自问，人不该一味忍受这样的生活，所以他也在试图给自己找到另一个罗盘上的定点："人需要一个遥远的光点，像渺渺的星斗。我走向它，节衣缩食，收心敛性。"[5]

张炜在对精神家园的寻觅之路中总是呈现出一种最朴素真诚的姿态，从不会让人觉得高高在上。他坦陈自己也有着普通人的犹豫和怀疑，也会害怕孤身一人。但他的高尚之处就在于他同时还拥有克服这些人皆有之的软弱的勇

---

[1] 马克斯·舍勒：《资本主义的未来》，《舍勒选集》下，上海三联书店1999年版，第988页。
[2] 张叹凤：《中国乡愁文学研究》，巴蜀书社2011年版，第6页。
[3] 张炜：《融入野地》，《上海文学》1993年第1期。
[4] 张炜：《守望于风中》，上海三联书店2003年版，第205页。
[5] 张炜：《融入野地》，《上海文学》1993年第1期。

气："尽管有时候在我眼里，孤独是可怕的，但更可怕的是放弃自尊。"[1]
在沉痛而又深刻地认识到这点后，张炜便不再动摇："就为了精神上的成长，
让诚实和朴素，让那份好德行，永远也不要离开我。让勇敢和正义变得愈加
具体和清晰。那么，漫长的消磨和无声的侵蚀，我也能够陪伴。"[2]真可谓
有着壮士断腕般的气魄。与此同时，张炜还做到了冷静克制却不冷眼旁观。他
"区分了激情和冲动"[3]，认为激情来自生命最深处的渴望，是人们创造的
动力。因此把握住激情是十分重要的，鼓励大家恰当地运用好它。

　　经历过思想上的无数徘徊和挣扎后，张炜决定做一棵扎根于土地的树。
因为张炜深刻地认识到，看似欣欣向荣的现代化社会背阴角落中人的异化与扭
曲。所以《融入野地》可以视作张炜关于解决方案的一次探讨，即以自己的
"野地"为例，向人们展示回归自然、重拾人文关怀的美好图景，鼓励人们在
沉睡的心灵被唤醒后，纷纷主动去发现和创造属于自己的"野地"，并全情
融入。

　　也正因如此，"野地"的生存空间虽然在现实中不断被挤压，转身却又
于张炜笔下茁壮成长着，因为它体现了作家重建人文精神的理想。在愈发物质
和功利的社会中，"野地"无疑是一股清流。在野地中，人们再次发现了自
我，找回了自我，感到与生命本真之源亲密接触的舒适与归属感。

　　由于太过漫长的寻找，作家已经发出"我寻找了，看到了，挽回的只是
没完没了的默想"[4]，这样无奈的感叹。因为他发现一切都在重复生死循环
的过程，长久与暂时都是相对，所以他想抓住的瞬间感受终究不属于他。即使
是"野地"，终究也不是完全真实的存在啊。可张炜在进入野地，感受到它的
美好后，愈发想要永久地驻留于此，想要把自己的所在毫无保留的投入到"野
地"所在的世界。

　　这正应和了海德格尔的"此在与世界"。人与自然在人的实际生存中结

---

[1]　张炜：《张炜随笔七篇》，《北京文学》1997年第1期。
[2]　张炜：《融入野地》，《上海文学》1993年第1期。
[3]　李刚：《20世纪90年代散文的清洁精神与知识分子自我认同的重构》，《文艺评论》2011年
第5期。
[4]　张炜：《融入野地》，《上海文学》1993年第1期。

缘，自然是人的实际生存的不可或缺的组成部分，"二者之间的关系之间不应该是分裂或对立的"[1]。"野地"给作家带来的感受正是"在社会世界、自然时空和情感世界相互融合之有机状态下产生的一种情怀，一种海德格尔所说的'居家'的在世状态。它与人儿时的生命亲历交融为一体，构成挥之难去的记忆，构成后来人生的一切均由之出发的'本源'"[2]。现代人常常会莫名生出"茫然失其所在"的惶恐和无助，这正是因为他们失去了属于自己的"家园"。家园是每个人祖祖辈辈在此繁衍，血脉紧密相连，同时无条件接纳你的疲惫，提供休养生息之处的场所，最能牵动一个人心底最隐秘的情感。只有让你感到身心交融的场所才能称之为"家园"。

文本第五小节讲到孤独，与当时盛行的观点不一致，张炜并不认同孤独有多么美。在他看来，人只要还在生长，就摆脱不了滋长的孤独，尤其是现代人，自主选择的伪装平庸或许有趣，"独自低徊或许富有诗意"，但一旦"心与心的通道被堵塞"[3]，人一定会感受到恐慌，会剧烈地挣脱。而作家既不想被迫忍受孤独，更不想放弃自尊，所以他空虚已久的心灵急需一个冥想和自语的空间，便下意识的直接奔向了土地，而丰收季节的土地也慷慨的回馈了他，"万千生灵都流露出压抑不住的欢喜，个个与人为善。浓绿的植物、没有衰败的花、黑土黄沙，无一不是新鲜真切。呆在它们中间，被侵犯和伤害的忧虑空前减弱，心头泛起的只是依赖和宠幸，可以放下一切不安，像投入母亲的怀抱"[4]。

众所周知，哪怕我们已在外面的世界学会戴上成熟的面具面对一切，但唯有在母亲的怀里是最不用隐藏和伪装的。所以张炜不禁发出了这样的感叹："世上究竟哪里可以与此地比拟？这里处于大地的中央。这里与母亲心理上的距离最近。"[5]卢梭在《一个孤独的漫步者的遐想》里也有过类似的体验，"一个喜欢思索的人，他的心灵越是敏感，就越会产生一种与自然和谐的喜

---

[1] 曾繁仁：《生态现象学方法与生态存在论审美观》，《上海师范大学学报》2011年第1期。

[2] 张叹凤：《中国乡愁文学研究》，巴蜀书社2011年版，第6页。

[3] 张炜：《融入野地》，《上海文学》1993年第1期。

[4] 张炜：《融入野地》，《上海文学》1993年第1期。

[5] 张炜：《融入野地》，《上海文学》1993年第1期。

悦。进入一种忘我的沉醉之中，他会感觉他自己已经融入其中，已经成为大自然不可分割的一部分了"[1]。

同样在野地里漫步的孤独者张炜则说："这是一个喃喃自语的世界，一个我所能找到的最为慷慨的世界。这儿对灵魂的打扰最少。在此我终于明白：孤独不仅是失去了沟通的机缘，更为可怕的是频频侵扰下失去了自语的权利。这是最后的权利。"[2]在这一部分中，作者也暗暗回应了一开始提到的出走和追寻，他把原因解释为要寻求同类，才能缓解自己的孤独，"我寻找同类因为我爱他们、爱纯美的一切"[3]。

这次寻求的结果是，作家感到自己也化作了"野地"里的一棵树，"有人或许听懂了树的歌吟，注目枝叶在风中相摩的声响，但树本身却没有如此的期待。一棵棵树就是这样生长的，它的最大愿望大概就是一生抓紧泥土"[4]。这也说明了，人们对植物的理解都是强行附加给它们的自我感受，因为对于一棵树来说，"孤独是另一边的概念，洋溢着另一种气味。从此尽是树的阅历，也是它的经验和感受"[5]。

通过化身为一棵树的超越性体验，作家认为当我们不再有高高在上的分别心后，"你发现寻求同类也并非想象那么艰苦，所有朴实的、安静的、纯真的，都是同类。它们或他们大可不必操着同一种语言，也不一定要以声传情。同类只是大地母亲平等照料的孩子"[6]。同类的划分应该是同根同源，应该是心灵相通，而绝非狭隘的种族之分。这种感受深深的镌刻在我们的骨血中，只是一直被其他欲望所掩藏，作者被唤醒的瞬间是，"当我还一时无法表述'野地'这个概念时，我就想到了融入"[7]。他主张人与自然界中其他生物就应该和谐共生。无独有偶，这种想法也曾出现在爱默生的诗句里："田野与树丛所引起的欢愉，暗示着人与植物之间的一种神秘联系。它说明我不是孤身

---

[1]　让-雅克·卢梭：《一个孤独漫步者的遐想》，华中科技大学出版社2013年版，第118页。
[2]　张炜：《融入野地》，《上海文学》1993年第1期。
[3]　张炜：《融入野地》，《上海文学》1993年第1期。
[4]　张炜：《融入野地》，《上海文学》1993年第1期。
[5]　张炜：《融入野地》，《上海文学》1993年第1期。
[6]　张炜：《融入野地》，《上海文学》1993年第1期。
[7]　张炜：《融入野地》，《上海文学》1993年第1期。

一人，也不是不被理睬。它们在向我点头，我也向它们致意。"[1]

人必须把自己当作"野地"的一部分，而非做一个旁观者。因着人本身就是属于自然的一环，自然美也绝非静态而是参与之美。它需要我们调动所有感官，并非待在那儿被动的等待着我们去静观和认识，而是从四面八方包围着我们，我们置身于其中，成为其中的一部分。一旦当人明白这些，它们就不再只是飘渺的感受，而变成了实实在在的触摸和相依相伴，"我与野地上的一切共存共生，共同经历和承受"[2]。这样做带来的感受是："追思和畅想赶走了孤单，一腔柔情也有了着落。我变得谦让和理解，试着原谅过去不曾原谅的东西，也追究着根性里的东西。"[3]作者在每一次提到树的时候，都用了"根须"这个词，因为"我拒绝这种无根无定的生活，我想追求的不过是一个简单、真实和落定，做梦都想像一棵树那样抓牢一小片泥土"[4]。不难看出他想要紧紧植根于大地的强烈愿望，不仅因为这样就有了依托的实感，更是因为这样就和大地直接相连，呼吸相关。然而变成树终究只是一个梦境，当醒后回归现实，作家还需要用另外的方式，来为自己从野地中汲取养分。他认为自己有义务做一个记录者，提醒人们他们正在错失些什么。

这也是文本第七小节为何会转向谈论艺术的原因，作家认为艺术的力量也是来源于自然，"只有艺术中凝结了大自然那么多的隐密。人类总是通过艺术的隧道去触摸时间之谜，去印证生命的奥秘。自然中的全部都可通过艺术之手的拨动而进入人的视野"[5]。艺术本就是从生命的内在体验中切身涌出的感情。所以在这个意义上，艺术和劳动又是共通的，"在我投入的原野上，在万千生灵之间，劳作使我沉静。我获得了这样的状态：对工作和发现的意义坚信不疑。人若丢弃了劳动就会陷于蒙昧"[6]。

张炜绝非极端的自然主义者，不切实际的要求人类社会要从现代文明倒

---

[1]　爱默生：《爱默生集》，生活·读书·新知三联书店1993年版，第10页。
[2]　张炜：《融入野地》，《上海文学》1993年第1期。
[3]　张炜：《融入野地》，《上海文学》1993年第1期。
[4]　张炜：《融入野地》，《上海文学》1993年第1期。
[5]　张炜：《融入野地》，《上海文学》1993年第1期。
[6]　张炜：《融入野地》，《上海文学》1993年第1期。

退回落后的丛林之中，也没有认定只有采取最原始的方法劳作，才能实现他的理想。相反，张炜想要用《融入野地》告诉读者的是：要实现自然生态和精神家园的重建，人必须时时与大地保持沟通；不在物质世界迷失自我，更不要惯于把万物视为理所当然，自觉高人一等。而应怀着谦卑之心，将自己看作"野地"的一部分，虔诚地与之身心相融。只有这样，才能顺利的"通过悬搁与超越之路，使心灵与精神回归到本真的存在与澄明之中，去到最纵深处"[1]。

第五节　历史积淀后的追问：新旧《道士塔》

要讨论20世纪90年代的散文作品，余秋雨是一个绕不开的对象，推崇也好，批评也罢，不管你持什么态度，余秋雨的散文都是百年白话散文的一个独特存在。

余秋雨的散文大部分以文化为主题，从景观游记中取材，集中回顾历史，将传统的民族精神和现代的文化意识穿插对照。他总是关注群体人格，尤其是所谓的文化人格。代表作如《山居笔记》《霜冷长河》《千年一叹》等散文集。他的散文题材新颖，内容贯通古今、知识渊博，同时气度开阔，使人眼前一亮。他最大的贡献，自然是引领起了之后90年代文化散文的潮流。当然，余秋雨本身也是一些论争的风波中心，一些研究者也会试图去挖掘他的人生轨迹和经历，以此来对他的作品做出解读。这也不失为一种视角，但是我们更多的还是想将视线集中在他的散文文本本身，以免一开始就被作品之外的因素先入为主而受到干扰。

众所周知，最开始造成轰动效应，令余秋雨名声大噪的就是那本他写于20世纪80年代中后期，一开始在报刊上连载，最终于1992年结集出版的散文集《文化苦旅》。在它的自序中，作者写道："如果精神和体魄总是矛盾，深邃和青春总是无缘，学识和游戏总是对立，那么，何时才能问津人类自古至今一

---

[1]　沈勇：《艺术生态批评的审美空间》，《学术论坛》2011年第3期。

直苦苦企盼的自身健全？"[1]从本章之前的几节也可以看出，对中国传统文化和民族人格的反思，对重建精神家园的尝试，也是八九十年代知识分子一脉相承、共同自觉关注的问题。余秋雨把他个人所做出的解答都放进了《文化苦旅》。

而时隔二十余年，这本广受欢迎的散文集迎来了它的再版。耐人寻味的是，这次再版并不只是简单的重新印刷发行，而是由余秋雨本人进行了一番大刀阔斧的修订，其中的好些篇目都已和旧版大相径庭，这实在是很有趣的事情。我们不禁要问，是什么促使余秋雨做出了这样的修改，这些不同背后又传达了怎样的含义？

首先来看余秋雨本人的说法。在新版的序言中，他提到："毕竟过了20多年，原来装在口袋里的东西已经不合时宜，应该换一点更像样子的装束。艰苦跋涉间养成的强健体魄也应该更坦然的展现出来。"[2]参照新版的内容，后半句是很好理解的，因为这一版确实加入了一些新的篇目，主要都是涉及"世界之旅"部分的。这些都是在旧版之后创作的，所以之前未曾收录也无可厚非。但令我们相当在意的是，曾经在旧版中大放光彩的重头戏，目录第一篇的《道士塔》，在新版中竟低调了许多，被挪至了第五篇，一个相当不引人注目的位置，并且也是被大幅修改的篇目之一。

那么，为什么不让我们就从这篇最初发表于1988年第4期的《收获》杂志，同时颇具代表意味的《道士塔》来进入90年代及其以后的余秋雨的散文话语世界呢？

郁达夫曾说过："现代的散文之最大特征，是每一个作家的每一篇散文里所表现的个性，比从前的任何散文都来得强。"[3]余秋雨的散文也是如此，乍看上去像是一个包罗万象的集合，文学、历史、哲学都有涉猎，给人以"乱花渐欲迷人眼"之感。但万变不离其宗，创作需要通过个体作为基本单位来完成，因此从本质上来说它总是私人化的，也才会有所谓的创作风格一说。

[1] 余秋雨：《文化苦旅》，东方出版中心2001年版，第2页。
[2] 余秋雨：《文化苦旅》，长江文艺出版社2014年版，第1页。
[3] 郁达夫：《〈中国新文学大系·散文二集〉导言》，《郁达夫文集》第6卷，花城出版社1983年版，第261页。

任何一个成熟的作者都会有其自成体系，并且能够自圆其说的叙事逻辑。在这套系统中，频繁出现的词汇和话语是值得我们引起重视的。因为创作者为了防止读者审美疲劳，一般会尽量避免无意义的重复。那么一再使用这些措辞的背后自然有其不得不用的原因，即作者往往想通过它们传达自己的某种创作意图。因而换种角度来看，它们就成为了解读文本的一种可触发的机关。在余秋雨的作品中，与之相关的叙述常常又是朦胧的，点到为止，欲语还休。

余秋雨曾谈及过他的文化态度："一、以人类历史为价值坐标去对待各种文化现象；二、关注处于隐蔽状态的文化；三、诚实的理性；四、关注群体人格。"[1]这四种文化态度关注的焦点一直是从"人"本身出发，鼓励人独立运用自己的理性，塑造自己健全的人格。同时还进一步希望包容每种不同的价值取向。

朱国华在《别一种媚俗》中，把余秋雨的散文归结为"故事+诗性语言+文化感叹"[2]。孙绍振曾评价在余秋雨的散文世界中，核心是对传统文化历史的再阐释和批判，而他提出的文化感叹则是对文化人格的建构和历史的批判。[3]按理说，文化人格并不独属于哪一类群体，但只要对余秋雨的作品做一个简要的大观，很容易就会发现他更爱表现的是那些文人的人格，如王维、苏轼、柳宗元、范仲淹……这也很好理解，因为余秋雨自己本身也是属于这个阶层的一员，自然会对同类的他们有着熟悉和认同感，也就会格外的关注。所以从这点上来看，《道士塔》也是他广为人知篇目里难得出现的对具体小人物进行塑造和评价的文本。它主要讲述了余秋雨在游览壮丽的莫高窟时，被门外一座名为"道士塔"的不起眼建筑所吸引，并因为塔主人王圆箓的特殊身份而生发的对一段历史的回顾和感慨。

如果只看上文这样的内容梗概，读者大概以为这又是一篇常规的、怀古叹今的游记型散文。寄情于山水之间，充分感受自然的美好与释放生命的天性，是我国自古以来就有的文人传统，也一直是散文创作的重要题材来源之

---

[1]　余秋雨访谈，见《文论报》1995年第2期。
[2]　朱国华：《别一种媚俗》，《当代作家评论》1995年第2期。
[3]　参见孙绍振《余秋雨：从审美到审智的"断桥"——论余秋雨在中国当代散文史上的地位》，《当代作家评论》2000年第6期。

一，给我们留下了不少脍炙人口的名篇佳作。但也因其简单易模仿，入门门槛并不高，所以容易俗套地落入窠臼，变成一种流水线生产的、粗制滥造的纯记叙式散文。

余秋雨散文则不然，甚至可以说摒弃了这种套路。例如本文中，道士塔本就不是什么闻名遐迩的名胜古迹，尤其是在世界文化瑰宝莫高窟前更显得不值一提。但作者却在一头扎进莫高窟前选择停下来为它驻足，因为他认为这些景物承载和提供的远非浅尝辄止的审美趣味，而是可以通过它们上升到整个民族的历史和文化，从中观照其不足。为了达到这一目的，弱化对景物的着墨是相当有必要的，不然读者也会忙着欣赏字里行间的奇山异水，而忘了去深究作者蕴藏在之后的苦心。无怪乎道士塔在余秋雨的笔下是这样的不吸引人，"只见塔心是一个个木桩，塔身全是黄土，垒在青砖基座上。夕阳西下，朔风凛冽，整个塔群十分凄凉"[1]。

余秋雨对散文文体的创新，还在于他"引入了更常见于小说的叙述和表达"[2]。关于这点，旧版《道士塔》中就有几个十分直观的例子："他们（指官员）文雅地摸着胡须，吩咐手下：'什么时候，叫那个道士再送几件来！'已得的几件，包装一下，算是送给哪位京官的生日礼品。"[3]紧接着，"王道士频频点头，深深鞠躬，还送出一程……他依依惜别，感谢斯大人贝大人的'布施'。车队已经走远，他还站在路口，河道上深深的车辙"[4]。显而易见，余秋雨在这些涉及历史事件的描写中，都运用了比起散文而言更类似于小说的讲述，进行半真实的场景再现和半虚构的人物演绎。而这样灵活的交替使用多种叙述方式，使读者取得了特别的、可视化的阅读体验，使再现的历史场景和人物都变得仿佛近在眼前，触手可及。文本中的人物形象更生动的跃然纸上，精心营造的文化氛围也更浓厚得呼之欲出。

不同文体的界限原本就没那么泾渭分明，精于此道的作者就像园艺大师利用娴熟的嫁接手法一样，让笔下的散文重新焕发出别样的生机。读者和作

---

[1]　余秋雨：《文化苦旅》，长江文艺出版社2014年版，第34页。
[2]　马元龙：《重返大家气象：秋雨散文的超越》，《华中师范大学学报》1996年第1期。
[3]　余秋雨：《文化苦旅》，东方出版中心2001年版，第10页。
[4]　余秋雨：《文化苦旅》，东方出版中心2001年版，第12页。

者关系的固定性被打破，不再是一成不变的一方输出观点，另一方等待接收；而是双方一起在时空中穿梭，共同参与想象创造。这种陌生化，毫无疑问给阅读提供了相当的新鲜感。也正因如此，余秋雨的散文非常能够调动读者的情绪，因为他非常喜欢用上述的叙事手段，对历史场景进行假设和还原，以此去触摸历史的真相，去总结出一类"文化人格"。可这其中蕴含着一个惊人的逻辑陷阱，他所想象和还原的真的就是历史的原貌吗？

或许有人会说，文学本就不可能做到完全的真实，所以重要的不是对事实的再现，而是文本的艺术价值。可我们必须认识到，余秋雨的历史感叹是需要建立在历史真实这个前提上的，就像一座再宏伟的建筑，如果连地基都不够稳固牢靠，那么由此兴发的感叹即使再磅礴动人，亦无法让人全身心投入吧。所以才会有人在读完《道士塔》后对这一段历史感兴趣，遂试着去做更多深入的了解，却在这个过程中发现许多与文本中相异甚至相悖的史实，一时之间不免对整个文本都产生了怀疑。

历史的进程从来就不是完全连贯的，只是总体呈现螺旋上升的态势。但在不同的视角下，历史本身就如同万花筒一般光怪陆离，它与人永远保持着距离，因为种种外界因素还会不时出现前后割裂式的断层。人们惯于接受主流形态的历史，却会下意识的忽略其间的断层，因为一切尽在掌控的教科书历史才使人感到安全和可靠。但其实不管是哪种形态的历史，都只不过是客观存在的过去。区别仅仅是人们对其的记录和描述不同，而其间反映出的价值评判，每个人心中自有决断："不同的定论，往往只是因为历史无可避免地会在不同的场景中被一遍遍重新进行解读。"[1]

二十年后的余秋雨也意识到了这点。他试图做一些什么措施来亡羊补牢，然而又舍不得彻底推翻之前的惯性思维模式，因为那就意味着对自己的全盘否定。所以就导致新版的《道士塔》杂糅后呈现出一种不伦不类的尴尬感。要阐释清楚这种微妙的不和谐从何而来，就需要对余秋雨的散文创作模式做出拆分和解析。首先是主题，多半都是一个实际存在的事物，文本将会围绕这个

---

[1]　参见楼肇明《当代散文潮流回顾》，《当代作家评论》1994年第3期。

事物作为客观存在再到符号层面的意义来展开。而在具体的文本中，余秋雨还往往惯于将自己巧妙的融入幕后，带领读者跟随他的视角一起观察和行动，结尾才强行把舞台拉回到现实，制造出一种他替大家拨开迷雾，如梦初醒的氛围。

综上所述，我们可以把余秋雨散文常用的创作模式概括为：某个当代角色在时空中时隐时现的穿梭，再使用理性和感性穿插交织的话语，用完全是在现代意识下长成的既定思维认知，去对两者交汇和碰撞所产生的文化进行解读和阐释。如在《道士塔》中那段新旧版都保留了的经典的重头戏，即"我"在想象中和斯坦因一行人在运走经卷时的拦截、对峙。

而在新版的《道士塔》，针对上述问题，他首先是改正了一些史实上的错误，如关于道士塔形貌的描写用词更加精准，对于王道士发掘洞窟的细节进行了补充。创作者都知道写作时讲求尽量一气呵成，所以之后有一些这样那样的小错误需要完善，这些举动都是为了在学术上更严谨，无可厚非。真正让人心惊的是，他对牵涉在这场历史事件中几个主要人物的态度，以及对他自己表达态度的方式，都有了很大的转变，甚至存在着或许就在不知不觉中，文本的核心已被偷天换日的可能。

旧版中，当发现这座道士塔是属于王圆箓时，紧跟着就是一句"历史已有记载，他是敦煌石窟的罪人"[1]。这直接就开门见山，板上钉钉地把王道士钉在了罪人的位置。那么心照不宣的，我们对一个罪人能做的是什么呢？只剩下审判和控诉。而就是这么一个余秋雨在旧版中煞费苦心、不吝笔墨去控诉的王道士，在新版里变成了"第一个就是'主人'王圆箓，不多说了"[2]，"不多说了"这四个字，看似轻描淡写，背后余秋雨到底经历了怎样的心路历程，我们无从得知。而我们能切切实实看到的是，在作者刻意安排王道士从舞台上渐渐隐于幕后之后，另一个旧版中从未提及的人物却粉墨登场，戏份和待遇甚至一下被提升到了主角之一的位置，这一下引起了读者的警惕，因为这一安排必然彰显了作者思量许久后的某种深意。这个人就是蒋孝琬，他的身份是

---

[1] 余秋雨：《文化苦旅》，东方出版中心2001年版，第7页。
[2] 余秋雨：《文化苦旅》，长江文艺出版社2014年版，第36页。

斯坦因和王道士进行文物交易时的中间人，一位翻译。

　　作者对王道士的外貌描写，是"穿着土布棉衣，目光呆滞，畏畏缩缩，是那个时代随处可以见到的一个中国平民"[1]。而对这位蒋孝琬，则是"长得清瘦文弱"，"是中国19世纪后期出现的买办群体中的一个"[2]。为什么要这么强调他们属于哪个群体呢？因为余秋雨一直的野心就是塑造典型人物，他不会认为每个人都是具体的、独特的，无法替某一个群体代言，他沉浸在通过这些典型来以小见大，窥见一个群体的"文化人格"，再进行归类和给出自己相应的评价的乐趣中。

　　作为游走在两个文化中的人，买办这个群体通常在人们的既定印象中是"在沟通两种文明的过程中常常备受心灵煎熬，又两面不讨好"的。在余秋雨看来，他们是"桥梁式的悲剧性典范"。但是，"蒋孝琬好像是这个群体中的异类，他几乎没有感受任何心灵煎熬"[3]。当时的中国，不仅是学者对前来刺探的外国考古学家抱有"华夷之防"的敏感，而是每一个再普通不过的中国平民，都不会对他们轻易敞开心扉。例如王圆箓，"从一开始，就对斯坦因抱着一种警惕、躲闪、拒绝的态度"[4]，因为中国人虽然因闭塞而故步自封，但他们也对自己生长的土地有着深深的眷恋，对"老祖宗"留下来的东西怀着深深的敬畏，对外来族群抱着"非我族类，其心必异"的审视打量。

　　也因如此，才会有蒋孝琬这种人登台活跃的机会。"从喀什到敦煌的漫长路途上，蒋孝琬一直在给斯坦因讲述中国官场和中国民间的行事方式。到了莫高窟，所有联络、刺探、劝说王圆箓的事，都是蒋孝琬在做。"[5]而这位蒋孝琬实在是物超所值的万能助手，除了充当交易时的中间人，"此后在经卷堆里逐页翻阅选择的，也是蒋孝琬，因为斯坦因本人不懂中文"[6]。"事实证明，蒋孝琬对中国传统文化有着广博的知识、不浅的根底"[7]，所以他才

---

[1]　余秋雨：《文化苦旅》，长江文艺出版社2014年版，第34页。
[2]　余秋雨：《文化苦旅》，长江文艺出版社2014年版，第37页。
[3]　余秋雨：《文化苦旅》，长江文艺出版社2014年版，第37页。
[4]　余秋雨：《文化苦旅》，长江文艺出版社2014年版，第37页。
[5]　余秋雨：《文化苦旅》，长江文艺出版社2014年版，第37页。
[6]　余秋雨：《文化苦旅》，长江文艺出版社2014年版，第37页。
[7]　余秋雨：《文化苦旅》，长江文艺出版社2014年版，第38页。

能对一堆堆纸页上的内容作出取舍裁断。可他虽然具有一定的学识，却远称不上具有作者心中的"文化人格"。通过他的种种所作所为，我们可以看出他本质还是个商人，正如同千年前琵琶女就曾幽怨的低声弹唱，"商人重利轻别离"[1]。与王圆箓不同，蒋孝琬清楚地知道他手里这些文物的价值，也知道自己在进行一场欺骗，但他根本不会觉得良心不安，在乱世中，只要获得自己的利益，得以存活下去，就是他最重要的动力和目的。

不得不承认余秋雨在利用话语造势这方面的能力。早在二十多年前，他就让所有人对王道士进行过一番声势浩大的口诛笔伐，这其中有些人虽然对此发出了质疑，但也被太过激昂的声潮所掩盖。而当人们冷静下来，开始认识到王道士并非那么十恶不赦后，他也没有慌乱，而是又顺势推出了另一个合理的靶子，"前面两个（指王圆箓和斯坦因）一直遭世人非议，而最后一个总是被轻轻放过"[2]。这个被轻轻放过的人，到底可恨到什么程度呢？作者也并未进行过多的直接描写，只举了一个小小的例子，"有一天王圆箓觉得斯坦因实在要得太多了，就把部分挑出的文物又搬回到藏经洞。斯坦因要蒋孝琬去谈判，用四十块马蹄银换回那些文物。蒋孝琬谈判的结果，居然只花了四块就解决了问题。斯坦因立即赞扬他，说这是又一场'中英外交谈判'的胜利"。

"蒋孝琬一听，十分得意。"[3] "十分得意"这四个字一出，立刻活灵活现的勾勒出一副小人嘴脸。出卖自己已经极其可怜的父母之邦，究竟有什么好值得得意的呢？至此，对王道士的大半愤怒，都已顺理成章地被转移到了蒋孝琬的身上。因为如果说王道士的错源于他的愚昧，这是时代造就的悲哀，那么蒋孝琬展现出的就是人性中彻底的恶，因为他绝对还未到走投无路的地步。一个人再有能力又怎样呢，如果他身上没有要承担的责任感，就只会替施暴者和掠夺者们为虎作伥，助纣为虐罢了。这样的人直到今天还存在着，时刻等着向另一种文化投诚，他们信奉的是进化论"物竞天择，适者生存"的丛林法则，只是不知道"这种桥梁式的人物如果把一方河岸完全扒塌了，他们以后还

---

[1]　见白居易《琵琶行》。
[2]　余秋雨：《文化苦旅》，长江文艺出版社2014年版，第38页。
[3]　余秋雨：《文化苦旅》，长江文艺出版社2014年版，第38页。

能干什么"[1]？

不要忘记的是，这个故事里依然也是有文人出现的，虽然他们隐藏得很深，只是作为三位主角的点缀。但寥寥几笔，就已能勾勒出一幅他们的众生相。那些官员，那些士人，本来应该饱读诗书、珍惜古籍的人。他们之中，有人没有那个相应的眼界和魄力，鼠目寸光，"官员中有些人知道一点轻重，建议运到省城，却又心疼运费，便要求原地封存"[2]；有人不顾操守德行，中饱私囊，在部分经卷送京的过程中顺手牵羊，"沿途官员缙绅伸手进去就取走一把。有些官员还把大车赶进自己的院子里精挑细选，择优盗取。盗取后又怕到京后点数不符，便把长卷撕成几个短卷来凑数搪塞"[3]。

斯坦因，一个根本不懂中文的人，尚且都能意识到莫高窟里经卷的无价。而中国当时上至所谓的精英阶层，下到平民，却都没有一个人能保护它们免遭颠沛流离的命运。这直白的事实不需要过多的花言巧语来画蛇添足，本身就足以构成强烈的反讽。

但这就能作为替斯坦因开脱的借口了吗？艺术是世界的，爱惜它的人当然值得尊敬。但通过不正当不光彩的手段，连哄带骗趁火打劫的掠夺另一种文明的瑰宝，打着保护和欣赏的旗号把它强行带离故土占为己有，这样野蛮的行为就完全没有了为它辩驳的必要。文明最耀眼的姿态，还是在它自己诞生的土壤自由生长。在这点上，我们是认同余秋雨所说的，对此事的耿耿于怀，并非某些学者所说的什么"狭隘的民族主义"，反而遵循了人文精神的要求。可惜余秋雨太急于为自己辩驳，本可以心平气和地单独回应，却非要突兀地插进这篇散文中。而散文毕竟不是隔空喊话的学术论争，所以实在让人难免感到有些如同硬生生出戏一般的扫兴滋味。

同样让人略微不适的还有余秋雨对读者情感的操纵。好的作品当然要以情动人，但这种情感最好不要是洪水开闸似的宣泄，直接堵塞了其他疏解的渠道。更高的境界，是让读者阅读时既有沉浸式的体验感，之后也还可以有自己

---

[1]　余秋雨：《文化苦旅》，长江文艺出版社2014年版，第38页。

[2]　余秋雨：《文化苦旅》，长江文艺出版社2014年版，第35页。

[3]　余秋雨：《文化苦旅》，长江文艺出版社2014年版，第40页。

抽身后独立的思考。在旧版中这点尤为明显，经常会出现"我好恨！"这样直接又感情色彩强烈的表达。同样的地方，新版倒是含蓄了一些，"（我想要）大哭一场。哭声，像一匹受伤的狼在黑夜里嗥叫"[1]。但也还是稍有夸张造作之嫌。作者对文本语言的驾驭，本应如水中之盐，融会贯通却无色无形。而余秋雨的散文却时常让人感到被言语淹没之感，大段的铺陈和抒情，一不留神就容易陷入自顾自地高谈阔论和自我感动。

客观来说，当文本中的理智抬头时，余秋雨的诗性语言再加文化感叹碰撞，所产生的独到的思考、冷静的审视还是相当成熟的。但当他放任自己，让情感彻底盖过理智，就会泛滥汹涌得一发不可收拾，失去了节制和留白的美。读者在初次阅读时，或许会被这种充沛溢出的感情感染，从而产生与作者同仇敌忾般的共鸣。但合上书页，冷静下来反复咀嚼后，会恍然觉察到受煽动的可能。读他的散文颇似喝一种新发现的茶，初尝新鲜，多了却难免觉得腻。不过无法否认他的确打开了新的口味，让后来人可以在制茶工艺上加以锤炼，使之更加精湛。

从旧版的"我甚至想向他跪下，低声求他：'请等一等，等一等……'"[2]中放低自我姿态到了卑微的地步，到新版中改为"我甚至想低声下气地恳求他：'请等一等，等一等……'"[3]；再从旧版中的"真不知道一个堂堂佛教圣地，怎么会让一个道士来看管。中国的文化都到哪里去了，他们滔滔的奏折怎么从不提一句敦煌的事由？"[4]到新版的"莫高窟以佛教文化为主，怎么会让一个道士来当家？"[5]我们不难看出，在新版中，余秋雨少了许多直接的价值判断，更小心的对待和使用感情色彩强烈的词组，一些原本繁冗的文字也变得更加精炼。简言之，他更加懂得了藏和收。

但这样的余秋雨，还是当初那个余秋雨吗？那些缺点虽是不足，但也是他文本的个人特色。当他选择向所谓的完美妥协，也牺牲了散文的汪洋恣意作

---

[1]　余秋雨：《文化苦旅》，长江文艺出版社2014年版，第41页。
[2]　余秋雨：《文化苦旅》，东方出版中心2001年版，第9页。
[3]　余秋雨：《文化苦旅》，长江文艺出版社2014年版，第35页。
[4]　余秋雨：《文化苦旅》，东方出版中心2001年版，第8页。
[5]　余秋雨：《文化苦旅》，长江文艺出版社2014年版，第34页。

为代价。而且在我们眼中，他这样做其实是抓小放大，对于真正存在的"房间里的大象"问题，反而不知是有意还是无意地轻易放过了。典型就是新版中对王道士的态度，看起来好像是显得更为理智了。尽管在旧版中，他也一再强调过把怒气一股脑发泄到"太卑微，太渺小，太愚昧"的王道士身上是没有任何意义的，因为"最大的倾泄也只是对牛弹琴，换得一个漠然的表情。让他这具无知的躯体全然肩起这笔文化重债，连我们也会觉得无聊"[1]。所以新版为了更好地体现他真的已经不在意的大度，直接就删去了上述句子。但字里行间，他其实还是总忍不住单独把王道士提出来，对他的一言一行都要逐字加以斟酌修辞，充分说明了他还是沉溺在自己设置好的思维，认定好的事实里，不愿意真正张开眼睛去审视。

余秋雨始终还是站在一种所谓精英的立场去对历史进行价值判断的。他对一切让经卷流失的人都充满了敌视。尽管他也想过，当时偌大的中国，这些经卷送到哪里又是安全的呢？不过还是"这里也难，那里也难"[2]罢了。如果他愿意把高度上升一个台阶，他就会发现，对一个国家，一个民族而言，文化的成长并不是说简单的痛惜和指责就能有所改变的。尤其是中国这片经历了太多变迁的土地，民族根性中有很多值得保留的地方。历史的发展是许多因素共同作用的结果，并不是说把一切不好的结果都推给所谓某个群体低劣的"文化人格"就能得到解决。最重要的是，什么样的历史条件会滋生出这些人？以及为了避免再次出现这样的情况，我们现在又应该做些什么？余秋雨往往停留在浅浅批判的层面，就不再往前了。

不过，对他过分苛求也是不必的，毕竟鲜有一个创作者能在作品中面面俱到。余秋雨的散文至少作出了新的尝试。这种新的尝试，主要表现在对散文文体结构的突破和解放，对题材和内容多样性的开拓。他笔下的文化散文大多还是有一些独特的发现，没有像后来大批哗众取宠、一拥而上的模仿者一样，停留在炫才或基础学术科普的层面上。

巧合的是，两版《道士塔》的结尾，都是作者从历史中猛然回过神来，

---

[1]　余秋雨：《文化苦旅》，东方出版中心2001年版，第7页。
[2]　余秋雨：《文化苦旅》，长江文艺出版社2014年版，第41页。

落脚到现实。只不过旧版选取的是一次敦煌学国际学术讨论会的片段，而新版则是把目光仍然聚焦在事件中三位主角的命运上。前者中，日本学者的说明，"我想纠正一个过去的说法。这几年的成果已经表明，敦煌在中国，敦煌学也在中国！"[1] 让人在阅读中一直压抑憋在胸口的那口气得以长舒。而后者对文本中三个角色命运不同归宿的冷静诉说，又引发了我们新一轮的沉思。

这，大概也是即使再过去二十年，我们仍然需要在未来不断回想并思考、探索的问题。

---

[1] 余秋雨：《文化苦旅》，东方出版中心2001年版，第13页。

第六章

在场与事物的真相

第一节　在场主义散文运动

在场，是中国白话散文的珍贵传统。它是与中国的启蒙、现代性和民族国家建构同步发生的，也是同沉浮共命运的。梁启超的新文体是在场的，鲁迅由杂感发展而来的杂文是在场的，那些随现实而动、关切人类共同命运的通讯、特写、报告文学是在场的。在救亡运动中，即便是沈从文、梁实秋、张爱玲的那些看似"与抗战无关"的散文也是在场的，因为它们深刻地认同民族文化，而文化认同是现代民族国家抵御外侮的重要精神力量和凝聚力的表现。

在场，并非什么神秘的东西。对于白话散文而言，在场就是始终关注家国天下，捍卫人类共同的价值与每个人内心的高贵，建立散文与现实、与民族国家的深刻关联。就创作个体而言，在场就是用带着体温、血泪的文字，写出触及肌肤深入灵魂的疼痛与温暖。在场既是及物的写作，也是具身的写作。

20世纪80年代的新启蒙，是白话散文"在场"的一次集中爆发。但伴随

80年代末期新启蒙阵营的轰塌，在告别革命、回归学术、反思启蒙的汹汹声浪中，在商品大潮的冲击下，文化精英、知识分子分道扬镳、各奔前程，作为想象共同体的"在场"的白话散文界土崩瓦解。

90年代进入了一个大散文的时代。文化散文、哲理散文、学者散文、原生态散文、女性散文、小女人散文、新乡土散文、新生代散文、新散文等众多散文现象不断涌现，看似"一个真正散文时代的到来"[1]，实则是散文与在场传统渐行渐远，散文的问题与症结开始显现。林贤治的担忧不无道理，"散文热"最终会沦为一场"世纪末的狂欢"。虽然"单调的颂歌模式已为众声喧哗所取代"，但"大量的散文依然沿袭了无视社会现状而从众言说的写作态度，从思想上的顺从滑落到形式上的仿制，甚至不惜迎合霸权和市场的需要而改变自己"[2]。文化散文、哲理散文等"知识性散文"的兴起，反而暴露了散文作家文化选择的迷失和思想的困惑。出现的诸多新的散文品种，如小女人散文、原生态散文、打工散文，在丰富散文艺术形式多样化的同时，良莠不齐的散文作品也顺潮而起，成为市场化写作中的流水线产品。

散文出现的问题，实质是整个文学界共同的症候。文学已经被商品化、被娱乐化、被消费化。在这时，重新"在场"的声音不断出现，并且越来越强烈。有的呼吁重新建立文学与经济、政治和社会的联系；有的再度要求写作的真实性；有的提倡"非虚构写作"。后来"非虚构写作"大有成为主潮的趋势。这些显然是对文学"不在场"的反思。

正是在这种背景下，处于中国文坛边缘的四川眉山，举起了"在场主义散文"的旗帜，因应时代思潮，针对时弊，试图发起一场散文革新运动。2008年3月8日，周闻道、周伦佑率领18位作家、文论家[3]，在天涯社区发表《在场主义宣言》，宣布在场主义散文流派成立。2010年，推出"在场主义散文奖"，连续举办六届，获奖作品多达84篇（部），林贤治、齐邦媛、高尔泰、金雁、王鼎钧、许知远、龙应台、周晓枫、张承志、资中筠、刘亮程、阎连

---

　　[1]　陈剑晖：《20世纪90年代以来中国散文现象》，广东高等教育出版社2013年版，第3页。
　　[2]　林贤治：《90年代散文：世纪末的狂欢》，《文艺争鸣》2001年第2期。
　　[3]　18位作家分别是周闻道、马叙、风吹阑叶、朴素、李云、米奇诺娃、杨沐、宋奔、张生全、张利文、沈荣均、周强、郑小琼、赵瑜、唐朝晖、黄海、傅菲、周伦佑。

科、毕飞宇、阿来、梁鸿、蒋方舟等获奖。获奖名单几乎囊括了当今活跃的、遍布海内外华人世界的、多民族的、多个年代的精英知识分子。[1]

在场主义散文运动，简直就是当今媒介传播的奇观。他们积极借助新旧媒体，搭建刊物报纸、官方网站、微博微信、网络社区等融媒体传播平台，倡扬在场写作理念，推动在场主义散文创作。他们创办了《在场》杂志，出版了"在场主义散文书系"，推出了"在场主义散文年选"、"在场主义散文丛书"、"在场散文书系"、在场主义散文理论和获奖作品选等，一时间轰轰烈烈，影响迅速波及全国，被人称为燃烧在"三苏祠旁的散文火焰"[2]。

在场主义自称是"中国当代第一个自觉的散文写作流派"[3]、第一次发现了"散文性"、第一次为散文命名和立法。孙绍振认为，在场主义的出现，是21世纪开端散文发展中的一个重大事件。[4]还有人认为，在场主义至少强化了散文一个不可或缺的维度，即"为文学、为人生兼顾，超越庸常，追求真理，追寻终极价值"的维度。[5]

概括起来，在场主义的散文观，主要表现在"散文性""在场性""在场精神""介入"四个方面。用他们的话说，就是"在场主义以在场性的在场，作为散文的哲学本体论；以散文性的在场，作为散文的文体本体论；以介入——然后在场，作为散文的创作方法论；将散文性和在场精神，作为流派的核心价值观，形成了自己独立完整鲜明的理论体系"[6]。

在场主义认为，"散文性"是散文的本质属性，是散文区别于其他文体的本质特征。散文性主要由非主题性、非完整性、非结构性、非体制性构成。"非主题性"意味着作者不需要预设确定的主题或意义，散文的价值来自于散

[1]　唐小林、程天悦：《如其所是地接近真相：在场主义散文三论》，《东吴学术》2017年第1期。

[2]　穆涛：《在场主义：三苏祠旁的散文火焰》，《文艺报》2008年6月3日。

[3]　《散文：在场主义小词典》，周闻道主编《颠覆城堡》，广东人民出版社2014年版，第13页。

[4]　孙绍振：《在场主义与世纪视野中的当代散文》，周闻道主编《颠覆城堡》，广东人民出版社2014年版，第144页。

[5]　叶从容：《论在场主义的当下意义》，周闻道主编《颠覆城堡》，广东人民出版社2014年版，第213页。

[6]　《编者的话》，周闻道主编《颠覆城堡》，广东人民出版社2014年版，第3页。

文本身。"非完整性"是对宏大叙事和元叙事的怀疑与拒绝，不要求散文有完整的故事和情节，追求写作中的片段经验。"非结构性"体现为写作过程的不确定性，即作者拒绝任何确定的形式和固化的结构。而"非体制性"则表现为对体制的拒绝、对自由表达的追求，它最彻底地体现了散文的随意性、个人性，具备了非道统、非理性的思想特质。[1]

在场主义的"在场性"，援引了海德格尔对"在场"的理解。所谓在场，即显现的存在或存在意义的显现。"在场"的"在"被"进一步阐发为'存在'"，是海德格尔的"去蔽、敞亮、本真意义上的存在"；"场"则是"存在的解构、状态、关系、能量，是佛家的'缘'"[2]。作为文学的在场，可以理解为"在现场"，它是文学活动的开始。一部优秀的文学作品，必然带给读者身临其境的在场感。在作品之中，即便作者不直接与读者对话，也会将自己的写作意图灌注于文本之中。在场主义所提倡的散文写作，正是一种文学意义上的在场，"就是'面向事物本身'，就是经验的直接性、无遮蔽性和敞开性"[3]。对作家而言，要求"从书本转向现实，从逃避转向介入，从天空转向大地"[4]，强调写作之中的"在场感"。

在在场主义那里，"在场性"作为对散文写作的普遍要求，最终上升为"在场精神"，包括"精神性""介入性""当下性""发现性"和"自由性"五个维度。其中，精神性是根本，指向散文的高度、深度和境界；介入性是目的，旨在强调散文对生活的积极参与和干预；当下性是重点，主张作家应着重把目光聚焦当下，关怀现实，体察苦难，勇于担当；自由性是散文的审美空间、表达方式与文本追求；发现性则是散文的价值主张，要求散文必须表达自己对对象世界独特的发现。[5]

---

[1] 《散文：在场主义宣言》，周闻道主编《颠覆城堡》，广东人民出版社2014年版，第7—9页。

[2] 周闻道：《在内外珠联中追求根性真实》，周闻道主编《颠覆城堡》，广东人民出版社2014年版，第111页。

[3] 《散文：在场主义宣言》，周闻道主编《颠覆城堡》，广东人民出版社2014年版，第5页。

[4] 《散文：在场主义宣言》，周闻道主编《颠覆城堡》，广东人民出版社2014年版，第11页。

[5] 《全力评出不负众望的散文好作品——周闻道就"在场主义散文奖"答记者问》，周闻道主编《空谷传响·对话卷》，广东人民出版社2014年版，第135、136页。

　　"在场"的唯一路径是介入。介入就是"去蔽""揭示"和"展现"。[1]介入包涵"深入""积极主动""干预"三层含义，目的是强调通过介入当下现实，去除对真理的遮蔽，去除固化的、机械的、制度性的思维方式和语言，真正深入事物内部，揭露人的生存处境；强调作家的使命和责任，强调散文的身份、地位和境界；提倡散文要扎入最深处的痛，要贴近灵魂，体贴底层，揭示真相，承担苦难。[2]

　　在场主义的散文创作覆盖面非常广。它并不局限于联名发布《在场主义宣言》的作家和文论家，更不局限于活跃在眉山《在场》杂志周围的散文作家群。2010年由周闻道、李玉祥发起，在场主义连续举办六届"在场主义散文奖"，把20世纪90年代以降具有"在场精神"而被"大散文"泡沫遮掩，或被主流有意无意"忽视"的一批优秀的散文作家作品，尽可能地纳入到在场主义散文之中。这样恰好衔接起90年代中后期以王小波、邵燕祥为代表的并未彻底中断的散文在场的一脉。

　　过分强调"介入"，使被纳入在场主义的散文作品并不"纯粹"，各种文体斑驳杂存。有周闻道的以国企改制艰难蜕变、户籍变革举步维艰的长篇报告文学《国企变法录》《暂住中国》和《重装突围》，有王鼎钧的回忆录四部曲，有张新颖的《沈从文的后半生》这样的传记散文，有梁鸿的《梁庄：归来与离去》以"非虚构写作"自诩的纪实性散文，有林贤治《旷代的忧伤》和王龙的《宪政与王权下的国运》这样的思想随笔，还有柴静的《因为如果是我》这样的博客散文，更有处于散文小说交叉边缘的作品，比如齐邦媛的《巨流河》等。资中筠、摩罗等人的散文，也大多不离杂文风格。这也的确体现了某种"散文性"，即散文文体的散乱无边，难以规范、约束，难以体制化的文体的自由性。

　　联系获奖作品来看，在场主义散文的介入不仅是多元的，也不乏深刻之作。比如林贤治的《旷代的忧伤》以犀利的笔触，介入人类知识精英的心灵深

────────────

　　[1]　《散文：在场主义小词典》，周闻道主编《颠覆城堡》，广东人民出版社2014年版，第14页。
　　[2]　周闻道：《在场的旗帜是介入》，周闻道主编《颠覆城堡》，广东人民出版社2014年版，第102页。

处，以西绪弗斯推石上山、不断撞墙，撞得头破血出的旷世悲剧与旷代忧伤，敞现专制体制的坏与恶、残暴与反动。它以随笔的形式，组合多篇人物素描，借所绘制的众多人物形象，展开作者本人对历史的思考，表现对现存秩序的怀疑与否定。其中，有穿过黑暗幽光的西蒙娜·薇依、有走向旷野的列夫·托尔斯泰、有在政治中追寻真相的奥威尔等西方思想者，有龚自珍、陈寅恪、鲁迅、遇罗克等人，他们都是真理的捍卫者与传播者。借助托尔斯泰的呐喊，林贤治在《走向大旷野》中以批判的眼光审思历史，以自由的精神寻找真相，在书写过去的同时，也在不断关怀和回应当下。张承志是一位与世俗抗争的战士，散文集《无援的思想》以"理想"为刃，坚定地与庸俗世事与金钱社会决裂，呼唤纯粹的信仰和道德，表现出了反商业化、反世俗化的决心。

不少在场主义作品，通过介入历史从而介入人们日常难以企及的人性。王鼎钧的《王鼎钧回忆录》、齐邦媛的《巨流河》等就是这样的作品。彭学明的长篇散文《娘》以愧疚的深情，精准细腻的笔触，塑造了一位历经重重磨难，富有牺牲精神的伟大母亲，情真意切，令人潸然泪下，是这个时代难得的优秀作品。李银昭的《她比傅雷更不应忘记》与《别如秋叶之静美》，关注人性的大善与生命的终极价值。前者写傅雷与朱梅馥的爱情，当爱到支持死、成全死、帮助有尊严的死、共赴死，爱便实现了精神的向死而生。后者写李叔同，也写自己的母亲。傅雷和李叔同，空间和时间跨度都很大的两个人，对生命的感悟和修炼如此相同：他们不与世俗比生的长度，而用死来衡量生命的高度。

王鼎钧、齐邦媛的作品更多地表现家国破碎、家园不在、辗转漂泊之苦，介入到对民族战争、国家分裂的痛苦反思之中。《王鼎钧回忆录》区别于其他个人回忆录，他不仅是一个人的史诗，更是无数历史碎片的集合。王鼎钧以文学家与史学家的双重身份，记录了百年中国历程中普通个体的飘零辗转与生死纠缠。尝试在无尽的历史深海中打捞细节，挖掘底蕴，展现一个作家的史学抱负与人性关怀。《巨流河》既是一部个人家庭纪实，又勾连起20世纪的中国大历史，从国家的分裂、战争的创伤，到普通民众的乱世苍桑与民族的分离悲痛，将个人的惆怅之情以极其诗化婉转的文学语言表达出来。

当然，更多被纳入在场主义散文的作品，是从个体的生命体验出发介入现实，介入日常生活，逼近事物真相的。柴静的《因为如果是我》，以新闻记者采访时独特的感受说明一个道理——如果要真正认识人的本质，只能沉浸于事件之中，而理解的基础是感受，只有置身其中，才能真正领会，尤其在这个乱花迷眼的社会，因为"沉浸"其实是更深刻的介入。夏榆始终用文字与"黑暗"搏斗，在其散文集《黑暗的声音》中，黑暗的重要表现形态是"无声"，是"悲伤的耳朵"，是"一种声音找不到它能发声的喉咙"，"声音"是他散文中的一个独特意象，代表来自外界的信号。张生全的《坚硬的钉子》，以其直面淋漓的鲜血和不畏强权的勇气，还原了隐藏在"钉子户"后面惨不忍睹的真实，展示了不堪剥夺的底层的另一种生存。[1]李娟的《阿勒泰的角落》，则是用温情脉脉的笔调勾勒了阿勒泰地区哈萨克牧民的日常生活，人文风物纯净可爱。冯秋子的《朝向流水》，在故乡内蒙古的背景中，融入了个人对艰难生活的深入思考，对故土与记忆进行了生长性的再现与表达。周晓枫《雕花马鞍》收录的散文洋洋洒洒，语言大胆冒险，求新求奇，灵动锋利，其中的《独唱》一文，深入发掘人性内在隐秘的嫉妒情绪，抽丝剥茧，层层深入，独特的女性视角、大胆的自我剖析、出色的语言技巧，令人耳目一新。杨献平的《沙漠里的细水微光》，以个人的成长史介入边地巴丹吉林沙漠中的独特生活，呈现了另一种军旅人生。《1999—2010：一个平民的生活史》，则用在场的笔墨、深切的情感，展现了一个人步入新世纪以后，所经历的现实磨难和精神困境。

一部分思想敏锐的作品，跳出了个人视野的局限而对整个时代、社会加以思考。梁鸿的《中国在梁庄》《出梁庄记》系列，观察与记录了家乡梁庄的过去与现在。在《被遗忘的人》一文中，梁鸿将一个个被遗忘的个体抽象化，思考他们面对的矛盾与苦难，关注到当下中国乡村的凋敝与荒凉。周闻道的《七城书》，用七种人与城的模式，展开了七座异化的人类"城堡"之旅，个体的生命体验化为寓意丰厚的寓言。金雁的《倒转红轮》，采用由近而远的叙

---

[1]　唐小林：《消失·记忆·在场——2010年散文的一种回顾》，《名作欣赏》2011年第1期。

述方式，穿越11世纪到19世纪漫长的历史，举起俄罗斯这面镜子，反照中国近代以来的历史轨迹，启发人们反思现实，思考未来。

同为女性作家的龙应台、筱敏、塞壬和郑小琼，却因为人生经历的不同，她们对现实的关注点、介入点则迥然有异。龙应台的《目送》，用真挚动人的文字，记录了生活中的点滴琐事，以个体生命感悟，写人的精神复归，在亲情琐事中融入人生及死亡的思考。筱敏的《成年礼》，依凭女性和知识分子的双重身份，以个人的心灵体验为统摄，书写了一部女性心灵的跋涉和成长史。塞壬的《匿名者》，书写广东流浪生活的"匿名者"生活的磨难下心底的孤苦无依。郑小琼在《女工记》中描述了近百位女性农民工的生存图景，细腻的情感直指人心。

在场主义散文运动早已超出发起者的初衷。它通过线上线下的活动，通过连续六届的在场主义散文奖评选，为过去长期以来一直处于体制边缘的知识分子"聚合起一个独特的'文化社群'和'公共空间'：曾经分散各处、面孔模糊不清的一群墨客骚人，从此在'在场主义'的名义下，以'公共知识分子'的身份，面向我们的时代"[1]。从这个意义上说，在场主义散文运动已经超出了"散文"和"散文史的范畴"，成为了一个文化先锋事件。[2]

第二节　以笔为旗介入世俗世界：《无援的思想》

张承志[3]于1995年推出散文集《无援的思想》时，恰逢中国社会的急遽转型时期。一方面，市场经济发展，商业型社会解构着传统价值观，享乐主义、消费主义大行其道，给人文知识分子带来了巨大的压力。另一方面，知识

---

[1]　唐小林、程天悦：《如其所是地接近真相：在场主义散文三论》，《东吴学术》2017年第1期。

[2]　唐小林、程天悦：《如其所是地接近真相：在场主义散文三论》，《东吴学术》2017年第1期。

[3]　张承志（1949—），有代表作《黑骏马》《北方的河》《心灵史》等，《无援的思想》由北京华艺出版社于1995年出版。

分子深感生存危机，前后展开几次对"人文精神"的大讨论。张承志的散文写于此时，切中了时代的痛点。在这部散文集中，作者高举宗教式理想主义的大旗，以知识分子的身份痛斥当下社会的诸多病症，引来争议。

1978年发表于《人民文学》的《骑手为什么歌唱母亲》，开启了张承志的创作之路，20世纪80年代，他又凭借《黑骏马》《北方的河》等优秀中短篇小说进入大众视野。在长篇小说《心灵史》后，张承志的创作中心从小说转向散文。迄今为止，张承志出版著作百余部，除小说、诗歌外，散文集主要有《绿风土》《无援的思想》《鲜花的废墟——安达卢斯纪行》等。他的散文追求思想及其朴素的表达；喜欢摒除迂回和编造，把发现和认识、论文和学术都直接写入随心所欲的作品之中[1]，文字深沉而质朴，具有强烈的思辨色彩和文化底蕴。其中，《无援的思想》作为张承志散文集的代表，较为集中地表现了他的精神追求与艺术魅力。

张承志的文学游走凸显出清晰的色彩，他追求精神的绝对清洁与信仰的绝对忠诚。同时，他试图以己之笔，通过文字唤醒大众，对抗商业化和世俗化的"侵蚀"。而在民族之外，他也自称是黄河儿子中的一员[2]。经历20世纪90年代在日本、加拿大的出游之后，他开始重寻华夏文化。他不断追问与生存、自由、正义相关的诸多问题，以古喻今，在历史中审思自我。《无援的思想》是他引起争议最大的散文集，除了民族身份以外，作者在作品中反复提到的"红卫兵""纯洁"等词也引发了文坛的热议。

复杂的人生经历开拓了张承志的视野，丰富了他的作品内容与思想意趣。张承志出身于北京，"文革"时期曾在内蒙古乌珠穆沁草原插队放牧，多年行走在祖国边疆地区。他称自己是蒙古草原的义子、黄土高原的儿子，是美丽新疆至死不渝的恋人。[3]因而张承志的散文题材偏爱于对祖国边疆风貌的描写；散文内容集中在学术思考、宗教追问、山河感悟几个方面。有别于部分散文华丽的文风，张承志的散文语言朴实硬朗，诗化的文字中充溢着极强

[1]　张承志：《匈奴的谶歌》，上海文艺出版社2010年版，第116页。
[2]　张承志：《无援的思想》，华艺出版社1995年版，第23页。
[3]　张承志：《匈奴的谶歌》，上海文艺出版社2010年版，第43页。

的思想性和反叛性。他的散文创作坚持纯文学立场，信守文学为人生、为理想的原则。

从20世纪90年代张承志转型创作散文以来，文艺界对其褒贬不一。特别是对《无援的思想》争议极大。散文集中频繁出现"无援的思想""清洁的精神""荒芜英雄路"等字眼，被认为是他在宗教式理想主义状态下个人敏感化情绪的表达。

《清洁的精神》一文发表于1994年，"这是中国知识界面临八九十年代社会转型出现分化和论争纷起的一个时期，是一个敏感年代"[1]。这篇散文的发表也引发了文坛的争论。张承志所提倡的"清洁"，在文本中有两层含义：首先是一种宗教式的清洁。这样的清洁出现在他《自由的一天》《放浪于幻路》等几篇散文中，特指"洗大净""换大水""封斋"等一系列宗教仪式。与清洁相对的，是人在生活压力之下，不得不为现实低头的无奈。

另一种清洁则是指文化精神层面的洁净。在《清洁的精神》的开篇，作者就语带反讽地表示，"关于汉语里的'洁'，人们早已司空见惯，不假思索，不以为然，甚至清洁可耻、肮脏光荣的准则正在风靡时髦"[2]。这里所谓的"清洁"是一种精神上的清洁，从一种更高意义上来说，"清洁"是文明中最纯的因素，是一个重要的、古中国人怎样活着的观点。[3]因此，相对肉体上的清洁而言，精神的清洁在每个人的心里，存在于追求当中。《清洁的精神》一文将清洁者分为两种：一种是许由式的清洁。他们清洁而无力，面对尘世污浊，选择避世以求内心的洁净。在他们的背后，是张承志一贯坚持的底层话语。许由式的清洁是无名者的拒绝，当无力与世界对抗时，底层唯一能做的，只能是抗拒与体制合作。一直以来，张承志本人都自视为底层群众的代言人。他在文章中写下"我只追求正义，我只以底层生存的人为信条"。这样的代言式抒情包含了一种"为天地立心，为生民立命，为往圣继绝学，为万世开太平"的责任意识，但也往往伴随着将有差别的个体容纳进统一的、

---

［1］　程光炜：《张承志与鲁迅和〈史记〉》，《中国现代文学研究丛刊》2014年第4期。
［2］　张承志：《无援的思想》，华艺出版社1995年版，第26页。
［3］　张承志：《无援的思想》，华艺出版社1995年版，第26页。

无差别的、普遍性的组织结构、价值体系和逻辑形式之中，漠视个体权利的合法性，走向以"民众"立场否定"精英"意识的二元对立思维。[1]

张承志更为推崇的清洁者明显是第二种。这种清洁以聂政、荆轲为代表，他们选择了清洁的暴力，充当这个不义世界和伦理的讨伐者。作者以动人的笔墨，讲述了曹沫如何以尖刀威逼齐桓公、专诸在绝境中以鱼肠剑刺杀敌人、豫让为知己者舍生取义、荆轲刺秦王等一系列故事。这些故事意味着，即使身为失败者，也要坚持对这个不义的世界进行刚烈的抵抗的一种精神清洁的向往。只有以清洁铸成的文明才能凝聚起涣散失望的人群，使衰败的民族熬过险关，求得再生。[2]

除了追求"清洁"以外，《无援的思想》中多次表达了张承志作为理想主义者，对这个污浊世界的厌弃。在张承志看来，当宗教开始陷入媚权的境地，不仅失去了本身的力量，甚至变得颇为可笑。

如果说宗教的逐渐变质使张承志大失所望，现实的黑暗则更让他嗤之以鼻。他嘲讽那些沉醉在权力与金钱中的人，虽然他们此刻看起来春风得意，可他们对下如无尾恶狗般刁悍，对上如无势宦官般谦卑。[3]无论站在政治立场的哪方都不会影响他们对权力的沉迷，甚至后备军中的孩子，小小年纪便立下"从政"的荒谬理想。而有的人选择站在权力的另一端，他们在商海中沉浮，不惜放弃道德，嘲笑理想。同样是追求名誉，这些人与古人中为名而死的刺客相差何其之大。

身为一名理想主义作家，张承志不得不面对市场经济大潮冲击下的中国文坛。从王朔的"痞子文学"开始，大量作家纷纷媚俗地向金钱投降，同时而来的是严肃文学刊物不断转向，文学开始迈向大规模的商业化生产。面对这样的文学生态，张承志也在反复思考"究竟什么是文学呢？"[4]他拒绝相信文坛给予的一个个名字，"纯文学""严肃文学""精英现代性"……他也反对

---

[1]　施战军主编：《二十一世纪中国文学大系（2001—2010）：批评卷》，南京师范大学出版社2014年版，第620页

[2]　张承志：《无援的思想》，华艺出版社1995年版，第28页。

[3]　张承志：《无援的思想》，华艺出版社1995年版，第27页。

[4]　张承志：《无援的思想》，华艺出版社1995年版，第10页。

在时代热潮中追捧的文学的消遣性、把玩性、审美性或艺术性。他只相信文学唯一具有的意味是信仰[1]。张承志拒绝文学媚俗，也拒绝向世界投降。在大众欢庆文学迎来黄金时代的时候，张承志背起背包，走向西海固。

在不断向文坛发出警告的同时，张承志为自己的作品限定了读者。在世俗化的世界中，没有信仰的读者无法真正理解他，而他也拒绝无意义的理解。正如他在为《热什哈尔》的序言中所说，"读者必须有某种改变的愿望。需要一种盼望成为新型有知识更有信仰的人的内心要求，需要一种对体制化的学术和文学冲决或反抗的气质，需要一种对逼近的文化危机的责任感——才能与这部书结缘"[2]。

张承志被认为是一名民族主义者。这里的民族，是民族国家之民族，不仅指回族，更多是指他对"多元一体"的中华民族身份的认同。他不喜欢"炎黄子孙"这个词，但他自称为黄河的儿子；他对所谓的西方国家的宣传颇为怀疑，激烈抗议中国知识分子阵营向西方献媚。日本、美国以及西方世界每天都在制造污蔑中国的新闻，试图肢解中国。可即使古老的中国在近代经历百年的挣扎，难道就应该咒骂自己批判自己全面否定自己，自己宣布自己该亡该死该当亡国奴吗？[3]在张承志看来，以日、美为首的西方国家，持续煽动分裂中国的言论，他们如饥似渴地盼着中国肢裂，不怀好意地对中国边疆进行研究。他们罔顾自己也曾有过大量移民的事实，不停地发出煽动民族主义的聒噪声，甚至认为"中国这个存在，其合理的边界是长城"[4]。

在旅居海外的岁月里，张承志回民的血统、边疆的经历，都使他隐隐地感到了右翼式的要求。[5]但张承志选择了另一种生活，即使一个中国人在北美艰难求生，四处碰壁，他也在现实的利益与心灵的追求之间，放弃应付这个丑恶的世界。他不愿在奔波中耗尽心力，与其做违心的表达，不如去猪肉店刷盘子，至少繁重的体力劳动更能让人心安。因此，在"撕了你的签证回家"那

---

[1]　张承志：《无援的思想》，华艺出版社1995年版，第3页。
[2]　张承志：《无援的思想》，华艺出版社1995年版，第83页。
[3]　张承志：《无援的思想》，华艺出版社1995年版，第22页。
[4]　张承志：《无援的思想》，华艺出版社1995年版，第19页。
[5]　张承志：《无援的思想》，华艺出版社1995年版，第15页。

天，他感受到再生般的快乐，"如又成了个婴儿，可以无忌地喊叫，如发现了大陆，充满了抒情的自信。心中混乱而狂喜，没有合适的表达。胸中涌动着思绪，但没有形成章句。胡乱中想起的，不知为什么却是杜甫的句子：'却看妻子愁何在，漫卷诗书喜欲狂。白日放歌须纵酒，青春作伴好还乡'"[1]。在张承志看来，那些被唤作智识阶级的精英分子，因不愿得罪所谓重要的"外国朋友"，而对世间丑恶避而不谈。即便他们拿着高昂的薪水，有着教授的名头，也早已丧失了人的尊严。

以美国、加拿大、日本为首的发达国家，没有让张承志感觉到更为舒适。在《自由世界的一天》中作者提到，尽管他们时刻吹嘘着自己是新世界的大门，但那些坐落在北美的大城市，如温哥华，简直是萧条、空寂、无文化的象征。除了超级市场和银行，他们一无所有。没有思想，没有历史，没有人情。他对居留几年的东京也毫不客气，认为日本人远非那么守信用，尤其在无利可图的时候。在西方城市让张承志大失所望的同时，西方人的生活方式同样也令他不能认同。闻名世界的日本赏樱节，在他看来不过是日本人洗"浊"的一个秀场；而动辄谈论人权平等的美国人，直到今天也依然不改对黑人的暴力和歧视。甚至西方人热衷的旅游也颇让他看不起，他们的导游广告、职业翻译、面包车、摄像机加支票兑换的全部形象，只不过使世界多了一种宾馆动物。[2]他们的世界是肤浅的，一切都被钱买光。

当社会天平上的砝码以金钱计算的时候，歧视的存在就不让人惊奇。歧视似乎是人的本能，当人沉沦在金钱社会中时，歧视就以癌细胞分裂的速度迅速繁衍。然而，作者也无力地承认，歧视如果有强大的贫富为依据，就会被社会所接受。[3]在张承志的成长生涯中，正因为亲身经历歧视，才会对此有更深的领悟和痛楚。在《狗的雕像》中，刚成年时遭遇的"打狗欺主"，是他第一次面对面地看到人对人的欺侮。《沉重的金芦苇》中，年轻的张承志在目击草原上淳朴的嫂子羞辱"以狗换货"的外来户后，感到难言的愤怒和难过。

---

[1]　张承志：《荒芜英雄路 清洁的精神》，上海文艺出版社2015年版，第269页。
[2]　张承志：《荒芜英雄路 清洁的精神》，上海文艺出版社2015年版，第375页。
[3]　张承志：《荒芜英雄路 清洁的精神》，上海文艺出版社2015年版，第56页。

在远渡重洋之后，张承志对人与人之间的歧视感悟更深。日本人歧视偷渡到日本打工的伊朗人，可当日本苦于劳动力不足时，便对这样的偷渡者睁一只眼闭一只眼。在经济不景气时，警察就开始封锁公园，大肆抓偷渡人。大众对此漠然地视而不见。在世界各地，骂中国仿佛成为时尚，"在日本一个星期能听见两回分裂中国的议论"[1]，在外的同胞们入骨的驯服让作者哑然失色。为了换取一张薄薄的签证，在外的华人"不惜采用人类想象得出的一切法子：交出肉或交出魂，结婚或离婚，生第二胎或生黄头发的，黑着或者'白'着，人血馒头或登记商社——他的全部目的就是一张纸；一张英文写的签证"[2]。奇怪的是中国人似乎对这种西方人的歧视习以为常，在西方的中国人也只求自己个人能够摆脱歧视，而无力于改变歧视的环境。

张承志所苦苦追求的世界是清洁的世界、理想的世界。为此即使在世人眼中不合潮流、性情怪僻也甘之如饴。因为他镂骨铭心地觉得，若是没有这样的自尊、血性和做人的本能，人不如畜，无美可言。[3]清洁的世界是公正的世界、自由的世界，值得敬佩的是人性血液里的刚烈，人在个人利害上的敢于舍己，压倒了是非的曲直。[4]张承志相信世界上还有地方，只认人的品质。贫穷而优秀的人如鱼得水，粗俗的脑满肠肥者呢，他们在那里本相毕露、又窘又苦、寸步难行。

社会的急剧变化，使人如温水煮青蛙般逐渐丢失内心的信仰。而当社会发展得越现代化，引入的残酷竞争法无疑会进一步破坏人的审美。物质与时间的多变，驱使人进一步丧失历史感，价值观的迷茫降临在每一个平凡人身上。在这样的情况下，张承志《无援的思想》的横空出现，确实让广大读者眼前一亮。

《清洁的精神》讲述了张承志拥有的少数民族身份和宗教追求，使他格外坚持宗教式理想主义的"清洁"观，正因为他骨子里流淌着的少数民族血液和奇特的边疆经历，促使他更要向一切危害人道和破坏美的东西宣布异

---

[1] 张承志：《荒芜英雄路 清洁的精神》，上海文艺出版社2015年版，第384页。
[2] 张承志：《荒芜英雄路 清洁的精神》，上海文艺出版社2015年版，第268页。
[3] 张承志：《荒芜英雄路 清洁的精神》，上海文艺出版社2015年版，第262页。
[4] 张承志：《无援的思想》，华艺出版社1995年版，第29页。

议[1]。而同时，民族的身份和刚烈的血液，使张承志不能放弃自己纯洁的价值观，进而无法对这个社会的诸多弊病沉默以对。

在《无援的思想》《向往的旅途》《自由世界的一天》中，则展现了与中国人想象里迥异的西方世界。改革开放之后，20世纪80年代的中国迎来了发展的黄金时代，与60、70年代的封闭相比，世界上的一切新鲜事物如潮水般向国人涌来。在开眼看世界的同时，也极易陷入对国家民族的自卑和对西方国家的盲目崇拜中。在这种情况下，张承志所试图揭露的以美国、日本为首的西方国家的现状，与不断呐喊呼吁的民族自豪感和自尊心，让他的精神清洁有了更深的意义，也收获了众多读者的青睐。

事实上，张承志"以笔为旗"追寻"清洁的精神"与张炜的《抵抗的习惯》一起，倔强地表达了对时代的不满和与世俗的决裂。他们以宗教式理想主义者的身份，呼唤纯粹的信仰和道德。他们也因此被称为"二张"，并不可避免地卷入了关于人文精神的大讨论当中。张承志在《诗人，你为什么不愤怒》中激愤地说："一个像母亲一样的文明发展了几千年，最后竟让这样一批东西充当文化主题，肆意糟蹋，这真是极具讽刺和悲哀的事。我不承认这些人是什么作家，他们本质上都不过是一些名利之徒。"[2]张承志的《无援的思想》和张炜的《忧愤的旅途》被冠名为"投降抵抗书系"，于1995年6月同时推出。丛书主编在序言中表示："抗战文学，是对中国文坛堕落的严厉警告，也是对整个沉沦时代的警告。"[3]

张承志散文中传达的宗教式理想主义清洁的激烈态度，得到了截然不同的两种评价。特别是在人文精神大讨论当中，以王晓明、王蒙等人为首的讨论双方，对张承志的评价大异其趣。在大讨论的开篇之作《旷野上的废墟》一文中，就有论者认为，"今天的文化差不多是一片废墟。或许还有若干依然耸立的断垣，在遍地碎瓦中显现出孤傲的寂寞（例如史铁生和张承志），但已不能

---

[1]　张承志：《荒芜英雄路　清洁的精神》，上海文艺出版社2015年版，第240页。
[2]　张承志：《诗人，你为什么不愤怒》，《文汇报》1994年8月7日版。
[3]　萧夏林：《时代的哀痛者和幸福者——写在〈抵抗投降书系〉的前面》，见张承志《无援的思想》，华艺出版社1995年版，第1页。

让我们流泪"[1]。在其后的讨论中，王彬彬也提到张承志是一个重要的文化现象，他的散文中充斥着批判性与否定性的声音。如果说在诸多追思"人文精神"的学者看来，20世纪90年代的文学界是万马齐喑的，但张承志、张炜就是其中一抹少有的亮色。邵燕祥更是称张承志为"精神圣徒"，对其大加褒扬。

张承志所提出的"清洁"概念以及动辄大谈民族、人民的写作风格，也引起了不少人的反感。王蒙指出，"清洁""作为一个重要的宗教的核心价值观念，我对此具有极大的尊敬与向往、倾心与赞美。但是作为对于文艺工作的一个号召或者一个规范，这样一提，我当时也不知怎么了，立刻想到了清理、清污、清算、清除、清洗这么一大堆与'清'有关的词儿。一朝被蛇咬，终生怕草绳，这就是我的心态。我们的文学，我们的精神生态，在这样一个大国，我以为首先需要的是丰富、平衡、多样、健康，百花齐放，百家争鸣，大胆创造，尽情发挥，互相补充，互相激荡，双赢共赢，协奏交响，而不是带有排他性的'清洁'"[2]。

在作家刘心武和邵燕祥看来，"清洁"本身就容易成为极端主义可以调动的资源。而"清洁"和"横扫一切牛鬼蛇神"存在内在的语码的隐秘关系[3]。许纪霖也在文章中指出："在'二张'那里，我们看到的仍然是'民族''人民''贫苦民众'等神圣词汇。显然，他们的宗教式理想主义不是自我的精神拯救，而是救世的工具；不是以个人的内在信念和自我意识作为支撑，而是再一次将自我融化到群体之中。个人在理想之中消失了，成为无足轻重之物。"[4]

两种截然不同的评价，本质上是两种价值观和话语之间的激烈冲突。一方站在重寻人文精神的立场上，对张承志的宗教式理想主义大加褒扬，原因在于张承志散文中所表现出的极端反商业化、反世俗化的决心。张承志仿若一个符号，一个象征，他象征着商业大潮下能够抵抗诱惑的英雄，也象征着一位决

---

[1] 王晓明：《旷野上的废墟——文学和人文精神的危机》，《上海文学》1993年第6期。

[2] 王蒙：《王蒙自传：九命七羊》，人民文学出版社2014年版，第172页。

[3] 邵燕祥等：《历史转型与知识分子定位——"北戴河对话录"之一》，《钟山》1996年第1期。

[4] 许纪霖：《中国知识分子十论》，复旦大学出版社2003年版，第130页。

绝地与世俗抗争的战士。而对于另一方而言，张承志、张炜的创作在某种意义上是一种排他性极强的"反现代"创作。他们言辞激烈的散文，在本质上说是将终极与绝对化的思维方式结合，成为否定别人的生活方式与生活目标的棍子，甚至成为剥夺人之为人的资格的理由。[1]

客观来说，在商品大潮下，张承志的精神清洁有可贵之处，但部分批评也有一定的合理性。张承志的创作中也确有返回古代或人类童年的倾向，特别是在宗教话题及底层叙事的相关篇章里，有意无意间流露出个人优越感。如他在《水路越梅关》中提到，"古代太洁雅，今日过恶俗，彻底的相悖使人难忍"[2]。《语言憧憬》中又写道："不是脱胎于纯游牧民生涯的人，不可能理解'白'的绝对纯洁、绝对理想，不可实现、圣、绝美。"[3]同时，在提到宗教时，张承志表示，"如果艺术也是一种宗教，也许它首先应该拒绝那些肮脏而不信神的异教徒"[4]。在科学与宗教之间，张承志选择相信"科学在奇迹面前几乎变成了无稽之谈，这里是宗教栖身的土地。伊斯兰教在这里变成了一种中国式的、黄土高原式的、穷人的、异乡人的唯一可以依靠的精神支柱"[5]。张承志所彰显的宗教式理想主义精神确有值得肯定之处，但这种不加限制的极端性思想，也许蕴藏了另一种危险。

围绕在张承志周围或褒或贬的两种话语，实质上并非纯粹的语言问题，而是思想以及相应的历史以一种语言方式的表达。[6]在肯定与否定的话语表述之间，与其说谈论的主体是张承志，不如说是张承志这个符号承载的意义，暗自契合了人文精神讨论的主题。即当中国历史进入新阶段，随着文化道德失范，理想主义式微，世俗化潮流在文艺界愈演愈烈，知识分子应该做怎样的选择。张承志选择反抗庸俗，强调道德纯净。

张承志追求宗教式理想主义精神清洁，在中国20世纪90年代汹涌的世俗

---

[1]　陶东风：《社会转型与当代知识分子》，上海三联书店1999年版，第11页。
[2]　张承志：《匈奴的谶歌》，上海文艺出版社2010年版，第104页。
[3]　张承志：《荒芜英雄路 清洁的精神》，上海文艺出版社2015年版，第30页。
[4]　张承志：《荒芜英雄路 清洁的精神》，上海文艺出版社2015年版，第33页。
[5]　张承志：《荒芜英雄路 清洁的精神》，上海文艺出版社2015年版，第204页。
[6]　高玉：《论"话语"及"话语研究"的学术范式意义》，《学海》2006年4月。

化浪潮之中具有特殊意义。他的散文创作正如他在《心灵史》前言中所说，背负着感动与沉重，竭尽一生求索，只为找到一条自我批判与正义继承的道路。

第三节　以城市寓言介入现代生活：《七城书》

周闻道[1]是在场主义散文的创始人和中坚作家。其前期散文多抒写自然风物和人文雅趣，以感悟之精妙和思域之广阔特出。在场时期散文转向关注社会历史语境下的个人生存问题，《七城书》[2]可谓其代表作，曾被周伦佑誉为"在场主义散文流派的标志性作品之一"[3]。

《七城书》由七篇散文构成，分别是《迷城》《空城》《蛊城》《玻璃城》《危城》《欲城》《皇城》。这不禁令人想起钱钟书的《围城》，两部作品都立足于所处的时代背景和社会环境，将当下人们的生活景象和生存境遇比作人与城的关系，都是人生的寓言、时代的象征。周闻道《七城书》的独特价值在于深入剖析了21世纪初现代化进程下，中国人生存所面临的七种困境——迷失、空虚、蛊惑、监控、危险、欲望、权力，作品以七个"人与城"的寓言，回应了当下人与世界的关系，蕴含了作者对社会现实和人类生存本质的深刻思考。

《七城书》运用寓言化叙述手法，将上述七种状态具象为七座城市。故事从叙述者"我"有意或无意间"坠入"到一座陌生而奇幻的城市展开，颇有卡夫卡《变形记》的味道。进城的方式五花八门：有的可能是从一部《世界建筑史》的扉页或是从《天空之城》的主题音乐中误入的，有的像是"我"前几

---

[1]　周闻道（1956—），本名周仲明，四川青神人。有随笔散文集《夏天的感觉》《点击心灵》《家的前世今生》《遁迹水云间》《对岸》《七城书》《边际的红》《精神简史》等，另有长篇非虚构和报告文学《国企变法录》《暂住中国》《重装突围》等。

[2]　《七城书》首发《美文》杂志，分成《七城书（选三）》《七城书（选四）》分别发表于《美文》2008年第5期、第6期。前者包括《迷城》《空城》《蛊城》3篇，后者包括《玻璃城》《危城》《欲城》《皇城》4篇。

[3]　《散文"在场"的文本踪迹——读〈七城书〉兼论在场主义散文的流派标志》，周闻道主编《颠覆城堡：理论卷》，广东人民出版社2014年版，第85页。

日的一个梦里的景象，有的是出租车载"我"去的，有的是朋友们带"我"去的，还有的不知怎么的就进去了，也有的"我"早已生活于其间。

我是从乡村来到迷城的，"希望能从这里实现我的人生理想"[1]。迷城如同"一部负载着神秘信息的大书"[2]，而穿行在城市中的"我"既是这本书的作者，又是这本书的读者。这一比喻十分精妙。人既是城市的建设者，又是城市的居住者，人与城市息息相关、相互依存。后文写到城门是"这个城市的封面"，"如一部书的扉页"，城市对乡村人的诱惑，如同一本未曾阅读的书籍一样吸引人，当"我"因寻错地方而返回到南城门时，也不禁慨叹"扉页成了插页"……这一系列的比喻，回应了最初城市是一本大书的中心比喻，层层设喻，步步深入，多角度、多侧面地深化了关于"城市书"的意象。

"我"在城市中行走，城中宽阔平坦的街道令人感到压抑、迷茫。脚下的街道是城市的肠子，"柏油和沥青在这里汇合，细碎的砂石经沥青一粘合，便结了一层壳，像是身体上的疤痕"[3]，将柏油和沥青的街道比作是结痂的伤口，颇具匠心。仔细一想，若道路是城市身体上的疤痕，其前身就是伤口。而在人类社会发展的进程中，往往认为是河流孕育了早期人类文明，现代文明沿着道路展开，城市恣意膨胀、蔓延、生长，一环、二环、三环、四环。道路是城市的生命线，道路交通的发达程度，已经成为了人们评价一个城市现代化和发达程度的一个重要标志[4]。道路是城市的生命线，同时又是城市化留下的伤口，这一对比所产生的巨大张力是对现代化发展的诘问，不得不佩服作者的笔锋如刀。

"我"，乡村人，"像是一只虫子，带着某种梦想，沿着一根细长的肠子，一步一步往里钻。小肠连着大肠，大肠又连着胃脏；再长的肠，再大的胃脏，终逃不出一个小小的腹腔"[5]。实际上应当是小肠一头连着胃脏，另一头接着大肠，大肠并不直接与胃脏相连。并且根据人体消化系统的运作而言，

---

[1]　周闻道：《七城书》，百花文艺出版社2010年版，第75页。

[2]　周闻道：《七城书》，百花文艺出版社2010年版，第75页。

[3]　周闻道：《七城书》，百花文艺出版社2010年版，第77页。

[4]　程万贵等：《城市道路建设对城市发展的影响》，《建材发展导向》2012年第7期。

[5]　周闻道：《七城书》，百花文艺出版社2010年版，第77页

大略是"口腔—食道—胃—小肠—大肠"这一顺序，而文中虫子（乡村人）从大肠、小肠到达胃脏的征途与消化系统运作的顺序正好相反。这种颠倒错置引导读者思考两个问题：一是城市和乡村的关系，二是乡村人在城市的境遇。文中揭示了现代化进程中乡村人从乡村到城市所产生的迷失感，借叙述人之口反思到，"我怀疑这座城市的生长，是不是颠倒了顺序？一座城市真正的根，原本该在田野里，而那些所谓的城，应该是大地长出的枝叶，而不是相反。然而，我看到的却是另一种情景"[1]。当乡村人怀着进入"这个城市的心脏"的梦想，背井离乡，闯荡城市，抵达的却是城市的"胃脏"，他们没能成为城市的主宰，反而成为城市的养料，"终逃不出一个小小的腹腔"，因而"进入成为了最彻底的背离"。

最后，"我"走出城门，前往新区政府办公楼。迷城城门那两块巨石，还有原市政大楼门口"两根镶嵌着褚红色花岗石的门柱"，仿若象征着人面临选择时是与否、进入或背离的两种选项，门里门外，城里城外，是两个世界。

空城，一座似是而非的城市，它没有名字、没有地理位置、没有人文历史。城内的巴士，车头车尾一个样，内部有东南西北四方座位，不知是在前进还是后退；空城广场上的人形雕像，中心镂空；空城的书籍没有书名、没有章节，没有页码，内容错位，不知所云。所有一切没有方向、没有历史、没有灵魂、没有文化。它可以是世界上的任何一座城市，也可以什么都不是。同样的，一个人，如果没有名字、没有人际定位、没有父辈祖辈，那他也什么都不是。在现代化浪潮中浮沉的现代人，不少背井离乡，谋求生存，空虚感由此而来。

在极度的空虚和黑暗中，一点点光明都令人猝不及防。文中写道"最怪异的是夜行的汽车，不知从什么地方突然窜出，就像紧急出击的特警，用一片夜色，遮掩着自己的脸，只露出两只眼睛，直直射出两束灯光，像两把锋利的剑，快捷地从夜晚的身体划过，割出两道深深的口子。汽车过后，夜的伤口立即缝合。城市又陷入一片迷离的黑暗中"[2]。句中运用了比喻、拟人、

---

[1]　周闻道：《七城书》，百花文艺出版社2010年版，第81页。
[2]　周闻道：《七城书》，百花文艺出版社2010年版，第86页。

通感等一系列修辞手法，将夜行车的灯光打破黑夜的宁静比作刀划开伤口，将"我"那一刹那产生的紧张、惊惧、痛苦等复杂的情感表现得淋漓尽致。而这感受不过维持了短短几秒，一切又回复黑暗、平静中去。空虚感重又裹挟而来，密不透风。文末给出了如下建议——"在这座城市里，记住自己的籍贯，记住自己的姓名，记住母系和父系的血缘；守住自己的回忆和过去；守住自己的精神、灵魂、情感和对未来的期待"[1]，保守而固执的姿态，退让到退无可退之境。

蛊城是"我"主动前往找寻的。"我"并不知道它具体的位置，便任由出租车载我前往一个"不知方位，也没有地名"的小镇。文中引用了大量文学典籍、地方志、民间传说中关于蛊的制作、落洞女、蛊虫种类、放蛊手法的记录。最新鲜的是近几年出现的一个新蛊种"灵魂蛊"——它处处与利益关系相勾连，借助精神、主义、观念、思想、规范之类诱骗人中蛊。传统蛊虫害身，而灵魂蛊害心，"通过改变人的灵魂而使人变成非人"[2]，以至于颠倒黑白，是非不分。此灵魂蛊涵盖一切的精神控制和精神污染。正如文中所言"其实所谓的蛊，不过是由人的黑暗本性滋生的，只要有人的地方，就会有蛊"[3]。

在玻璃城，"我"是个无知的闯入者，"我明显地感到与周围的一切格格不入"，"眼前的一切显得怪诞而陌生"[4]。而这一切都源于"眼镜"——玻璃城中的生存必需品。这是一种"有色眼镜"，表面上是指它由于特殊的制作工艺和光谱结构，让色彩变幻莫测；更深层次指涉的是分级解密制下，不同社会身份级别佩戴的未来镜对应着不同程度的探视与透明权，这就意味着透过眼镜可以部分乃至全部了解他人的意识活动，一语双关。

"眼镜"是权利的具象化表达。《玻璃城》结尾写道"我心里想，此刻，在我探视这个城市时，也许，自己也正在这同一时间被别人窥视着，不是

---

[1]　周闻道：《七城书》，百花文艺出版社2010年版，第88页。
[2]　周闻道：《七城书》，百花文艺出版社2010年版，第95页。
[3]　周闻道：《七城书》，百花文艺出版社2010年版，第96页。
[4]　周闻道：《七城书》，百花文艺出版社2010年版，第99页。

卞之琳在桥上看风景，而是动物园里的黑猩猩在彼此观看"[1]，一正一反两个比喻揭示在未来镜的分级解密制度下，特权阶级拥有更多的权利，人与人之间本该是自由独立、相互尊重的平等关系，变成控制与被控制的不对等关系。随着科学技术日新月异，除了使人类生活更加智能、便捷、舒适外，同时也可能为掌权者所利用，成为专制集权的工具，带来束缚、失衡和不平等。

危城之危源于一块石头。危城里有座小石山，山上有块"凭空突出的巨大悬石"。整座危城正是被这块独特的悬石荫庇着。然而某天，"庇护者"悬石突然有了松动的痕迹。文中写到"就像一位多年的挚友，一夜之间对你翻脸，多少有点让这个城市的市民难以接受"[2]，作者将市民面对悬石险情所产生的又爱又怕的情感刻画得十分细腻。摇摇欲坠的悬石如同悬在政府和市民头上的利剑。危在旦夕之时，各政府部门相互推诿，久拖不决。全部的希望被寄托于地质灾害专家一人，他却在赶来的途中意外殒命。巨石仍在，危城该何去何从？

欲城是"我"梦中的城市，"这些街道，它的名称、形状，街道两旁的门牌字号，还有街边的那些标示，都与记忆里的影像一一对应"[3]。"梦"是弗洛伊德精神分析理论的重要基点，他在《释梦》中提出梦是"某些特定潜意识幻想的产物"，是潜意识中被压抑的欲望的满足。整座城市如同蒸笼处处冒烟、处处蒸腾，目之所及是焦灼、亢奋的人们，鲜红的门牌号、酷暑毒热的天气、高浓度的酒精、滚烫的火锅、商家的促销广告，还有药店灵字牌戒欲丸。情欲、食欲、占有欲、贪欲等等欲望无限膨胀，热烈欢腾。魔幻的景象呈现了在商品时代物欲横流下人性的扭曲、世相的变态和价值的虚妄。

那皇城，是在一处古城遗址上仿照故宫和颐和园建造的仿古建筑，金碧辉煌之下埋藏着历史的断壁残垣；皇城中的山丘、亭台、曲廊、洲岛、桥堤、茂林，"每一处几乎都写有'皇家'二字，有的潦草，有的方正，每一个笔划，都是用堂堂皇皇的红色书写的"[4]，彰显着皇家气派。同时这城中无处

---

[1] 周闻道：《七城书》，百花文艺出版社2010年版，第105、106页。
[2] 周闻道：《七城书》，百花文艺出版社2010年版，第108页。
[3] 周闻道：《七城书》，百花文艺出版社2010年版，第113页。
[4] 周闻道：《七城书》，百花文艺出版社2010年版，第121页。

不弥漫着死亡的寒气：九岛环心，亭台楼阁，盛世升平之象，其间却游荡着多少幽魂；福海，既有福寿无涯的吉祥寓意，又曾吞没过三千童男童女稚嫩的生命；西域情调的宝月楼浸透了幽锁深宫的女子的哀怨。皇城中"破碎的砖瓦已经嵌入泥土，或者说是被风尘淹没，只剩下一些已不锋利的棱角，镶嵌在一条破败的路上，与南来北往的脚跟厮磨，拉长着没完没了的没落"[1]。不是碎砖片瓦与脚跟厮磨，而是来往的脚跟们厮磨着破碎的砖瓦。同样地，不是过去的历史"拉长着没完没了的没落"，而是后来的人们念念不忘过往的繁华寥落。首尾呼应的"落日"意象，不仅是指太阳落于三峰之间的奇特景观，更隐隐指涉一座城、一个国家、一段历史的衰落。只有那蠢蠢欲动的皇权思想，在历史的残砖断瓦上滋生着腐朽的梦想。

　　这些城市的地理位置、人文历史等信息都极为模糊，似是而非，但城里的一石一木，一车一人，都细致入微、真实可感。《七城书》继承了中国传统寓言散文的丰沛想象力，善用比喻，如荀子所言"分别以喻之，譬称以明之"[2]。文中三句一譬，五句一喻，既生动有趣，又耐人寻味。描写物象时往往加入了大量生物体进行比拟，仿若城市也是有血有肉的活体，如空城中的地图，"图上五彩斑斓的色彩，像人的皮肤，形状各异的线，如人体上密布的血管，处于动态的起伏搏动中"[3]；玻璃城中，金字塔式建筑物顶端的银针，对着天空的肚皮扎；危城中的悬石如同一颗提吊着的牛心；欲城中将烟囱比作阳具等等。一切都是那么光怪陆离，但又如此鲜活生动，恍若梦境。

　　而文本中大量的错乱倒置，给人以一种隐隐的荒诞感。例如玻璃城中写道"近视者的镜片"，利用的是"一种变形的凸透"，而事实上近视眼镜的镜片是凹透镜，凸透镜往往用作放大镜、老花镜、望远镜等。又比如蛊城中一个本地女子向"我"问路，说是"本地人对这里的道路不怎么明白，外地人也许更清楚些"[4]，通常总是外地人向本地人问路的。再比如欲城中"被馅儿包着"的烙饼，烙饼多是皮包着馅儿的。这些看似荒诞不经又意象纷呈的叙述，

---

[1]　周闻道：《七城书》，百花文艺出版社2010年版，第120页。

[2]　出自《荀子·非相》。

[3]　周闻道：《七城书》，百花文艺出版社2010年版，第83页。

[4]　周闻道：《七城书》，百花文艺出版社2010年版，第94页。

大大增强了叙事张力。

《七城书》的行文近似游记散文，但不同于通常游记散文的直线演进，而是以游历过程为明线，以深潜的意识流为暗线，双线交织，思之所即人之所至，因而行文灵动，富于变化。随着思维的蔓延，自由联想的展开，散文的层次感与立体感层层毕现。例如《皇城》，由几根残损的廊柱，想到昔日奢华的宫殿、维多利亚女王的水晶宫，又从水晶宫的焚毁，想到欧洲大陆皇权的衰落和伦敦市民的反抗——从中国到欧洲，历史的书页飞快地翻动，大大拓展了本文时空跨度；几个简短有力的历史故事，论证了历史兴衰更替的主旨。

《七城书》中还援用了大量中外神话传说、历史典故。例如达摩利克斯之剑、维多利亚女王的水晶宫、秦始皇的仙药、宝月楼的香妃等。引用了大量典籍资料，如《周礼》《左传》《通志六书》《石头记》《乾州厅志》《永绥厅志》等；还化用了西方多位著名哲学家、科学家的理论，如胡塞尔、尼采、米兰·昆德拉、爱因斯坦等，可见作者知识之广博，同时也大大拓宽了文本空间。但另一方面，这些援引过于直接，说理浅显易懂，若蜻蜓点水，浅尝辄止，如钱钟书所言"泛说理""空言道""拈形而下"者也[1]。

在《谈艺录》中，钱钟书曾区分了诗歌的"理趣"与"理语"，认为理趣"理寓物中，物包理内，物秉理成，理因物显"；理语则"理过其词，淡乎寡味"，"虽涉句文，了无藻韵"。这虽然原是诗歌理论，但借鉴到散文语言批评中也十分相宜。《国朝诗别裁》言："诗不能离理，然贵有理趣，不贵下理语。"以此观之，《七城书》略显理语有余，而理趣不足。

文中不乏警言妙句，但大多很是浅显，略微深刻一些的，作者又担心读者无法理解或是理解偏差似的，急于跳出来说明。例如《迷城》中，"只是，进城门再多，每个人每次进城，却只能选择一个门道。世间的路纵有千万条，我们的一生却只能选择其中的一条"[2]。前一句承接前文，并进一步提升了

---

[1] 钱钟书：《谈艺录》（补订重排本）（下），生活·读书·新知三联书店2001年版，第663页。

[2] 周闻道：《七城书》，百花文艺出版社2010年版，第75页。

文本的深度；而后一句只是将前句的意蕴以更加直白的话语再表达了一遍，反而了然无趣。

又如《空城》中，"在广场周围，沿人行道种植了一些高大的树，树枝都是光秃秃的，像一支支等待点燃的高香"一句，将行道树比作高香，实在是妙，令人浮想联翩：这整整齐齐排列着的高香是准备要祭奠什么——这条道路？这座城市？这个季节？还是这个世界？可惜作者紧接着一个括弧"我要加以说明：如果这个比喻可以成立，这样的祭奠，应该是给一个逝去的季节，以慰藉这广场的空旷"，画蛇添足，硬生生截断了读者的思维空间。[1] 真正优秀的在场，不仅仅是作者要深刻地介入，用凌厉的笔尖去除遮蔽、抵达本真，更重要的是要留下空间，调动读者的想象，主动质疑、反思、探究当下社会现实和生存问题，这才有可能真正影响世界、改变世界。

周闻道的《七城书》，从当下中国社会生活的体验进入，怀着强烈的介入意识、怀疑精神和批判思想，走进现代化发展的背后，挖掘在摧枯拉朽的城市化大潮下人们所面临的迷茫、危机和困境，从本质上说就是在拷问现代化发展的意义。在场主义大将周伦佑在《散文"在场"的文本踪迹——读〈七城书〉兼论在场主义散文的流派标志》一文中，抓住在场主义散文所提倡的"无主题性"，提出可从"城堡的七种形象""我们生存状态的七个侧面""中国当下现实的七种病理性症候""反面乌托邦作品"等多维度、多向度对《七城书》进行了解读[2]。其中"无主题性"的说法值得进一步商榷。在场主义认为"主题即立意，即写作者在一篇作品中预先设立的某种确定的寓意；或写作者借某一题材所要比附和表达的某一种意义确定的思想观念"，散文"作为最个人化的一种书写方式"，"是作者真性情、真文字的自然流露"，"往往不是刻意和深思熟虑的，也不需要预先设立什么确定的主题或中心意义"[3]。换而言之，散文其文本中隐含的某种思想和意义，"不会固化为一种单一的、

［1］　周闻道：《七城书》，百花文艺出版社2010年版，第84页。
［2］　周伦佑：《散文"在场"的文本踪迹——读〈七城书〉兼论在场主义散文的流派标志》，见周闻道主编《颠覆城堡：理论卷》，广东人民出版社2014年版，第101页。
［3］　周伦佑：《散文观念：推到或重建》，见周闻道主编《颠覆城堡：理论卷》，广东人民出版社2014年版，第62页。

确定的主题，而是作为某种不确定的精神意向存在于作品中"[1]。我们确实看到《七城书》意蕴的丰富性和层次性。但这多重主题之间是紧密相关的，可以说是对同一个问题不同层次的理解。我们也赞同"让不同的读者乃至不同时代的读者作出不同的解读，而对一篇作品内在意义的理解和阐释又可以是无限的，在一种理解和阐释之上可以有再理解，再阐释"[2]这一观点。但对于文学文本来说，多重主题是一部优秀作品所必需的，非主题性并不仅仅存在于散文中，也不是散文能够区别于其他文体的特点。

《七城书》一方面由于寓言的象征性、荒诞性、思辨性，使得对现实的介入更加深刻，城市的形象也更为丰满，《空城》《迷城》两文尤为出色。另一方面，由于它的夸张性、故事性和虚构性，使所要表达的意义有或多或少的变形，在一定程度上也削弱了文本的介入性。它虽尝试连接现实，对现代城市化进程以及城市中人的生存现状进行反思，但其介入的方式较为温和，因而所达到的效果也略显不足；相较之下，其中对自我和人生的思考则更为深入。这也是周闻道散文的一贯风格。评论家向宝云曾言："周闻道的思考，都是指涉自我与人生，而不是关于社会与现实的"，"充斥的是灵魂的拷问，缺乏的是现实的追问；充斥的是对普适价值的认同、敬畏和追求，沉湎于深远的终极关怀，缺乏的是批判与愤怒的现实关怀"[3]。将《七城书》与卡夫卡的《城堡》、钱钟书的《围城》进行比较，这一点表现得尤为显著。从叙述视角看，《城堡》和《围城》采用的都是第三人称视角。这是一种全知视角，便于交代故事背景，自由地描写各个人物的行为活动和心理感受，叙述者与叙述内容之间的间隔使得叙述客观全面。

不同于《城堡》和《围城》视角的是，《七城书》采用的是第一人称的叙述视角，以"我"的活动展开叙述，文本语言十分鲜活，富于情感，大大增

---

[1] 周伦佑：《散文观念：推到或重建》，见周闻道主编《颠覆城堡：理论卷》，广东人民出版社2014年版，第63页。

[2] 周伦佑：《散文"在场"的文本踪迹——读〈七城书〉兼论在场主义散文的流派标志》，见周闻道主编《颠覆城堡：理论卷》，广东人民出版社2014年版，第95页。

[3] 向宝云：《内在生活的探寻者与构筑者——周闻道散文的思想意蕴及内在局限》，《当代文坛》2007年第6期。

强了故事的代入感。文中使用了大量拟人手法，例如迷城中的市政大楼高高在上俯视着每一个行人，空城街道两旁被花草簇拥着的桂树春心萌动，蛊城的阴霾纠缠着瘦骨嶙峋的山腰，还有玻璃城日出那一刹那光明对"我"的溺爱，等等，世间万物仿若都拥有了灵性。这能够更加深入剖析叙述者的情感体验和心理状态，对读者来说也更加亲切、真实，更具穿透力与感染力。其局限在于只能叙述"我"的所见所闻、所思所感，叙述视角的广度受到限制。因而文本中对自我的分析更加深刻，而对现实的介入则显得力有不逮。

从哲理意蕴来看，《城堡》表达的是一种可望而不可即的梦幻与希冀，无限趋近却永远无法抵达。这是一种站在外围的体验。而《围城》妙就妙在"进城"和"出城"两项的对立统一——"围在城里的人想逃出来，城外的人想冲进去。对婚姻也罢，职业也罢，人生的愿望大都如此"[1]。在世者的希冀和苦痛、宿命般的挣扎和不屈，鲜明呈现出来，如西西弗斯的巨石一般，永无止境。

相较于《城堡》和《围城》，《七城书》中弥漫着一股深入其间的困顿感和无力感，夹杂着一丝火热的希望。第一篇《迷城》讲的是"进城"的故事，揭示了现代化进程中乡村人从乡村到城市所产生的迷失感，结尾处在"进城"和"不进城"的艰难抉择中戛然而止，仿若回到了莎士比亚"To be，or not to be"之问。而"我"心中早隐隐有所预感——"我害怕……我会迷失在它无限度的宽敞中……使我再也走不出这道巨石之门"[2]。空城、蛊城、玻璃城、危城、欲城五城，进城的方式各有不同，但都以在城中生活作为结尾。而最后一篇《皇城》，似乎讲的是"出城"的故事——朋友邀请"我"走出生活的城市，到远郊新开发的皇城一游，皇城地处城市的边缘地带，算不得出城。而皇城存在于历史而非当下，"我""在这个古老城堡的门外徘徊，就像卡夫卡小说中的那位土地测量师，想进去又找不到门径"[3]。"我"从未真正进入的皇城，怎谈得到出城呢。

---

　　［1］　杨绛为电视剧《围城》题词，见《杨绛全集》第4卷，人民文学出版社2014年版，第345页。
　　［2］　周闻道：《七城书》，百花文艺出版社2010年版，第77页。
　　［3］　周闻道：《七城书》，百花文艺出版社2010年版，第121页。

这些城如同一个个进入便是无法逃离的漩涡，文中的"我"最后选择妥协，沉沦在一座座的城市之中。正如《空城》的结尾所说，"要进入这个古怪的城市（哪怕仅仅是出于好奇），就再也别想着走出去。我将在这个城市里困顿着：谋职，睡觉，吃饭，访友，思考，爱与被爱"。[1]这既是在世者的普遍生存选择，同时在某种程度上也反映了周闻道作为一个官员作家的内在心理困顿。

周闻道散文在对在场写作的探索中，也逐步从早期通俗雅致的抒情叙事式小品文，转向对当前中国人生活境遇和生存状况的剖析。《七城书》关注的重点正是在现代化背景下，各类人——进城的、出城的、城中的——他们的欲望、迷茫、困惑。"我"不仅仅是亲历者、观察者、讲述者，更是其中一员。"我"和这些荒诞的城市一起荒诞，在反讽中接受煎熬。换而言之，沉沦恰恰是"在场"的明证——我们正在经历这个时代，因而无法跳脱出来。如同《危城》中"我和这个城市的其他市民一样，感到了一种危险的临近；也像大多数人一样，明知道生命被浸泡在一种有毒的溶液里，每个人都感觉到了危险的存在，但还是不愿意离开"[2]。正因为这份沉沦，这种生命体验的在场，使得《七城书》不像《围城》"一无可进的进口、一无可去的去处"那样定式，它饱含着热忱、希望和一切可能。如文中所言"身不由己还是要面对，就像此刻的我，不，应当是我们，包括你我他，包括人和物，包括这城市的一切"[3]。

《七城书》是一个重要尝试，它所揭示的不仅仅是现代化进程下中国人生存的迷雾、困境和危机，更是所有现代人生存可能面临的困境。

---

[1] 周闻道：《七城书》，百花文艺出版社2010年版，第87页。
[2] 周闻道：《七城书》，百花文艺出版社2010年版，第107页。
[3] 周闻道：《七城书》，百花文艺出版社2010年版，第78页。

后　记

　　《中国白话散文百年史》的编写，历时四年，是八位中国现当代文学研究者集体合作的成果。

　　唐小林负责全书的立意、构架、大纲、章目、绪论，以及全书逐字逐句的修改、部分重写、通读、统稿。唐敏撰写第一章、展芳撰写第二章、王娟撰写第三章、梁慧琦撰写第四章、刘爽撰写第五章、程天悦和章颖撰写第六章。其中，程天悦、章颖在搜集资料、梳理线索、遴选作家作品等方面做了大量工作，必须在此隆重地记下一笔。

　　本书编写与出版过程中，得到肖风华、陈剑晖、王兆胜、张人士、周仲明、张生全、沈荣均等不少前辈、专家、同好的大力支持，在此一并致谢。

　　本书错漏在所难免，敬请读者批评指正，以便我们进一步修改、补充、完善。

2019年6月22日